盘根错结

作者：云子

Author：Wendy Cai

Cover design： Katherine Yu

Email: yun.zi.novels@gmail.com

Publish 2021

前言

静秋方才结束，接着便迎来了一个吵闹中的寒冬。

疫情的蔓延以及所带来的恐惧与萧条，在人们的内心燃起了一股反叛的欲望。

一些令人愤慨的事件引起了全世界共同的、强烈的反响。还有一些看起来并不尖锐的冲突，却也带着人们的积疾或宿怨，在无聊中一并爆发了。

家中倒还安定。女儿们离开了父母，快活地同恋人们一起租了个公寓，尝试着最初的心仪和自由。

孩子们的父亲在楼上打着呼噜，任由那架改装过了的唱机带着熟悉的乐曲旋转着，发出动听却显然失去了听众的音律。

也许，太久的沉寂，是会让所有人都发自内心地呐喊吧？尽管，每个人都采用了其独特的喧嚣方式。

比如我，所热衷的发泄或消遣：在笔下，在文字里。

不再需要用笔了。时代进步了，电脑的键盘，取代了笔的功用。

记得出版第一本小说［那几个上海女人］时，为了感谢学友的支持和帮助，本人斗胆在书的前后页签上了自己的名，留下了谢辞。

然而，每回想起那几笔因缺少历练而生疏的、歪歪扭扭的字迹，留在了老同学的记忆中，不禁深感惭愧与内疚。

时代进步中，人类进化中，总归会丢弃一些东西。那些被发展了的和被舍弃了的：孰好孰坏，有用无用——

真有评判的必要吗？真有继承的意义吗？

至少，它们值得被纪念吧。

本书的中文名，改变于中国著名的成语"盘根错节"。

本人感觉，盘根错节之后，应该会有结果。因此，便改了最后那个字。

中国的文化太古老了，太执着了。或许西方人在深入了解中国文化的前提下，才可以真正理解那个名词吧？

对故事感兴趣的读者，自然会看完它。读过后，相信人们因此会理解"盘根"文化对于中国人而言，何其重要。

小说绝对是杜撰的。但是，其间的每一行字，以及它们所传递的每一条信息，却是生活的真实反馈。

感谢读者的支持和理解。

云子
2020年 冬

在上海的西南面靠着钱塘江，有一个历史悠久的小乡县佳禾，曾经是自古以来公认的鱼米之乡。

佳禾虽小，却是中国历史上许多著名文人和艺术家的出生之地。可想而知，那个小县人杰地灵。

那里出生的人从很小很小的年龄，就经常会在长辈的口中听到"上海"二字。

上海就在佳禾的隔壁。中间没有拦阻的墙，却并非是每个百姓可以跨越而居住的地方。特别是有了户口制度之后。

佳禾的百姓很传统也很倔强。当全国人民应着端午的时令大宴粽子以祭战国时期楚国爱国诗人屈原的时刻，乡里的老老少少却固执地崇悼那位春秋著名人士伍子胥。

楚人伍子胥活着对本国君王有着杀父之仇。为了替亡亲报仇，他卧薪尝胆帮助邻国占领了自己的祖国，并将已故君王鞭尸焚骨。

最终，在被其侍奉国的君王无情赐死之后，伍子胥又让家人将自己的眼珠悬挂于城门之上，死后仍然要亲眼验证其灭国的预言成为现实。

伍子胥同佳禾的那点渊源，据说是因为他曾在那一带练过兵；伍子胥同端午节的那点渊源，据说是其尸体在公元前484年即两千五百年以前的五月五日，被新主子吴王丢下了钱塘江。

故事，代代相传，真真假假难辨。

纪念，反反复复，应时因需而行。

佳禾乡镇交集之处有一户小门小家，却也算得上是读书人的后裔。

崇尚读书和仕途的凌家长辈靠着经营一家糯米加工厂将晚辈培养成才，在同村同族人的羡慕和赞扬声中，将其长子送入了邻界的那一边——上海。

刚刚解放不久的上海，辞旧迎新。旧文化、旧思想、旧官僚被毁灭的同时，新的一代读书人士获得了机遇。

凌家的长子不负众望、更是福星高照，作为一位新中国的新财金学子，毕业后得到了国家的提拔和重用。

二十世纪五十年代，是中国最最困难的时期之一。

多年的内战以及外国的侵略，迫使壮年人不得不放弃了农耕和实业而投入战争。几十年、几代人参战的结果以及被战争蹂躏了的土地上，早已颗粒难收，甚至在古老的鱼米之乡。

佳禾的凌家是一个大家族。大家族中女儿不少，男孩亦不缺。当年的几个后代（男孩）大都被送往了大城市读书受教求职，留在佳禾当地的便以女儿孩子为多。

凌家的糯米加工厂被人民公社征用后，凌家一大家人除了个别继续留厂工作外，其余的便被分配去乡里派上了农活。

凌家的女儿们大都嫁给了同乡的农民。在那些举国困难的日子里，女儿们夫家的日子也是可想而知的。

真正难以想象的，尤其在佳禾亲戚乡友的眼中，是已经跻身于大城市中的后代男人们，他们的生活。

困难的日子里，上海凌家添了丁。继两个姐姐之后，凌家终于迎来了他们的第一位男性继承人。

从中国的农历上定那年是鸡年。鸡年只代表了生肖，并不代表那一年中国人可以有鸡吃。

无论士农工商兵政学，华人的传统教育中"孝"字为先。而"孝"字的基础，是必须有"后"。这个"后"字，在中国几千年代代相传的字典里，总归是带着性别出世的——男性。

男人们结了婚。他们的妻子在解放了的新国家，自然也是出人头地的，也是解放了的，也是国家主人，也要工作。

在外面解放了的女性，在家里还是那个传统的女人。解放了的性别，不会被几千年留传下来的文化所抛弃。

生儿育女不仅是家族男人传宗接代的荣耀，更是女人们发自内心应尽的义务。

凌家在上海的大儿媳一边生下了两女一儿，一边为男人做饭洗衣，一边还参加了祖国的建设。毕竟她也是新中国培养的会计人才，是如今丈夫公司的同事。

五口之家的重荷让年轻的女人委实难以承担。与此同时，负担对于那位年轻的丈夫和父亲而言，同样艰难。

家乡传来了消息：今年的气候不好，收成欠佳。一些人、很多男人逃离了农村去外地找工活；女人们则节衣缩食，在家辛勤务农并养育孩子。

凌家的长子结束了一天忙碌的工作，难得在晚饭后主动同妻子商量：

"我们现在时间和人手有限，既然老家来了信，不如接受老人家的建议，花点钱把孩子送到佳禾请亲戚帮忙带上几年。这样既是帮了老家的父母姐妹，又可以减轻自己的劳累，岂不两全其美。"

做母亲的其实都舍不得自己的孩子远离，但是心有余而力不足时，请人帮助代养孩子，也许不失为一种无奈的选择。

何况，她虽然不多问但内心一直都很清楚：多年来孩子的父亲从未间断给乡下的父母姐妹汇款接济。

选择的结果，自然是将两个女儿送回了佳禾老家。至于儿子，也许是心中不忍吧？他还是留在了父母的身边。

凌家夫妇有了一点点空闲。闲暇之际，又一个孩子降生了——又是一个男孩子。无论如何，生儿是人生大事。

不论忙与闲，不论贫与富，不论贱或贵。

夫妇俩工作越来越忙了，国家正在复兴，正是用人之际。

夫妇俩都得到了单位的提拔重用，如今唯一的难处就是儿子了。自己带着一个儿子生活本来已是非常艰难，如今又生了一个襁褓中就不听话的小儿。。。

夫妇俩尝试了将孩子们带着上班，尝试过将孩子们托给幼儿园，还经常将孩子交给左邻右舍临时照看。如此艰难支撑了近两年。

孩子们一天天长大，男孩子是最最调皮的了。两个儿子相差仅三岁之多，他们不论跑到哪里，整天就像两只捣蛋的小猫不停地滚打纠缠，不断地惹事闯祸。

如今的话题，又回到了令人怀念的老家佳禾，以及那里的父母和亲戚。

"不如趁爸妈身体还健康时送儿子回老家过一段日子吧？那里没有危险的高楼和马路，人也简单朴实，何况还有亲戚姐妹们相帮照看着。"

中国的男人出门求学也好，打工也罢，自古以来都舍不得远离自己的父母，自古以来都有很多诗词为念为证。然而令人不解的是：至孝的中国人虽然离开了父母，将自己所生的孩子送回老家，送给父母去养育，去作为陪伴和尽孝——不仅屡见不鲜，更像是一段佳话。

也许俗话说得对：不养儿，不知父母恩。

父母的恩情，不仅仅在于生养了自己的孩子，同时还兼顾着孙儿的养育之恩。

俗话还说了：大树底下好乘凉。

作为孩子即使长大成人，即使成家立业，即使生儿育女，中国人都永远离不开父母这棵参天大树的帮助和庇荫。

懂得了父母对自己的恩有多重，孩子们便懂得了孝顺的重要性。

虽然难以理解的是：在中国人的心中，因为尽了孝，竟可以忍下与自己亲生骨肉的割舍之痛。

凌家的两个儿子被送去了老家佳禾，他们的待遇超过姐姐们很多。

他们可以同老人们一起吃着田里新产的农作物、吃着有馅的糯米粽子；他们有资格比姐姐和表兄弟姐妹们优先在底下烧着旺火的大桶里洗浴；他们穿着胶底鞋同光着脚丫的其他小孩到处窜门、爬树或撒腿奔跑在田埂上。

凌家的两个男孩子虽然在乡下生活，却是被捧在手心里的宝贝。对于爷爷奶奶来说，他们是凌家的继承人；对于表亲长辈而言，他们是家中的生活补贴。

男孩子是不懂不管这一切的。他们幼小的心灵所能够体会到的，是众星捧月的感觉，是自由自在的生活。

然而，做哥哥的凌云并未自由太久。他必须回上海去上学了，读书是正事。

上海，是读书人的向往和发展之地。周家的孩子是非常幸运的，两个已经在老家的乡镇小学念书的姐姐，这次也将同弟弟一起被接回上海。毕竟，凌家非常重视孩子的文化学习。

何况，前几日作为上海进出口大公司的得力员工，凌同志已经被领导悄悄告知：

"公司正在讨论你们一家的实际情况，考虑在同一个楼里再分配一间住房给你们。"

回到家，凌同志在餐桌上一改往常的镇定神色，将领导的这句话转述给了妻子听，同时补充道：

"赶快把孩子们都接回来吧，现在是时候了。"

他的爱人不禁喜形于色。

凌家现在所住的那件大通铺也是当年由单位分发的。虽然厨房和卫生间都在门外走廊的公用处，但即使屋里已用几片大三合板隔成了两间，两个年龄不小了的女儿回来后再同父母兄弟睡一个房间，未免太挤，也应该是极不方便的。

双喜将至，凌家夫妇考虑到除了那三个已到和已过了学龄的姐弟之外，再要腾出时间去照顾那位年幼且极其捣蛋的小儿子，如今仍然会影响自己繁忙的工作和生活太多。

因此讨论再三之后，这次夫妻俩只接回了三个孩子，唯独留下了弟弟凌霄一子在农村。

小儿子倒是毫不在乎自己在家庭团圆的庞大计划中，暂时被搁置在外。

那时的凌霄既被老人长辈呵护着，又被一大群表兄姐妹们簇拥着，乐颠颠的，且活且自在。

2

　　三年后，毫无思想准备的小弟弟凌霄也在不得已中被接回了上海，同样是为了上学。

　　回到上海家中的凌霄，内心自然是一百个不乐意的。

　　他早就习惯了无拘无束的乡村生活，更对突然出现在眼前的父母没有太多的依恋甚至感觉。

　　他说着一口流利的农村方言，长着结实的农民个头。简单朴实，感念佳禾的一切。

　　哥哥凌云如今倒是非常得意。在一个五口之家当了几年的老小之后，终于迎来了自己的一个部下——弟弟。

　　从此，除了在零食和饭桌上他俨然一副承让的表现之外，其余的时间里，凌云基本上对弟弟都采用领导和吩咐的手段，呼来喝去的。

　　虽然，此时弟弟的个头已然高出年长几岁的哥哥。

　　凌霄是不服气不情愿的，但哥哥就是哥哥，家中的未来掌门人。

　　凌霄在学校也是没劲到了极点。

　　他的文化基础比其他来自幼儿园教育的同学差很多，他的一口纯正佳禾方言又成了全班同学的讥谈笑料。

　　所幸，凌霄的哥哥和姐姐都因自身这样或那样的缺点，而同样在班里不受待见。因此在校期间，凌家的四个孩子常常同去同归，抱团取暖，互相安慰。

　　几年过去了，当时"知识分子上山下乡去接受贫下中农再教育"的革命号召，迫使或感召了一大群面临毕业的大中学生离开了自己的家园和父母亲友，踏上了去艰苦之地体验不同人生的远征。

　　"我们的女儿怎么办？老大已经毕业了，她这次肯定是逃不掉了，一定会被送去农村'插队落户'的。而且，如今我更担心的是老二，她不久也快毕业了。"

　　忧心忡忡的母亲在不断询问自己丈夫的同时，却又总像是在自问着。她习惯了平日里很少听到爱人的回答。

　　"爱人"这个名词来自革命战争时期，代表的是夫妻之间中性的称呼。在那个特殊的年代"爱人"所体现的革命意义，就像当年在社会主义体制下代表着没有阶级的称谓"同志"一样。

　　所以此"爱人"并不等同于感情意义上的"爱人"，仅称谓而已。

　　她丈夫是位内外公认的老好人。老好人的一项具体表现就是难得开口，即便工作太累，即便生活太苦，即便孩子太闹，即便受人欺负，即便走投无路。。。

　　万难之际，佳禾的老父亲来了急电。电话里传来了一个坏消息：凌家老妈妈不幸中风倒下，正在送往医院急救的路上。

　　全家人立刻赶到了医院。抢救回来生命的老母亲，半身瘫痪。她以后的人生免不了要在病床上度过了。

　　看着瘫在床上羸弱的母亲和呆坐在旁手足无措的老父亲，做长子的将妻子拉到门外。难得发表意见的他，果断地为全家的生活提出了自己的计划和建议。

　　"我想让凌玉和凌琦回佳禾照顾老人，反正她们是要去农村插队锻炼的。现在我们主动要求让孩子们回乡，应该不会被学校领导拒绝的吧？"

　　妻子用欣喜的眼神望向爱人，关键的时候男人真的很有办法。

　　在没有其它选择的情况下丈夫的建议固然是极好的，应该也是切实可行的。

　　然而，她丈夫的神情仍旧是悲哀的。妻子知趣地收敛了眼里的那一点点欣喜之色。

　　是的，如今不应该是庆贺的时侯。

　　祖母病了，孙女却因祸得福。一场即将面临的艰难远征，如今却变成了回归故乡的孝道之行。

　　冥冥之中，应该是祖上的阴德护佑着凌家吧？

　　大女儿凌玉的内心果然充满了庆幸和感激。虽然，自己的将来是在家长的计划和安排之下实施的，但结果却令人非常满意，同许多中国的年轻人一样。

　　然而，中国年轻人中也存在着更多的逆反声音，比如凌家的二女凌琦。

　　"这算什么呀？回隔壁家乡也算是插队落户吗？这也算响应毛主席的'知识青年到农村去、到最艰苦的地方去奋斗'的号召吗？"

　　面对如此单纯追求进步的女儿，看着她努力高挺的胸脯和激情洋溢的小脸，如今的父母简直欲哭无泪。

　　"孩子，家乡也是农村啊！不一定要去遥远的边疆才算是艰苦奋斗吧？为自己的家乡出一份力、同时又可以和姐姐一起去照顾从小带大妳们的爷爷和奶奶，不也是一种人生锻炼和经历吗？"

　　苦口婆心的母亲，将焦虑的目光不停往返于丈夫和小女的脸上，虽然对方一个愁眉缄言，一个固执反抗。

　　"当然不一样！爹亲娘亲不如毛主席亲！我们就是要听党的话，听毛主席的话：一不怕苦，二不怕死！到农村去，到边疆去，到祖国最需要的地方去！"

　　自出生后就被父母送到乡下老家，自认姥姥不疼，舅舅不爱的二女儿凌琦，并不体谅爸妈的良苦用心。反而，在学校老师的谆谆教导和鼓励下，她的内心充满了对革命前途和事业的无限憧憬。

父母从来都赢不了自己的孩子，如果孩子是与之对立的。

凌家的二女凌琦还没有从中学毕业，便积极争取、义无反顾地踏上了插队落户的远征。她必须响应党和国家的号召，必须同落后的封建家庭作斗争并彻底决裂。

青春时期积极争取向上的年轻人除了听党的话、听老师的话，几乎都不肯接受家里父母的建议甚至于哀求。

那个时期孩子们的年轻身心是属于国家的、属于革命的，不再是私有的，更不属于父母。

从人性上去看待那个时期的年轻人，他们所追求的无疑是自身的解放和自由的选择。无可厚非，不可阻挡。但是人们往往忽略了、或者利用了一个实际的作用：那就是宣传的力量。

中国几千年的传统宣传和教育，正在被一场全国范围内的革命所摧毁。被取而代之的，是另外一类正在成为新传统的新教育。

对于中国学龄少男少女而言，传统的教育是服从长辈和老师的教导。而新的教育，则是服从党和国家的指引。

追求解放的年轻身心，自然而然地认同那个全新的指引，心甘情愿地奔赴领导所指引的革命方向。

因为教育和指导他们的人，是新社会新学校里的新老师。

凌家的两个女儿中，一个心灰意冷回到家乡，成了旧教育旧传统的继承代表；另一位则热血沸腾奔赴边疆，做了新时代新女性的典型表率。

千千万万像凌家夫妇一样的父母，拎着装满了够吃一两个月食物的大兜小包，流着苦不堪言的心酸眼泪挥手送别了自己的亲生儿女，无可奈何看着他们去接受遥远的、陌生的贫下中农的再教育。

在老师和领导敲锣打鼓欢送下离开的年轻人中，不免会有一些孩子可以体会到亲生父母心中的不忍。

但是，年轻人是有权选择他们自己的未来的。

当年离家的那些年轻人所有的选择或着服从，究竟是独立自由的、还是已经被既定了的，没有人去多想。

直到几十年之后，当他们长大、成熟，历尽艰辛，当他们自己成为人父人母。

临行前二姐凌琦留给两个弟弟的一句话，或许证实了旧的传统教育不仅在人的内心尚有遗存，而且依旧是根深蒂固的：

"别伤心。你们的姐姐都走了也不见得是件坏事。至少按照国家现在的政策，你们两个以后不用再去农村插队落户了！姐姐希望你们可以留在爸爸妈妈的身边，互相照顾。"

凌家的两个女儿刚出生不久，便被父母送到了乡下。如今她们就快长大成人了，竟又背井离乡。

凌家的父母忍着痛，割舍出了一部分的爱。

幸而，如今两个儿子都在身边。女儿的选择、牺牲或是无奈，对于这个家族而言，竟然是伟大的奉献。

姐姐们离开的时候，哥哥凌云就快升入初中，弟弟凌霄尚在小学。其实，他俩曾私下讨论过姐姐们的选择。

"大姐下乡还好，也算是替我们家尽了孝心。凌琦也不算自讨苦吃吧，毕竟她从小在农村生活过多年。而且，我家四个孩子中有两个已经占满了下乡插队的名额，我们兄弟俩毕业以后，就可以进工矿企业上班了。"

大儿子凌云想来并不赞同和羡慕两位姐姐的选择，但却心怀感激之情。

在那个年代，中学毕业后被国家、确切的说是被学校班主任老师按照他们的评分标准分配到工矿企业去工作，是所有大城市学生的最高理想了。

"我倒是很想回老家。我可想他们所有人了。"

小儿子凌霄自从回到上海之后，这样的话几乎没有离开过他的嘴唇。

在家被逼着做作业时他曾那样抱怨过，被哥哥拽着、拎着书包一起上学前他会不得已嘀咕，放学后踢着没劲的小石子回家路上他也总是自言自语，甚至与家人一起用餐却不敢先伸筷子时他也会小声嘟囔。

总而言之——他似乎就不该回来上海。他似乎才是家里那个应该回乡"插队落户"的孩子。

至今，凌霄似乎仍然没有认清：这里才是他的家。

哥哥凌云还是那么高兴，因为他始终有了一个下属可以去教导和领导。

凌云一向努力要求进步，并且对自己充满了信心。

然而天不遂人愿，他虽然在学校班里处处表现积极，但人缘却并不理想。骄傲自负不够谦让，是老师同学对他的评语。而他自己却认为是人妒英才。

每当凌云在饭桌上将自己在学校所受的不公平待遇以一种对他人的鄙视口气忿忿而谈时，凌爸会时常提醒自己的两个儿子：

"不要在人前多语。不要把你的内心暴露在别人的眼前。要学会隐忍。"

然而作为一个骄傲的年轻人，那个时候的凌云很难接受父亲的教导。

凌云虽然痛恨因"自然灾害"所造成的营养缺乏，导致自己没有长成全家人现有和应有的高度，但他的内心是强大的。

他的强大体现在他的教导和领导能力上。

比如弟弟凌霄的上海话听说能力，完全是在他哥哥的督导下，得以迅速进步和完善的。

3

凌云升入了初中之后，弟弟凌霄算是解放了，半解放了。

他其实早就因为高大强健的个头，在年级里获得了一些自身的号召力。他的谈吐中也早已听不到些许的农村土话。

就像所有在大城市里长大的孩子那样，凌霄原本就是十足的大城市男生。

摆脱了哥哥的领导，凌霄很快找到了自己的伙伴，建立了自己的课后小集体，就是之后人们形容的朋友圈。

虽然班主任老师在班里或开家长会时，常以"物以类聚，人以群分"来讽刺凌霄的那个小集体。

不受学校老师待见的主要原因，还是那些凌霄口中的"老生常谈"：缺乏追求进步之心；上课不专心听讲；下课聚众斗殴，等等等等。

说是老生常谈也不算过分，因为连凌霄家长都渐渐不屑再去学校聆听班主任老师的告状和批评了。

凌爸从过去的不辞辛劳赶去学校代儿子听训受教，到如今以工作忙为借口躲避去见儿子的班主任，这些改变对于凌霄而言，简直看在眼里喜在心头。

每年最令他胸有成竹随着父母一起去参加的家长会，是当他的口袋里装满了当时在国内极其流行但极难搞到的新年"贺年卡"。

那些装饰精美的以革命样板戏为题材的贺年卡，足以封住老师们向自己父母告状的嘴了。

虽然，父母对自己的要求从来不高。小儿子在凌家的存在意义，其内心向来都具自知之明：无非就像是大卡车底下挂着的那只轮胎——备用而已。

中国人的传统，只要有了大儿子，之后的孩子虽然多多益善，也不过是为了以防万一，以防不测罢了。

万一和不测并非指的是大哥的生命，更多是指后代：男孩后代。

现在凌霄才不要考虑这些琐事。凌家的后代，是大哥的责任。

他喜欢放飞自我。

家实在是太憋屈了：吃饼干要分配几片的，吃炒肉要搭配蔬菜的，晚睡要规定上床时间的，上厕所要排队并被催促的，就连那几分零花钱还要随时汇报出处。

更何况，除了在家里，还有那个学校和总盯着自己的班主任和班干部。

所有这一切，在凌家分到了单位的新房之后，似乎有了很大的改变。

如今随着家庭生活条件的提高，以上那些曾经令人憋屈的生活状态，也在逐步改善当中。有些变化甚至是飞跃性的。

如今凌家所在的六层楼房同样是夫妇俩单位分配的。

在当年可以住上这样的三房一厅可算是非常不易的。主要来自他父母的领导对他俩、特别是已升为处级干部父亲的工作奖励。

父亲是一位老好人。平时在家不急不躁不声不响的父亲，在上海大型外贸公司主管的却是对外贸易窗口，包括中国一年两季在广州开办的国内最大对外交易会。

凌霄甚至时常好奇：对于自己的散漫甚至闯祸，父亲都难得像楼里其他家长那样训斥或者打骂，他如何多年来在外贸公司的要害部门独当一面、而且屡建功勋的？

反正，父亲的威望在母亲那里倒是有所体现的。别看平日里絮絮叨叨爱管这管那的从来都是母亲，但家里真正作出重大决定的，好像都是父亲。

也许，父亲的确是一位能人。对于能人，凌霄的对策当然是躲着走。

多年来凌霄虽然躲得过父亲母亲，却什么都逃不过哥哥的眼睛。幸好，哥哥如今入读了离家较远的那所中学，乐得弟弟自我解禁。

楼里最高层六楼有一个姓许的大户人家，祖籍来自浙江宁波。

许爸爸是远洋轮船的船长，其爱人在十年里接连生下了六个子女，便只能长期混病假在家照看孩子了。

远洋轮一走常常就是好几个月，他们家的邻居朋友都玩笑地说：船长每次返航回家，不是播种就是收获。

平时这个大家庭里基本上只有许妈妈，独自照看着六个年纪相差不太远的男孩和女孩。

可想而知吧？

凌霄可羡慕他们家的孩子了！

他每天被关在家里做作业或者无聊干坐着的时候，不用侧着耳朵都可以清晰地听到那四男二女孩从楼上飞跑下去的脚步声，以及出了大楼在院中玩耍时的欢叫声。

哎——自己的大哥可真的不能同那家的哥哥们相比；自己的运气也真是不如那家的孩子们好！

如今机会来了。凌云自从上了中学之后突然对学习发生了兴趣。他回家的时间也越来越往后挪，一直挪到了父母亲回家之前或晚饭前后。

这个变数对于凌霄是划时代的进步。这说明了他放学之后的回家时间，也可以相应推迟，赶在哥哥或爸妈回家之前的那一秒。

交朋友对于凌霄来说从来都不是什么难事，尤其是当他将父亲从广交会带回家的饼食糖果，大方地拿出去同许家兄弟妹妹们分享。

何况，出点子玩新招，对于在农村广阔天地里锻炼过、又在大都市的小空间里施展过的凌霄而言，实在具备很强的创造力，而对于那六位玩疲了旧游戏的兄弟妹妹来说，更具不可阻挡的吸引力。

小家伙们把脑袋凑到一起飞快达成了共识：秘密扩大许家小集体，从六位发展到了七位。凌霄的年龄居中而且原本也是自家的老四，便在新"组织"里同样排行老四。

组织那个名词，也是发展来的，从"党组织"发展而来。

当然，此秘密仅对凌家而言。除了凌家，其他住在同一个楼里的以及楼外周围的，话题只要聊到许家，都是那"七个捣蛋鬼"，似乎凌霄早已是许家七个孩子之一了。

反正多一个不多，少一个见少。慢慢地只要许家妈妈一日未见凌霄，便也会开口问及其他六个"今天老四去哪儿了"这样的话。

自此，乐不思蜀的凌霄，从放学后加入许家组织，到他晚饭、继而早餐都在那家包吃，方才引起了自己父母的一点点重视。

"听说你现在整天同许家孩子在一起鬼混？"

"怎么是鬼混呢？我们只不过放学后在一起玩就是了。"

对于母亲的批评性问话，凌霄答得义正词严。

"听隔壁老陈说你们经常逃课在院子里外窜来窜去，全都没有好好念书。"

"念书？哥哥不是老在念书吗？念那么多书干嘛？"

对于儿子的反问，母亲只能装聋作哑。

中国人的传统，读书进取是教导孩子的第一要事。如今旧的封建传统被新的革命传统取代了。孩子们的现在和将来，除了听党召唤跟党走，也许没有别的重要意义。

玩就玩吧，等孩子们长大后再操那份闲心，应该来得及。

凌、许两家所在的那栋六层住宿大楼，同周围几栋完全一样设计的大楼一起，都是近年新建的。

当年，能够住进这些至少两房一厅、煤卫独立的新式住房的，几乎都是上海重要政府机构或事业单位的领导者。比如一些地区政府的领导、国家银行的高层领导、科学研究院所的领导、上海对外贸易公司的领导，等等。

那个时期的建房和分配，大多是由上海市政府统一调拨、统一规划、统一建筑、统一管理的。分配到各管理企事业单位之后，再由那些单位的最高领导层自主讨论实行分配或嘉奖。

这类房子称为"公房"。当然，虽然建房是市政府统一规划的，但资金基本上都由各企事业单位自掏腰包。

"公房"的定义，只看那两个字便一目了然了。它们不属于个人或家庭，只属于国家或国家单位。

"单位"这个名词亦不算新，但却是解放后发展而来并立刻写入了新中国的新文化词典，同夫妻间的称呼名词"爱人"一样。

"单位"本身并没有大小的概念。无论大小都属于国家，都必须接受国家政府的领导和监督。同另一个发展了的普通名词"同志"，一样普遍。

中国的"同志们"在其工作的"单位"里是非常容易接受领导的。他们虽然常常为了一些琐事与邻居、同事、亲友在大街、菜场、住家、弄堂和办公室吵得不可开交，却极少对着他们的领导大声叫骂，即使自认是在身临不公的情况下。

比如，一个三世同堂的七口之家还挤在一个狭窄弄堂里的平房单卧里，但一家三口的同事却可以得到单位分配的两房一厅公房。

尽管如此，大吵大闹的声音却很少出现。

没有得到公平待遇的同志，会接受领导们的耐心开导和解释。你必须理解：那些可以优先分到住房的同志，是因为他们对国家所作出的贡献比你多。

在社会主义分配体制下的公平衡量标准，是由单位领导来作判定的。

在领导面前大吵大闹是无济于事的。谁都懂得这个道理，不止是在同一个单位上班的同志。

因为，向制定规则的领导去抱怨，或指责他们的错误或不公，不仅于事无补，更会遭致打压。

俗话说：识时务者，为俊杰。

懂道理的，自然懂得如何为人处事。

会做人的：国家这棵大树上哪怕只掉下一小片树叶，都有可能幸运地落在自己的脑袋上。

那些被单位领导定性为贡献寥寥的同志，除了无限期的等待，以各种方式在领导面前努力表现、积极靠拢，是他们唯一的争取机会和作为。

当然除了学会做事做人，还有一个非常关键的因素，就是社会主义的公有制。

在社会主义国家，每个人所得的东西，都是国家和领导分配给予的。

分配，等于是赠送吧？

赠送——只该收获感恩，却不应该被抱怨。

人得了恩惠，或多或少，都不应当去抱怨。

何况，十个手指还不一般长呢，亲妈也有偏心的时候。

4

　　凌家所在的那几栋邻居口中的"领导大楼"几百米远的对面，是一个老上海的外来人员聚集、栖息之地——赫赫有名的自建棚户区："工镇老街"。

　　"工镇老街"的地名在上海可算是历史悠远，但如此大规模棚户区的形成，却有一个并不光彩的过程。

　　"工镇老街"在旧上海是一个日本占领地，也是日军堆置水银等战争物质的主要场所。

　　战后所遗留下来的，无非是高低不平的荒地、积满臭水和肮脏的壕沟、以及锈迹斑斑的铁丝网等。

　　因此，上海本地居民在许多年里，都不屑去那里居住或建设。

　　中国解放前后，由于日本侵华以及多年内战，造成了上海周边地区如江苏等地的大量农民无地可耕无所可居，他们只能离乡背井群聚逃亡。

　　作为近邻，尤其是在许多人心里如天堂般敞亮、充满着传奇色彩和机遇的大上海，便是众多逃亡者的主要首选之地。

　　一片被上海本地人弃置了的土地，虽然不堪，但在外来的逃荒者眼中自然就是最最接近天堂的地方了，自然就是他们可以接受的上海。

　　随着一个又一个、一户又一户、一群又一群外来人口来此集聚，"工镇老街"逐渐形成了一带无政府的外来人口栖息之地区。

　　解放后的五十年代初，"工镇老街"里一个紧挨着一个搭满了以泥砖为墙、稻草为顶的低质量棚户，密密麻麻，多如牛毛。

棚户中住满了当时的外籍码头工人、人力车夫和小手工艺者如剃头师傅、补锅补碗、弹棉花、废品回收处理等劳动者。

无政府地区的生活条件，只能用"脏、乱、差"三个字来形容。

那里的很多住户，虽然在许多年里已在此立地生根、甚至同居生孩，但却依然像是生活在动荡不稳的临时住所里。

他们吃用水靠的是自挖的土井，烧饭煮食用的是自建的泥土灶。每家每户的垃圾则随意丢弃在离自家不远、别人家的门外。粪便则基本都倒在了住地周边那条早已腐臭了的水沟里。

在晴天白日时，熏天恶臭当头旋绕，主导着"工镇老街"户户相邻的空气；遇狂风暴雨时，混浊泛滥的脏水，肆意地在相连的棚户中窜门游行。

解放的头几年，新政府为了维护上海的整体形象并改善人们的居住环境，曾对那个区域实行初步管理。

但是，由于工镇老街的住户基本上非本地居民，加上国家经济的实际困难，那个区域内"脏、乱、差"局面，根本没有得到多少改善。

终于有一日，土灶燃火事故造成了棚户区一大片住宅被焚为焦炭。所谓的一大片，是在"工镇老街"里不算太大的一个角。当时所涉及的，有千余户人家。

火灾再一次引起了政府部门对改造棚户区的重视。

在上海民众的支持下，市政府终于下决心对"工镇老街"实行了全面的整改，包括帮助过冬的简易平房的建造和分配，统一供水、统一整治垃圾、统一清除粪便、统一填沟筑路等。

中国老百姓的聪明才智和发挥能动性，从来不仅仅是体现在高学历的知识人群当中。

在市政府和民众支持下所建立起来的简易过冬平房，仅几年的功夫便被"工镇老街"上更多的外来人口改建、或扩建成了占地更广的多层建筑。

那些看似摇摇欲摧中倚墙而建、生死与共的两、三层简易建筑，已经带着隐患，筑成了上海的一个真正的、甚至是坚实的居民生活区。

"工镇老街"以它顽强的生存意念以及广泛的群众力量，以其特有的生存形式奠定了棚户区外地人在上海的永固地位。

不知道当年的上海市政府是怎么考虑问题的，居然将"工镇老街"对面的一大片土地划出兴建公房。

从此，在一个不算太大的区域中，建立了遥相对应、却毫不对等的两大生活群和生活设施。

也许，极其不对称的格局，是为了检验中国人民的忍耐和接受程度？

同住在一个区域的两大完全不对等人民群众，居然在许多年里和平相处，几乎相安无事。

除了，站在六层楼的窗户前，可以经常听到和看到对面棚户区里的自相争吵和打斗。

六、七十年代，"工镇老街"的周围建起了公园和交通设施，又增建了学校和商店等。生活在"工镇老街"里的外地人口，基本都已荣誉获得了上海市人口居住证，成为了响当当名副其实的上海公民。

老街里有一户姓熊的人家，他们家的情况与其它逃难来此的外地人有所不同——据说，他们是地地道道的上海人，上海郊区青浦人。

有关熊家的传言不少，主要集中在一条：熊家出生青浦地主，五十年代不负管制，避难到此。

其实要更正一点：逃亡"工镇老街"的，不过是青浦熊大地主的小女儿，而她的丈夫，原是她们家的一个长工而已。

熊家年青健壮的长工爱上了主人的小女儿，便出谋划策，劝说并带着每天啼哭的她流窜逃亡至此。

熊家女人说了：你若想娶自己为妻，便必须入赘。

虽然在逃亡路上，虽然自己的反动父母早已被打倒并自杀身亡，但家族的传承，女儿将一力承担。谁让自己的父母除了三个女儿之外，临了都没有怀上任何男丁呢。

对于熊家小女所提的要求，那男人一口应允。自己原本就是因父母生下太多子女难以养活，而被出售到熊家的长工。

姓甚名谁，本无需在乎。

出于对爱情的向往，也带着"暂居"的梦想，熊家女儿屈尊在"工镇老街"住了下来。

没有料想到的结局是：一住，竟是那么多年。而且，看不到头。

熊二小姐不免失望至极，却又无路可逃。

她男人作为一个码头装卸工真的还算有本事也极有人缘。虽然生活条件如此不堪，但自己家那远不到一亩的方寸之地，就是她男人多年里照顾一位无依无靠的老人家去世之后所留下的遗产。

屋子虽然小且只有一间，但收拾得干净整洁。

屋内半个空间靠着后墙是一张自己搭建的木板大床，类似中国北方的那种土炕，足够可以平躺三到四个人。

床的上方有一扇小窗，但它只起到了一半的功能。

因为小窗所正对的外面，是一大群比这片建筑更老旧的、被烂泥糊成歪瓜裂枣似的窝棚，所以无论白天黑夜，小窗户都被一块深色的布帘遮挡着。

室内的空气及光线的主要来源，是敞开着的屋门。

为了保护家中少少的隐私，男主人在门外用废弃的碳砖砌起了一个没有门的小围墙挡着。

家中还有一些简单家具，有新式煤油炉等生活用具。就这样的条件，也已经十足让所有邻里刮目相看的。

更令人羡慕的，是那位平时对男人随意差遣，几乎手不沾水、脚不点地的熊家女儿，还在自己那张既是床又是凳的特大木板上，为男人，哦不——为熊家顺利诞下了一个男孩！

羡慕归羡慕，熊家女人可并不太招人喜欢，除了被那位自视"高攀"了的男人捧在手里。

那家男人姓甚名谁，祖籍在哪——几乎连他自己都早已经忘在脑后了。

邻里只管他叫"熊家阿哥"，因为他的热心肠和好人缘。

男孩熊涛长大了，出落得比同年小孩子俊秀帅气，模样出众。

他如今在老街新建的小学念书。听说书又念得不错。

也许是周围的邻居都不待见熊家母子吧，小伙子倒是有了比老街里那些整天游街散漫、打架斗殴的同龄人，多了一点读书和遐想的时间。

熊涛遐想的空间，其实不算太遥远。看到不远处那个六层高楼的建筑群吗——就在那边，就那么远而已！

从很小的时候起，熊妈妈一直对小熊涛说：

"儿子，你同别人是不一样的。你是呱呱呱呱的上海本地人！你要好好念书，将来一定跳出这里，一定要出人头地！"

祖籍是否本地人，在那个时候、在那个孩子的心里不算太大的问题。毕竟，自己打出生起就是个地地道道的上海人。

上海是个小地方，原住民早就不知上哪儿找去了。如今的上海人，大都可以在他们的户口本上，看到"原籍"是来自全国各地。

最早的大批量移民应来自广东。清朝后期因为躲避战乱，许多吴越富商远逃至开埠后贸易发展迅速的上海。

解放前期，更多如浙江、江苏甚至安徽等地的逃亡人众，同样选择了"人间天堂"上海作为他们的永久栖息之地。其中宁波人和江苏人居多。

以原籍为生活群的外来人口在上海分区而居。

广东人因贸易需要，大都集中居住在虹口区和广东路沿线紧靠船坞之地。而宁波人中行商的也不少，他们喜欢聚集在黄浦江和南市北区。

至于从江苏逃难而至的大部分贫穷潦倒的苏北人，因生活条件远低于前面两大移民团体，只能栖息在此前所提到的"工镇老街"等棚户区内。

随着各地人口的不断增长，各地方民众之间的争斗和磨擦从来都是一波未平，一波又起。

比如有钱人或生意人如广东人和宁波人，长期为利争锋相对；而江北人的棚户区所造成的"脏乱差"，既受到本地人的嫌弃，又被一江之隔的江南人所排挤。

历史上遗留下来的问题，虽然在新中国新政府的新政策下逐步得到改善，但在人们心中的那些评判标准，却依然被现实问题所左右。

至少生活在棚户区"工镇老街"里的居民，不仅被歧视，甚至于自视"低人一等"。

如今熊家的下一代熊涛内心所不解、并难以接受的：是自家所在的棚户区，和与之遥相对应的公房大楼区；是自己必须入读的简陋小学，和对面被砖头与金属围墙挡住了视线的新建小学；是他小小年纪可以分辨出的，人与人之间的那些显著差别。

5

在上海市区，每个学生都有上学的平等权利，但学校不可以自选。你住在哪里，便只可在那里就近上学。

熊涛住在棚户区的"工镇老街"，他只能在"工镇小学"读书。

至于母亲常常背着人、甚至父亲偷偷摸摸提到的青浦大院和远景将来，熊涛既看不到，更想象不出。

但是，他可以有自己的理想和目标。

这个目标，因为一段小小的因缘和一个难以预测的翻天覆地，或许即将成为事实。

又有谁知道呢？

人的理想似乎只能建立在国家整体的建设理念之上。

人，似乎只能够随波逐浪，只应当见机而动。

那日熊涛放学回家，老街里又有两大群人带着他们的年轻孩子们，为抢用一个公共水龙头而大打出手。

"外面又在吵些什么？烦死了。"

坐在木板床边的母亲嘴里嗑着瓜子，问话中显然没有太大关注。无非司空见惯，习以为常的口气罢了。

"还不是那些事。。。妈，我出去看看。"

熊涛也懒得关心，随便答应着母亲同时向门外走去。

"别去了，别闹出点事来。"

"知道。我去马路外面透透气，这里吵死了！"

熊涛母子虽然住在"工镇老街"，但从来很少与人有密切来往或结交朋友。

家庭出身背景不好是一个理由，但熊妈妈不喜欢、不习惯那种吵杂的氛围，更是主要原因。

　　熊涛走出老街，来到已经去过多次的公园内，在花坛边宽宽的水泥围栏上，找了个比较干净的地方坐了下来，向远处眺望。

　　这公园是前几年新建的。它坐落于旧街区和新公房区的旁边，同那两个新旧住宅区形成了一个三角地带。

　　公园既不属于老街，也不属于新区。人人可以过来和平共用。

　　远处的学校也已经放学了，还有许多学生从校内走向这个公园。

　　熊涛熟悉每一天在这个时间段所发生的故事。他收回了远眺，将目光转向了几个正在疯玩的男孩子和女孩子身上。一丝看不见的笑容在他的面皮里呼之欲出。

　　"这些男生女生，每天玩着这么无聊的追赶游戏，很有意思吗？"

　　熊涛又将目光转向了离自己不远的、同一条围栏的那一头——一个女孩如他所熟悉的那样，静坐着。

　　他真心的微笑终于从脸上透了出来。

　　女孩有时也会转头看一眼那群互相追赶着的捣蛋鬼，但大多数的时间是在吹泡泡。

　　熊涛看着女孩将一个带着圆圈的小棍子插入了一个神奇的小瓶子里，搅动了一下再抽出来举到头顶上方，然后仰起脸嘟着嘴，一口气便吹出了好几个色彩斑斓的气泡。

　　几年前当自己还是第一次看到这个场景时，熊涛真是觉得非常神奇的。如今他长大了，还特地去了解过：

　　这种泡泡的形成是肥皂张力的作用。那种彩虹一样绚丽的色彩，是日光在泡泡内层与表层上的反射作用。

　　在那个年代，对于"工镇老街"出生的熊涛而言，肥皂是一件稀奇得不得了的东西。

　　如当年的粮票、蛋票和肉票一样，肥皂和布匹这类日常用品也属于紧俏商品。

　　即便如此，熊涛还是愿意去看那个女孩仰着小脑袋，专注地吹着泡泡，固执地等着一个个美丽泡泡的升空、降落，直至破灭。

　　每每那小女孩沉浸在泡泡游戏的同时，熊涛在一旁欣赏着整个过程。或者他正在享受着眼前那幅美丽的画面。

　　熊涛基本上可以确定：那个吹泡泡的女孩名叫菲菲，她一定是那几个玩疯了的男生或女生的妹妹。因为她通常与那几个来公园玩耍的男女生，虽然不一定同时到达，但基本上都是结伴回家的。

　　不料今天那几位却玩得有些过有些远，竟然丢下了自己的小妹妹一人在此。

　　当然，最近菲菲身边多了个小书包，猜她也已经是小学生了吧？但是那些把自己的妹妹玩忘了的，可不算好哥姐。

　　这样想着，熊涛的内心除了对菲菲的同情和对她哥姐的失望，竟升起了一股保护的愿望。他在对方不知不觉中稍稍把屁股往那个方向移近了半个距离，眼睛却不敢去直视那位还在自我憧憬着的女孩。

　　"过一会儿，他们应该会想起她来的吧？"

　　熊涛内心作出这样的推测，同时另有一个声音却在对自己说：

　　"假如他们今天果真忘了小妹妹，我是应该护送她回去的吧？天都已经暗下来了。"

　　果然前一种推测更为合理。半个多小时之后远远地有一个男生跑回来，在公园的那一头高声叫喊着："菲菲，菲菲——我们回家了。"

　　小女生看来一直在等着他们回来。

虽然这次哥哥们没有回，但还是没忘了喊她过去。她赶紧旋好瓶盖，飞一般地就跑了。

留下了书包，竟忘了带走。

熊涛原本该有一些失落的吧？但转过身正视那边时，他看到了书包。

简直是天赐良机！他赶快往那边跑过去，一边喊着"菲菲——你忘了东西了"，同时从围栏上捡起书包。

人都跑远了。熊涛将书包捧在怀中，等着。

"她，他们过一会儿就会想起来的。"

一直等着。晚饭时间早就过了，熊涛不想离开，他确定书包的主人一定会想起它来的。

八点多了，熊涛的肚子咕咕叫着提醒自己：还没有吃晚饭呢。

那边，晚餐过后，该是做功课的时间了吧？菲菲同她的两个哥哥终于出现了，急匆匆往这边跑来。

熊涛也紧赶了几步，走到那家人的面前：

"给——你忘了书包了。"

"哦，谢谢，谢谢你！"

"咦，你怎么知道这书包是她的？"

做哥哥的有些好奇。

"我刚好也在公园里逛，经常看见你们几个在玩。今天你们走时。。。"

"噢，真是太巧了，太感谢你了！"

大哥用赞许的口吻拍了拍熊涛的肩，表示感谢后便打算离开了。

"哥哥一直等在这里吗？你还没有回家吃饭吗？"

倒是小小年纪的菲菲，终于问了个大家应该关心的问题。

"还没有。。。我怕你们白跑一趟，所以一直等着。"

　　"那朋友真的太不好意思了！你现在跟我们回家吧？补请你吃饭！"

　　"哦不了，谢谢！我家里也一定在等我。我要赶回去了，再见。"

　　说着话，已经打算转身往回走的熊涛，脑际却在重复着刚才那"朋友"二字。谁知道呢？或许人家只是顺口一说罢了。

　　"那就再说吧。朋友，后会有期，谢啦！"

　　许家哥哥扔下这句话后，便也带着弟妹匆匆离去。

　　再次听到"朋友"两字，熊涛心里说不出有多得意。他站在原地一直望着那几个的背影消失在远处之后，才飞奔回家。

　　第二天熊涛想去公园的，但不知怎的，就是没有去。

　　第三天、第四天、第五天，他都没有再去那个公园。

　　虽然，心中很惦记那里，很惦记那"朋友"两字。

　　星期天上午，熊涛终于按耐着想交朋友的迫切心情，慢慢吞吞向公园走去。

　　远远地他早就注意到了那几个熟悉的男生正在玩球，却未见菲菲和另外那个年龄稍大一点的女生。

　　熊涛故意离得远一些，躲在树荫下踢着石子散着步，心里边敲着鼓点。

　　"是否应该主动去同他们打个招呼？无论如何，我们也算是相识了。"

　　想归想，步子却没有往那边去。

　　几分钟后，一男生跑了过来，手里抱着个球。

　　"嘿——你就是那个做了好事不留名的同学？"

　　他，那群里个头最高的男生竟然主动找熊涛说话！

　　而且，昨晚他根本就没有过来。听说的吧？

　　"噢。。。是，是的。也算不上是做好事，刚刚巧吧。"

　　"那你到底叫什么名字？我是凌霄。"

"你好，我叫熊涛。菲菲是你的妹妹？"

"差不多——许菲菲是他们的亲妹妹"，凌霄一边指向那几个正在走过来的男生，一边又感到讶异：

"咦，你怎么认识菲菲？"

"噢，不，不认识。我只是经常在这里玩，听到你们这样叫她。"

"你也住在这附近？是哪个楼？"

这个时候，另外三个也到了。许家老二伸手拍了拍熊涛的肩膀：

"嘿，朋友。"

"你好。"

"你家也住附近？"

这次真的躲避不掉了，熊涛指了指家的那个方向：

"是的，就住在老街那里。"

"噢？你讲话倒是听不出江北腔。"

"我是本地人！"

"那你怎么会住在老街？"

"因为。。。家庭成分不好。"

声音虽然弱，但不知为啥，熊涛回话的底气倒是更足了。

"懂了！你够朋友，同我们一起玩吧？"

熊涛笑了，如阳光灿烂那般。

人生头一次，心想事成的他尝到了努力和耐心的回报。

6

从此，小集团里多了个老八熊涛。虽说排行第八，但熊涛只比老四凌霄晚出生了几日。可排名再次重新组合的话，就有些乱了，熊涛便依着加入时的顺序排在了末尾。

熊涛一点儿都不在意那些排名，特别是听到两个妹妹整天喊着自己"阿哥，八阿哥"的时候，心里别提有多滋润了。

每当小伙子们想起玩什么新花样，忘了照看两个妹妹尤其是菲菲时，都能看到大哥哥熊涛耐心地等候和关心着她俩。

老八熊涛的口袋里始终揣着几块糖和饼干，还有几本小人书。菲菲爱看连环画，圈子里谁都晓得。

老八口袋里的那些点心，大都是老四从家里偷出来与大家分享的，但为人"小气"的老八却总不舍得一下子吃完，也不愿意分给最先吃完的那些男生。

只有菲菲和她姐姐芳芳心里清楚，那些省下来的糖果点心最后都去了哪里。

十月一日，是中国人的国庆之日。

熊涛如今最最盼着的，就是学校的放假日。

今年的国庆也是熊涛的重要纪念日。因为，他被新结交的好朋友们邀请到对面六层公房的屋顶上，去观烟火！

举国欢庆的夜晚：天空上，是繁华绚丽、五彩缤纷的火树烟花；地面上，是噼里啪啦、连续不断的鞭花爆竹。

偷着爬上屋顶的孩子们，仗着大人们的无暇顾及以及力不从心，放肆地在屋顶上大声欢呼和喧闹着。

对于小女生菲菲和姐姐芳芳来说，爬屋顶这类事同成年人一样，应该也是心有余而力不足的。

但是哥哥们可不会在那么关键的时候丢下妹妹。她俩最终在所有人的小心搀扶下，通过楼道天花板上那个小小的维修窗口，从别人家里偷来的那条竹梯上爬上了屋顶。

当熊涛在上面同其他几个男孩一样伸出援手，共同拉上菲菲姐妹俩的那一刻，一种从未有过的体验充满了他的内心：是那样的骄傲，那样的自豪！

坐在屋顶上，保护着女孩，熊涛沉浸在烟花爆竹的庆贺声中，也享受着兄弟妹妹的温情厚谊。

人生第一次他不再比较，不再忧伤。熊涛极其满足：自己日前所拥有的，是与其他男孩一样的东西！

每当菲菲、甚至芳芳以喜悦的目光同自己交流的那一刻，熊涛的内心更是添添了一层莫名的温暖和责任。

他将身子朝菲菲再靠近一点。

"坐着也可以看到天空上漂亮烟花的。别站起来哦，别跟着哥哥学，你还小。"

菲菲很听话地用力点着小脑袋。一直以来，她都是最听话的小妹妹。

而且菲菲也晓得，自从八阿哥来了之后，她便不用担心会走丢，会太累，会被忘记掉在后面。

许家大哥就快高中毕业了，本来小集团的规模正在缩小，现在来了个新玩伴，仿如添加了新鲜的血液在内。

许家老大毕业后，按照当年的政策原本该分配去农村插队的，但他父亲托了个人认识了儿子中学的校长。在一次友好的见面和礼物赠送之后，许伯伯顺利将大儿子带去了远洋轮，并打算将他培养成为一名水手。

他们那艘船的船长和水手，都是属于军人编制的。校长说过，许家有了两个从军的，其它孩子毕业分配时，或许会沾些光。

反正，那个时候从那些去农村接受贫下中农"再教育"的年轻人所返回城市的信息，大都是超乎想象的贫瘠和失望。

比如，当年那位用决裂来威胁父母、从而达到提前结业去农村锻炼目的的凌琦。她如今的每一封家信中，抱怨是轻的。不断要钱要物要求回沪，不断给父母增加压力，才是她写信的主要原因。

虽然咎由自取，但作为家长当然会同情自己的女儿，因而凌家夫妇俩自此之后的大部分烦恼，都是为着这个比儿子的顽劣更麻烦的小女儿。

烦恼归烦恼，如今再有本事的父母，都无法抵抗国家的政策，都无法只手翻天。

晚上凌云在房里看书。他弟弟凌霄正低着头专心致志摆弄着一只被他自己拆卸成了一大堆零件的小闹钟，突然间一个念头上来，他停下手问道：

"嘿，哥，将来你长大了想干什么？"

凌云扭头望了一眼弟弟，这可不像是他。

"你今天怎么了？为什么突然对将来发生了兴趣？"

"不是兴趣。。。你说吧，你以后想做什么工作？"

"会计。我想同妈一样，将来当个会计。"

"啊？做会计有个什么劲？整天坐着，整天数钱。"凌霄一脸鄙夷："噢，对啊。你老喜欢数钱了，哈哈。"

"你懂什么。。。那你呢？你倒是究竟想干什么？"

"我？哥，你知道许家大哥吗？他参军做水手了，去了他爸的远洋轮。"

这下凌云把身体都转了过去，正视着弟弟。

"你不是也打算去当水手吧？大家喊你一声老四，你就真把自己当成他们许家人啦？"

"当水手有什么不好？你看人家许伯伯，去过了那么多国家，带回来那么多好吃的和好玩的东西。其实我要能上船，说不定哪天会成为轮机长的。"

"呵呵，你的要求倒也不高！先把你桌上的那些废品给拼装起来吧，家里的东西都快给你拆完了，也不见你装修的本事有任何进步。"

"你不懂，拆是为了学习原理。至于制造和维修，还需要合适的生产工具。呵呵，当然啦，本人是有自知之明的。"

人所贵有的，就应该是"自知之明"这四个字了。

凌云转回过身，似乎被弟弟的谦虚自知给说服了。至于自己，凌云当然也有其"自知之明"。

老四凌霄既定了自己的将来，便继续无忧起来。不久以后就要升入初中了，进了中学，就是大人了。

他内心至少是如此希望的，直到真的入了学。

天还是那片天；地还是那块地；学校还是一样的学校——学校里的老师还是那样的烦人！但庆幸的是：同学们还不错，好朋友都还在一起。

凌霄发现其实每个同学都有自己的理想，在干革命工作这个大前提之下，每个年轻人其实都有着自己的理想或者幻想。

近年来他最最喜欢与之交往的，应该算是熊涛了，虽然他俩倒不是在同一所中学念书。

凌霄的大方与豁达，同熊涛的谦和与细致可谓搭档合理，可以取长补短。何况在那些让凌霄伤透了脑筋的、没用的文化学习上，朋友加兄弟的熊涛义无反顾，将凌霄的功课大包大揽了过去。

只此一处，年轻的熊涛已经逐步取代了凌霄年长的哥哥凌云。

更为重要的是：老八对老四学习上的帮助，间接地斩断了凌霄对家里的最后一点依赖。

凌霄对这个新朋友非常满意。

　　今天照例在凌家边吃着糕点边做着作业，两人还交着心。凌霄在好朋友面前，丝毫不掩饰自己的内心世界和将来计划。

　　"我是决定要跟着老大去当水手或船员的。我计划走遍全世界，去参观、体验一下外面的世界。你呢？你有什么打算？你希望将来做什么？"

　　"我不晓得。。。反正我是家里的独子，肯定不会被分配去农村的。"

　　"什么都不想？我不信，你是个有计划的人。不想告诉兄弟，对吧？"

　　"不是不想告诉你，主要是不敢幻想。凡事要一步一步慢慢来。"

　　果然，熊涛并不是没有想法的。对于他，凌霄非常了解，也知道相逼之下，老八会漏出一点口风。

　　"幻想也是想。比如你兄弟我如今做的也不过就是一个美梦而已，你的梦想为什么就不能说？"

　　"好吧。。。我其实就一个愿望：有一天可以尽早搬出那条老街。"

　　"哈哈哈哈。朋友，现在就搬来我家一起住吧，帮你提前实现愿望！反正我俩是兄弟。"

　　没有在"工镇老街"居住过的人，终归是不可能真正了解和想象那里的生活环境的。

　　从凌霄大大咧咧的玩笑邀请中，不难看到其实熊涛说与不说，他的终极愿望对于别人而言，根本没有多大的意义。

　　日子一天天就这么捱着，总算，有好朋友相伴。

　　加入了许、凌两家小集体之后，熊涛始终没有忘了自己多年以来始终关心的人和事。

　　在一个阳光明媚的的下午，看到菲菲又拿出了那个魔幻的小瓶子，打算开始她的梦幻之乐时，熊涛不失时机坐到了她的身边。

他问她："你为啥那么喜欢吹泡泡？"

她回答："我吹给你看——好漂亮的颜色！"

"但不管有多么好看，泡泡一下子就会破灭的呀。"

"那再继续吹，就又有啦。我一直都在尝试将它们留得时间久一些。"

熊涛微笑着，向小妹妹解释着他从"十万个为什么"里面看来的原理。

菲菲歪着小脑袋，认真听讲的眼神里，有些许崇拜。

最后，她问他："既然有张力拉着，那些泡泡最后为什么还会破呢？"

熊涛一愣，这个问题他暂时还没有学到。

"也许，破是一种自然现象吧？"

对呀，但凡不能用科学去解释和定义的东西，都可以用自然现象去解释。

她答得倒是通情达理：

"噢，没关系的。泡泡破了没关系，继续吹好了。"

这个世界上的所有问题，不一定都找得到原因的，但是，都会有结果，就看你如何去选择。

熊涛安静地坐在菲菲的身边，陪伴着、欣赏着她将泡泡吹上天，又破碎成小沫子往下掉。。。然后两人使劲仰起脸，吸取那肥皂的香。

此时的熊涛想到了一个古老的传说：天女散花。

应该也香不过此吧？

7

开开心心的日子，有几年了。

直到有一天，熊涛没有按时出现。小集体等了他一会儿，便不再等他了。也并非没有发生过：熊妈妈找事，拦住他出门了呗。

但是，之后的几天熊涛还是没有再出现。这下真有些不对劲了，着急的尤其是凌霄：自己的功课应付不了呀。

"你们玩你们的，我先去他家摸摸情况。"

凌霄来到工镇老街上，先悄悄站在附近别人家的墙根下往熊家那个方向张望了一会儿。好久都没有见到熊涛出门，也没有任何响动。他不敢过去敲门，知道平日里熊涛的妈妈很会来事，老八挺不易的。

又等了一刻钟那样，看到熊家还是没有什么动静，凌霄只能灰溜了。

第二天下午，凌霄逃了最后那堂课。他跑到熊涛的学校门外等着那里下课放学，却居然还是没有见到他。

有些不对劲，完全不对劲！

凌霄晓得即使熊涛搬了家，之前一定也会告诉好朋友的。他们之间的兄弟加朋友关系，又不是一天两天的了。

他等来了许家那几个，碰了面开了会。大家都感觉事有蹊跷，便互相打了气，决定一起去熊家弄个清楚。

一行人直赴"工镇老街"。早就晓得那里的年轻人彪悍的很，平时打起群架都是"白刀子进，红刀子出"的，当然，除了他们的兄弟加朋友熊涛。

如今自己也是要人人不少，要力也算得上是一方霸主——许凌两家如今合起六人团结一心，倒也无所畏惧。

众目睽睽之下一行人开进"工镇老街"，来到老八门外正举手要敲时，熊涛妈妈推门出来。看到这个架势，她自然是吓了一大跳。

"喂，你们是谁？为什么堵在我家门口？"

小集体所有人突然同她撞了个对面，也都显出惊魂未定的模样，最后还是机智的芳芳开口回话。

"噢。。。熊阿姨，我们是熊涛的同学。他最近没有去上课吧？我们过来看看他。"

熊阿姨的脸色从疑惑和紧张中缓和了下来。

"噢，是的。熊涛这几天没有去上课，你们替他向老师请个假吧。他爸爸病了，现在地段医院住着。他要帮着照顾，我也马上要过去送点吃的。"

大家听闻后心里一沉，难怪！

"我们一起去医院看看吧？或许可以帮得上什么忙的。"

熊妈妈抬眼正视了那几个年轻人，有些惊诧，但点了点头算是默许。

"我先要赶路，你们跟着好了。。。"

大家一路跟着到了医院，老五芳芳说"等等，先在楼下买些水果"，所有人便清了口袋凑钱。

钱加在一起也没有太多，只够买几个香蕉而已。就先这样吧，重在心意。

几个刚进了门还在找楼梯呢，熊涛已经下楼来了。

"嘿，兄弟们。谢谢你们过来！大家暂时先别上去了吧，我爸已经睡了。"

熊涛的脸色黄黄的，累的吧？

再看那几个小伙伴的脸色也十足难看，为兄弟担着心呢。

大家七嘴八舌问开了：

"你爸到底得了什么病？"

"你爸的病要紧吗？要住院很久吗？"

"你每天都在这里陪着？"

那么多问题，似乎把熊涛给问傻了。他低着头、沉着脸，看上去大家如果再行追问的话，就要把他的眼泪给逼出来了。

众人便都止住了口，默默陪着他杵在那里。

许久，熊涛才缓过心气来，回答起大家的关心。

"我爸得的应该是肝癌，可能已经到了晚期了。而且我们也没熟人，送不进大医院去看病。"

眼泪终于没有止住。

小伙伴们个个都愣眉傻眼了！这个时候该说什么？

他们向来自诩早就在一起经历过"大风大浪"了，不料如今来了个深不可测的漩涡，只一瞬间，将所有人的自信心全部都带水里，淹没了。。。

晚上凌霄回到家，在饭桌上同父母说起了好朋友熊家的难事。

"爸妈帮着找找关系、托托人好吧？他们家谁也不认识大医院的医生。你们晓得的，现在没有路子的话，连手术也做不了的。"

"别担心，儿子。天塌了还有地接着——大家总会有办法的。"

凌霄的妈妈果真很快帮忙找到了一个熟人。很关键的人，是上海肿瘤医院的一位主治医生。

凌霄终于可以助朋友一臂之力了，他飞一般跑去见熊涛。

"找到专家不容易的，而且礼物我妈也已经替你们准备好了。你明天带上所有的病历和X光片什么的，我们直接上他们家去。"

"谢谢！先不急吧。。。我要先同爸妈商量一下。"

熊涛这样回答。

事情太大，人情太重，他有些不敢决定。

晚上，听着儿子的汇报，熊妈妈一边抽噎一边用手在一个枕头边上寻摸着。

找到了！她拿出了一条细细的小布袋递给儿子。

"诺——拿去。你朋友已经帮了我们大忙了，别再让他们家花钱为我们送礼。"

"这是什么？"

边问，熊涛边从小布袋里抽出一根亮晶晶的东西。

"这是你妈过去头上用过的翡翠金簪子，是家里给的。"

"真的？这是真金的吗？"

"是金的，但上面的翡翠更值钱。所有好东西都在过去那些年被抄家或丢掉了，这是老家留给我的最后一件首饰了。"

熊妈妈已经张开了嘴想大声嚎哭来着，但看到如今站在眼前的是儿子而非丈夫，便无可奈何地自动闭上了嘴，只管让两条细长的眼泪直直地往地下淌。

"我要怎么办？"

熊涛的双眼离不开这件精致的首饰，心中万般不舍，口中喃喃而语。

"送去'国旧'店卖了它吧。应该值点钱的，大概应该值一两百块吧？除了送礼的费用，你爸爸住院治疗也是要花钱的。"

那个时候的旧货商店都属于国家，所以都叫"国旧"店。比如上海淮海路上有一家很大的旧货店，就叫"淮国旧"。

这么一件好东西，都藏了那么多年了，如今却为了爸爸的病要将它变卖掉。

熊涛真心不情愿！

他看了又看，不过又立刻想到了爸爸的病，想起了要去求医生给爸爸治病。

第二天上午，清清楚楚记得母亲说它值一两百块钱之多，熊涛把金簪子紧攥在手中，同拳头一起放进了上衣口袋里。

来到了旧货店的柜台前，他从口袋里拿出自己的手，恋恋不舍地在店员的眼前颤抖着打开。

"这是什么。。。"

店员说了半句便止住了。他接过那条发簪，举到眼前对着光看了一会儿，把目光转向沉默中面对面站着的小男生。

"哪儿来的？"

其声音和目光，极为犀利。

"我妈妈的。"

熊涛的声音是低沉的，低到无法令人至信。

"偷来的吧？"

"不，不。。。不是偷的。是我妈的！"

虽然回答的音量放大了许多，但店员再一次用眼光从头至足扫视了这个男孩子，无论如何都不愿相信：他，或者他的家人可能拥有这样一件宝物！

"还说不是偷的？你这种孩子我见得多了！滚吧，东西先扣在这里了！如果再不滚蛋，我们就要叫警察了！"

孩子本来就不太愿意来，更不晓得该如何出售东西，眼下看到一些人围了过来，对着自己指指点点，眼光里尽是鄙视。又听到他们说要喊警察，熊涛便哭着跑了，一路上还连声说着"不是偷的，真的不是偷的。。。"

他不敢回家，连午饭也没吃就直接去了凌霄他们学校的外面，一直等到所有人放学。

"怎么了？出什么事了？"

看到熊涛的心酸样，大家来不及地询问道。

熊涛胸膛起伏着，强力克制着自己内心的悲愤，将此事从头道来，末了补充道："我不敢回去告诉妈，怕她伤心，所以先过来找你们商量。"

"岂有此理！欺负到我们兄弟头上来了！"

"走，我们去替你出头，去替你把东西要回来！"

这两年为朋友两肋插刀的事其实不少，但为了如此正当的理由而出战，不免令人斗志昂扬，摩拳擦掌。

就快到下班时间了，大家马不停蹄跟着熊涛赶路。

众志成城。当一群小年青冲进旧货店时，场面甚为壮观！领导被逼唤了出来。

来时路上大家已经积极商量过了，由看上去稳重并且能说会道的五妹芳芳去主持谈判。她此时义愤填膺，在众目睽睽之下讲述了出售金簪子的原因和过程。

领导显然此惊非小，他立刻将那位店员拉到一旁。问完话后狠狠瞪了那店员一眼："等一下再找你谈话！"

据说簪子已经卖掉了，卖给了一位常客。领导心中有数。

"这样吧，我们相信你们所说的都是实话。既然你家里急需用钱看病，我们就代为出售了。这里有六十块钱，请你们收下，再按照规定留一个地址和名字给我们，以防万一。"

大家都看着熊涛，他这次没有丝毫犹豫，立刻坚决反对："我妈说这只金簪子至少应该值两百块。假如六十块的话，我不卖了！"

语出惊人时，领导又是一愣。他到底也没有机会亲眼看到实物，只能再回过身去找那位躲在后面的店员问话。

店员尬着脸支支吾吾了几分钟后，领导回来说："最多只能给你一百五了。那件东西已经卖掉了，追回来的话需要些时间，还不一定行。"

所有人再次将目光集中在熊涛的脸上。这一次，他方才释怀了些。

“好吧，就一百五吧——我没有时间可以等。”

留地址时，他的一点点犹豫被菲菲看在眼里，她拉了拉姐姐芳芳的袖管。芳芳便走过去从熊涛的手中抢过笔，善解人意地对他说：

“留我家的地址吧。反正你们每天都要去医院，家里也没有人的。”

那领导不过是走个过场，顺带吓唬吓唬那几个孩子，因此倒也并无所谓。

回家路上，几乎每个小脑袋都在想着同一件事：这到底是个什么稀罕物件，竟值那么多钱？竟让旧货店的工作人员徇私犯错？

“唉——可惜我没有眼福看看那个发簪。”

老四口无遮拦的那一句感慨，如今可是代表了所有人的心思。

熊涛有些难为情：“真的非常感谢大家！我打算明天同妈妈准备一些礼物，先去找那位专家看看。”

话题被顺利转移了过去，所有人都回到了现实中来。

“其实你完全不必再去买礼物的，我妈已经提前替你们送过去了。”

熊涛很是感激，但自己也是应该尽心的。他在第二天同母亲一道，手提大包小包，带着父亲的所有病历，在凌霄的陪同下去见了那位大夫。

医生说了：光靠这些检查结果还远远不够，建议他父亲去肿瘤专科医院再做一次全面检查。

几天后，肿瘤医院的报告出来了：肿瘤发现实在太晚了，已经扩散至全身。

熊妈妈是难以一人承担如此噩耗的，她的悲痛情绪随之传染给了身边的两个男人。

熊涛的爸爸说：没必要治疗了，也不想在医院里住着了。既浪费钱，又没有用。

出院后的熊家人，都已没了过去的性情。

熊妈妈不再对男人指手划脚了，每天学着忙里忙外做饭洗衣。熊涛也几乎除了学校和家，其它任哪儿都见不到他的踪影了。病人熊爸爸则每天在家唉声叹气，为着自己的女人和孩子的将来耿耿担忧着。

小伙伴们倒是常常想着去看望老八和他的父亲，有了好吃的东西也不会忘了自己的好兄弟，一如既往。

只三个月的时间，熊爸捱到了他这辈子的生命终点，可怜他临行前还在为自己的女人孩子操心。虽然，看到眼前越来越懂事的儿子，他或许得到了一些些安慰。

这种宽慰，从他对儿子的嘱咐中可以体会：

"孩子，你已经长大了。要懂得体谅你的妈妈，要学会照顾你的妈妈。爸爸这辈子亏欠你妈妈太多。你长大了要好好孝顺你的妈妈，也替你爸爸还掉欠你妈妈的一些债。"

悲从中来的熊涛，虽然不能完全理解父亲为何自我感觉是欠了母亲的债，但对于中国人、中国孩子必须尽孝的道理，他早已熟知。

"爸爸你尽管放心！我一定会用心照顾妈妈、孝顺妈妈的！"

熊涛只是不住点头，不停发誓。

他的父亲终于走了。走了的人，应该不再辛苦了吧？

活着的人，家人或者孩子呢？

也许，如他们在亲人面前所保证过的那样：他们该将责任担负起来，去承继亡者的未竟义务。

8

好不容易捱到毕业了，凌云想去读会计的的梦想，随着学校老师对他的合理分配而幻灭。

根据凌家的实际情况，他被"幸运"地分配进了一家纺织厂。

去厂里当一名伟大的工人阶级，是那个年代继农村插队落户之后的一个更为实际、更受欢迎的人生选择，也是许多年轻人和许多家庭梦寐以求的将来。

可惜，凌云并不领情，他甚至是失望到了极点。

他有些责怪自己的父母，为什么不能向其他家长那样同班主任老师搞好关系，例如在必要时多送些礼物等等。但是，诚如母亲的回答那样：

"儿子，别人去拍老师的马屁，是为了让孩子留在上海，是为了让他们进同你一样的工厂去上班！你让我们去求老师究竟是为了什么？分配到工厂已经是最佳选择和机会了，没有人会努力去放弃这么好的分配名额。"

或许，母亲说得对。

凌云无奈，只能愁眉不展地接受了厂里的安排，去学习做一名仓库保管员。

幸好同车间里的织布女工相比，自己还算是相当幸运的。如果凌云是个女人，应该也会被分配到那轰隆轰隆震耳欲聋的车间去当一名织布工吧？

远离了喧闹的车间，凌云本该自求多福，但是好强的本性让他不会在工作中停滞不前。他利用自己的文化功底，将一个又大又乱的工厂仓库安排得井然有序。

料想不到的是：他的努力最终引来的，竟是仓库同事和领导的嫉妒甚至阻挠。

就在凌云被周围人孤立起来的当口，他厂里老厂长临近退休。根据当时的政策，退休领导的子女中若有待业在家的，可以顶替进厂。

老厂长的小女儿毕业后因病逃过了去农村插队落户，便顺理成章顶替了为她提前退休的父亲。虽然顶替了名额却不可能顶替老父的职位，由于她母亲仍是这家厂的财务经理，女儿便被安排进了厂财务科，当了一名出纳员。

凌云在工作中的努力和成就，暗中得到了老厂长的留意和支持。老厂长看出凌云是一颗好苗子，如果放到可以见着阳光的地方，定可以成才。

老厂长溺爱自己那单薄瘦弱的小女儿，试想着如果可以得到书生气十足的凌云为女婿，倒是一段上好的姻缘。

凌云凭借着自己不懈的努力加上老厂长夫妇的帮助，短短一年之后便被调入了纺织厂的销售部门。如今对于他来说，当一名工厂销售员应该好过了自己原有的梦想——做一名会计。

但是，时代不同了。

中国，在经历了多次的文化革命之后，终于在改革下走上了一条经济革命的道路。当然，是一条社会主义的发展经济的道路。

凌云的父母如今正处在身强力壮且身怀特技的发展年龄。他们这一代人，在中国最初那些改革开放的年代里起着至关重要的作用。

同他们当年为国家所作出的贡献相比较，他们的收入是极其低微的。然而，他们亦有斩获，比如说：住房。

公有制的住房是由工作单位分发的。凌家夫妇的外贸公司是中国改革开放后最早的受益单位之一。

现今仅凌家这对夫妻，便已分得了另外一套二房小公房。

凌云作为家中的长子，理所当然地搬进了为他将来结婚而准备的"新房"里。

再回过去看一下那个从小并不关心学习太多的许凌熊小集团吧。

由于中国高考制度的恢复，在校的学生破天荒可以自由选择自己所中意的中学念书了。前提自然是：你的成绩必须符合那所学校的入学要求。

那时的学校特别是中学被分成重点和非重点两类。划分的依据除了原校过去的声望，更在于入读学生的文化考核成绩。

改革后的第一、第二年学校成绩的考核，想必是极为可笑的：过去那么些年，国家一直都在鼓励、教育学生以社会劳动取代文化知识——如今一日翻天，怎能让所有的孩子，突然提高自己的学习愿望和学习成绩呢？

虽然那是一个奇特的现象，但是师资力量在所谓"重点学校"的集中，倒是可以让那些赶上了机遇并侥幸入读的学生，比那些多年里浑浑噩噩、不求知识进步的同学，有了更进一步的前途保证。

或许，对于那个非凡时期的国家而言，部分、或者整体文化科学知识的有效提高，重于个体学子的个人追求与选择。

无论如何，在众多学龄人中，永远不会缺乏幸运者。

比如，即将升入高中的学生熊涛，就迎来了他孜孜以求的极好机会，也是光明前程。

多年来熊涛的天赋加之努力，不仅让其学习成绩名列年级前茅，还得以轻松帮助身边的的朋友如凌霄等解决功课难题。

如今放在自己眼前的，是一张高中学校的选择单。

考试临近了，即将从初中毕业的每一位同学，都面临着人生的重要选择。当然，每个学生的选择，基于他们自身的文化成绩。

　　"熊涛，你是我们学校里成绩名列前茅的学生之一。选择入读市重点中学对你来讲是一个光明的前途；对于学校来说，也是值得骄傲的成就和荣誉。所以，你不仅要认真填写你的志愿，还应该再接再厉，争取以更好的成绩从本校初中毕业。我们热诚期待你的进步！"

　　熊涛习惯性地压抑着骄傲的情绪，频频点头答应着，他会把这张纸带回去好好斟酌。正如班主任老师所说的那样：如何选校，确实关乎着自己的前途。

　　他想起前几日放学后专程跑着去对面的小学门口等菲菲。果然，她还是慢悠悠的，在大多数学生离校之后走了出来。

　　"阿哥，来接我的？"

　　虽然明知故问，但小姑娘还是照往常那样，笑眯眯看着她的八阿哥。

　　"是——接你去我妈那里吃馄饨。"

　　一路上，熊涛逗着小七妹："以后要是哥去了别的学校念书，你怎么办呢？"

　　"去了其他学校，你就不能来看我了吗？"

　　"当然可以的。但是，可能不会每天都有时间过来了。"

　　"那你就还在这个学校读书好了，没必要换的。"

　　"哥哥要升高中了。"

　　"噢，这样啊。对了，我也快要升入初中了。行吧，祝哥考入好学校噢。"

　　两人说着话到了熊妈妈工作的小食店。此刻，几乎所有的小伙伴都陆续过来了。

　　虽然目前的学校开始抓文化学习了，而且下课放学的时间越拖越晚，但小集团的规矩不能破，否则便不会再存在了。

　　今天，老四凌霄和五妹芳芳也各自带了一张表格来。他们两个同样也到了初中毕业、选读高中的年龄了。

更有意思的是许家最小的妹妹，菲菲。她居然也从书包里翻出一张入学申请——初中升学表。

如今的小集团早就不玩当年那种冲冲杀杀的游戏了。所有人虽然看起来都有些无精打采，但至少熊涛的内心是澎湃的。

孩子就是孩子，不肖一会儿大家就热闹起来，叽叽喳喳地讨论起甚为重要的人生抉择。

"你最厉害了，老八！你是不用担心的，你一定进得了市重点中学。"

老四凌霄拍拍熊涛的肩，首先为朋友感到高兴。

"是的——上海的各所重点，随你挑！"

其他几个也都附声响应，眼中显尽羡慕之意。

熊涛笑笑。

虽然他的自知之明告诉自己：他们所说的完全正确。但是他在这个小集体里，从来都自置于"接受"领导的位子上。

领导者与被领导者，最大的区别在于自信和不自信；另一个，也许就是谦虚和不谦虚。

对于前者，熊涛习惯如此；对于后者，他正在学习谦虚。

有生以来的第一次，他真正品尝到了受人赞扬和被人羡慕的滋味，从校内到校外。

"我其实还没有想好。。。"

他的回答里没有做作或隐藏的成份。所有人都晓得：他的人生选择，要经过母亲的同意。尤其是在他爸爸去世之后，老八的行为无论出自内心还是被动，都同他的母亲有关。

"你们呢？你们怎么选？"

关心朋友的同时，也转移了相同话题的对象。

"哎呀，我有什么可选的——能在自己的学校里混下去就不错了！"

老四的回答不无道理。

　　当年每个中学里都有高中和初中。他们目前所在读的中学是一个区重点，每年会有一些成绩优秀的学生考取了市重点中学而离开，也会有一些成绩良好的学生会选读这些区重点。当然，还会有更多的学生继续在本校留下念书。

　　虽如此，重点中学里同一个年级会分成好几个班。成绩好的，在"提高"班里继续提高；成绩差的，自然留在别人口中的"差班"里。

　　所以，凌霄对自己的定位是正确的。在那段时期，每个人家所无奈放弃的孩子，在学校里自然也不太会受人重视的。

　　许家的五妹芳芳倒是另有计划。

　　"我不打算继续念高中了。我想直接报考中专，比如护校什么的，可以早一点参加工作。"

　　聪明的熊涛一直觉得对于成绩不太好的学生而言，此为上策。他看了凌霄一眼，回答着芳芳：

　　"我觉得你这样选也算是一条捷径吧。如果读完了高中后考不上大学，再回过去读中专什么的，就浪费高中那段时间了。"

　　他说这些，无非是在提醒老四。但是凌霄并没有听进去。或者当时的他根本无所谓多读几年或少读几年书。

　　凌霄曾经有过的梦想，如今成了幻想，而且基本上已经破灭。倒非因为如今的教育改革。主要是，当他听许大哥每次回家总在抱怨船上的寂寞、约束和无奈时，老四已经自我打破了早年建立起来的远洋美梦。

　　寂寞和约束，可不会出现在他凌霄的日子里。

　　"菲菲你呢？你准备选读哪一所中学？"

　　许家小妹妹的选择，是被众所关注的。而且，乖乖女生的读书成绩向来也是不差的。

　　"我还选什么？我的家在这里，而且你们都在这里，我还在这里继续念书好了。”

　　说完了，她歪着头似乎想到了什么，又补问了一句，对着
熊涛：

　　“以后你走了，我们大概见不到了吧？”

　　“怎么会呢——是朋友总会见面的！”

　　答话的是凌霄。他边说边将手臂环绕在老八的肩上。

　　熊涛还是笑笑。

　　老四说的，应该没错。

9

熊涛父亲去世之后，他母亲被安排进了街道办的小吃店里工作，以帮助解决母子俩的生活问题。

小吃店就在公园旁一条近几年热闹起来了的食街上。

熊妈妈原本就不会干什么活，进了小吃店学会了做馄饨煮馄饨。她虽然每天回家仍免不了怨天怨地怨人的，倒也一直在那里干着。

熊涛的眼里：母亲变了，进步了。

从小他习惯了看到父亲总是被母亲支使得忙东忙西，所以内心一直同情父亲。对于母亲，他以前觉得她有些不可理喻，难以沟通。

母亲过去极少出门，更不关心外面的世界。

她总是坐在面对着家门的大木床边，口中嗑着瓜子，透过门口那个围墙上的小方孔去透视外面走过的人流，还常常用自己吐瓜子壳的"呸呸"声，去排斥邻里吵杂的噪音。

因此在过去熊涛的眼中，母亲的世界观是一个个独立的小窗口。对于这个社会，她基本上缺乏连贯的、系统的认识。

自从熊妈妈开始去小食店里工作之后，她得以与长期脱离的社会和人群衔接了起来。生活特别是抚养儿子的责任，让她于无奈中、迟到中真正开始脱胎换骨，接受教育重新做人。

邻居们自从熊家大哥因病去世之后，看到了熊家女人的变化，更同情他们母子两人的艰辛，倒是比过去更加关照熊家。

熊妈妈终于在男人过世之后，真正在"工镇老街"安居了下来。

凡有时间，熊涛也经常会去那家小食店陪伴母亲，并力所能及帮忙做些清扫等杂活。他开始习惯了在店里吃过晚饭，做完作业，再同母亲一道回家。

许家和凌家的小朋友，也从此时不时地跑去那家小食店里碰面。这里既能避风挡雨，还有又便宜又大碗的馄饨吃，何乐而不为？

熊妈妈为着自己的儿子开心而发自内心地欣喜。她按照儿子的意愿，偷偷在男孩们的碗中多放上两三个馄饨，在漂亮小姑娘的汤里加足了鸡蛋丝。

每次吃完馄饨，芳芳都会懂事地帮着熊阿姨收拾桌子和碗筷什么的，而菲菲总是坐在八阿哥熊涛的旁边乖乖做着作业。众所周知，小集团里只有他们两个对读书尚有兴致。

七十年代中期，随着中国同其他许多国家建立和恢复了邦交关系，老百姓都乘机在私底下同海外的亲戚朋友展开了积极的联系。

熊家的大女儿早在解放前就去了英国，之后聊无音讯达二十多年。

那天，工镇老街的熊家突如其来地收到了一封贴着英国邮票的挂号信。看起来是熊妈妈在青浦农村的二姐，将小妹的住址转告了她们在英国的大姐。

信里行间熊家大姐隐约提到因为出生身份的原因，暂时没有回国探亲的打算，但她心里一直惦记着自己的妹妹们。

如今，熊大姐万分庆幸可以同失散多年的亲人恢复联系，她也听说了两个妹妹的家庭都处在非常困苦的生活状态，便希望可以对亲人们有所帮助。

尤其是听说小妹的儿子将继承熊家的姓氏，成为熊家的唯一继承人——熊家大姐感动不已！

她在信中一再转述自己的感激之心，并保证会尽力帮助扶持熊家的后代熊涛。

由于中国特殊的国情，大姐目前可以保证的是每月一封挂号信。而且在她的每一封信中，都小心翼翼夹带着两块英镑。

两元英镑，按照当时的汇率可以在黑市中换到三、四十元人民币。

四十元，相当于或多于大城市如上海一个工人一个月的工资。

晚上，熊妈妈悄悄将大姐寄来的那些生活补贴东藏西匿，忙完后坐回床边问正在做着学校功课的儿子：

"涛涛，你说说看：假如小偷来了家里，他们会在什么地方寻找宝贝？"

"呵呵。我们家有值钱的宝贝吗？操那些心干嘛！"

儿子边做功课，边嘲笑他妈。

"怎么没有？你大姨寄来的钞票我都先找地方存着，将来要给你娶媳妇用的。"

熊涛仍然低着头，笑着回答："那。。。可能是枕头里？床底下？米缸下面？茶叶罐里？反正不会放在钱包里吧，呵呵。"

"啊？天哪。。。"

熊涛抬起头，看着母亲慌里慌张中从那些地方找出了一堆硬币和钞票，堆在床上唉声叹气看着，一筹莫展的样子，他哈哈大笑起来。

"省省吧，妈妈。这么一点点钱，就让你这么受累，还不如没钱呢。过去我家连一分钱都没有，也没见妈你这么发愁过。"

"你晓得什么？钞票会越攒越多的，你大姨不会扔下我们母子不管的！"

"那就存银行吧，银行就是用来帮大家存钱的。"

"银行？那怎么靠得住啊？当年你外公从来不相信那些银行的，所以钱都用来买地了。"

　　"妈，你也不好好想想：那些地和我的外公——如今都在哪儿？"

　　是啊：地被没收了，为社会主义作贡献去了。

　　不，不是贡献。对于恶霸地主来说，地是被没收作了赔偿了的，同人的性命一样。

　　如今国家正在改革中的新政策，到是让熊家人出乎意料中看到了一丝光明的前景。

　　当熊涛将高中选校的申请表摊开在大床上时，母子俩的喜悦可以用热泪盈眶来形容。

　　"你自己是怎么考虑的？"

　　母亲安定了一下激动的心情，首先开口听取儿子的想法。

　　"我将来一定要当医生的！"

　　自从父亲因病去世之后，熊涛通过亲身经历和教训，早就为自己立下了这样一个远大的目标。现如今，这个伟大目标，已经离自己不再那么遥远了。

　　对此，熊妈妈是赞许的。自己年纪渐渐大了，身体不知哪天就会出些什么状况，没有人、不认识大医院的经验医生，有时比没有钱更难吧？

　　儿子立志成为医生，如他所说既是孝心也是前程。当然，他也有难以面对的实际困难。

　　"入读市重点中学比较有保障。但是，那些好学校都离家较远。"

　　熊涛的声音，听上去是踌躇不前的。

　　"有多远？"

　　"大概都要换一两次公交车，还有两个学校需要住读。"

　　熊妈妈听说后，兴奋中的脸转而有些落寞。她张口欲言，又止。

　　对于母亲的态度熊涛心中了然。如今于熊家而言，钱已经算不得最主要的困难了，关键在于。。。他稳定了一下心绪，重新开口。

"其实对我来讲，能够从工镇老街跳出去，就读对面的区重点高中，就已经很不错了。这样离家近一点，还可以经常陪伴妈妈、照顾妈妈。"

说完了，看出母亲的些许犹豫，儿子又补充了一句：

"其实，去对面上学读书，是我从小梦寐以求的希望。"

如此，母亲终于体会到了儿子的真实心愿。

"但是，去区重点读高中的话，会影响你以后的高考成绩吗？"

"我相信问题应该不大，那里毕竟也是重点中学。而且，你儿子不管在哪个学校念书，都一定会全力以赴，争取考上医科大学的。"

"那是当然。妈妈晓得你的成绩倒是一向都不错。"

仔细回想的话，熊涛作为儿子，又何曾让其母亲失望过？

这一次，即便是面临重要的人生选择，熊涛依然将母亲的意愿，放在了自己的希望之上。

孩子的善解人意，果然令其母亲无比宽慰和舒心。但是，不知她是否曾经察觉到：亲生儿子的每一个孝心孝举之后，都不免隐藏着难以言喻的悲哀和失望？

对于有些孩子如熊涛而言，肩上的责任首先是尽孝。如其已逝的亲人所嘱托的那样，如中国几千年来所教育和传承的那样。

而且尽孝除了传宗接代，更要出人头地，光宗耀祖。

升学考试之后，熊涛的选择如愿以偿。虽然，他的选择在小伙伴的眼中，有些出人意料甚至是因小失大的。但是他选读这所学校的结果不仅对于其母亲，甚至对于许凌两家孩子们，其实都是皆大欢喜的。

熊涛内心并未因为入读对面这所区重点学校而感到遗憾，却为自己轻轻松松踏出了人生最关键的一大步，而沾沾自喜。

除了他自己的内心，又有谁可以真正体会那种不懈求望多年之后，终于得偿所愿的欢喜呢？谁又可以真实体察到，他守护并得以接近自己的美好心愿之雀跃呢？

晚上，当菲菲跟着哥哥姐姐一起离开馄饨店之前，朝八哥熊涛挥了挥手说再见时，他是那样的心满意足。

中国学子有史以来最紧张的学习生活开始了。

难以想象的是与此同时，在人们的日常生活中居然出现并日益剧增的，是更多的诱惑！

更难以理解的是，颠覆了二、三十年的世界观，并没有扰乱中国家长们重新燃起的、望子成龙的传统观念。

反而，人民群众自发的努力，再一次证实了一次次轰轰烈烈的文化革命，除了众口一致的响亮口号之外，根本没有撼动或毁灭中国几千年传承下来的旧传统与旧文化。

就像俗语说的那样：聪明智慧的中国人——

套上了新鞋，却走着老路。

当然作为年轻学生，除了念书肯定还会有其他方面的欲念和追求。

就如熊涛，穿着母亲为他特置的新衣服带着新文具，走进与"工镇老街"遥遥相对的新村学校后，除了努力学习文化知识，他同时还不忘儿时初衷。

功课忙了，老朋友便不会像过去那样频频聚在一起玩了。

课间休息时，熊涛喜欢走去小七妹菲菲初中班级的走廊。他需要朝她所在的那个教室多望几眼，去看看自己心仪的女孩在做什么，是否开心惬意。

菲菲晓得八哥时常在关注着自己。虽然碍于初中生的面子她不经常出去迎他，但却也从未阻止过他。相反的，她也习惯了在下课后朝走廊上张望几眼。

不知为何，只要有八阿哥在，菲菲的内心就会轻松愉悦。

有些时候，熊涛会在菲菲那里与其他小伙伴们不期而遇。大家此来的目的应该是相同的：都是为了关心或者陪伴自己的小七妹。

只是熊涛暗地里稍有与众不同的意义：除了关心她，他还有自己的心意。

菲菲早忙得不再吹泡泡了，但她依然是那样的天真烂漫，那样清纯可人。

比较过后，从她对自己的眼神或言行中，熊涛总可以觉出一些额外的意思。虽然熊涛难以确定这些额外的赏赐是否类同此心，但显然非常受用。

开学后大多数的日子里，熊涛仍旧都会在放学后去母亲工作的餐馆做功课。

芳芳已经在读护校了，但也没有忘了常去那里报到。菲菲更是习惯了去那里，坐在老八的身边一起做功课。

熊涛专心读书的同时，也留意着菲菲的成长和变化。他看到有天作为姐姐的芳芳对妹妹表现出特别的关切，并四处找到个热水瓶子给菲菲捂在肚子上。。。

熊涛从书本上了解过了：青春期的女孩子每个月都会承受例假所带来的特殊的苦痛。他便悄悄在自己的书包里带上了一个新买的热水袋，以备女生主要是菲菲的不时之需。

天冷了，给你个热水袋捂着——

每当老八看到菲菲面带娇羞和感激的表情，接受自己的贴心时，他亦是心花怒放的。

10

　　对于好朋友加兄弟熊涛的选择，凌霄即震惊又立刻如释重负。

　　他如今所感恩的第一是继续留在身旁的友谊；第二是学习上的帮助伙伴。正如他一再表示的那样：如此好事不能用如愿以偿来表述，而是喜从天降！

　　众所周知，文化学习于凌霄而言，不在重位。即使眼前的形势发生了翻天覆地的变化，他却依然我行我素。朋友照样结交，爱好继续广积。

　　自从多年前那次陪着熊涛去旧货店斗争并大获全胜之后，他倒是惊喜地发现：原来旧货店里还藏着那么多好玩的东西！

　　听说旧货店里的东西大都是"四旧"，但是管它呢？

　　在凌霄眼里，只有好玩的和不好玩的，没有旧的和新的区别。反正他从此迷上了旧货店，只要口袋里有了些钱，他有的是时间到那里闲逛。

　　逛着逛着，又发现了一些更好的地方。

　　比如，上海的肇嘉浜路中间还有一个马路市场。许多集邮爱好者常常在那里聚集，交换或变卖手中的邮票和古币等。

　　爱好广泛的凌霄简直就像是老鼠掉进了米缸里，玩得非常得心应手！

　　经验虽然不乏，但来源极其重要。从来对家人不抱多少希望和幻想的他，第一次想到了父母亲的人际关系网。

　　在凌霄的一再恳求下，父母最后为了支持儿子的新爱好，更主要是他已经不再惦记着拆装家里的钟表、钢笔什么的，便介绍了一位邮政局的发售部门领导与他，帮助儿子顺利购得最新出炉的热门邮票和小型张等。

有了淘换邮票的收入后，凌霄重新发现了古色古香的老城隍庙，不是只有假山假水假石头供人观赏。

虽然解放后城隍庙里大多数的老店都实行了公有制，并只售廉价工艺品，但周围贯穿东西南北的小小弄堂、以及比肩为邻的众多家庭式小店里，常常会有一些人偷偷将古玩带出来售卖。

人来人往，络绎不绝；林林总总，五花八门——凌霄总在期间流连忘返。

眼看着离高中毕业不远了，凌霄可以依赖的朋友特别是熊涛的地方不多了。最后那临门一脚的高考，总是要学生自己去完成的。

那一脚对于凌霄来讲，可比足球入门难多了。

好在，作为家中的小儿子，凌霄并没有什么压力。他甚至清楚其父母从来都没有对自己抱过多大的期望。

反正，有哥哥在。

凌家的大儿子凌云确实不负众望，是个极爱读书并追求进步之人。

国家恢复了高考制度，对于凌云而言，更是个进一步改变人生的极佳机遇。假如，自己的成绩可以顺利过关。

可惜第一年牛刀初试，他却失败了。原以为自己读书成绩向来不错，但事实上经不起那两年在纺织厂的消耗和浪费。

他经过父母同意以及女友父母的帮助，在纺织厂办好了停工留职，至此便一门心思扑在文化补习上，决心考取心目中的志愿大学。

凌云的目标在原有的基础上提高了一步。他立下志要成为像父亲那样的商学院的大学生，并期望自己可以成为一位名副其实的财经专家。

凌云的补考计划当然是在自己的父母以及他对象的父母，

即纺织厂的老厂长夫妇的支持和资助下实施的。

中国家庭对孩子的未来所作出的贡献，是其它国家和民族的家庭难以想象和接受的。

同样，中国家长对于孩子的期望以及孩子对自身的回报，也远远超出了其它国家和民族的要求。

因为，中国人不会做俗语中所鄙视的那种事：拿着肉包子打狗——有去无回！

家里砸锅卖铁，将最好的东西奉献给了自己的孩子：不仅仅是因为望子成龙，更在于收受回报！

中国的传统教育：他人滴水之恩，定当涌泉相报！

不懂得向父母报恩的孩子：不是连一条狗都不如么？

在中国，孩子们的读书与就业、恋爱与婚姻，远不止他们个人或男女之间所作的选择与责任，而是两个、甚至更多家庭的合成。

作为长子长孙、以及未来女婿的凌云，既明白个中道理，也心安理得享受着双方家长"有偿"的支持和奉献。

他复习高考中所需的一应教材、甚至补习班的花销，均来自双方父母全心全意的奉送。

他不需要担心自己的衣食住行用度，不需要考虑身边的鸡毛蒜皮或家国大事，只须倾尽全力，悬梁刺股，迎接高考——去回报长辈们的良苦用心。

挺巧，凌云同弟弟凌霄和熊涛他们同时参加了那一年的高考。

发榜的日子到了。结果，自然不负辛劳！

喜讯传来，众望所归——

凌云果然如愿以偿。熊涛果然如愿以偿。

至于凌霄，倒也有些出人意料：他的成绩居然在熊涛的多年帮助下虽然进不了大专院校，也达到了中专的入取分数线。

　　全家聚餐庆祝之时凌霄再次打开邮局寄来的成绩单，实在有些难以至信。不一会儿，又哈哈纵声大笑起来。

　　他首先自我赞扬了一番，然后突然意识到了一件事。他想起了熊涛三年前所作的提示，便在家人面前发起了牢骚。

　　“诶。。。我转念一想：这两年高中不是白白浪费了时间吗？到最后，中学毕业了还要再回去读中专？”

　　“怎么能说是浪费呢？这两三年里你至少也学到了不少东西吧。”

　　父亲实在忍不住，终于发声教导了小儿子一句。

　　“学了什么？不就是在准备高考吗？”

　　对于向来不爱学习不求进步的孩子，父母再次表示无语。

　　“不想读的和不该读的，本人如今都读完了。至少从现在起可以想干什么，就干什么了吧？”

　　“那你说，你不读书的话，究竟想干些什么？”

　　对于哥哥所提的问题，凌霄暂时只能装作没有听到。

　　“对呀，你自己说说看：你倒是擅长干什么工作？”

　　母亲又插问了一句。

　　这个问题更让小儿子从内心反感和抵触。凌霄心里想的是“我的爱好和擅长多着呢——只可惜你们全都看不上”，嘴里只好嘟哝着：

　　“现在还没想好。。。”

　　其实，父母今天的发问实非刁难与责备。

　　对于凌霄他们既不抱多大的希望，也清楚儿子似乎已经竭尽全力了。无论如何这份成绩单拿出去找工作的话，还不至于让家长太过丢脸。

　　如此，在妥善安排好凌云的大学就读和住宿之后，不管小儿子自己考虑得怎样了，反正也不会自成结果，夫妇两个就开始积极为他寻找就业机会了。

如今的凌处长早已晋升为凌总经理了。安排一个儿子的前途，应该游刃有余。

凌霄自满的结果，倒是让他有胆量向父母讨要了一辆崭新的凤凰牌脚踏车。

在他心满意足带着"凤凰"穿梭于大街小巷之际，凌家夫妇正紧锣密鼓地为家中的最小儿子安排着他的将来，如所有操心孩子的中国父母那样。

不愿继续读书的凌霄在被逼无奈的情况下，先跟家教练习了一段时间的英文，之后去学了几天的木工，又去上了几个月的电工课程，还学会了驾驶并去父母的公司给父亲当了一段时间的见习司机。。。

当然，这么些就业学习的机会中倒也不乏他自己的兴趣。比如学习驾驶，那可比骑车带劲多了。

对于自己的爱好所在，凌霄从来一学就会。然而关于职业前途，他如今可慎重得很。

就在许多机会中徘徊的阶段，许家的老大回沪了，同时带回了一大堆的衣裤鞋帽等，说是从国外的旧货店里淘来的。

面对这些令人眼花缭乱的洋服和装饰，许家所有孩子当然也包括凌霄，都争抢着穿戴起来。

"嘿嘿，别争。看，有这么多呢！这些大都是用来卖的，用来挣钱的。"

许家老大看着兴高采烈试装的弟妹们，对自己的选择更加充满了信心。

"什么？你打算摆摊售卖衣服？"

"我当然没时间亲自去搞那些生意，但你们可以啊！你，还有你——你们几个闲着也是闲着，不是说那个华亭路自由市场如今很热门吗？你们不如去租个摊位。大哥我保证提供给你们的货，比其它所有摊位售卖的要高级。"

房里顿时安静了下来。

面对眼前堆置如丘的西洋服饰，又听闻如此适逢其能的建议，所有人尤其是凌霄，此时展现出来的屏气凝神所代表的：是喜悦，是提点，是感激。

如今唯有欣然接受并贯彻实施，方是知恩图报！

对于自由市场，凌霄向来再熟悉不过了。但作为最早打开自由服装市场的"上海第一服装街"的华亭路，一摊难求！

凌霄再一次想到并依赖上了父母。

作为服装街，那里的大部分产品所挂的招牌，无非就是"出口转内销"了。

那时的中国人也实在可怜。

当年马路上所见到的衣装，其颜色大多是工人的蓝、军人的绿、农民的灰、医护的白。其式样中除了工农兵的改装版之外，最高级、最时尚的的，应数暗门襟立领的"中山装"了。

所有根据国外的订单而生产的服饰，还没有被广大人民群众所观赏到，就直接装入大箱子运去海外了。

那个时期开始追求洋货的中国年轻一代，最最青睐的就是"出口转内销"产品了。

由于质量不过关，那些被老外踢回来的订单产品往往"幸运"地出现在了国内的销售市场，深得广大人民群众的喜爱和追捧。

华亭路上的"出口转内销"产品，来自那些外销公司和外销加工厂。当然，属于凌总等领导的管辖之下。

风光无限、前景辉煌的华亭路，果真一摊难求？

对于凌霄，区区小事而已。如果他可以说服自己的父母，主要是母亲。

在凌霄的一再游说下，凌妈妈终于替小四向丈夫开口了。

"你就抽些时间帮帮儿子霄霄吧。他主动找事情做，总强过整日游手好闲吧？况且现在国家提倡多渠道经济改革，自谋出路也许不算是件坏事。"

"行吧，我可以试试，不过也别对他寄托太大期望。但愿他不要再每天想起一出又一出的，我们可没功夫整天跟在儿子后面替他擦屁股！"

没多久，许、凌两家的散兵游勇们果真如愿以尝，竟破天荒真刀真枪干起了买卖，而且他们个个精力旺盛，热火朝天。

11

除了那几个摆摊的和仍在中学读书的，新改革制度毕竟还是在许凌熊小集团里成就了两位正规军——原许家排行老四、之后由于凌霄的加入退至老五的护士，徐芳芳；以及"工镇老街"万人之后代典范，熊涛。

熊涛如今不愧为圈内所有人的骄傲。他通过自身的努力，正在医科大学学习外科技术。

他的家在他的建议下，用大姨给的钱买了一个稀罕的黑白电视机，而声名远播。

为了减轻母亲因儿子住读而寂寞，并希望平时可以得到街邻的关照，熊涛将家中的这一喜讯通知了居委会。从此每天晚饭后按时定点，邻居们都会提着自家的小板凳堵在熊家院子内外。

人太多地方太挤，即使看不清电视里的全部影像和内容，大家仍旧乐此不疲。

反正凑热闹、赶时髦，原本就是百姓生活中的一大乐趣和传统。

八十年代随着中国的进一步改革开放，熊家大姐终于打破顾虑回国探亲了一次。

为了大姐的这次探亲，国内的两姐妹可都愁白了好几缕头发。

家园早已不在，如今姐妹两家一个在农村、一个在老街的住所，简直可用"不堪入脚"来形容。然而中国人的"面子"在入了英国籍的亲戚华人面前，毕竟应该是举足轻重的！

为此，工镇老街居委会的领导们也展开了多次商讨。可叹就事论事的结果，是无解。

　　熊妈妈最后将失望的眼神投向周末回家的儿子熊涛。听闻之后，熊涛唯有再次向自己的朋友加兄弟们求助。

　　求助的结果，是获得了好朋友欢天喜地义无反顾的帮衬！

　　这一次的集体任务与行动，可是为家、国两两增光的正经事——足以引人自豪的！

　　多次例行会议后，许、凌、熊三家人统一了思想。其中，也包括正在上海财经大学念书的凌云。当然，凌家家长除外。

　　因为，如今可以借用的既不豪华、又可以"光耀"迎客的家庭住房：是凌云的那套两房小居。

　　反正，凌云现如今住在大学宿舍；反正，屋子里已经家具齐全，原是为凌云将来结婚而配置的新屋。

　　参观过后，每个人都争先恐后出点子、想办法，至少要让熊家大姐以为这里真的是她妹妹所住的家。

　　"但是，大姨有我们家的地址。"

　　"没关系的，就说这是国家刚分配给你们的新房子。"

　　如此解释，应该可以蒙混过去的吧?

　　"房间里还要摆放些相片、家庭合照什么的，如此才可以看出你和你妈在这里的生活迹象。"

　　小七妹菲菲的想法，总是最能迎合熊涛的心思。这个建议也确实是一个绝妙的主意。

　　从母亲那儿拿了仅有的两张在潮湿的屋子里发了黄的旧相片：一张是全家三人的合影，一张是熊涛就读小学第一天的纪念照。

　　"唉。。。如果那个发簪还在的话，至少也是一个纪念。"

　　熊阿姨的这句话，在当时所引发的，竟然是所有人带着遗憾的回忆。

　　"还有学校的毕业照，也买个相框挂起来吧?"

　　还是菲菲的有效建议打破了当时的寂静。奇怪了，平时惜言省语的菲菲，关键时刻总有想法。

　　在菲菲的启发下，凌霄也想到了一个更好的主意。他飞跑到自己家里取出了一个相机后，又跑回了熊涛跟前。

　　"嘿，老八，我给你们拍几张彩色的相片挂着添点喜气。再去我们那里挑选几套好一点的衣服——要西服的！也给熊阿姨找几件备着。"

　　果然都是好办法，甚至连熊涛小姨也赶来凑了一脚热闹。大姐接见的那日之前，他小姨也会来市里住一晚。当然，睡的地方还是老街里的那张大木板床。

　　"那这相机就留给你们了。到了团圆那天，你们大家一起拍几张合照留念。"

　　谁说凌霄大大咧咧，没心没肺？对朋友他总是倾其所有，甚至拔刀相助。

　　熊家姐妹团圆的日子总算到来了。两个妹子穿戴整齐由熊涛陪着前往大姐所住的宾馆登门拜访。

　　含泪相拥之后，自应有道不尽的别后思念——只可惜大姐离家时，妹妹尚幼；大姐离家后，生活各异。

　　如今行思坐筹中的姐妹却面面相觑，不知该如何互动与交流。

　　看着身着重装的两个妹妹，挺着背僵直在人生头一回坐的沙发上，似乎生怕弄皱了那两套硬邦邦的西服，搞脏了那金线机绣的沙发布面，熊家大姐自是可以体察到她俩如今的生活窘境。

　　立于母亲身后的熊涛，虽然没有吱声，但眼睛倒是忙个不停，尤其看着大姨的穿戴：虽非"正式"却非常入眼。

　　最后还是大姐打破了沉寂的空气。她说：

　　"下去一起吃个便饭吧？这里的中国菜真的是非常好吃。

然后我们约个时间，明天去你们的家里坐一坐？”

似乎人上了年纪，眼泪都不愿意从正面大摇大摆流出眼眶了。姐妹们各自背着对方，偷偷用手擦拭掉从眼角旁浸湿到皱纹里的水，脸上泛起了笑容，拘谨地享用着从未吃过的佳肴美味，心里面七上八下。

“为什么吃这么少？好吃就多吃点呀。”

大姐心疼地提示着妹妹们，帮她们往碗里夹着菜。

两个妹子对望了一眼，又偷偷瞥了瞥左右站着的服务员。二妹犹豫着，该不该开口。

“这么多。。。吃不完的。。。”

“可以带回家吗？”

终于，两人一唱一和地，难为情中提出了自己的想法和要求。

“别带这些了，你们把这里的菜全都吃完！我会再点一些别的，让你们带回家去慢慢吃。”

两姐妹的心方才安定了下来，又看了旁边一眼。奇怪了：上海其他餐馆包括小食店里站着的人，如果不是等位子的，就是等剩食的。如今这里那么多空位子没有人等，却有漂亮的女孩子站在身旁伺候自己——就像许多许多年之前，自己老家那样。。。

想到老家，那两位深受其害的熊家妹妹们，决定让记忆的闸门永远锁上。

吃过饭提着食品盒，大家回到了大姐的宾馆套房内。

吃饱了的关系吧？忐忑不安的心都略有放松。两妹子相邀一同走进了大姐的卫生间，瞬间被那豪华的装饰及功用惊得瞠目哆口。

两人磨磨蹭蹭在里面搞了好一阵子。这时间熊家大姐抓着晚辈和继承人熊涛的双手，询问着他的学习和生活近况之后，连声道着"你妈好福气，你妈好福气噢。"

看到两人从洗手间出来，大姐问道：

"你们目前有什么特别的困难和需要？大姐可以帮你们解决一下。"

两妹子又对望了一眼，虽然没有说出一个字，但看那种表情，应该是有所求的吧？

"妈，二姨，你们想说什么就说好了。你们看大姨这么关心我们！"

倒是熊涛懂事，他替母亲和二姨开了个场。

既如此，两人便支支吾吾提了个或许自认为是有些过分的要求：

"我们可以在大姐这里洗个澡吗？"

"当然可以啦！"

大姐立刻从沙发上站了起来，一边说着"来，来"，一边将她的两个妹妹带进了浴室，教导她俩如何使用那些前所未见的高档设施。

沐浴后走出洗澡间的姐妹俩，红扑扑的脸上展示着心满意足的笑容。这笑容让大姐首次领略到了妹妹们发自内心的真实情感。

临走前，熊家小妹想起了小朋友们的帮忙，想起了凌云的新房。她诚心诚意邀请着自己的亲姐姐，其内心倒有了一些迫不及待。

第二天，大姐应邀而访。

进了门，欢迎着她的，是两个妹妹情真意切的笑脸。

然而可悲的是：大姐此刻所不清楚的，是除了那两份笑容之外，这里没有一件事物是真实的。

那些非真实的东西，如今于那两个煞费苦心的妹妹而言，原本是极富"体面"的。

可没料到即便她俩内心如此希望，但没有料到大姐坐下后环顾一周，说了句"真是苦了你们了"，泪水再次走进那几条皱纹里，躲着。

两姐妹顿时茫然得不知所措。待小妹悟出一些味道之后，赶紧领着大姐去参观隔壁那个房间：

"刚才那间是吃饭和看电视用的，这里还有一间。。。"

"你们母子俩至今还睡在同一间房，同一张床上？实在太不方便了吧？"

妹子一愣，心想着：

这里不是已经有两间房了吗？我家其实只有一间房，吃、煮、睡还带着厕所。。。我家的邻居也只有一间房，里面挤着全家六口人。。。就眼前这般条件，已经是望尘莫及的了。

她没敢告知真相，却急中生智：

"我们家涛涛不在家住——他考上了医学院，你知道的。他有地方住！他住校！"

果然是个好话题。大姐转身看看那位面红耳赤的继承人，拍了拍他的手。

"要好好读书，将来做个好医生！你放心，房子会有的。大姨给你买！"

熊涛过去的理想，是努力表现，早晚有一天靠着国家医院给分配一套住房，用作婚房。

买房？这可不是中国人的想法。

房子是属于国家的，私人可不得占有。

但是，同梦想比，大姨的帮助应该更为现实吧？

无论如何，如今家中的一切现代化产品，基本上都是用大姨给的钱买回来的。

听到大姐说给买房，眼下最最当一回事的，要算是熊家二妹了。

原本觉得自己在乡下的那个破房子，是不堪邀请姐姐去参观访问的，如今倒是非得让大姐亲身体验一下了。

何况，二妹也清楚就眼下小妹的这两间房，其实还是借来的呢！

"大姐，明后天有时间吗？去青浦家里坐坐？"

"当然要去的！我还要回青浦去给爸妈上个坟，烧个香，道个歉呢。"

12

熊涛的二姨，其实也有一段于平凡人中却不平凡的人生。

当年父母死了，大姐早就出国求学去了，连家中最小的妹妹，也被真心疼爱她的长工给带走了。青浦农村最后只留下了二小姐一个人，由着原先的家丁和乡农们批斗和欺凌。

结果，自家的几进大院中住满了佃农、村里的干部以及他们的子女们。熊二小姐被迫迁进了自家坟地旁边的那排茅草棚里。

"你每天必须对着你的剥削阶级家庭作出深刻反省！你必须代表你死去的封建老祖宗，向全体村民赔罪！"

就这样，可怜的熊家二小姐虽然不晓得自己究竟犯了什么罪，但清楚了自己的那个剥削家庭，对天下人是犯了罪的。

她不懂得该如何去赔罪，但是隔壁不远处有一位熊家熟识多年的老和尚曾经说过：她如今的困苦境遇，是因缘所致。她是在为自己祖先所犯下的罪过，而作出赔偿。

有因，才有果。

老和尚的话，代表了中国人的传统信念。

奇怪的是，毛主席领导的共产党，也说了同样的话。

既然都这么说，那就是了吧。

一个人在茅草屋里住了几年，以为自己作为娇生惯养的熊家二小姐，从天上掉落在地之后，难以生存。

但是你看：人只要求生，就可以活着！

村里后来了一个"地富反坏右"分子。

农村人没什么文化，不懂那是个什么分子。但是，被称为"反革命分子"或"坏分子"的，必然不是好人家出生的！同熊家二小姐是一样的。

那个男人被安排住在了她的隔壁，被指挥着干同她差不多的农活。

他曾告诉过二小姐：自己出生资本家，兄长和姐姐们如今都在国外不知哪里。他本人因为解放时正在重庆念书便晚了一步，没来得及出国与家人团聚。

熊家二小姐不清楚那男人究竟犯了什么罪，或许也是他的家人吧？看他文质彬彬的那个模样，身陷囹圄中的二小姐，于同情中自然而然承担起了"地主"的义务，主动帮助他在此地立足生活。

不久之后，就如别人眼中的扫帚配簸箕那样，两个同病相怜的男女，得到村干部的准许，领证配成了夫妻。

前些年熊二姐曾悄悄跟着男人回到上海老家的周围，远远望上一眼曾经富丽堂皇的院墙和大楼；她也曾偷偷拜访过躲在工镇老街的小妹家，坐过那渗透着霉味的棚户屋内唯一的那张大床凳。

不可思议的是：小妹也依然活着，而且居然也活得如此艰难。

也许，熊家祖上所犯的罪，至今尚未还清吧？还需要两位女子用时间去慢慢承受吧？

早已接受了现状的熊家姐妹，如今迎来了自己远在异乡、看上去仿佛生活在天堂里的大姐。

难道，除了眼前这一大片无边无际的天空之外，世界上果真还有另外一片完全不同的天地？难道生活在另一个天地间的人，竟可以逃脱罪的惩罚，竟可以躲避灾难的降临？

也许，脍炙人口的"事实胜于雄辩"的口号，是无比正确的。

三十年后，已过中年的大姐来到父母的坟前，悲恸万分。站在一旁陪伴的两个妹子，内心固然伤感不能自已。然而，她们如今所感慨的，应该同她们的大姐有着天壤之别吧？

毕竟大姐是带着父母和祖上的恩惠出去享受了人生。而这对曾经陪伴在父母身边的妹子，却为着家人所犯下的罪，多年来充当着行走的陪葬品。

三个同姓的女子，为着各自的缘由在父母祖宗的石碑前，在请来的和尚经文诵念中，沉痛哀悼。

之后，熊家二妹安排了各位去她家里小坐了一会儿。只能小呆一会儿，因为屋子里根本没有几条像样的板凳。

虽然，就面积尺寸而言，这个经过夫妇俩用心改建过后的的茅草屋，还是可以比过熊家小妹如今在工镇老街的那间单屋的。

大姐哀恸难忍。伤感的内心不知该如何面对眼前的两个妹子，不知该如何去补偿和帮助这些落难了近半辈子的亲人。

如今唯一让大姐自愧不如的倒是妹妹们以及她们的孩子历经磨练的强壮身躯。大姐将二妹的儿女拉到跟前，捏着他们坚实的肌肉，用已经不太熟练的家乡话尝试着同他们对话交流。

临离开前，她对二妹说：

"唉：没想到你家的居住条件更差——真的，比小妹的还要差很多！"

"大姐，你晓得什么呀！小妹的房子是临时管别人借的，为了接待你！"

悲情难抑的二姐快嘴道出了实话，小妹想拦亦不可能了。

"什么？不是说国家新分配给你们的吗？"

震惊不已的大姐将脸转向小妹。回答她的，却是一旁原先沉寂寡言的二妹夫：

"有了现在住的那间房已经不错了！国家哪里可能再分房给他们住？即使出生过得硬的人，也只有进了好的单位、工作了好多年之后，才有希望申请住房结婚。"

　　"所以我看到的根本不是你的家？那你们究竟住在哪里？地址上写的那个？"大姐幡然醒悟。

　　小妹低垂着脑袋，委屈中缄默不语。就在那个瞬间，三姐妹的脸颊几乎同时被泪水浸湿了。刹那间似乎脸上所有粗糙的眼角纹，都同时决定不再为这些女人，去储存泪水与悲伤了。

　　"为什么？为什么竟然会是这样？"

　　大姐的自言自语中，充满了自责、不解与愤慨：她们三个原本都是同一对夫妇所生。谁能料想三十年之后，三姐妹的境遇竟会如此天差地远！

　　"就是因为想不到啊。。。作孽呀！"

　　二妹夫再次仰天长叹，既为那三姐妹鸣泄不平，更可能是在自怨自怜吧？

　　他的内心，何尝不是于等待和期盼中日夜煎熬着？她们姐妹俩如今倒是与大姐团聚了，然而，自己的亲人在哪儿？为何至今了无音讯？

　　那个年代，在国内还活着的人盼望与国外亲人团圆的美梦中，都多多少少参合着获得帮助和支援的迫切心愿，就像如今的二妹夫那样。

　　一个在一穷二白基础上硬撑起来的面子，自始便没有收获期待中的效果。

　　熊家小妹妹如今不得不面对现实，将大姐迎入自己那个居住了二十多年的蜗居之内。

　　其实熊家小妹自我感觉虽然只有一间房，但同周围情况相比，倒也不缺什么生活必需品。何况之前用大姐寄来的钱所添置的电视机，已经是一个划时代的进步了。

　　要知道：原来家中甚至都没有买过收音机，只因邻居早已组装了一个。

　　过去无论那家播放、聆听什么内容，周围的左邻右舍都可以免费侧耳分享的。虽然重复的宣传内容早就让大家的耳朵生了茧子，但人是需要热闹的，尤其住在闷不透风的老巷子里。

喜欢凑热闹的邻居今天也没有放过目睹熊家"归国来宾"的机会。有些提早获得消息的，还一本正紧穿上了中国正在流行的二手洋装或中山装。

可不能在海外同胞面前丢人现眼，这可关系到咱中国人的"面子"！

穿着一件线织的浅色外套和白色麻布长裤、脚上套着一双低跟软皮鞋，在围观人眼中穿着不够"正规"的熊家大姐，接受了工镇老街的注目礼之后踏入了小妹的棚屋。

举目观详着小妹的居住环境，大姐此刻方能理解两个妹子在参观访问了自己的宾馆房间之后，提出了那个洗澡的要求。

这么重要的一项生活条件，在这里应该是难以实施的吧？

"没有厕所何卫浴吗？你们平时都是去公共澡堂洗浴的吗？"大姐压低嗓音问道。

"我们不去那里洗。又脏又费钱，还要排队等老半天。"

窘迫回话的小妹特地省略了厕所的尴尬，以求蒙混过去。

"那你们。。。"其实，大姐一进门便已闻到了房内特有的尿酸味。虽然，藏在屋内一角的那个便桶早就被肥皂水冲洗过多遍了。

"就用脸盆洗头发，换两、三次水就可以了。洗澡用这个大木桶，往里倒上热水和冷水。多加几次水，到一半深那样就足够两个人洗了。"

边解释，熊家小妹弯下腰从床底下拖出了一只椭圆形的木桶，其体积刚好可以盘腿坐进一人。

"儿子懂事，总是让我先洗的。"

这样的木桶，在国外也是宝贝，古董宝贝。

大姐的眼窝里再次溢满了泪水，她竟主动建议道：

“去我那边洗吧？趁着我还在这里。”

“好的，要的。你走之前我们一定会抓紧机会，再过去洗一次浴！”

小妹的喜悦，欣然发自内心。大姐看得很清楚。

“今天就过去吧？我还有些具体事情要同你商量。”

“好的，要的。呵呵，这里也没有什么地方可以请你坐坐。”

小妹来不及地收拾出一些内衣外套，心中暗自庆幸有儿子的朋友提前为自己所做的多样准备，在这里竟都用得上了，但大姐阻止了小妹：

“别带衣物了——一会儿上街买去。”

在饭店里吃过饭，手上拎着大包小包回到宾馆，姐妹两个舒舒服服靠在沙发椅上聊天。

“我想给你们两家在上海各买一套房。。。好好想一想：你们喜欢住哪个区？”

喜欢住哪个区？小妹似乎从来没有想过这样的问题。

她、包括死去的男人，还有如今住校的儿子曾经有过的梦想，仅仅是离开目前所在的工镇老街棚户区而已。

买房子？这个问题也太新奇了吧？现如今的上海，房子是用钱可以买到的吗？

小妹不知道答案。她所清楚的，是所有房子都属于国家。

比如自己目前住的那间屋子，是许多年前在市政府造的简易过冬房基础上改建起来的；还有，开阔马路对面的那些公房大楼。

大姐出国太久了，所以才不了解这些。

她不晓得，当年爸妈就是因为买下了太多的土地、建起了太大的家园，才被所有人联合起来给逼死的。家里过去被没收了的土地和房产，如今都归属国家，都被分配给了别人。

现在，个人，怎可以用钱在上海买房子居住呢？

那样的话，岂不是走回了老路？

然而，事实上呢？也许，人生就是一条因果循环之路吧？

用大姐的那句英文熟语来解释的话，竟然也说得通：

What goes around comes around.

13

　　熊家悄悄打探得来的消息，果然在上海确实有人在买卖房屋。而且据说一些当年"坏分子"的房子和财产，在其国外亲戚同胞的请求帮助之下，得到政府的批准重新回到了他们自己的名下。

　　这个消息带给熊家姐妹的，既是难以抑制的欢喜和雀跃，更是难以名状的失落与恐惧。难道，自己父母曾经的行为被重新定义了？不再是罪恶滔天了？

　　趁着大姐还在，她们斗胆通过她向人民政府有关人员作了一番了解：结果是否定的。

　　在中国，可以得到赔偿的，只有一部分开过工厂的"民族资本家"。虽然那些人的家属中，好多已经在解放前逃离了大陆；更多的，已经以死谢罪了。

　　而其他的，诸如买办资本家、或罪大恶极的"地主阶级"一类，无论你过去的表现如何——均永世不得翻身！

　　应该是可以理解的吧？毕竟，现如今中国的土地属于国家所有。而解放前那些"地主"所占有的，无非是些土地罢了。

　　部分房子可以被出售，但只限于私人产权的房子。那些房子不包括土地，同所有国家公房一样是建立在国家土地上的。

　　如此，熊家姐妹倒是放心了。看来只要买房不买地便不属于违法乱纪的行为，与当年的熊家大院的性质完全不同。

　　"现在上海好一点的地段买一套房子，大概需要花多少钱？"

　　大姐需要做一个计划，毕竟买房的支出远大于电视机和洗衣机等家用产品。

　　"哟，房子到底值多少钱我们不晓得。但现在中国最有钱的人就是'万元户'了。买房子大概不需要那么多钱吧？"

在熊家姐妹的心里，"万元户"的概念，大概等同于一万元。在当时，那可是一个天文数字！

只有个别提前富起来的无正当职业人员、以及退赔了部分家产的小部分平反"黑五类"，才有幸一跃而成了当今社会的有钱之士。

具体了解过后，果然那个时候可以出售的私人房产，大都是急等着用钱的人。

熊家在上海的一个著名老区，找到了一个坐落在弄堂口的二层小洋楼。楼下是大客厅和饭厅，楼上两大卧。楼上楼下都有装着抽水马桶的卫生间。

它原本被抄家后用作公共电话亭以及里弄干部开会和堆积宣传用具的场所，但如今归国侨胞将它索要了回来，又急待出手后拿钱回香港，因此仅开价五万。

听到五万这个数字，熊家所有人都倒抽了一口冷气，除了再次特别为了购房而回国省亲的大姐。

"在国外，哪里可能只花这么点钱，就可以拥有一套市区内的二层小楼？它太便宜了！"

大姐做主，要将这套房产买下来送给小妹。至于二妹，大姐也作出了许诺"同样给你五万元"，让她自行安排。毕竟，二妹的户籍不在上海市区。

感恩戴德的妹妹们浑身颤抖着，内心却也算明白：这其实是她俩该得的。

尤其是二妹。当时已近成年的她，曾亲眼目睹解放前期父母如何通过大姐将整箱整箱的金条和古董运往国外。

归根结底，中国的地主老财大都是农民出生。他们不相信新潮的洋行或银行，只相信前辈和祖宗留下来的土地和金银财宝。谁曾料想，最后竟也都竹篮打水成了空的。

得了惨痛教训的熊家人同许多当年手里攥回些钞票的中国人一样，觉得买下没有地的房产，或许是一种安全的策略。

因为地属于国家。地既跑不了，自己的购房行为，或许还算得上是继续在祖国的土地上，为社会主义建设添砖加瓦呢。

大姐回英国后没多久，将她所承诺的钱汇给了两个妹妹。

熊涛问母亲："你真打算花这么多钱去买那个老旧房子吗？"

"当然要买的，我们必须搬出这里！但是，不能花这么多的钱。三万元左右就可以了。"

熊妈妈购房的决心，来自熊家多年所积攒的愿望。而她的购房计划，必须要实惠。最后，熊家终于以四万元谈下了那套房子，省下了足足一万块。

熊家如今也是名副其实的"万元户"了！

没想到在该房子过户时却整出了不少麻烦。上海的户口可不是随便迁来迁去的。花了钱买了房，即便原就是上海户籍，派出所也不会轻易让你把户口迁进那个街道。

幸运的是，原来的房主祖籍居然也是上海青浦人。在双方花钱送礼找到关系人帮忙之后，熊妈妈终于以"远房表妹"的身份，在一年之后入了户口。

如愿以偿的那些日子里，熊家母子两人内心说不出有多么欢喜。但尽管如此，熊妈妈亦不敢在邻居面前大肆宣扬，只偷偷告诉了几个相处较好的同龄妇人。

谁曾想，消息还是在一天之内肆无忌惮地穿过了本应不透风的墙。几乎所有住在工镇老街的人家，都听闻了这个爆炸性的消息！

不久有邻居找上门来了，也是偷偷的。

"熊家大姐：你们打算出租这间老房吗？我想租。"

这倒是一件出乎意料的事情。熊妈妈怎么都想不到：自己家的破房子居然会有人上门求租。

"什么，这房子是可以出租的吗？出租犯不犯法？"

"当然可以的啦，好多人都悄悄在做这种事。我们本来就是邻居，谁会管我们的闲事？"

"倒也是。那你打算出多少钱租下这间房？太少的话我可不愿意去担这么大风险。"

近来熊家母子一直都在忙着买房，暂时还没有时间去关心原来的住房。如今总算有人提醒，而且对方契而不舍想租房。

"每月三十元，水电费什么的我们自己付。"

每月三十可不算个小数，熊大姐在小食店的工资都还没有那么多呢。没想到自己家的这个破屋现如今竟还值那么些钱！

"三十？我要同儿子商量一下。等几天吧，等几天我们再给你回话。"

四处了解之后，熊妈妈晓得了自己家的屋子，竟同周围许多连在一起的房子一样，是属于历史原因造成的、既成事实的私人房产。

活了半辈子，熊家人第一次有了真正扬眉吐气的感觉：不仅仅是即将搬出这条屈辱下生存了两代人的老街。

更重要的，是发现自己的房子，竟成了社会主义体制下的一类私有财产！

比起对面那些国家分配的公房大楼，自己的破屋子，虽然像是旧社会这个"前夫"遗留下来的拖油瓶，但如今却更为值钱！

何其稀罕？

无论这个屋子是何等稀罕，熊家人离开它是必然的，是半辈子的夙愿。

最后，在几个租客中斡旋的结果，熊妈妈领着每月四十的房租收入，办了提前退休，永远离开了这片生活了二十多年的工镇老街。在大姐、也是去世了的老祖宗的帮助下，母子俩提前走向了令人羡慕的"小康"的生活。

而如今在离开老街的同时，竟然还可以创造可观的收益，显然双喜临门！

新房产中添置了新家具。一切办妥之后，熊家母子俩首先感激并邀请的，自然是熊涛的那些朋友加兄弟姐妹——那个许凌小集体。

天公也有些嫉妒了吧？雨似乎一直都没有停下来的打算。但，这并不会影响在大四读医的熊涛今晚接待朋友的热情。

许家最小的妹妹菲菲也已经入读了名牌大学的一个分校，就在离老八医学院不太远的两站路之外。

许菲菲不太喜欢自己的专业，但这所学校可以住读。离家住校，为兄弟姐姐腾出地方，是她目前应该面对和考虑的现实问题。

今晚回家开派对之前，熊涛撑着把雨伞，早早等在了菲菲学校的门外接她。

熊涛早就背熟了菲菲的课程安排时间。平时只要有机会，他常常会来到小七妹的校门口，约她出去吃个便饭、散个步。

医学院里有时会放映一些国外进口的好电影，熊涛也会不失时机地邀请菲菲过去一同观看。

作为反馈，但凡菲菲家里给她带了些宁波特色，如腌鱼腌肉或桂花年糕什么的，她也时常会想着分一些给他。

有来有往的，熊涛非常庆幸自己要读五年医科大学，这样便有更多的机会同自己心仪的女孩就近约会。

熊涛如今更暗喜：家里有了一套拿得出手的好房子。住在上海著名的老街里，可以让所有人从此对自己刮目相看。

今天的熊涛，可谓心想事成。

就在熊涛踌躇满志等候在菲菲学校门口之时，一辆自行车

"嗖"地一下从他的眼前掠过，在防不胜防门卫的高呼声中，窜进了学校大门。

熊涛熟悉自行车上的身影。

那位，是童年好友凌霄。

凌霄也是今晚熊家的重要客人之一，他显然也是特地过来接小妹菲菲的。

不知何故，熊涛踌躇的内心震荡起来。他收了伞将身子往后退了一些，避进了门房不算宽的屋檐底下。

雨线落在屋檐上聚集之后，变成了大颗的水滴，噼里啪啦敲打在熊涛的头顶上。然后，又化作一滩浑水顺着发尖往脸上蔓延，直至模糊了他的视线。

透过那对被淋湿了的眼帘，顾不上擦拭的他，似乎看见那辆自行车返回来了。车后行李架上多了一位笑吟吟的乘客——菲菲。

菲菲撑着半打开的雨伞几乎没有挡住多少细雨之侵。她所着的时髦衣装，显然出自哥哥们的慷慨与手笔。

这辆熟悉的脚踏车顶着蒙蒙细雨，在门卫的叫骂声中扬长而去。

"这家伙：毛里毛糙的，还是不懂得怜香惜玉！"

熊涛明知他俩是应邀出席自己的晚宴去了，便不再纠结，打出了伞快步去赶公共汽车回家。

熊涛居然是最后一个到家的。熊妈妈应了门接过儿子手里的伞说：

"怎么带了伞还淋成这样？快去洗洗，擦干脸招待客人。饭已经准备得差不多了"，随后兴冲冲走回厨房。

那里，早已有许芳芳帮着她在忙前忙后。

内心得意，却不敢忘形。熊涛跟在朋友们的后面，楼上楼下来回折腾，不动声色观赏着他们的言行，却独独被菲菲眼中所流露出来的欣喜和羡慕所感动。

老式木结构的楼房虽然到处发出被打扰到了的吱吱声响，但漂亮的雕工工艺即便在暗处，都难以躲避被人观赏的荣幸。

凌霄多年在旧货古董市场训练出来的眼光，让他毫无保留地对着每一位朋友津津乐道，似乎他自个儿也占着熊家的一份子。

如此，倒更增添了熊涛的自信。

骄傲终于经不住遮掩，欢颜终于在真诚的朋友们面前绽放了。

14

熊家的聚餐结束后，小伙子们在饭桌上铺开一块大床单，拉着熊阿姨一起玩起了麻将。

趁着芳芳姐妹俩在厨房帮母亲收拾的时机，熊涛征求着她们的意见：

"你们今晚没事就不必回家了吧？雨还没有停，而且又是周末，大家就在我家住上一晚吧？"

对于熊涛的邀请，菲菲脸上才露出一丝犹豫之色，马上就在她姐姐芳芳的热情撺掇下，欣然同意了。

熊涛舒了口气。这个计划，原本就被他提前安排好了的。

两女生同熊阿姨睡在一个房间；男人们则都睡在熊涛的房里。反正地方足够大，就睡地铺好了。

明天一天，他还可以同姐妹两个单独相处一段时间。至于凌霄他们，反正是要去华庭路上摆摊的。

厨房里收拾得差不多了，老二在麻将桌上喊了一声。

"老八，别忙了。过来观战吧，顺带学一学。"

"不了，本人不感兴趣。你们玩吧，我带她们去看一件新鲜的玩意儿。"

边回答，熊涛一路上楼将两个妹妹带入了他的房间。

老二瞄一眼老四凌霄，对老六甩了个眼色。老六马上知趣地离开观摩席，颠颠忙忙跑上楼去，跟着看一眼。

其实上边也没有什么大情况。无非是熊涛托人买了个单卡收放机，用来听习英语。

但是就那么一个小玩意，当时还真吸引了姐妹两个好一会儿。虽然，她俩的英文底子还不怎样，不怎么听懂那机器里在说些什么。

　　熊家的聚会也算难得，直到了后半夜方才收场。

　　第二天上午十点，熊涛起身走进饭厅，看见凌霄还坐在桌前陪着母亲说话。他浑身难以察觉冷丁一下，才缓缓坐下。

　　"你怎么还在？今天不开摊吗？"

　　"当然开。老二他们先过去了，我要等一等菲菲。"

　　"为什么要等。。。她俩？"

　　"老三刚从广州搞来了一些新衣服，我想带她们先去挑几件。"

　　说完，凌霄自觉有些怠慢了，又加上一句："阿姨也一起去吧？挑几身时髦的穿穿，呵呵。"

　　"算了，阿姨已经拿了你们这么多东西。你们年轻人的热闹，阿姨就不去挤了。"

　　熊涛接着母亲的话，也赶快回答：

　　"对啊。那不如你先去好了，生意要紧。等她们姐妹俩起来后吃过饭，我再带她们过去，顺带也买个一两件合适的穿穿。"

　　"说什么买不买的，去兄弟那里拿几件穿就是了。好吧，那我先走了，你们吃了饭再过来。"

　　说着话，凌霄朝楼上望了一眼，听着像是还没什么动静，便拍拍屁股走了。

　　熊妈妈看着心思重重的儿子轻声提醒了一句："吃吧。"

　　"都是老四买的？"

　　"是啊。他非要出去买，其实家里还有不少没吃完的。"

　　"我们现在也不缺钱花，妈以后不要太节约了，多买些好吃的回来。"

　　"钱再多也不够花的。勤俭节约，将来才可以为你讨老婆回来。"

　　"怎么突然说这个？我还在念书呢，哪有那么快。"

看到儿子又沉下脸来，熊妈妈说话的口气，也逐渐变得严肃起来。

"你可别怪妈提醒你：妈知道你心里在想什么。许家孩子确实都不错，对我们也很好。但是，妈最喜欢芳芳。她又贴心又懂事，从小就帮着妈干这干那的，还对你特别上心。你可别打错了主意！"

"我有什么主意啊？"

一边说着话，熊涛一边屏气凝神关注着楼上的动静。

"妈还不知道你！"

话虽严厉，但母亲的声量也是放低了的。

"知道你还乱点鸳鸯谱？"

"那小七妹一直被所有人捧在手里，连帮忙洗个碗都干不好！将来怎么可能任劳任怨甘心服侍我们母子两人？讨老婆这件事你必须听妈的。娶妻娶贤！妈是过来人，不会看错的。"

不知为何，熊涛的眼前出现了当年被母亲呼来喝去、忙个不停的父亲。他甩了甩头，甩掉了那种不良的记忆。

"人是不能同人比的。。。菲菲向来善解人意。"

他的回答，似乎对着往事，又像是对着未来。

"反正这件事由不得你选。妈自有主张！"

每当中国的母亲大人替孩子们拿主意的时候，她们向来都是义无反顾的。好像孩子既然是自己身上掉下来的一块肉，便只能由他的主人即父母，为他的现在和将来去作规划与安排。

似乎，这一切都是理所应当的。

然而，打小习惯了听从母亲安排、迎合母亲心意的熊涛，如今内心却有了反叛的意念。

这份意念对于他虽然是坚定的，但同时也是有愧的。

忤逆自己的母亲让熊涛心存不安。他暂时只能保持缄默，去息事宁人。

楼上卧房里的两姐妹此时早就睡醒了。虽然躺在地铺上，但仰面那一大片嵌着木雕花边的天花板，她们竟同时产生了恋床的愿望。

"菲菲你说说看：老四和老八两个，谁更讨人喜欢？他们可都长得很帅气。"

听到姐姐的问话，聪明的妹妹可不愿搭腔。

姐姐喜欢谁，圈里个个明白。但是。。。

"我觉得吧：老四人特大方，而且简单率真，是一个非常容易相处的人。"

表扬不相干的人，总是容易过对心仪的男人作出积极的赞扬。向来心无城府的芳芳，今天居然也采用了迂回的战略，倒让人耳目一新，忍俊不禁。

菲菲转过头，看了姐姐一眼，抿着嘴笑。

"你笑什么呀？要我说呀：还是老八更讨人喜欢些。他是可以给女人带来安全感的那种男人。"

"呵呵。你是说他老成持重吧？"

"老成持重有什么不好？说明男人有度量、有计划、有担当。"

菲菲再次闭上了嘴。

姐妹俩对那兄弟两个的看法都没有错。

或许在她们的周围，多年来只有那两个外姓的男人关心疼爱着自己，因此她俩如今既深刻了解哥俩的性情，又暗自爱恋那两个男人中的一个，或一部分。

作为姐姐的芳芳觉得妹妹年纪尚小，被男人们多宠爱一些是正常的。

也基于这个原因，她感觉到自己必须尽早做出决定，尽快采取行动，以避免将来不必要的误会和麻烦。

菲菲当然懂得姐姐的感情，但与此同时，她也可以清晰地读懂老八多年来对自己的心意和追求。虽然如今喜欢和追求自己的，不止老八，还有老四。

从性格上看，小妹妹菲菲倒是应该同不苟言笑但心思缜密的老八熊涛更为合拍。

然而，合拍归合拍，回想起那张俊秀中却总是带着些沉重的脸庞，菲菲有时会感到一些迷茫。

人在一起相处，年轻人在一起相处：不是应该图个热闹、激情与浪漫吗？

菲菲不急着做选择。于她而言，年轻就是本钱。

芳芳可是等不及了。尤其是，看看眼前——在上海、乃至全中国，年纪轻轻就有如此好的自身条件、并有现成豪华婚房的男人，去哪里找？

只可惜，老八自小时候起，目光总是不经意中停留在妹妹菲菲的身上。芳芳还记得老八曾说过，菲菲吹着泡泡的样子是极可爱的。

但是，菲菲早就不再玩泡泡了。人是会长大，会成熟的。

芳芳希望小妹妹别长大得太快，别成熟得太早了。她希望自己可以有更多的时间与机会，去追求爱人，去谈一次恋爱，去嫁给他。

磨磨蹭蹭了好一会儿，姐妹俩才不好意思地起床了。看到所有人都早起了在各干各的，感觉更不好意思了。

"阿姨有什么需要帮忙的？我替你搞完后再回家。"

芳芳总是不失时机地讨好熊阿姨。

她的热情可不是假装出来的。很久很久以前，当熊家还住在老街，当阿姨还在馄饨店工作时，芳芳便一贯如此殷勤。

"不用不用，赶快去吃早饭。今天不用你帮忙，本来也没什么事。"

那个时候，菲菲已坐到饭桌前，面对着丰盛的早餐，细嚼慢咽起来。

　　熊涛则在对面找了个位子，看着她吃，也听到了母亲与芳芳的对话。

　　"妈，你就让她们姐妹吃完了再帮你干点什么好了。昨天累一天了，就当两妹妹服侍你了。"

　　"就是，就是。"

　　刚坐下吃饭的芳芳赶着咽下了几大口，就站起来去厨房帮忙了。

　　"下午有什么打算吗？"

　　听到熊涛这么问，菲菲抬头想了一秒然后继续吃她的饭。

　　"没什么大事。。。回家换些衣服什么的。"

　　"那过一会儿去老二他们那里吧？听老四说广州新到了些服装，让你俩去挑一些好看的。"

　　听到又可以有新衣服拿，芳芳也开心得很，手里的动作更勤快了。

　　她平时除了上班必须穿白大褂，其他时候包括从医院大门进出时，其时髦靓丽的装扮都一向引得众目睽睽，好不得意。

　　幸亏有芳芳在一旁催着，小七妹好不容易吃完饭。

　　当两个美眉终于左右相伴在熊涛的身旁来到华亭路上时，凌霄的两眼早都已经望穿秋水了：

　　"啊呀。。。你们俩怎么到现在才来呀？"

　　"起得晚了。"

　　凌霄立刻满脸喜气，将两姐妹带去他们兄弟几个租下的地下仓库，倒腾起来。

15

许家兄弟们租下的那个仓库，是与华亭路交界的淮海路旁一栋花园洋房的地下储藏室。

那里的几栋花园洋房，在解放前曾经都是中产阶级以上的家庭住宅。解放后大部分都被没收了，剩下一两栋里死撑着的房东，在九死一生之后，终于迎来了新政策退还的曙光。

退是退了回来，但钱没了。靠那么点工资以及折价退赔的抄家物品钱，要撑起这样一栋大开销洋房，仍然是心有余而力不足。除非舍下"面子"将房间出租掉一部分。

那个地下室的楼梯门原先通往一楼厨房，如今被聪明地改道至后院。如此既便于出租，也不影响房主的生活。

尤其，当房东见到来租房的那几位穿着时尚，想必从同一个院门进出时，也不算太丢了自己的脸面。

仓库租下来之后，许家兄弟便在里面顺带搭了两个"行军床"。反正眼前家里人多，也住不开。

地下室的面积不小，还有一排金属通风口。就是头顶上有一条很粗的下水管道，悬在天花板上。每当楼上用完厕所，管道里便会传来一阵轰隆隆的水流响声。

挺烦人的，真希望房主同自己一样，去外面弄堂里的公共厕所方便好了。当然：希望归希望，现实归现实。

如今也不会影响老四喜笑颜开站在门外，听着两个妹妹在里面兴高采烈地挑拣试穿。。。

华亭路摊位上，老二对傻站在一旁的熊涛说："你也在这里挑几件行头。大学生，给哥扎个台面！"

"不了吧。。。我有得穿了。"

"不嫌多的。"

说着话，老二又拉了老八一把："走，陪兄弟去前面马路上抽支烟。"

两人站在路口。老二点上烟，对老八笑了笑。

"怎么样啊，兄弟：你现在是天时、地利还有人都齐全了——感觉不错吧？"

"呵呵。。。托兄弟们的福，真的还不错。"

"那今天做哥哥的想提醒你一句，听吗？"

"你说，二哥。老八听着！"

"中国有句俗话，叫作君子不夺人所爱！朋友妻，不可欺——听过吗？"

熊涛如领当头一闷棍。。。

谁人所爱？打小以来，许菲菲不就是本人之所爱吗？

朋友妻？哪来的朋友妻？

许家老二开了口。他的提醒也好，警告也罢，没有太大的私心，却明显偏向老四凌霄。

兄弟们有段时间没见着熊涛了。昨晚他充满自信的表现，尤其对小妹菲菲毫不避讳的殷勤与关注，以及今天上午凌霄望眼欲穿的焦心等待，都没有逃过老二的眼睛。

他首先帮着老四说话，而非亲妹妹，是大义。熊涛深知这一点，因此不敢回答。

"你晓得的，他俩从小一起长大，感情很深的。你就别去插一杠子了，何况我们家芳芳。。。"

二哥没有说完的话，熊涛内心何尝不明？但是，他并不同意那前半句评语。

在熊涛的记忆中：远在加入许家这个小集体之前，真正吸引自己的，不正是那位吹着泡泡的美丽小女孩吗？

那个时候的凌霄在干什么？他大气豪放，与朋友们分享着自己的一切。

熊涛在别人眼里或许是个小气的男人，但他的心意，却唯独留给小七妹菲菲一人。

老八低着头。不吭声，代表着不服气和不情愿：所有了解他的人都深知这一点。

老二再次拍拍他的肩，话说得和颜悦色：

"老八你现在条件这么好，还怕找不到漂亮的女人？俗话说：女人不过是男人身上的一件衣服——没那么难脱吧，好兄弟？"

又是"俗话"！

中国古代文化中传承下来了那么多的成语、俗语或谚语故事。无论是谁、无论在何种场合，你都能找出几条恰逢其时的典故或熟语去形容。

然后，如果你的知识和脑袋全都还管用，你也总可以再找出几条与之前完全对立的典故或语句，去驳斥。

似乎，千百年前那些读书人座位前所面对的，应该同熊妈妈当年坐在床沿嗑着瓜子所面对的自家围墙一样：都是一格格毫不关联的窗口。

窗口之外的景象，一半千变万化；还有一半，支持着里面人的想象。

一位高个子书生所看到的外面，是半个站立行走的英雄，因此他在书中阐明：人，必须站着死——要保持英雄气节，视死如归！

另一位矮个子的读书人所看到的围墙外面，是半个跪着行乞的懦夫，所以他著书写下：人，可以跪着生——应学会苟且偷生，忍辱负重。

或许那两位作者分别都没有看走眼，他们所记录的，也都是自己的所见所闻及感想。。。然而，千百年后的读者，同时读到了那两句相互对立的人生哲理——

岂非成了千古奇谈？

那些将一整头大象分割开来、区别观察与评判的老故事，千百年后还在中国现代人的口中振振有词，并发扬光大——

岂非成了咄咄怪事？

暂且将那些自相矛盾的俗语搁置一旁不说，如今还听到"条件"二字，熊涛当场无语凝噎。

多年屈辱之后所得着的补偿，如今不仅没有帮助自己在爱情上心想事成，却变成阻挡自己求爱的罪魁祸首。

好不讽刺？

心乱如麻的熊涛至始至终没有回过一句话。他最终只带笑挥了挥手，目送着许家姐妹拎着大包衣服心满意足回来之后又开开心心回家去了。

老二随后装得跟没事人一样，所有兄弟都表现出若无其事的样子。

然而，小集团的内部，却生出了一条裂缝。没有人可以预测到那条裂缝之后会带来的后果，将有多大。

回到家，母亲也许习惯了儿子阴沉的脸色了吧，竟然不知趣地再次对涛涛下达了指示。

"我以后会经常邀请芳芳过来我们家，顺带帮忙做点事。你礼拜天别忘了早些回家，陪陪我们母女两个。"

"她真有那么好？妈，你自己娶她吧！"

回答显然充满了反叛的火药味，这是熊母所不能容忍的。

"儿子你这是什么态度？你是医生，她是护士：你们两个天生就是绝配！等将来妈老了，你俩一起带着儿子照顾妈，不好吗？"

"吓。。。有了一个医生儿子，还不够伺候你的？"

"再说一遍——娶妻娶贤。儿子娶到好老婆，当父母的才真的算有福气！"

"我实在是搞不懂了：到底谁娶老婆？菲菲有什么不好？妈凭什么就只看好她芳芳一人？"

声音越来越弱的涛涛，脚步声却越来越重，往楼上自己房间走去。今天实在懒得再去理会所有人，既然所有人都在同自己作对。

晚上，躺在"条件"不错房间里的熊涛，在大床上左转右辗，根本无法入睡。

他的脑海中如放电影那般，回忆起第一次见到那个美丽天真的吹泡泡小姑娘，以及如今玉立在宿舍楼外等候自己的芊芊淑女。。。

想着想着，他似乎确认到了一件事：那个小女孩，早已渗透在记忆的每一条血管里，早就与自身融为一体了。

虽然别人似乎并未察觉。或者，大家竟都忽视了自己吧？

睡着了，他做了个奇怪的梦。

梦中，自己正从一个干枯的井底往上爬着。途中有一人走过井将头往下探。熊涛问：天是方的圆的？那人答：是圆的。熊涛再问：天有多大？那人答：就你可以看见的那么大。

熊涛泄了气放弃了攀爬，跌回井中。既然在井底也可以看清外面的世界，那自己还有什么必要努力往外跑呢？

惊醒之后，他似乎懂得了一个道理：众人老是喜欢用典故来引导别人的所为，应该是为了束缚并阻止他人做出与己愿相悖的行为吧？

无论如何在许多许多场合，那种传统教育是行之有效的。

然而，熊涛沉睡中所作的梦，还是吓着了自己。他忍不住骂了一句粗话：

"他妈的！既然女人对你们来说，只不过是一件衣服罢了——那该脱的，该是你们！"

之后的日子里，熊涛尽量避开其他兄弟，在自己有限的学习空隙将菲菲约出来会面。

为了方便起见他也买了辆名牌脚踏车，是"永久"牌的。虽然有那么几次好险，同老四的"凤凰"擦肩而过。

凌霄也仍然是菲菲那儿的门外常客。他也仍然主动热烈地以自己的方式，追求着他喜欢的女孩。

比如，晓得菲菲喜欢熊涛家里的单卡收放机后，老四便立刻跑到回国人员取货处，从黄牛手上搞到了一个双卡的，加上源源不断的邓丽君音乐卡带，送给了菲菲。

对于礼物，熊涛的想法倒是与他母亲不谋而合。

礼物只有送给了自己娶进门的媳妇，才不算给她人做了嫁衣裳。何况，用金钱是买不来真情的。

菲菲是熊涛看着长大的女孩。他不仅熟悉其外表与内心，也熟悉她的每一个成长变化与过程。

在熊涛的心里，他和菲菲两个人的心早就有了默契。无论是谁或是什么情况下，这样的默契都不可能轻易被打破。

每逢周末，熊涛都乖乖地回家，既为了陪伴母亲，更不想惹她生气。他可不希望节外生枝。

单相思多年的许芳芳如今可谓心满意足。尤其，每当熊阿姨挽着自己的手臂一起出门为儿子买菜时，向每一位认识或不熟的人介绍说：

"这是我们家未来的媳妇。"

虽然话里话外，听起来完全没有她儿子什么事。

但是，中国的老百姓都懂。

16

熊涛面临毕业了。

菲菲同寝室好友李娟商量着买个什么礼物去为八哥庆贺。

李娟是个整天兴致很高的女孩。对于任何新鲜的玩意或活动她一贯来之不拒。对于那些敢于在严格的校规下勇往直前追求女生的男生，她也一向采取热诚欢迎的态度。

虽然，她内心其实尚未钟情于那些人。

许菲菲却更像是一位宅家女孩。她与人结交上所采取的谨慎态度，常常让一些倾心于她的大男孩望而却步。更有几位留意到菲菲可能"名花有主"之后，遂将注意力转向了开朗活泼的李娟身上。

但是，李娟并不在意这些同校的男生。看到许菲菲的身边总是交替出现两位英俊潇洒的追求者，李娟甚至产生了一些妒忌之心。

"嘿。。。我说菲菲呀：你到底喜欢他们中的哪一个？看你把他们两人耍得团团转，一个个魂不守舍！"

"你说什么呀——他们俩可都是我的哥哥。"

每回李娟提及那两位，菲菲的回答都差不多如此。

"得了吧。他们可不是把你当妹妹来宠爱的。"

"那你是没有见到我们小时候在一起的故事。"

"小姐，还提小时候呐？你都二十了。没人再把你当成小女孩了。"

"那我也还是他们的亲妹妹。"

"太好了，我的好菲菲：请你把你的两个亲哥哥让给我吧？"

"他们两个？哈哈哈哈——你可别太贪心了！也千万别害

人，别搞得校内校外的男生打起仗来。"

"班里这些小男生可不在我的眼里。你晓得的。"

"当然晓得。我还晓得你也没少给他们写信惹事。"

"呵呵，行了。你现在是在关心熊涛的毕业礼物吧？我觉得你可以送他一个精致一点的相框啊，用来放毕业照。"

这主意可真不错，既有心意又不算太亲密，不至引人幻想或误会什么的。

周末两姑娘约好去买相框。在店里看到一对比较洋气的，李娟说：

"这个不错。蛮适合你哥那种书卷气的。"

虽然许菲菲也看到那对相框并感觉相当不错，但是她有些犹豫：因为这里是一对。

"我们再找找。。。放毕业照的，不需要这么精致吧？"

"我知道你在想什么。一对有什么关系？或者你先送一个给他作为毕业礼物，然后在你毕业的那一天，再放张自己的美照在另一个里送给他。成双作对，哈哈。"

李娟总不会放过任何可以开玩笑的机会。何况在她看来，许菲菲的内心，应该偏向熊涛多一些。以她对好友的观察：对于凌霄，菲菲总是在接受他的慷慨馈赠；而对于熊涛，她总是在想着如何付出。

用李娟的话来讲：女人总是习惯接受他人的照顾，却会用心去讨好自己内心喜欢的人。

比如今天回到学校后，菲菲阻止了垂涎欲滴的好友李娟去碰触自己从家里带来的那瓶醉蟹。说了，明天要一起带去送给八哥的。

许菲菲这里也有一张熊涛的上下课时间表，因此周一她就找了个合适的时间过去老八的学校看他。

最近一段时间，菲菲隐约感到他似乎不太那么快乐，至少没有之前放松。

熊涛不久就要毕业了。毕业生不是都应该兴高彩烈的吗？

来到熊涛的楼下。平日里严格看门的阿姨如今对毕业生也眼开眼闭，让他们的朋友、或许是女友上了楼。

心细的女孩菲菲，看到了熊涛桌上有一个比自己带来的醉蟹更大的瓶子。她应该是晓得的：那同样是家里的瓶子，同样是老妈腌制的醉蟹。

"呵呵。。。我妈非让我带来的。。。是你姐芳芳给的。。。"

如今的八哥，高大的身子看上去不再那么挺直，说话也带些结巴。

菲菲晓得了他在慌些什么，她原本不该太在意的。

"噢，那我的就不用再给你了。李娟可馋着呢，我带回去好了。"

"噢，不不。。。我不需要这么一大瓶的。同你换一下，我拿你这瓶小的，大的你带走。"

菲菲没有同他客气，乖乖与他换了一瓶。又将毕业礼物，那对镜框中的一只，递了过去。

"送你的——终于挨到毕业了。提前恭喜你！"

"谢谢！还有几天才是毕业典礼，到时请你参加。"

"一定会来的。别忘了叫上所有人！"

带着姐姐送的那瓶醉蟹回到宿舍后，菲菲将自己留在难得安静的寝室里。回想起最近一段日子很少见到姐姐芳芳，特别是周末，芳芳总不怎么在家，说话也少了滔滔不绝的兴奋劲。

许菲菲似乎拣出了一些苗头，一些她早就该想到的缘故。

她微微一笑，也许是时候往后退下一步了。但是，真决心要放弃熊涛却并不是件容易的事，她内心有些过不了自己那一关。

从几时起？自己就已经习惯了慢吞吞跟在哥哥们的后面不再着急赶路了，因为晓得八阿哥会在近处等着自己。

从几时起？坐在身旁一起做着功课的八阿哥，总是及时伸出手来替自己解答着正在令人伤脑筋的作业题。

从几时起？每当自己脸上生出了讨厌的青春痘，八哥总是阻止自己往馄饨汤里加胡椒面，说热性食物会让漂亮的脸蛋留下橘子皮那样的小坑。

从几时起？连姐姐都没有及时关注到的，每逢自己的例假来了之后，八哥总是递来暖暖的热水袋，并任由自己的小性子在他那里发泄。

菲菲其实晓得，从那些时候起，八阿哥熊涛的眼里便只有小七妹；从那个时候起，自己的内心已自然而然存下了那种温暖踏实的情感。

如今，要放弃这一切，菲菲不太舍得。

然而，人的情感就是那么奇怪：面对他人的侵入，人总是会采取抵抗或者争取；然而面对亲人的介入，人往往会选择承受甚至放弃。

熊涛明显感觉到菲菲的态度，也完全清楚她内心的纠结。每当自己主动向前跨出一步，她便往后退却两步。

眼看着菲菲离自己越来越远，熊涛急了。他不断找理由往菲菲那儿打电话，还常常去她的学校外面候着她放学。。。但是，既没有回电，更没有人影。

相反，每当熊涛焦心煮肺在菲菲大学门外等待的日子里，却常常看到好兄弟老四骑着那辆脚踏车，目中无人飞驰而过的身影。

一直沉溺于玩乐的老四，何时开始留意到了青梅竹马的小七妹？

不奇怪的，只看如今七妹的丰胸柳腰及盈姿玉色，哪个男人不会情不自禁倾倒于她的石榴裙下？

熊涛毕业了。

响当当的成绩，不仅被大学和老师作为重点推介，更被正在发展中的各大医院所青睐。最后熊涛顺利进入了上海的第一人民医院，成了一名实习医生。

在事业上，他可算如愿以偿，圆梦成真。

工作上春风得意的熊涛本应该扬眉吐气昂首挺胸的，但对于一个年轻人来说事业固然重要，情爱却必不可少。

在熊涛眼里，恋爱对于某些人就像雨露春风，近水楼台；然而对于自己却如石城汤池，蜃气海影。

如今尤为难熬的，是必须面对母亲喜欢并为自己挑选的恋人及未来媳妇，竟也是青梅竹马、两小无猜的好朋友好伙伴，更是自己心爱之人的亲姐姐——此情何堪？

在熊涛的毕业庆祝酒会上，熊妈妈主动将许芳芳拉在身边帮忙。芳芳的行为举止也俨然已是熊家的未来主妇。她涨红着脸、发自内心地接受兄弟们的恭喜与支持。

就餐入座之前，熊母将许家姐妹分别安排在自己的两边，并眼神示意儿子坐到芳芳旁，接着喜笑颜开喊过来老四凌霄。

他倒是万般领情和积极，在菲菲的身边落定。

熊阿姨的手段，小集团早已领教多年了。如今她的左右安置有序，如虎添翼。客人从上到下，无不佩服之至！

熊涛却还是那副德行：不动声色、甚至不苟言笑。大家也早都习惯了他的矜持与稳重。

在座的，唯独菲菲感受不同。

她曾经无数次见过老八那发自内心、洋溢在外的欢喜——当他在自己的身边，享受着鼓励与陪伴的日子里。

她，可以在这群从小一起长大的、正于酒酣耳热中杯觥交错的亲朋好友间，以其亲身的体会与敏感，洞察到一条细缝正在向左右和纵深开裂着。

她，同样可以从熊涛对其母亲孝顺的举止中所强压下去的克制与忍让，看到两座遥相对立山沟里的一衣带水，正在悄无声息的流失当中。

那两个覆水难收的结果，是以熊涛一人内心的失望、痛楚所并发与承受的。

菲菲实在于心不忍，更有些痛之所痛。。。但是，她除了静观其变，似乎回天乏术。

无论如何，每个人自己的所为与所不为，都应该至少对自己负责吧？

年轻的大学生许菲菲在那个时候，内心除了同情，甚至还有些嗔责。

菲菲觉得除了忍耐，人或者还应该有反抗的欲望吧？机会如果不在自己这边，努力争取或许不失为一种本能与责任吧？

除非，他已经做出了选择。

熊涛表现上的软弱与妥协，在如今菲菲的眼里，代表了他已经作出了取舍。他如今，应该已经舍弃了对菲菲的那份情感和追求。

他从一位倾心仰慕者，坠落成为菲菲曾经有过的泡泡中的一个。美丽幻想的张力，在外界压力的反作用下，最终没有敌过必然破碎的宿命。

庆幸的，是小七妹菲菲的身边，从来不缺乏关爱她的人。比如凌霄。

关爱和付出总是更加容易被女人接受和感动。菲菲从此在所有亲人的面前，大胆显示出自满的笑靥。由着老四与自己的十指相扣，出入往返于电影院、舞会派对等小年青们中意的时髦浪漫场所。

对于这一切，过去挺喜欢热闹的许芳芳，实在像是改变了性情那般，丝毫不予羡慕。

　　或许她对于自己所钟情的男人，果然了解至深？或许她对于自己所选择的人生，果然心诚不怠？

　　谁知道呢？

　　反正，很少有人会碰见那两个年轻人一起出门。有的，也是熊家阿姨带着芳芳一起购物，像亲母女似的互挽着手臂，有说有笑的代表着将来和睦的婆媳关系。

　　熊妈妈明里、许芳芳暗里都在眼巴巴盼着数着日子。她们所盼的那个接近了的、国家规定的登记结婚年龄，是二十五周岁。

　　家里早就悄悄张罗起新婚所需要的一切了。每次芳芳去熊家，她未来的婆婆总会在她面前摆满了那些在老人家理解中，传统婚姻所需要准备和采办的东西。

　　那些可有可无的、完全不符潮流的玩意，假如换了一个儿媳，假如老八换了一种对待女人的态度——或许都是芳芳不为所动、甚至不以为然的。

　　如今的她，却万分感念熊妈妈对自己的心意和努力。她发自内心地笑纳这一切，就等着不久以后可以正式嫁入熊家。

17

终于，熊涛到学校把菲菲单独约了出来。

都不记得有多久了，自从他毕业之后吧？两人没有再单独见过面的。

这样的约会无非让菲菲的心思变得沉重。关键时刻，自己可不能坏了姐姐的好事，毁了她的将来。

带着那份忐忑不安的心、以及脸上强堆出来的笑容，许菲菲来到了学校旁边那家熟悉的小食店。

如今时代变幻之快难以想象。人非昔人，物非旧物。小食店不知何时已改换门庭，摇身一变成了迎合现代年轻人潮流的咖啡屋了。

菲菲在熊涛的对面坐下。身子微抬着，刚刚沾着一丁点儿凳面，显见抱着随时会离开的打算。

"呵呵，哥难得约着你出来见一次面，你怎么连坐都不会了？"

菲菲没有回答更没有挪动地方，坚持着那份尴尬的态度。

"我今天约你出来是有事商量，也想请你帮哥一个忙。"

这样的开场应该还行吧？丝乎没有强人所难的意思。

菲菲的笑容不再那么肤浅，人也稍微坐踏实了些。

熊涛替双方叫了两杯如今时兴的咖啡。自己先喝了一口，却不禁皱了下眉。伶俐的菲菲赶快从旁取了糖罐子推了过去。

熊涛的脸上立刻展出了那个久违了的笑模样，虽然几秒后就又凝结了起来。

他眼中不自觉中所显露出来的那一丝落寞神色，自然没有逃过表面若无其事的、菲菲的暗察。

熊涛诚然是不幸的，但是，咎由自取吧？

他加了些糖在杯里，慢条斯理地搅着，然后才举到嘴边重新品尝了一口。摸了摸自己的胸膛，老八满意地笑了笑，拿出一封信递给菲菲。

"看吧。"

菲菲接过信却不知该从何看起，不解的目光望向了老八。

"没有多少字。你自己念。"

菲菲果然没费多少功夫便看完了整封信。但虽然看完了，她却依然没有太搞清。

"所以。。。你要去英国留学了？是你大姨替你办的？"

她读着信，他观察着她，体会并欣赏着她的每一个表情：困惑的、甚至有些怨怨的。虽然没有欢喜但即使她的一点点惆怅的表情，都会在熊涛的心里引发莫名的兴奋与渴望。

"是的。大姨确诊得了脑瘤，可能活不太久了。她说希望有生之年最后帮我一次，满足我人生最大的心愿。"

终于，菲菲内心的震动从她难忍的责难中迸发了。

"阿姨晓得吗？我姐怎么办？你们不是就快领证了吗？"

"你觉着，结婚是我的意愿吗？"

她的反应，在他看来是意料之中的。

"不晓得！但至少。。。"

菲菲的声音降了个调，脑子如今却变成了一团浆糊。她下意识里感觉留学没什么问题，但哪儿、哪儿又都不对。

"所以想请你帮忙去说说。"

熊涛的这个要求，似有乘火打劫的嫌疑。

"我？你自己干的好事！我能帮你什么忙？"

口中反问并自问中的菲菲，内心正在全力抗拒：我姐本来就防着我，而且你妈向来就不待见我。你现在闯出了大祸，却找我来帮忙？自讨没趣吧！

"至少芳芳那里，你尽量帮哥搞定吧？"

"这种事是我可以搞定的吗？你为什么自己不去说？你们不是自己人吗？开这个口，很难吗？"

"难，就是难——因为我根本就没想结那个婚！"

菲菲这才恍然大悟：原来至始至终，熊涛就没有接受他母亲的安排和姐姐的感情。他所采取的，不是妥协，而是暗度陈仓。

心机太深了。如今菲菲的第一个反应，就是你老八无情无义！

"千不该万不该——你不该玩弄我们芳芳的感情！"

"我什么时候玩弄过你姐？你见过我同她约会吗？见过我与她亲热吗？我甚至除了将她送到车站，连脚踏车后面的书包架都没让她坐过。。。"

说到这里，熊涛的五脏是哽咽的。他还清楚地记得：自己买脚踏车车的初衷，是为了眼前这位女子。他如今仍然感觉得到当初坐在书包架上的菲菲，双臂环绕在自己腰上的温暖。

"那你为什么不早点同她讲个明白？为什么直到现在要走了才告诉她？"

争辩中，菲菲有时竟不知哪些是为了姐姐？又有哪些原是为了自己？

"她毕竟是你的亲姐姐，也是我从小的好朋友——你让我怎么开口？我的态度其实都已经那么明确了，可她。。。还有我那个自以为是的妈。。。"

听到这里，菲菲内心"咎由自取"以及"无情无义"的愤慨，稍微减弱了些。她确实需要低下头来平心静气地想一想。无论怎样，事情的严重性已经难以估量。

"那，你当时为啥不来找我？"

唐突冒出来的嗔怪声虽然很轻，但坐在对面的老八抓住了每一个字。

“老二警告过我。。。老四又是我的好兄弟。。。再加上你姐、我妈。。。我那时简直是四面楚歌！”

菲菲此刻虽然不清楚老二是如何给老八施加压力的，但她完全可以想象在家庭人情这棵大树的底下，人与人之间的关系盘根错节、难分难解的实际境况。

她此时很想抬头看看他，给予并且相互安慰。但是，时过境迁。

如今的当务之急，是姐姐。

作茧自缚，咎由自取！

虽然心里不依不饶，但她嘴上还是在客气地提醒着老八：“无论如何，你和她的事总归还是要靠你们自己去解决，别人帮得了什么？”

“其实我晓得。。。但是你呢？你眼看就快毕业了，以后有什么打算？想过出国留学吗？”

言下之意，菲菲岂不明白？其蕙质兰心，已然清楚今天熊涛的相约，并非真的是在请求帮助，而是希望自己可以理解他的心意，并作出选择。

然而，当年毫无选择下熊涛的行为，不也说明了如今没有选择下的菲菲，所应当持有的态度吗？

同女人相比，好像城府再深的男人，都没有足够成熟的思维和举止。男人的情商，似乎总是低于女人。

也难怪婚姻法，都是男人的创举吧？也许男人的情商提高了，就没有婚姻的存在了。

其实两个人的情感与责任，并非需要婚姻去捆绑的。被婚姻捆绑住的，只能是人情、利益和需要罢了。

“不管你们最后商量的结局如何，都不会同我再有任何关联。”

说着这样的话，菲菲不敢抬头相看。她清楚自己当前的回复，听上去斩钉截铁。

那个钉子之深，她不敢去推测。何况，如今对方的心愿或承诺，同自己已经在老四那里获得的情感和物质相比较，都显得无足轻重了。

"懂了。"

回答亦是干脆的。因为，熊涛的眼睛直视着菲菲，洞察细微。

"唉。。。你做事还是太理智了。"

听着她又一次于无奈中漏出来的嗔责，熊涛只能以苦笑作答。

菲菲太年轻太天真。她出自情感和本能的理解中，没有看到熊涛曾经作出的所有理性的选择背后，其实是他自己的情和爱在坚持，在支使，在推动。

服务生走来再次请问客人要点些什么。熊涛仰起脖子喝光了那杯加了糖的咖啡，说"再来两杯咖啡吧"，同时看了看菲菲的意思。

她摇了摇头。

"你又不喜欢喝咖啡，还点吗？"

"那就再来一杯吧。"熊涛对着服务员说完，面朝菲菲言道："再坐一会儿。陪我多坐一会儿。"

菲菲不置可否但仍旧坐着。她也是心乱如麻。

咖啡送来了，菲菲又把糖罐拉近了些。可是，熊涛没有动它。他喝了口苦咖啡，仍旧锁着眉。

"加点糖呀。"她贴心地提醒着他。

"不加了。我以后，这辈子恐怕都要习惯这种味道了。"

"人生很长。。。你也不是去插队落户，不要太悲观。"

"插队又算什么？如果有你。。。"

"现在说这些对大家都不好。你还是想想我姐怎么办吧，千万不要伤害她。你知道她对你是真心的。"

"我晓得。但是，我有我的坚持，也绝不会放弃出国留学的。"

如今没有人可以阻止熊涛留学的决心吧？就像当年，他决心走出工镇老街那样。

奇妙的是，在熊涛的愿望之后总是那同一个人、那几十年后重新联系上的大姨，在背后支持着他，帮助着他，去实现理想。

也许，是因为熊涛的那个姓，为他之后的人生奠定了基础吧？

也许，是见证了青浦老家的那位和尚所说的：一切都源于因，结于果。

旧的一段因由，将会造就新的果实。拭目以待吧。

菲菲离开了，带着寂寥和落寞，带着希望熊涛继续留下的一点点心愿。

一个知书达理、是非分明的年轻女子，不仅仅是在没有选择的情况下，跑出了熊涛的视线，更重要的，是她那时对爱情的理解和接受，来自他人对自己的赠与和付出。

熊涛爱菲菲，从来都爱。但是，他曾经和可以赠送给心爱人的，究竟有多少？究竟是什么？如今双方都没有答案。

万般无奈和不舍中，熊涛看着菲菲离开了自己。他依然选择留在店里，再多喝一、两杯苦咖啡吧。

眼鼻被蒸汽熏到了，湿漉漉的。他闻到咖啡特有的香气，那种带着苦味的香气。

他忆起了很久以前那位一个劲鼓起小嘴、吹着泡泡的美丽女孩，不由自主地比较起久违了的肥皂香、与近在咫尺的咖啡香的特点和区别。

熊涛发现：无论这个世界千变万化到了何种境地，他都能非常确定自己的选择。

那是从小就被吸引了的、沁入心扉的一种偏爱。

熊涛不觉得自己是理智的，甚至是无情的。他感觉世上的每一个人都生活在可为与不可为之间。如今他表面上的作为，在其内心深处，却是出于对不可作为的对抗与防守。

人类本身，就是一个矛盾体。

人的内心总是渴望得到别人的帮助，以满足自身的需求。但是，人的行为却必须迎合他人的喜好，去承担社会的责任。

18

　　一个周末，有邻居看到熊家的未来媳妇许芳芳抹着红肿的双眼跑了出去。

　　家里，有熊家女主人哭天喊地的叫骂声，却没有听到她儿子的任何劝阻甚至动静。

　　过了一顿饭的时间，熊妈妈也脸上捂着块手绢急急忙忙离开了家。

　　那两个女人赶路匆匆，该都是寻求帮助去了吧?

　　熊家的二姐夫在前段时间被"平反"了。平反的实质，就是党和国家原谅了一部分在过去被定性为"坏分子"的人。

　　其中那"一部分"，不包括所有地主和资本家，以及已经"自绝"于人民的那些死者。

　　"平反"体现在退还的房子、和部分财产折价后的人民币上。而所谓"原谅"则是推测，因为没有谁为曾经的、全国性的人为迫害所造成的灾难，出面道过歉。

　　人民群众中没有反对的声音，更没有贪婪的要求。被剥夺了近半辈子的物质和权益，即使只拿回了一部分，也是党和国家对人民的馈赠与恩典。

　　就像国家单位分配的"公房"那样。

　　正当熊家二姐全家自我庆幸，没有将大姐给的五万元人民币浪费在不值钱的房子上，突然却得到消息说：上海的私房涨价了，涨了近一倍。如今手里的五万块，瞬间贬值了一半。

　　你看：得到的，和失去的，总归会平衡。英文俗语也是这么说的。

　　妹妹匆匆赶到二姐华丽的的家。环顾着眼前远远超出自己曾经引以为豪的自家住房条件，其的心中既羡慕更是仰仗。

　　如今在不知可以信任谁的情况下，家人的意见总归是最贴心的。

　　"唉。。。大姐也是。身体已经这样了，怎么还闹这么一出！"二姐听完故事的一部分，就感叹不平起来："她也实在不晓得我们这些年的苦衷。"

　　"就是呀。你晓得我平时也不自己看信，都是儿子念给我听的。现在可是搞出大麻烦了！"

　　"其实，去国外留学不算坏事，如今多少人都求之不得呢！"

　　二姐夫的话总归比较现实。远了一层的关系，旁观或清。

　　"我可不想让儿子出国！我还等着他早些结婚，我可以早些抱孙子呐。"

　　"不冲突呀：你可以让他结了婚、生了孩子再走。"

　　"啊呀，你们可是不晓得呀：他出国大部分原因，就是为了逃婚！"

　　这倒是新鲜事。

　　"两人不都一直谈得好好的。。。怎么，小两口闹别扭啦？"

　　"不是别扭。他们本来感情还不错的，但是。。。啊呀早晓得的话。。。"

　　熊妈妈如今不知该如何解释才好。她不愿意承认自己在儿子的感情中横插了一脚，她至今仍对自己的选择坚信不疑。

　　错在儿子。是儿子不喜欢，更不听话。

　　想到儿子无声的顶撞和设计，熊妈妈简直忍无可忍，却又无可奈何。

　　"所以，打一开始涛涛就不喜欢这门婚事，所以采取了三十六计中'走'的这一计？这可麻烦了，这也对不起人家芳芳呀。"

中国传统文化果真无所不在。

虽然，绝大部分人民群众都全然不知"孙子兵法"中，所谓的"三十六计"到底有哪些个计策，但广为流传的那条"走为上计"，倒是老少皆知。

"唉。如今不光是芳芳的问题。我实在也不想让儿子离开我！早知他会选择出国，我倒宁愿他去娶自己喜欢的女人。"

人就是这么奇怪。在顺境中，总是以坚持自己的利益为首要前提；遇到挫折了，又总是以放弃他人的利益，去为自己争取最大的利益。

钻入牛角尖很久的熊妈妈如今满脑子所想的，是如何将儿子留在身边。想来假如留得住他的话，她甚至可以接受并同意儿子去另行择偶。

可惜，她的如意算盘落空了。时过境迁了。

"没有可能了——都是你闹的！"

儿子带着冷峻的眼神抛出的那句话，此刻仍旧让老妈触目惊心。

这不，实在是走投无路，熊妈妈才不管不顾面子了，赶来同二姐商量。

二姐的文化程度不高。过去在农村无论是地主老财还是贫下中农，全部都相信菩萨、或是传道人的指点迷津。

"我想，夫妻两人的缘分都是天注定的。我们也要对孩子们有个交代。不如拿着他俩的生辰八字回青浦老家一趟，请我家熟悉的老和尚靖安给看看。"

好不奇怪？

新中国解放后，党和国家花了几十年的时间，用新社会新思想去推翻、取代了那些所谓旧社会遗留下来的传统迷信。

然而如今还不到几年的光景，人民群众又将那些"牛鬼蛇神"从地底下挖了出来，同大量正待见光的金银财宝一样，再次奉为至上。

也许，当人们在一天里抛弃掉了几十年赖以生存的信念之后，人心突然间变得无法适从、无处安放了吧？

因此人们不得不着急忙慌地，将熟悉的、古老的东西翻了出来，去重新建立信任感，去重新依靠和仰仗。

比如中国的佛、西方的基督？再比如读书做官，比如赚钱买房？

反正，比比皆是。

"办法是好。但求神拜佛。。。这么做如今不犯法吗？"

心有余悸，显然是多次的文化运动后遗症。

"犯什么法呀！你没看到新闻里说的？现在乡政府开发农村建设，也在拜天求地、搞封建迷信这一套呢！"

"那，好吧。二姐你陪我下去一趟吧。"

黔驴技穷的熊妈妈，怀揣着绝处逢生的希望，带着孩子们的生辰八字，诚心诚意求神拜佛的旨意去了。

你可以说这些女人如今的所为，应了俗语"临时抱佛脚"吧。但是，佛始终等在那里，等着你在需要时，过去求他们。

佛不会怪罪众人。

她们去见的那位智深老和尚靖安，同熊家有着几代人的渊源。过去几十年里他也目睹了熊家的发迹和毁灭。但是纵然老和尚可以洞察一切，求生的自然本性，却让他在一次次文化革命的风暴中，缄口求安，成为一名幸存者。

如今，形势反转。虽然政府又是拨款修庙，又是请老出山讲经，但他都以年事已高只愿潜心修佛，婉拒了。

如今上门求教的，是早年曾经长期出资修建奉养本庙的熊家后人。靖安老和尚客气，请了来访者入座。

看过两个孩子的生辰八字，靖安将纸条还了回去："暂且不说那两个孩子之间的缘份。倒是施主的儿子。。。"

"对啊。我们今天来就是想听听大师的意见：我儿子该怎么办？"

熊家小妹迫不及待，又将一张儿子的近照递了过去。

靖安和尚看了一眼相片：

"要说这年轻人：他的身上担子很重，活得很累。他活着不光为自己，他的身上还背着另一个人的业障。"

"还有另外一个人？是谁？"急着插话的是熊二姐。

"他过去所作的承诺。。。在一位亡者的跟前所作的承诺——施主应该晓得是谁吧？"老和尚将脸对着熊家小妹。

"难道。。。难道是他的爸爸？我那死去的男人？"

靖安和尚笑了笑。

文化革命的一个硕果，就是现代语言的发展与运用。

如今的人民群众不管走到哪儿，与谁交谈——都绝对不会再出现咬文嚼字的表述和理解。

"但是：人是应当孝顺父母的，不对吗？"

"没有什么对与不对。但是施主想过没有：孝顺：是人后天的意愿，还是命中所带？"

没有想过。但凡中国人都晓得：孝顺，是天经地义！

"那我儿现在要离开我了，他不打算继续尽孝了？"

"你抓住他不放，他的父亲通过阎王爷当年的记录，也抓住儿子不放——那孩子自己的人生，还会有什么希望呢？"

"那我该怎么办？我的孩子该怎么办？我们还指望他为熊家传宗接代呢。"

与此同时，点着头跪拜求佛的，还有熊家二小姐。

"你们只管抓住孩子不放，他便失了自由。失去自由的人可能会有后代吗？"

老和尚其实，已经一语道破天意了。

只看俗人，是否放得下自己的欲求。

或许做母亲的愿望，终于超过了做女人的自私吧？又或许传宗接代，实在是人生在世的第一要务？

熊家小妹的请求，最后还是转回了作为母亲的心愿：

"那我究竟要怎么做才能帮到儿子？怎样才能让他放下包裹轻松做人？让他平平安安娶妻生子？"

"施主今日既来求佛便也信佛。若平日里经常吃斋念经，多做些功德，定会对孩子有所帮助的。"

吃斋？

姐妹俩觉得别的还好，但吃斋的话。。。要知道，国家最近才取消了粮票、肉票、糖票等食品管控制度。如今以及后半辈子大家终于可以品尝到那些在过去与己无关、却令人馋涎欲滴的美味佳肴。。。

"没关系的。施主信佛但不是佛。有求佛的心，可以先许个愿，定个日子，每逢初一、十五吃斋也可以。但要尽量少杀生，要坚持念经。"

姐妹俩至此长舒了口气，这毕竟不难。

如今仍有一事要请教的：

"那这个女孩。。。"

靖安和尚笑了笑，没有再去接那张已经看过的字条。

"看缘份吧。这世上有些缘份是孩子的，有些缘分是自己的；有些缘分是这一世建立起来的，有些缘份是上一世就注定了的。能够在一起的，都因为缘分，因为转世因果。"

虽然似懂非懂，熊家姐妹还是安心了许多。

回家路上，她们怀里抱着靖安大师赠送的经书，嘴里商量起一些细节。

其中最重要的，当然仍旧是孩子们的事。

19

熊涛在家里翻箱倒柜。英国大学发来了正式入取通知书，他必须立刻采取行动，去申请护照了。

看来，母亲将户口本藏了起来。熊妈妈说了：

"你先解决好和芳芳之间的问题。反正不可以对不起人家。"

母亲如今的态度，看似退了一步，毕竟没有再将"妈妈离不开你，不准你出国留学"那一类话，挂在嘴上逼迫自己就范了。

但是，难题还在。同样的难题，母亲将它转移到了自己和芳芳的身上。

逃是逃不过的。毕竟，那个问题，是起因之一。

那天许芳芳哭着跑回家之后，她父母大概就猜了个正着。断断续续听说毛脚女婿就要出国了，许家的家长又有些摸不着头脑。

如今留学应该也不算坏事。结了婚再走，不是件好事嘛？很多人家都有类似的情况，而且羡慕的也不少呢。

然而，女儿的委屈是发自肺腑的。那定是熊家见利忘义，出尔反尔。熊涛薄情寡义，始乱终弃。

从来难得去管那些孩子的许家父母，这次真的内火攻心。他们立刻瞒着芳芳，心急如焚赶到已经调任码头管事、在外结婚安家了的老大那里。老大听说后，又急忙把几个弟弟都招了家来，商量对策。

"他妈的！这混蛋小子——居然敢玩自家兄弟姐妹？看我不去把他揍扁了！"

老三最拿手的，就是挥拳。

　　"不，不。这次绝对不能用拳头去解决问题。你妹妹以后还要同老八在一起过一辈子呢。"

　　父母虽然同样义愤填膺，但终归还是对这个婚姻抱有许多幻想，终归还是希望两家可以缔结良缘。

　　强按下愤怒的许家人，最后商量出一个相对稳妥的圣人之法：

　　许家夫妇明天白天直接去熊家面见未来的亲家母，了解情况并行之以礼，道之以德；老大和几个兄弟则每日轮番进攻，去等熊涛下班后请客吃饭，并动之以情，晓之以理。

　　所有行动计划中，三个人被排除了在外：悲悲切切的受害者芳芳，正待毕业分配的小妹菲菲，和简单率性的老四凌霄。

　　许家父母的到访，原在熊妈妈的预料之中。甚至在她的内心深处，也希望通过许家所有人的坚持和努力，将这个事件拨乱反正。

　　熊家妈妈的态度，让平时几乎没有多少来往的许家家长，切实感受到了对方的诚心诚意。看起来亲家母确如女儿平时所描述的那样，对我们芳芳是非常满意的。

　　如今这桩事体中，双方亲家间是没有任何冲突的。对于孩子们的婚姻，他们都同时寄托了很大的希望。特别是当许家夫妇走出熊家大门之后，不经意间流露出来的那句感叹：

　　"真是今不如昔啊！想不到原来住在对面老街的，现在生活条件已经远远超出了我们。真是三十年河东三十年河西，此一时，彼一时呀！"

　　如今孩子们的幸福，正如亲家母所明示的那样：虽然自己已经在日日念经求佛求缘，但结果还有待于芳芳自身的努力。

　　隐隐地，亲家似乎提到了儿子对小女菲菲的感情。许妈许爸感慨着自己一个女儿的幸福与前程，居然受到另一个女儿的影响与牵累。

但如今小女不正同老四谈着恋爱吗？他俩不是相交甚欢，人尽皆知的吗？

虽然许家父母都不怎么看好那对小年青。他们觉得凌家那不拘约束花样奇出的小儿子、那位被大家戏称为"八旗子弟"的老四，或许不相配自家的大学生乖乖囡。好在他俩尚年轻，好在小女儿并未插足姐姐的婚姻。

可是天晓得吧？老天总是按照自己的意愿，给人带来意料之外的安排与结果。

还记得那句响亮的革命口号吗——人定胜天？

可是人，什么时侯曾经掌控一切？曾经赢过天意？

如今摆在许家和熊家人眼前的，是一碗煮不熟的婚姻夹生饭。从一开始就做错了的事，果真还会有起死回生的可能吗？

不管结局如何，人总是不愿意去面对和接受同希望相悖的现实。

两家人车轮转式的攻势着实让熊涛头晕了好一阵子。

家里老妈整天装模作样念经拜佛。她嘴里说想开了，但就是扣着户口本不放；外面许家兄弟又轮番相劝，却围而不打。

眼看着入学的期限越来越近，两家人这种拖延战术，最后即使影响不了熊涛的留学信念，却可能浪费这次出国的大好时机。

进退两难之际，工镇老街来了一位访客，一个邻居。

"熊家阿姨，听说你们涛涛就要出国留学了？你们的房子要卖吗？将来他的户口迁走了，你们反正也要放弃那个破房子的，对吗？"

一筹莫展的熊妈妈，如今磕头烧香更勤了——老天居然给熊家送来了这么好的一个理由和机会！

"什么迁出户口？什么出售房产？"

已经被逼得走投无路的熊涛，如今听到母亲的警告，无疑更加焦头烂额。

"你晓得吗？我们工镇老街被建筑商看上了，听说明年就要拆迁了，户口也马上就要冻结了——只出不进。"

"那又怎样？"

"你呀，就是个书呆子！现在老街只有你一个人的户口在里面，你一走，房子就没了！"

"那不是有人出价要买吗？卖呀。你从来都看不上那个区的。"

"啊呀——他们最多只能出个一两万，而且还不知能不能来得及转出去呢。你清楚的，原来妈搞这套房子的户口时，托了多少关系，送了多少礼，等了多长时间呀。"

看到儿子像是被说服了的样子，熊妈妈趁胜追击。

"何况今非昔比，现在老街值钱了。听说我们家至少可以分到新公寓里的两房一厅呢。"

熊涛内心不怎么重视那个将来的两房一厅，他是立志要出国的，也会争取机会留在国外，像其他留学生那样。

但与此同时，他也意识到了目前事态的严峻。熊家无论上下，谁都没有理由去放弃这么一个千载难逢、翻身解放的好机会。

难道为了一套房子，自己就甘心被套牢在这里了？

左思右想，熊涛如今黔驴技穷。

穷途末路的他，心里惦记着的、想约见和商量的，依然是菲菲。

他明知这么久以来菲菲是故意在躲避自己，也晓得菲菲自以为是在为姐姐作出让步。但其实熊涛心中更为清晰的，是相信菲菲对自己的屏蔽，不仅仅是为着芳芳，也是对她自己真情实意的一种逃避。

只看菲菲在不得已中偶尔对视所流露出来的那种落寞和哀

怨，老八便明白：她对自己是有情的。他甚至为菲菲对自己所产生的那点怨恨，而欣慰。

老八好不容易联系到菲菲，并坚持将她约了见面。

菲菲显然不希望再见老八的，但最终被烦到了吧，应邀而至。随身带了个闺密，李娟。

愁眉不展的熊涛，面对着眼前两位如花似玉的美眉，心胸稍有舒展。他极力掌控着自己的情绪，在李娟的一再诱问下，将最近的不顺心事娓娓道来。

对面坐着的两位，一个像是充耳不闻，另一位则忍不住哈哈大笑。

"你，你们两个非但不帮忙，还幸灾乐祸的。"

"呵呵，呵呵——哪里，没有幸灾乐祸。"李娟赶快收住了笑。

其实对于自己的亲姐姐，许菲菲倒也并非袖手不管。

那日芳芳双眼通红把她约出去声讨和讨教之时，菲菲也曾设身处地替姐姐分析过了她的未来。

"既然你承认他对你没什么。。。意思，为什么还非要在一棵树上吊死呢？难道除了他，这世上就没好男人啦？"

"还真就没有了。姐这么些年，还就只喜欢他一个！而且你想想，现在有几个男人像老八那么优秀，家庭条件还这么好的？"

"但是这么多年，除了熊阿姨，他一直对你。。。我们其实也早都看不过去的。"

"你懂什么呀？结婚以后最关键的，是婆媳关系。我和婆婆可以相处得那么好，是非常难得的。"

"但你结婚嫁的是男人，又不是他妈！"

看到姐姐如此迂腐，还一口一个"婆婆"的，菲菲的气不打一处来。

"那我喜欢他不就可以了？你看到过多少夫妻是相亲相爱的？结完婚还不都是吵吵闹闹，甚至还有很多同床异梦的。"

对于芳芳的执拗与辩解，菲菲简直无言以对，但同时她又不能真撒手不管。她不愿意看着姐姐继续钻在牛角尖里，最后自取其辱。

这次熊涛再次找上门来商量，见面前菲菲便把所知的一切都转告了李娟，期待她可以帮助自己说服熊涛。

至于要说服他去做什么，菲菲自己也不晓得。

李娟听完后的回答倒是极其干脆。

"至少有一点你姐姐是对的：婚姻本来就是爱情的坟墓，何况他俩连爱情都没有。天晓得：那位老八所中意的可一直是我们菲菲呀。"

"都这个时候了，你还瞎捣什么乱！"

要不说旁观者清呢？何况那么一位经验丰富的小姐。菲菲边阻止她的胡言乱语，同时又觉得请她帮忙出主意，或许是对的。

但是，既然知道了是在走进坟墓，人为何都情愿飞蛾扑火且趋之若鹜呢？

归根结底，还是一个情字吧？

菲菲内心是个相信感情的女孩。

姐姐的真情，以及老八的无情，她如今都信。

所以，为他俩不值。

李娟就像在听一个无头的故事，看一场无尾的电影。最后她至少弄清楚了两件事：

熊涛走不了是因为：自己母亲不让走；许芳芳家不甘心；老街房子还在作祟。

熊涛要是走了，所有的亲情，所有的颜面，所有的东西，都将荡然无存！

“这还不好解决？不难呀。”

熊涛有生以来第一次将专注的目光从心爱人菲菲的脸上，转移到了她旁边这位美女。

那种在黑暗中看到了曙光的反映，同时射到了菲菲脸上。她也静气凝神，将希望转向了坐在身边的李娟。

“领证呀。你们去领了证，不就人、财、房子、面子——一切都有了！而且，你还可以继续出国留学。”

除了说话的，其他两个都仰面朝天，失望地泄出了一口积郁在胸中的闷气。

开的什么玩笑？你想把大家领回到老路上去吗？

但是，除了这个办法，果真还会再有其它的出路吗？

　　"哪怕是假结婚也可以的啊。"

　　李娟接下来这句言不由衷的补充，却于包括她自己在内的三个人心里，瞬间引发了强烈的震撼。

　　"这怎么可以？！"

　　李娟既开了头，便只好继续自圆其说：

　　"怎么不行啊？现在不是有不少人正这么做吗？我哥的同事为了抢到科里难得的一次分房，找人介绍了一位外来妹，才认识一个礼拜两人就登记结婚了。他们肯定说好了，分到房子后给钱再离婚。"

　　"这也太不道德了吧？！"

　　"慢点——不道德？你觉得同背信弃义相比，哪个更不道德？"

　　听着两位美眉的争执，熊涛不由得插了一句：

　　"本人不算背信弃义吧？我又从来没有对她怎么样过的，也没向她保证过什么的。"

　　"但别人都是这么看的呀。你再想想：你走后，好朋友恩断义绝是事实吧？许芳芳人财两空是事实吧？许家人的脸面尽失是事实吧？老街的房子被收走是事实吧？"

　　"但是。。。假结婚对芳芳太不公平。我怎么可以对她如此不负责任？"

　　"我刚才都已经分析了：你如果不同芳芳领证结婚，让她人、财、脸面尽失，才是对她最最不负责任的行为！"

　　看熊涛被说得哑口无言，李娟的自信心却无限提升，又补充了一句："何况你又不在乎你们老街的那套房。作为补偿的话，许芳芳说不定会接受的。"

“我倒不在乎那个房子。但我。。。”熊涛心中想的是：“我也是受害者。我凭什么要对别人去作什么补偿？”

但碍于菲菲的面子，他咽下没说，可聪敏的李娟听出了熊涛的言下之意。

“你要对人家女孩子的名誉负责嚜。当然，也对自己的前途负责任。你究竟还想不想出国了？”

听着那两人争执不休，菲菲内心却生出更多莫名的伤感。

假如芳芳，菲菲是在假设：假如芳芳接受了这种做法——那么对感情、名誉和前途不负责任的，岂止一人？

“其实我们的想法也好，别人的看法也罢：都无足轻重。主要还是芳芳自己的选择。看她是否会面对现实，接受这笔交易。”

“你也知道这是一种交易？！”

菲菲质问闺蜜的同时，心情益发沉重。她甚至希望自己不是那么了解姐姐。

与此同时，熊涛也安静了下来。

这时的他，虽然可以洞察到菲菲的伤感，却仍然没有为自己作仔细考量。他还没有意识到，假如这个方法实施了，自己也不得不放弃的一些至关重要的东西。

然而他目前可以暂时选择放弃的，可能在那个时间点并非那么重要吧？尤其是，菲菲早已向自己表明了她的态度。

车到山前，寻找出路还是当务之急。

菲菲同李娟一起约了与她姐姐见面，说有要事商谈。

虽然谈话的开场，仍然是劝芳芳不要太执拗，但芳芳就是不肯松口。

大家都明白，她如今的那一丝底气并非出自男女之情感，而是来自双方家长的支持。

果然，如菲菲甚至是老八对芳芳的了解那样，当李娟主动帮着将那条无中生有出来的路，犹豫但清晰地摊放在许芳芳的面前之时，她眼中所显露出来的，是一个失明者重见光明时的喜悦。

"熊涛说他很对不起你。结婚前你帮他拿到户口本申请出国，领证后他会将你的户口迁入老街。他出国之后，那新盖的房子将来就是你的了。"

本来已经在放弃和死磕之间艰难徘徊着的芳芳，如今似乎在山穷水尽之时又转入了柳暗花明村。她脸上居然毫不掩饰，流露出了一大片欣喜之色。

然而，与此同时，菲菲的情绪是极其低落的。

她年轻的内心非常鄙视这场交易。她认定在这场看起来各取所需的交易中，所有人都放弃了他们最最不该放弃的东西。

她姐姐所放弃的，无疑是自己多年的真情实意；而熊涛如今所放弃的，是他坚守至今的人生自由。

但私底下姐姐却说感情是需要用物质去作垫铺和保证的，如果失去了那份保证，感情本身就是难以维系的。

"何况这么多年来，我一直都全心全意爱着老八的。如今他的自我牺牲以及对我的帮助，更加证明了我没有爱错人。"

"所以你也清楚对于八阿哥而言，这是一种牺牲？"

菲菲这句话问得，连她自己都感觉是在作困兽犹斗。

"也不全是吧？至少，我会真心对待婆婆的。老八出国以后，我会像亲女儿那样伺候他妈妈的。"

让熊涛最后下决心履行这场交易的，或许是芳芳那句发自内心的保证。他走后，孤独无助的母亲可以有一位贴心人在一旁陪伴与照顾，是当前作为儿子求之不得的良心寄托。

最后，大家商量好了，这段"婚姻"的实质暂时不能让双方父母知情。否则，老八肯定还是脱不了身。

许家所有的男人都诚心诚意感谢并接受老八的这份牺牲。

　　奇怪，两个男女，都同时身为假结婚的对象，如今只有熊涛被人认定是牺牲了的。也许是因为他放弃了房产？

　　熊涛单坐在自家的窗前，回想着那两位从小一起长大的女子，惊讶中感叹着造物的伟大。

　　那位外表热情奔放、心胸坦荡的姐姐芳芳，可以理性地去承接世俗的诱惑与安排；而那位平时聪明伶俐、乖巧听话的小妹菲菲，却于性情中坚守着被他人轻易放弃的感情和真诚。

　　熊涛珍视自己的判断和取舍。然而，无论对于两姐妹中的任何一位，自己似乎虽有缘，却无份。

　　虽然造化弄人，命运多舛的人，却总是怨天尤人。似乎只有这样，才可以心安理得地去接受现状。

　　接下来的事情进行得出乎意料的顺利。

　　由于被耽搁了一段时间，熊涛出国的机票定在了成婚的第二天中午。

　　虽然是匆忙了些，但对于熊妈妈来说，儿子的婚姻大事已定，也算对得起孩子和祖宗了。当然，如果在儿子离家前可以留下一男半女，更是锦上添花了。

　　其实，许芳芳的内心，何尝不是这样期待的？她曾经对妹妹说过：

　　"你太小还不懂：人和人相处久了，就会有感情的。夫妻间如果有了孩子，男人就离不开老婆了。"

　　姐姐所说的道理就是所谓"将生米煮成熟饭"的俗语吧？类似这样的话，从小一起长大的姐妹，都听说过，都见到过。

　　信与不信，做与不做，每个人自己去选择与判断。

　　其实菲菲目前最不希望听到的是芳芳嘴里的"婆婆"和"夫妻"两个词。她至今还担心姐姐同老八一样，不得已中铤而走险，却还没有清楚地意识到这段婚姻的实质，还对它存有幻想。

当然，许菲菲也明白，自己的担心说不定也不过是庸人自扰而已。

喜宴是一定要办的。奇怪的是，许家那些从小闹到大的兄弟们，那晚都出乎意料，竟在酒宴上点到为止，放了老五和老八一码。或许，是因为明早新郎官必须早起赶路的缘故吧？

兄弟们约好了第二天直接在机场见面道别后，当晚的喜宴便告结束。

新婚之夜，芳芳躺在婚床上屏气侧耳关注着老八的动静。他似乎一整晚都在忙着打包装箱，并曾一再客气地挽拒自己的帮助。

反正，争取生孩子的人生大事，如今看来注定要落空了。自从开始赶着办理领证结婚以来，今晚是许芳芳最最难熬的一个晚上了。

因为不仅失望，其内心直到天亮还始终存放着一丝希望。

临行前几天熊涛曾问过菲菲："会去机场送我吗？"

菲菲犹豫了一下，回答："不了，但哥哥们都会去的。"

老八还是不甘心，又说："你姐会在家陪老妈。我当天上午一个人去机场时先到你学校停几分钟。你发发善心下来同我道个别吧？顺带送哥一张纪念照。"

"再说吧。"

这么回话之后，菲菲倒是找出了老八大学毕业时买的那另一只相框。思忖许久后，她翻出了张小集体在熊涛进高中前的合影，装入框并包了层纸。

今天菲菲很早就起床了。悉心打扮好了却也没干什么事，只等着老八的召唤。不料一直等到中午，应该是进机场的时间了，他却没有到。

菲菲对李娟说"下去食堂打饭"后，就慢慢地走下楼，掐着点在楼道里磨蹭。

　　以她对熊涛的了解，他失约应该是出了什么意料不到的状况，但八阿哥定不会失信的。

　　电话铃响了，管宿舍楼的阿姨早就认识在走道里闲逛的这位女生："来，许菲菲——你的电话。"

　　果然是熊涛从机场打来的。他说今早没想到老四凌霄开着辆"大奔"接自己去机场了，所以老八就没有再提这个兜一圈的告别仪式。

　　熊涛是对的，不必无事生非。

　　菲菲捏着话筒，不说话也不问话，听着她八哥继续向自己汇报情况。

　　"一会儿就要进海关了。你放心，我一切都好。也不要为你姐担心，她挺好的。只等老街的房子落实了，我就回来与她离婚。到时候保证完璧归赵！"

　　完璧归赵，是老八在老七的面前所做的保证。

　　七妹如今可以想象的，是姐姐昨晚和以后日子里的失望，甚至是绝望。

　　电话才挂没多久，凌霄喜笑颜开进校找她。

　　"走，菲菲。反正等分配，也不用上什么课了。四哥今天带你去苏州一日游。"

　　"什么一日游？"

　　"你别管，上去换套衣服就可以了。别的路上买。"

　　走出校门一看，四哥果然将他那总经理老爸的专座给开来了。反正也不是头一回了，他同老爸的司机关系好着呢，经常一起打麻将的。

　　谁都知道，你站在老四的座位后面观战就晓得了：他手气好技术高——可就是不赢钱。老四从不赢朋友兄弟亲戚的钱。

　　所以，老四的人缘向来不错。

其实前段时间凌霄家里冒出的麻烦事也不少。

凌家的二女，那位当年以同落后家庭作决裂为要挟、积极响应国家号召奔赴边疆农村闹革命的凌琦，最近因病逼着家里托人给她办理了回沪的手续。

说到她的病，既可怜可悲，又委实令人啼笑皆非。

原本身体素质良好的她，听人说假如得了当年的流行病"甲型肝炎"，就可从农村病退回城。她便无事生病，偷偷回沪跑到一家条件相对较差的地段医院去当了一段时间的便宜看护。最后终于得偿所愿，染上了"甲型肝炎"并住院治疗。

虽然回到了上海的家，她却心疼仍然被农村丈夫扣留在那里的两个儿子，因此天天缠着父母想办法去接孩子们回沪。可怜凌爸凌妈如今下班回家就被搅得一刻不宁，难以应对。

凌霄既同情却也不愿去淌这趟浑水，干脆躲到哥哥凌云那里。不料哥哥最近正同未来的嫂子怄着气。

"哥，你俩打算什么时候去领证？"

"领证"在中国各地是一个家喻户晓的熟词，其所代表的意思只有一个：结婚。

可如今凌家老三最最忌讳的，就是这个熟词了。

"你就别跟着瞎掺乎了，好吗？你哥正烦着呢！"

凌云的女朋友兼未婚妻，就是那位曾经帮助过自己的老厂长的女儿。如今在两人感情中的最大障碍是她根本不思进取。

凌云有极其要强的个性，有发奋图强的决心。他的眼里看到的永远是进步，以及进步的人和事。

比如凌云大学毕业以后，没有回到提携和帮助了他的原纺织厂，而是通过父母的另一位熟人，将自己安排进了一家纺织品进出口公司，当上了一名外销员。

又比如他认同弟弟虽然不算个好学生，但也在积极开创自己的生意，也在追求一位漂亮的、可以带得出去的大学生女朋友。

可是家中父母每天催促自己"领证"的那位，仍心安理得坐在纺织厂的财务室里当着出纳。她啃着双亲嘴里留下的那条剩骨，安于现状，不求进步。

凌云如今最最难以接受的，是双方父母竟对这两个年轻人本身的显著差异视而不见。

尤其是一向难得开口的父亲，因为看到"准媳妇"三天两头跑去凌家帮未来公婆打扫房屋、问寒问暖，便一再坚持对儿子重复道："她是个好女人，将来一定会母慈子孝！你绝不可辜负如此难得的好媳妇！"并不断催促两人尽快领证，然后尽快怀孕生子。

因此当弟弟提出，希望暂时躲避到哥哥家过一段安生的日子时，凌云喜上眉梢，满口应允。并成功地将"准新娘"劝回她父母那里待娶。

凌云心中的如意算盘是：假如她依然如故依然不求上进，那领证的日子便会遥遥无期。

但是不知怎的，对于家长所厚望的中国儿子、特别是长子的结局而言——往往事与愿违。

才自由了没几日的凌云，忽然被双方家长欢天喜地告知：你媳妇怀孕了！

这个喜讯之于凌云如雷轰顶。一场意料之外却情理之中的大雨，终于浇醒了这位曾做着白日美梦的进步青年。

他如今真的毫无选择之余地了，最多不过是再拖上一段时间，拖上一、两个月而已。

反正，木已成舟，上船在即。

　　准媳妇怀孕之喜讯对于凌家老夫妇，可谓"双喜临门"。由于他俩所在的外贸公司业绩傲人，早已升任总经理的凌先生再次分配到了一套住房作为对业绩的嘉奖以及照顾。

　　这次凌家所分得的，是一套两大卧并带大厅的新式公寓。

　　原本喜坏了凌霄，自以为可以顺理成章搬进新房。至少，可以搬去哥哥凌云现在所住的那套小房。

　　可惜，人世间总是会闹的孩子多奶喝。

　　那位整天在家中无事生非、大哭小闹的二姐，干脆把甩不掉的、一直叫喊着是自己"恩人"的昔日民兵连长丈夫，以及两个孩子一起接来了上海家里，每天闹着要房和生活费。

　　她说她如今可是想明白了：儿子是亲生的！她即使不得不容忍身边那个完全没有知识的男人，也要为孩子们夺取属于他们的正当权益，即住房。

　　凌琦说：房子是属于国家的。自己当年不仅是为国家作出重要贡献的女青年，也是为家、为弟弟们作出牺牲的好姐姐！她过去的行为和如今的状况配得上这套房子！

　　凌家最后折中的解决办法，是让凌云尽快在新分到的公寓里结了婚。二姐一家终于搬出父母那里，在弟弟那套旧的两房里安下了家。

　　凌霄不得已又重新搬回了父母那儿。罢了，反正他每晚只回家睡个觉而已，与父母早晚难得碰面。

　　凌霄虽然总是失望但向来不计得失。在自己家中被忽略了的，在外头想办法找补回来便是。而且，他的内心其实还是非常得意的。

　　虽然哥哥凌云得着家里一贯的庇护，但如今自己所拥有的一切，竟都能引起哥哥的羡慕与嫉妒。

　　凌家看上去已安排妥帖，趋于安定。然而，受累不浅的夫妇俩几乎忘了：自己还有一个女儿，在老家佳禾。

凌家大女儿凌玉的生活境况，可能会好到哪儿去呢？

不久，答案来了。

听说二妹的户口已经迁回上海，而且她家还抢到了一套在上海及其稀罕的房子，大姐凌玉的内心翻起了波涛。

凌玉在老家原本过得还可以，并且曾尽心尽力照顾着自己的爷爷奶奶。如今两老才过世不久，叔叔和阿姨的孩子们一个个自说自话搬进了老人的家。

要知道凌玉如今仍是孑然一身。以她自己的话说，她放弃了个人幸福，是为了全心全意服侍老人。但老人离去后，便不会再有亲戚长辈继续感恩她的奉献了。

"你替父母尽孝是应该的。你自己的家人都在上海，就没必要继续留在乡下同我们争这点祖产了。"

亲戚们口中的"这点"祖产，其实不算太少。凌家的老屋也有两进共四五间房，虽然糯米厂是拿不回来了。

上海的长子凌先生是个老好人，他不便于开口同自己的弟妹争执。但是，夫妇两始终坚决不同意大女儿凌玉返沪。

凌玉倒是不贪心，而且无论如何她也早已习惯了佳禾的生活，但如今她的个人生活空间不仅越来越小，还每天被那些吵个不停的亲戚晚辈们，带着驱逐的本意骚扰着。

现在，听说二妹那样的情况居然还能回沪落户，大姐怎能安于现状？

凌玉虽不敢轻易离开佳禾，但信和电话不断，逼着父母为自己想办法。

可怜天下父母心！最后凌妈不得不以提前退休作为对大女儿的补偿，让她顶替进了自己这家"待遇"极好的全民企业。

为了安排凌玉这件事，夫妇俩又受了二女凌琦一家子的好多气。直到凌玉亲自警告了二妹"再闹，我就搬去你那里同住了"，闹剧方才罢休。

　　自从大姐搬回上海家里与父母同住之后，凌霄便时常躲在外面不归家了。

　　凌霄的恋人，许家小妹菲菲毕业了。

　　由于她父亲已经退休，便少了许多可以帮忙的关系人。菲菲在没有"后门"可走的情况下，被大学教师从"前门"安排去了当时在所有学生眼里，最没有前途的市图书馆工作。

　　虽然作为大学毕业生的工作编制仍是管理人员，也坐办公室，但上了班之后许菲菲才晓得什么叫做寂寞和无聊，特别较之于她那位到处"兜得开"的闺蜜李娟。

　　李娟因为家里的"路道粗"，被幸运地分配到了一家著名报社。从此用她自己的话说，吃喝玩游都有了正当的着落。

　　总算有解闷专家及闺蜜李娟、还有古灵精怪乐天达观的凌霄陪着，至少，菲菲的业余生活还相当充实。

　　有时甚至连工作、生活两顺的李娟也由妒生气。

　　"嘿菲菲，我问你：假如你八哥不走，他和老四两个之间你究竟会选谁？"

　　对于李娟的这个常问，过去的菲菲总是以笑作答，今日她倒是难得的坦诚："应该是四哥吧。。。我觉得年轻人应该充满热情和洒脱。"

　　"对对，还要开朗和大方。我觉得老四对你，舍得倾其所有！但是那个老八，太沉着冷静了，也小气了些。"

　　菲菲没有再接茬。其内心总是不由自主作着比较吧？

　　她倒不认为八哥很小气：小气的人怎会为了自己的感情，当然还包括自己的前程，舍得放弃那么多重要之物？

　　无论怎样，放弃了的东西，早都已经被放弃了。眼前，是凌霄对自己的追求和努力。许菲菲很惜福。

　　看菲菲回归沉默，李娟觉得自己的话可能还是太唐突了。也许，菲菲仍然钟情于老八多一点？也许她的选择只是无可奈何？也许她有些口是心非？

但即使如此又怎样呢？年轻本身，就是热情，就是机会。

凌霄自然每天沉浸在恋爱的柔情蜜意当中。唯一的遗憾就是没有自己的私人空间。那空间指的，当然是房子。

恋爱的男女，整日逛马路或泡咖啡馆及舞会，怎可让人尽情尽性呢？何况人在激情下，难免会欲罢不能。。。

虽然凌霄清楚姐姐们显然曾经为家庭和弟弟作出了牺牲，如今的现状也确实值得所有人去同情与支持。

何况对凌霄而言，家里那些居住条件，虽比下有余，比上可差远了——甚至都不能同老八、也是老五目前的家庭条件作对比！

仰面躺在地下仓库内"行军床"上的凌霄，目光尽量不去接触头顶上那条又粗又脏的下水管道。虽然，那时不时响起的流水声不断地干扰着自己的思绪。

"哎，老二这些日子到底在忙什么呐？好像最近都没怎么见着他的人。"

听老四这么问，躺在另一个床上的老三回答：

"他心烦，正在找新的出路呢。"

实在也不能怪老二没心思摆摊。凌霄清楚：最近的生意不好做。

如今全中国的男女老少都迷上了日本连续剧，年轻姑娘们更是开始追求来自日本的潮流时尚。

老三批发来的"港式"服装，以及老四父亲介绍的那些"出口转内销"产品，同所有其它摊位上出售的服饰一样，开始搁浅了。

如今寻找新的生活出路，比谈恋爱更为紧迫和实际。

<h1 style="text-align:center">22</h1>

八十年代的日本作为世界第二经济强国，在中国改革开放的新政策下，看到了中国人、特别是中国年轻一代崇洋媚外的风气，日本政府开始鼓励民间以最有效的方法，接纳来自中国的留学生。

何为最有效？这需要从前两年、也就是八十年代初中国开始公派留洋学生说起。

当年的公派留洋生，主要来源于大学或研究院的"五好"或领导认为的优秀学生。

这些被派往国外、特别是美国等著名大学去"深造"的学生，除了一部分学成回国得到重用之外，更有许多因为同国外教师朋友建立了友好关系之后，选择以各种途径留在了国外。

因此实质上说：当年有很大一批留洋的学者，是将出国留学作为一种"跳板"。他们以这样的一种难得的机遇去逃离自己落后的国家，去争取自由和进步的生活。

那个时候中国的知识分子，在国内大城市诸如北京上海等的人均月工资和奖金，极少会超过一百元。然而，同时期的美国作为世界第一经济体，人均月收入高于一万元人民币。而日本作为世界第二经济强国，人均月收入也超过人民币七千元。

这是怎样的一种差异？

尤其当中国的国门开始逐渐打开，当国人已经可以从亲戚朋友、同学同事、以及邻居甚至路人那儿，探听了解到了如此巨大的现实差距。

在中国人特别是广东女人风靡外嫁港澳同胞、上海北京等大城市女子热衷外嫁洋人这些风气的推动下，许多人特别是男人也开始积极利用手中的人缘关系，寻找着一条出国之路。

学子们，无论自己当年在学校的读书成绩是否理想，都不约而同地开始不分昼夜练习英文。因为那个时候的英语托福成绩，是去美国和加拿大留学的首要考核指标。

那时常见一些年轻人手里拿着书，背着当年中国极其热门的英语教材Follow Me中的长短句，在宾馆门外主动搭讪着来华参观的外国友人，寻机练习英文听觉和发音。

当然除了英语，毕竟还有学习成绩需要应对。这里指的，是大学的成绩。

与此同时，除了大学生，中国还有一大批与大学无缘的普通人。他们的生活环境更为艰难，出国的愿望更为强烈。

而那些靠摆摊谋生的小生意者比如许家的几位兄弟，虽然同其他领几十元工资的上班族相比，口袋里多了一些零花钱，但是在国人的眼中，他们是"二等公民"。

"二等公民"的将来是毫无保障的：无论是工作、房子、医保、退休，甚至是身份。

然而那些"二等公民"，却不乏挑战精神，更不乏消息来源。

日本比美国聪明了许多。它看到了中国年轻人出国的真实愿望，更了解那些争取"留学"的年轻人出国的真正目的除了利用"跳板"留在国外，就是挣钱。

邻国日本欢迎中国学生去那里留学、并可从学习日语和旅游等非专业学位或预备课程申请入学的消息，如炸开的锅，在中国人、特别是无大学文凭的年轻人中传开了。

许家当年首当其冲。

他们几个商量了一下，由年纪较大的老二带着谈了多年的对象，先申请去日本留学。除了现有存款之外，不够的学费老二打算向朋友们去借。

"老四，你怎么想？一起去东京碰碰运气？"

"我走不了吧？菲菲在这里，我哪儿都不想去。"

最后老四将自己的那点好不容易从宽宽的指缝中积攒下来的零花钱，都借给了兄弟，用作第一桶金。

第一桶金说的是投资吧？反正，只要到了日本，钱倒是不愁赚不回来。反正，没有几个留日学生真正是去那里读书的。

要说当时的年轻人身负重债也要争取去日本留学呢？才不过一年的光景，老二就回来了，虽然只身一人。

据说他对象"跟着日本老男人走了"。其口气就像脱了件衣裳那样随便，那样司空见惯。虽然，那张脸上所显示的，与口气相反。

老二的胖脸和胖手看上去都变得粗糙了，腰板却挺直了，结实了。入流的装扮，竟令他更显男人味了。

何况他时不时漏出的那口流利日语，听着倒像超过了那些终日死啃一本"跟我学"的大学生口里所念的蹩脚英文，甚至还超出了那些从西方名牌大学学成归国的留洋生——要不说实践才出真知呢？

听说老二到了日本东京以后，每周除了白天去上几堂日语课之外，早上还要去菜场做六天搬运工，晚上也还要去餐馆当六天洗碗工。

据说当年有钱的日本国人，乐意将一些特别艰苦的工作饭碗，省给中国留学生去抢。

累是累得够呛，但是你瞧：除了自己的日常开销，除了早已还清的学费，他如今还有比摆摊一年更多的积蓄！

"哥哥这次回来，就是打算带你们一起过去的。学费已经替你们攒足了，假如不想马上回国就不用再继续浪费学费了，躲着打工就行。要是你们觉得这里的摊子摆着也没多大意思，就一起去日本吧？"

如果你见过那个时期从日本回国的年轻留学生，就不难发现，他们的身着行头不仅在全国人民的眼里、甚至是归国华侨和留洋博士都望尘莫及的。

日本人的高消费，造就了当年一大批留日的中国年轻人逐日跟风仿效的高品味。日本人日新月异的发展和更换理念，让早已丢失了附庸风雅旧传统的华人学生，耳濡目染中学会了合理利用手中的资金，以拾遗补缺、捡废求利的方式去膜拜和推崇时尚。

他们腕上所带的二手劳力士表，他们行李中那些顺带回国转卖的二手高档生活用品——无不令人耳目一新，无不引人驰高骛远。

毕竟，路途不算太长，就在邻国而已。

毕竟，代价不算太高，几年苦力而已。

事实胜于雄辩！

不仅许家老三和工作不差的老六表明坚决追随，这次连不崇尚吃苦耐劳的凌霄也有所心动。他跑去征求菲菲的意见，可菲菲却没有对此重要事件发表任何看法。

凌霄知道，作为文科大学生菲菲的基础外语是英语。她平时同李娟一起的所见所闻以及津津乐道，都是西方的文化和利弊，根本没有日本什么事。

前段日子老八倒是从英国回来了一趟，可把望眼欲穿的熊妈妈和许芳芳开心坏了。要知道自打熊涛离家留学之后，连信都没有几封，更别说回来探亲了。

他总是推说太忙。读完了硕士又要念博士，平时除了去医院实习，还要抽时间照顾那位病榻上的恩人大姨。

反正，芳芳从来也没有为难过他。但熊涛这次回国倒是听了芳芳的建议：老街的新房终于落成了，是时候回来办理收尾工作了。

要说许家的女儿芳芳也实在难得。

熊涛不在的那几年，她始终住在熊涛的家里，无怨无悔、一如既往地陪伴和照顾着婆婆。在外人面前，她也懂得主动挽着熊妈妈的手臂，逢人就说"这是我妈妈"。

熊妈妈虽然但凡有机会就斥责那个远在天边不尽孝道的儿子，但同时也庆幸自己当初的选择：无论从哪方面看芳芳都是一位难得的好媳妇。

甚至有时熊妈妈都怀疑自己同芳芳就像当日靖安大师所点示的那样——前生和今世有缘。或许，她俩早就有母女缘份。

虽然有时趁芳芳不在家，邻里也有人暗示过熊阿姨：曾何时何地，她们见到许家媳妇在与其他的男人约会。但是，即使无风不起浪，却没有具体实证，更没有见过芳芳与任何陌生男人保持过亲密的来往关系。

熊家阿姨可不糊涂。如今儿子不在身边，还能有如此贴心的媳妇像亲生女儿一样照顾着自己，是福。

这次儿子回来后，熊妈妈积极撮合着小两口同房，还常常把他俩推到正在装修的新公寓里单独见面甚至留宿，也算是煞费苦心了。

毕竟，年纪不饶人啊。

儿子媳妇倒也领情，直接就搬去了那套新房里住了个把礼拜，搞得许家所有兄弟都觉着：也许老八回心转意了？他终于接受现实了？

只有芳芳如今哑巴吃黄莲，脸上堆着满意但丝毫不见幸福的笑容，配合着熊涛履行他俩的后续交易。

"手续都办了，房子装修完之后你就搬过来住吧。那么多年，感谢你一直无微不至地照顾我妈。但是，你也不小了，要为自己的将来早作打算。"

回隔壁房间睡地铺前熊涛对芳芳再次表示了自己的关心和感谢。他不过回国两三个礼拜而已，几天后就要回英国去了。

出国前他同母亲说过，要一个人回家陪伴母亲几日尽尽孝心的，反正这里装修也需要芳芳盯着。

"我的事你不用管，我会同妈妈商量着办的，不会抛下她一个人。我也不是没有人要的，但至今也没有碰上自己喜欢的人。。。先这么着吧。"

芳芳的话免不了有些伤感，但路是自己选的，自然该由自己去面对、去作打算。

老八对芳芳既有感谢，也有怨意。当年如果不是她非要拉上母亲横插一脚，自己已经心想事成也说不定。

至少，不会走得这么累，牺牲这么多，却仍在原地踏步。

但人就是那样现实。

假如老八现今是在农村"土插队"而非英国"洋插队"，那么她也不见得会如此执着，自己也不至于会这么容易迁就。

熊涛和许芳芳的婚姻终于如期走向了终点。就像一锅夹生的米饭终究被倒入了垃圾桶里那般，虽遗憾但是唯一出路。

那日，老四凌霄终于听说了他俩的一部分婚姻交易内容之后，曾拍着老八的肩，无心无肺朗读了句至理名言：

"本人真心羡慕你啊老弟——生命诚可贵，爱情价更高！若为自由故，两者皆可抛！"

呵呵，熊涛苦笑了下。

本人起伏错落的人生途中追求幸福的基础条件几近全失！自身还有什么东西可以值得他人所倾慕的？

23

临行前，八哥熊涛毫不犹豫约见了七妹菲菲，地点约在了离她家两站路远的一个口碑不错的餐馆。

这是两人继集体会餐之后的唯一一次单独会面。

菲菲人到了但心显然已不在此。她甚至连"你过得怎样"这种话都懒得出口相问，只凭你老八怎么说吧，敷衍便是。

那么些年过去了，熊涛看菲菲的眼神，却仍旧，甚至更为炙热。

"你过得好吗？"

果然，意料之中的开场白。

"很好。"

菲菲的回答也并非出人预料，只是过于简单，过于缺乏热情和关心。

"工作怎么样？忙吗？你喜欢现在的工作吗？"

对于这个问题，菲菲倒是略微犹豫了一下。

真诚的回答应该是实话实说，但是之后会听到什么样的反馈，可想而知吧？于是她选择违心的回答：

"很好，挺喜欢的。"

果然，对方没有继续在这方面的关注或者建议了。

虽然菲菲看起来漫不经心，但熊涛清楚自己让心爱妹妹失望透顶的真正原因。他并不在乎她的态度，仍然积极主动介绍着自己在国外的喜闻乐见，希望可以博得佳人一笑。

菲菲的情绪有时果然会被其经历所感染，偶尔也会欣然赐笑。

每逢菲菲展颜之际，熊涛会暂时放缓甚至停止叙述，以充满爱意的笑眼回望她。他总是可以即时拦截住心上人的每一个笑容，每一段插言，欣赏并收藏在心底里。

也许玲珑剔透的菲菲体察到对方的那一份用心吧？随着时间的推移，她的对话逐渐生动，她的笑容愈加真诚。

菲菲这些变化，诚然是熊涛努力的结果。除此之外，多年青梅竹马的感情，亦是一种潜移默化的推助剂。

"其实，你并不适合图书馆的工作。你虽然可以做到沉心静气，但你的性情并非孤僻寡言。你需要一个至少可以提高你工作积极性的场合，去发挥你的特长。"

"没办法。我们家没有路子，我只能服从分配。"

这句出自肺腑的无奈之言，倒是已经颠覆了她之前刚见面时的敷衍对答。

"出国留学吧？我给你办。"

哈哈，你瞧——避坑落井，防不胜防！

菲菲原本不希望从对方那里听到的建议，果然还在原处等着她。

许菲菲不经意间所流露出来的微笑，代表了一个明确的意思：她始终晓得阿哥对自己的真情实意。而且，她始终在努力规避着阿哥对己的那份情意。

熊涛何尝不懂？但该做的和不该做的，他在不得已下都做了。如今其实也没有什么可以阻挡自己对感情的执着追求。

"我知道老四对你好。。。"

"知道还说什么！"

"但你爱他吗？你俩真的很合得来吗？"

"我们一向处得很好，你又不是不知道。"

"我俩过去不是处得更好？从你还是个小囡开始，我就一直。。。"

熊涛每逢想到过去，他总是如鲠在内，直刺心胸。

"那你都做了些什么呀？你怪得了谁呀？"

自己更爱菲菲，早在老四之前。

熊涛内心是如此确定，但却不得不止于行——

因为，那位情敌，亲如自己的结拜兄长。

"我们还年轻，其实还有很多时间和机会。。。"

"有吗？我姐到现在还是一个人！"

这便同感情无关了。

熊涛内心是如此明晰，但却不得不止于口——

因为，那个女人，毕竟是菲菲的亲姐姐。

人情，这株讨厌的、纠根错节的大树上，蜂缠蝶恋——要搅乱多少男女的幸福与未来？

两人相对无言，吃着那看似简便，却早在菲菲进门之前熊涛就费心为双方点好了的菜肴。菜看着不错，但食之乏味。

外面路灯射下来的黄色光亮逐渐取代了自然的日光，提醒着还没有回家的男女：夜已近深。

餐毕，她轻声说了句："该回家了。"

他答得却有些急迫："再坐一会儿吧。"

两人便又小坐了会儿。。。直至天完全变成了漆黑一片，只剩下一条条路灯下射的光柱。

熊涛从口袋内掏出一个精美的小盒子，递了过去。

"菲菲，我有个纪念品要送你。"

菲菲打开了一看，非常吃惊。

"怎么？这就是当年你妈那个金簪子？你是怎么把它搞回来的？"

"不是我妈那只。是大姨听说了我的故事，特别找出来送我的。她们的母亲当年给三姐妹都定制了一个类似的发簪，作为纪念。"

虽然美不胜收，虽然爱不释手，但菲菲还是将它递送了回去："这么贵重的东西，你应该自己留着的。"

"嗨，我一个男人留那发簪干嘛？给你，你替我留着也是纪念。"

"多不好意思。。。我也没什么贵重的东西回送你的。"

"送哥一张玉照吧？等哥快忘记你的时候拿出来看一眼，呵呵。"

不曾料想，菲菲果真从随身的背包里拿出了个用一张旧纸包着的东西，说：

"诺——给你的。上次没机会。。。留个念想吧。"

熊涛惊喜交集，忙不送地接过并打开那个装着年轻时小集团合影的相框。

"喔。。。合照呀？合照也好的。"

说话的同时，他瞬间停止了手的触摸，泪不自觉地竟充满在眼眶里。

"原来是一对。。。你当年送我的相框，那个毕业礼物，竟是一对？"

"别再提过去的事了，人应该往前走。"

菲菲的语气中，始终不难察觉一些忿忿在内。

"菲菲。。。没有你，让我一个人怎么往前走啊？"

泪终于留不住了，从眼里奔泻而出。

菲菲从来都不是个爱哭的女孩，也许是一直被人宠爱着的原故吧？但此时一直坚强面对生活的熊涛竟为了爱如此悲切，她的心在此瞬间，竟被融化了。

菲菲飞快站起身跑去女厕。

此刻的她不知该如何面对熊涛，也不希望让他看到自己的感伤和软弱。等她擦干眼泪走出厕所时，发现店已经打烊了，熊涛站在门外等着自己。

两人默默穿行在少了人流的小路中。一个在前，一个稍稍伴后。

月亮一时出来照着路面，一时又躲到那些高房子的背后。或许，它也有难以面对情感的时候吧？

两人走到一栋建筑的拐角处，黑暗中熊涛猛然张开双臂，从背后紧紧将菲菲搂在怀中。他弯下脑袋将炙热的双唇附贴于她的耳旁，轻语道：

"怎么办，菲菲？我实在是爱你呀。。。实在舍不得你，也离不开你！"

他震颤不已的身体，将激动的情绪传给了菲菲，竟使得她的身心产生了共振的感觉。

菲菲没有挣扎，却也不回应。她任由着他喃喃发泄，任由着他吟吟后悔！

直到熊涛摸索着，低下头抑制不住要去亲吻她的唇。。。菲菲憬然醒悟。她用力推开了他，跑了。

菲菲的身后，一席凉风卷起了路面上的灰尘，无情地拂向熊涛的湿脸，有一种刺疼的感觉。

似乎那飕飕冷风也在提醒着他：世上本没有怜悯，更不接受后悔。你的爱，已经没有任何回转的希望！

熊涛呆立在原地，望着她离去。见她越走越远，突然又急步追赶了前去。。。直到远远地看见菲菲家楼外站着两个抽烟的男子，才不得不停下了鲁莽的脚步。

"你怎么这么晚回家？又同李娟去舞会混了一晚？"

其实凌霄的声音里并没有多少真正的操心或责怪的意思。他自己也常常因为各种原因而晚归，比如今天。

"噢，是的。你今晚又出去打麻将了？"

"兄弟们打了招呼，总要过去凑个热闹的。你看老三也去了。没想到你这么晚还没有到家，所以干脆约好了来楼下抽根烟，顺便等等你。走吧，我们送你上去。"

同凌霄站在一起抽烟的果真是许家老三。远远地，他倒是注意到了有一个男子在妹妹的身后匆忙赶来。老三当然熟悉那个从小看到大的身型！原考虑去教训他一下的，但转念一想：

"别多闲事。一个妹妹已经够倒霉了，别再搭上另一个。反正他马上就回英国去了。"便没有吱声跟着两人上楼回家。

熊涛远远目送着那三个自小熟悉的身影回到那同样非常熟悉的楼里，弯下身子蹲在地上，泣不成声。

他清楚自己必须深明大义，清楚自己本身只该是那把粗绳索里的一条细线。他身在其中原为了聚力，却不应去扯断它。

熊涛自知此生难以僭越，只能下决心与心爱人隔岸守望。

再次拂衣而去的熊涛，归日无期。

诚如他所讲过的那样：留学对他而言，也只不过是个跳板罢了。他是不会再回来工作生活的。

菲菲没有答应熊涛的任何建议或要求。在情，菲菲忠实于凌霄；在职，菲菲牵制于体制。

但是在菲菲的内心，或许多多少少被熊涛所引诱。

先不去谈情说爱，就国外那自由的空气，那诱人的收入：早在熊涛回国之前，菲菲已有所耳闻。如今更似亲眼所见老八的经历，菲菲对于出国留学倒开始想入非非。

她报名了一个英语的业余课程。

非常显然，凌霄的留日建议，并不在菲菲的兴趣和计划之内。

24

凌霄家里最近一波未平，一波又起。

凌家的大儿子凌云奉子结婚后，不到一年便为凌家生养了一位继承人儿子。两家老人自此欢庆了一年有余，甚至也感染了从内心抵抗过早婚的凌云。

儿子毕竟是家族的需要和希望，凌云作为长子更是责无旁贷。

但是小儿出生以后，特别是在他应该站立和蹒跚学步的年纪，却总是令人心有担忧：这孩子老是无力地趴着或爬行，直立时似乎难以保持平衡甚至难以自主站稳。

随着孩子的不正常行为明显加重，家人心急如焚，带着孩子多次求医。检查后医院得出的结论是：该幼儿得的是先天性佝偻病，也就是老人嘴里听到过的软骨病。

这种病发生在幼儿身上的的主要原因，是长期缺钙和维生素D。

长期这种可能性，对一个刚出生不久的婴儿来说，与其母亲怀孕时期的身体状况有很大关系。

但是，凌云的爱人身体状况也算正常。到底是什么原因造成了孩子的缺陷？

经过医院的多次谈话，凌云的丈母娘终于道出一个难以令人至信的原因：

由于凌云对尽早结婚的迟疑和拖延态度，女方家庭不惜采取手段帮助女儿顺利怀孕。

同时为了让自己的女儿在男方家族建立稳固地位，凌云的丈母娘听取了其家乡老妇人的建议，让女儿在怀孕前以及怀孕期间，尽量多喝醋而少吃钙类食品。

中国的一句俗语，所谓的"酸男辣女"，在缺少文化教育的那些女人的理解中：只要喝了醋让肚子里面酸，就容易怀上儿子。

如此愚昧可笑的行为所导致的，是不可逆转的可怕后果。

作为女人，在以孩子为基础所捆绑的婚姻实质里，人总是错误估算了自己的未来——亦是，无非被同时捆绑住了的。

作为男人，一向不甘示弱于人的凌云，如今彻底被现实击垮了。

人的内心无论如何强大，都禁不住面对自己亲生孩子所遭受的厄运。更为可悲的是这种人为的悲剧即将跟随着这家人，包括父母双亲、以及孩子自己的一生。

在劫难逃、痛不欲生的凌云夫妇，却连以死谢罪的权利都没有。他们必须穷尽一生，去为孩子的健康与生存努力活着。

从来不涉任何恶习的凌云，开始以酒浇愁。他找来陪伴其自怜自暴自弃的，是亲弟弟凌霄。

凌霄自打许家兄弟决定出国的那时候起，便一个人担下了华亭路服装摊的收尾工作。既然大家各奔前程了，凌霄倒也无所牵挂。人该干什么，就干什么好了。

自由的日子还没过够，如今却出于同情，不得已被卷入了哥哥凌云的家庭烦恼中。

事件的可怕性和延续性，既无可估量，又不难想象。

咖啡也好，酒精也罢，其作用都只是一时之慰罢了。

因为，人的行为，必须面对现实。而现实，需要凌云去发奋努力。

此时，中国日新月异的改革开放政策中出现了一个新的、对一部分人而言的机遇和亮点。

一些效益不佳甚至濒临倒闭的国营企业，如今可以允许被私人去承包经营，甚至拥有。

　　换句实话说：中国的经济改革新政策，允许在社会主义体制下，再生资产阶级的代表——资本家。

　　虽然，资本家这个实际意义上的名词是被打倒了的，永不复用的。

　　全国不论党内党外，不论大城市还是小城镇，不论大街或是小巷，虽人头攒动议论纷纷，却没有什么人站出来反对。

　　包括，那些多年前被剥夺了一切的旧资本家。也许，那些原有的资本家都早已经荒冢一堆草末了？而且，他们的后代也早已背弃了升官发财、光宗耀祖的传统教育和理念了？

　　总之，此新策虽非亿万群众所拥戴但受惠者显然不会少。

　　作为服装进出口公司的一名外销员凌云，本能地嗅到了这股改革的清风吹拂而来的味道——金钱的气味。

　　他盖上了瓶塞，封住了那令人于陶醉中麻痹的酒的香气。

　　从酒精中清醒过来的凌云，在劫后重生的政策下，看到了自己今后的出路。

　　家庭和孩子对此时的他而言，无非责任在先。以后凌云的主要自尊，只能通过事业去获取平衡了。

　　作为一名头脑精明且踏实肯干的年轻外销员，凌云在原单位的仕途升迁却从未一帆风顺。他人的嫉妒和打压似乎从来都是其事业上的绊脚石。

　　然而，那些自诩天妒英才的能人，往往在其他人的眼中骄傲自负。

　　何况，中国从来都有句名言：朝中无人莫做官，兜里无银莫进城。

　　如今家中的悲剧，更令那位曾学业有成、自命不凡却始终事业官场不得志的凌云，在别人面前相形见拙。

　　虽然，周围所有人都以同情的目光看待他。

　　外贸公司呆不下去也不值得坚持，凌云提出了停薪留职。

凌云打听到他原公司的一个下家制衣厂业绩平平，虽不至于倒闭，但负担很重。凌云托熟人了解过后，知道很有希望将这家国营厂搞到手。

制衣厂远不如其它热门企业，因为其设备简单廉价但工人众多。而且凌云通过自身的亲历，清楚那些厂以知识落后的妇女居多，管理上困难不小。

但任何事物皆利弊双存。虽然总还是要通过熟人拉关系，但那些比较热门的大厂，决非凌云这样的小人物可以承包的。

他自己的目标和定位非常清楚：就应该是那些暂时无人问津的弱小企业。

那个特殊时期，同厂家谈判可是一门特殊的大学问。

厂属于国家，因此谈判的对方是国家的领导干部。

厂是否可以顺利拿下来，主要取决于那些国家干部以后在厂里的重要职位以及收益。

很明确的一个前提是：

如果在你承包工厂以后，他们那些为国家作出多年贡献的老领导们没有在收益上有所提高的话——你就不是那位适合承包国家企业的私人老板。

当然，除了对领导干部的合理再安排，其它方方面面的问题，包括现有工人的重新安置等等，也是谈判的重要内容。

其实实现第一步并不太难，因为即使承包下工厂，你也绝对离不开党的领导。事实上，没有一个厂是可以脱离上级领导而独立存在的。

那么，提高领导以及他们所提拔的员工待遇之后，新承包的小厂将靠什么去赢利呢？

一个方法就是裁员了。

社会主义制度下的国营企业，是绝对不允许裁员的。一个人从踏入一家企业的那日起，无论你曾经为国家作出的贡献究竟有多少，混到退休以后领取退休金，是一条有社会主义制度保障的人生仕途。

现在可是出了点问题了：如今的国营厂不负重荷，要卸任了。

而新接收的私人老板，可不愿意养活这么一大群包括好吃懒做、在一个大锅里舀了许多年饭的老员工。

谈到这个问题，就连原厂的老厂长都叹着气说：

"没办法，工厂就是被'人'给拖累的。国家单位是不可以裁员的，现在也就指望你们了。"

凌云之所以敢去承包这家小厂，原也做好了两个方面的准备：

一是订单。

目前熟人朋友中有许多人赴日留学，还有不少学成回来开办两国贸易的中间商。那群人里有不少正在寻找出口服装的自由渠道，以摆脱过去只能通过国家外贸公司高价低质的进货形式。

二是工人配备。

国家让一部份人先富起来的优势，使小企业主可以半自由选用留厂员工。在原厂领导的协助下，一些长期没有建树或长期混饭吃的工人以及一些可以自寻出路的员工，被建议留在原厂或提前退休或留职停薪。

至于哪些工人属于表现良好，哪些工人属于混吃混喝——

自然又要提到那句俗语：会闹的孩子有奶吃。

当然，会巴结领导的，也能够多分得一调羹。

吵闹的结果，凌云不得不重新调整了他的承包计划，将原来整厂承包，缩小到部分厂区的合资承包。这样一来他便有了更多的自主权去招留员工，去承接订单，去创造利润。

所有这一切，凌云清楚他始终离不开原厂领导的支持。

　　那些领导即使没有亲临凌云的合资厂指导工作，他们的家属也早已在那个承包小厂里，占有了一席稳固之地。

　　乱哄哄你方唱罢我登场。凌云终于在父母和弟弟的一点点资金支持下，摇身一变，俨然成为一位新中国改革开放后的第一批私人"企业家"。

　　挺有意思的一个现象是：文字的发展，总是紧随着社会形态的发展。

　　旧名词"资本家"被打倒了，却不彻底，留下了一个遗传千年的"家"字，被沿用至其它需要：比如"无产阶级革命家"。

　　经济改革新形势下的中国，多年来在人民群众中代表着绝对平等的称谓"同志"逐渐消失了，无产阶级"革命家"也不再吃香了。

　　取而代之的，随着高层次的人群的出现，是那些以"家"字冠名的"优秀"或"上层"代表人物：

　　比如那些文章写得好的，被称为"作家"；那些小说写得多的，被称为"小说家"；都沾点边的，被誉为"文学家"。

　　再比如那些画画出色的，被称为"画家"；毛笔字写得好的，被称为"书法家"；都沾点边的，被尊为"艺术家"。

　　还有歌唱得好的，被称"歌唱家"；舞跳得好的，被称"舞蹈家"；都沾点边的，当然是"表演家"。

　　数学做得好的，是"数学家"；房子盖得好的，是"建筑家"；在技术领域有所建树的，统称"科学家"。

　　政治题目出口成章、且懂得理解上层领导的精神而口诛笔伐的，自然属于"政治家"的范畴。

　　以此类推。。。

　　那些工厂办得好的大小老板（这个名称同小摊小贩区别不大，因此免俗），非"企业家"三个字莫属，没有悬念。

顺带提一句，那种不敢连名带姓一起称呼，却只在人姓后加上尊称：比如某领导（张局长，李经理等）、某老师（包括尊敬的人，并非特指学校教师）、某专家等，在人人平等的社会主义中国，只代表了一种文化习俗而已，并不代表其阶级地位。

习惯上，中国大大小小领导人的家姓之后的名，只代表其人在家中所存在的意义；而在人姓后面的那些尊号和职位，才代表那个人在外、在社会上的真实存在意义。

25

那个时候的私营企业订单蜂拥而至。不仅因为质量的严格把关和有效提高，还有私人企业那灵活的"回扣"操作手段。

"回扣"这个词，在英文里可能与"回佣"或者"佣金"划等号的。

但是在中国，"回扣"可是一个划时代的重要发展词汇：因为其实际的注解，应该是"偷偷扣下的佣金"。

那个时期的国家企事业单位，不允许个人或集体私相授受"佣金"。而私人企业，当然有其灵活操作之便利。

在企业家凌云的努力下小厂的经营果然出现了起色，虽然其来自各方的负担仍然不轻。尤其在人际关系处理方面，凌云更是感觉如同踩在了一个跷跷板上：才耗时费力压下了一头，却又翘起了另外一头。

凌云的压力不仅仅来自原厂的领导以及资金，还有来自其家族的影响。

比如会闹的二姐一家人在凌家父母的甩手式提议下，逼得儿子凌云只好担当起了二姐全家人的工作和收入。

才将二姐全家安排定当，凌云的丈母娘又及时找上门来。

无论如何同没有太多文化和技能的二姐夫妇俩相比，其丈母娘的自荐于凌云而言，在那个时候不得不谓"及时雨"了。

作为承包工厂，财务部门的重要性可想而知。习惯上指的是两套账目：一套是对内的具体实账；另一套则是为了应付原厂和领导的追讨。

出于凌云丈母娘丰富的财务工作经验，按照当年国家允许的"专家回聘"新政策，凌云将其安排在了自己的财务科做经理。

　　虽然多付了一份大人工，倒也算知人善用人尽其才。却没料到这个安排又再一次招惹了自己的二姐、甚至凌家上下。

　　凌云厂的钱袋子，从此将抓在了女方的手里，那可是凌家所有人都难以接受的。何况众所周知，凌云的儿子实质上是被女方家长所害。

　　凌家出面谈判的，除了两个女儿，还有凌妈妈。当然这些吵吵嚷嚷女人们所代表的，自然包括了那位老好人、平日里在家谨言拘字的凌先生的意思。

　　最后，头痛欲裂的凌云只能将没有任何销售知识的二姐凌琦安排在销售科，挂在弟弟凌霄的门下做个副经理。而已经退休的凌妈妈，也同时兼顾起服装厂的财务部副经理一职。

　　眼看几家人都各得其位，总算歌舞升平了，凌霄却对这个家族小企业产生了厌倦情绪。尤其原本蛮得意的事：每天开着那辆小型货车来往于各买家之外，他还顺便得以穿梭于那些邮票和古玩市场，如今却被硬塞给他的二姐夫给绊住了脚。

　　凌霄简直烦不胜烦！失去了人生自由的凌霄从此不断在女友菲菲跟前抱怨着："整天吵、吵、吵的。我也不晓得为啥大哥会乐此不疲！"

　　虽然为凌云不值，其实凌霄倒也算旁观者清。

　　从外表看每天被那些人情世故所围困，他大哥凌云却有些乐在其中的味道。

　　也许从这样的局面中，凌云所能够体验甚至享受的，是天之骄子被前呼后拥、是众星拱月的感觉吧？

　　熬了好一段日子，凌霄总算盼到许家老三提前回国。

　　听说日本虽然容易挣钱，但所有挣到了大钱的人，几乎都留不下日本，除非有人愿意同你结婚。所以，赚到钱之后再想方设法转道其他国家定居，是留日学生的首选。

　　许多留日学生被假移民公司骗去了好多钱，却根本没有得到其他国家的居留证。所以，老三作为先行人员，也一早提前返回上海以另谋出路。

当前留学生回国的，大多分两类人：

一类是从西方特别是美国学成归国的，他们大都硕士博士但身无分文。

如果可以得到国家企事业单位的重视和提拔，这些才子们便可以荣获三位甚至四位数以上的工资待遇，成为先富起来的一批白领人士。

当然，好的工作并不是那么容易找到的，主要还是需要依赖老师、家长、亲朋的人脉。

还有一类，是通过留学途径出外打工谋生的返国留学生，其中大部分回至邻国日本。

他们穿带雍华手握重金，如许家兄弟那样。其回国的目的除了不得已，大都是为了寻找机会另辟蹊径。

看到曾经一起创业的许家兄弟如今仪表不凡且出手阔绰，正在逐步丧失自由的凌霄，心中难免有些羡慕。

因此，当他同菲菲约会时，再次向她提起了出国、特别是留学日本之事。

菲菲仍然没有直接回答凌霄，却找了好友李娟商量起来。

"出国当然不错的啦，但本人哪来钱付学费呀？"

"先从我哥那儿借一点，你看如何？"

"你不是真的考虑出国留学吧？你家老四会答应吗？你俩如今还不打算领证吗？"

"嗨，领什么证哪？我可不会这么早结婚的。都什么时代了，你想法还这么老套！"

说真的，菲菲从未领证的打算。年轻着呢，干啥不好？

"现在去日本留学真有好多人。。。但是，我们又不会说日语。"

"对呀！所以才来同你商量么——我们去其他国家留学，比如美国？"

"那倒是不错，我想想。反正也不急在一天，你再找你家老八问问英国？"

"八哥？算了吧。别哪天羊肉没吃着，搞一身羊骚。"

菲菲头脑蛮清爽的。

"哈哈，羊骚倒没关系。别到时被老四拦下，哪儿都走不了了，哈哈。"

几周之后，在一个晚餐桌上，李娟拿出了时前中国市面上所有西方主要国家的留学申请资料。

"你看：如果出国读硕士，还要出具当年大学的所有考试成绩，还要通过国外大学的评审，难度很高。但是假如先申请读旅游或语言学校等，就简单容易多了。"

"转来转去怎么又转回来了？你还是觉得去日本留学比较容易？"

"不是日本，去日本没前途。你晓得吗？现在类似的课程西方也有。我们可以去澳大利亚或者新西兰那些国家留学。"

"澳大利亚？新西兰？那里也算西方吗？"

"啊呀——你管它算不算西方！至少那也是英联邦国家，说的是英语，体制是资本主义的民主体制。"

文科毕业生这方面信息就是多。人知识多了眼界就宽了，更懂得时逢良机，不容错过。

"不如这样：你先多打听一下那两国留学的具体情况。我再去老四和哥哥那边听听他们的想法，争取他们的帮助。"

听说妹子想去澳大利亚留学，菲菲在国内国外的那些兄弟倒并不反对。他们对澳大利亚和新西兰虽不熟悉，但也不算陌生。

去西方留学，尤其是获得更多学位之后，有技术移民这样的机会——在日本留学生中众所周知。

如今让有学位的妹妹先出去打个头阵倒不失为一种机会。

计划之下，唯有老四凌霄的内心如今稍微有些惶恐：爱人菲菲也想出国，但不是去日本而是西方国家！

澳大利亚同日本比，远在天涯。技术移民同出国留学比，更为渺茫。

好在如今不缺学费，出去逛逛倒也不失为一种时髦。

凌霄从来不反对、不害怕新事物和新体验。最要紧的是不能让菲菲一个人出国，自己必须跟着一起走！

打定了主意后，老四算是定下了一半的心。另外一半就看运气了，签证的运气。

其实同老八熊涛比，老四凌霄在感情方面一向独得上天垂爱。

当年中国最大规模留学澳洲的学生潮，虽然受大陆学生运动的影响而几乎沦为池堂鱼燕，但不到一年的时间后却雨过天晴。

留学潮再次云起帆顺，驰向光明。

许菲菲和凌霄二人终于在几周之内陆续获得留学澳洲的签证。李娟也顺利获得了签证，但高兴之余，她却遇到了一件意料之外的事故。

前一段日子，同当年好多大学毕业生相类似，辞了工在家等签证的李娟在无聊中，选择了一位对自己追求多年的校友谈了段恋爱。

虽然交往的时间不长也远远谈不上轰轰烈烈，但那位已经身为总经理助理的学长，却因贪了一笔近万的回扣被其所在单位扭送去了公安，如今将面临多年的监禁。

本来自以为身在其外的李娟可以一走了之，却突然发现自己怀了孕。获得出国留学的签证之后更是悲喜交加。

她立刻找来闺蜜菲菲求救。

"我该怎么办，菲菲？那家伙已经锒铛入狱了，他是不可能再管我了。而且他所偷的那些钱除了送了我几件衣服、吃了几顿大餐之外，都被没收了。"

"那孩子。。。"

"当然得抓紧做掉啊！我不可能等他，更不会嫁给他的。唉，都是这场运动闹的，整整浪费了大半年时间。"

"不管怎么说，总算是等到了签证。"

"就是，还算运气。否则的话男人被抓了，工作也辞了，将来可怎么过？"

听到这里，菲菲微微一笑。李娟见了，也忍不住自我嘲笑了一番。

"呵呵，我晓得你在笑什么。反正蟹有蟹路猫有猫路——人是不会在一棵树上吊死的！赶快替我想想办法吧？求你了。打胎的事必须得抓紧，本人早上已经有很大反应了。"

"我可以求芳芳帮忙吧？过去也不是没有人找过她的。"

"噢，对对。去求求她私底下介绍一位妇科大夫，给我做个人流。"

人流，就是人工流产的简称。在中国那是一项最简单而且最常见的手术。这源于国家多年的计划生育政策，以及对年轻人性教育的忽视和严规。

虽然在未婚青年人中，两性行为必不可免，但却是绝对不允许的，也是极不体面的——无论在国家政策，还是在社会道德层面。

虽然，当时的农村同大城市如上海等相比较，明显畸轻侧重。

由于知识和经验上的不足而导致婚前怀孕的女子，除了已经到了国家所规定的结婚年龄赶快补票结婚的，还有一些脸皮

176

薄的会选择轻生，但大多数倒是可以托托关系、找找门路，争取到一些偷偷堕胎的机会。

毕竟作为女人，尤其作为妇产科的医生和护士，对这类人之常情是不难予以理解和同情的。

何况，光靠那些"死工资"，不赚些"外快"，人是没有改善生活的机会的。

26

临行前菲菲去熊家看望姐姐并道个别。

她内心始终同情芳芳，更希望姐姐可以同自己一样，去争取尝试不一样的人生。

两人吃过饭走进芳芳目前的卧房，也就是她当年的婚房。里面的装饰布置没有太多的变化，但在菲菲的眼里，早该物是人非吧？

"姐，你就这么一直打算在他们家住下去了？这样的日子你也能过得下去？有没有想过出国换换环境？也给自己多一些机会。"

"我就不去轧你们年轻人的热闹了。我现在这样也挺好。再说婆婆对我这么好，我怎么可以抛下她一个人生活？"

怎么还称"婆婆"？

"你又不老，总还是要再结婚嫁人的。现在你自己的房子也有了，不早点搬出去单住的话，怎么重新开始谈恋爱呢？"

"啊呀，现在的人都太实际。看上我这个老姑娘的也不过是住房条件什么的，没多大意思。我已经把老街的那套房租了出去足够补贴家用，所以到医院办了留职停薪。婆婆如今的身体没以前好了，假如我再三班倒尤其做夜班的话，就没时间和精力照顾家里人。"

"熊阿姨晓得你们俩离婚了吗？她还打算一直拉着你顶替儿子伺候她？"

"怎么能告诉她呢？你千万别提这个！婆婆知道了真相一定会受不了的，也肯定不会原谅我们的。"

今天的许菲菲，同当年的她一样无语。为什么同为父母所生，人与人竟是如此不同呢？

"你真打算在熊家过一辈子吗？"

"看缘分吧。。。他前封信说大姨的后事办完了就可能会移民其他国家。等他拿到了国外定居，会把我婆婆接过去享福的。到时候再说吧。"

菲菲听闻身子不知为何颤动了一下。内心想问什么来着？但终于没有开口。

"其实你实在不需要为姐担什么心的，人各有命。而且我真的过得挺好，如今要啥都不缺。也是托了婆婆的福。"

或许芳芳口中"婆婆，婆婆"的叫惯了，菲菲也不再觉得太反感了。

感恩和孝顺，总不会错吧？

但是，没有男人的生活，也能算是"啥都不缺"？

菲菲有些不敢轻视自己的姐姐了。

或许，芳芳才是那位从内心可以彻底摆脱传统婚姻关系和捆绑的新女性吧？菲菲竟有些自愧不如。

没忘了今天来找姐姐还有一要事相托，菲菲三言两语将闺蜜如今的窘境转述了一下。芳芳几乎没有任何为难，立刻就答应了帮忙。

"你一个女孩子家，她的事就别管了。我会尽快帮她解决的。"

"那我们就先走了，李娟的事拜托姐姐了。"

芳芳的态度让菲菲松了一口气，但想到如今丢下了李娟先出国，她的内心沉重不少。不知道闺蜜以后的路，是否会像她俩的预期那般平坦？

出了姐姐的婚房，看到熊阿姨跪在菩萨面前，口中念念有词，菲菲心中隐隐作痛。

她有些自责：是否因为自己的存在，害得熊家至今没有后代去传宗？

作为姐姐的芳芳，多年里倒是从来没有正面了解或关注过小妹的爱情生活。

也许在芳芳的心里，早已真切信服了缘分，相信它虽看不见却无处不在。

为了方便照顾，更为了对家长保密，手术后芳芳将李娟接到了自己家里静养几日。

第一次走进熊家的李娟身子虽然赢弱但眼睛却闲不住。打量着那里的一切，回忆起当年在自己建议下的那个婚姻交易。

"我的天——这么好的条件！要是我也绝不会放弃的。"

许芳芳听明白了她的意思，便带着一种幽怨的口吻回道：

"我不是为了房子才那么做的，我对他是有感情的。。。再说，这房子也不是我的，你晓得的。"

"哦，是呀。我当然晓得啦。但这房子也实在太漂亮了，你能住在这里也真的挺好。"

李娟的语气中充满了羡意。

"没办法，要照顾婆婆。"

"是，你也真不容易。孝顺儿媳之典范，呵呵。"

话到此，两人便都终止了交流，各想各的心思去了。

眼看菲菲和凌霄出国的日子近了，凌家二老倒是一反常态替两个孩子忙碌了起来，并赶紧准备了两件金首饰和一大堆礼物，包括当时最时兴的也最难搞到的正宗雀巢咖啡和知己等。

"亲家你们好，菲菲真是个好孩子！啊呀你看看我们家那个活宝，原以为他配不上菲菲的，但两人感情倒是一直都很不错。这次又一起出国留学，拜托你们全家，特别是拜托菲菲照顾他。我们总算放心了。"

"没关系的。他们反正还都年轻，也是第一次尝试。孩子们自由惯了，谈不上照顾的，随他们去吧。"

许家不仅是看着凌家的小儿子长大的，同时更当他是自己家的老四儿子那样。至于你们凌家的父母关照或者不关照，多年了还不就是这么过来的。

晚上菲菲回家，许妈妈将凌家的父母专程上楼拜访一事转述给了小女儿。

"这是他们家送的，应该算是定情物吧？你自己决定拿还是不拿。你爸妈已经为你姐的事操碎了心，反正你们一个个人小心大，婚姻的事就自己拿主意吧。"

菲菲晓得母亲的意思，孩子生活安定始终是父母的最大心愿。但时代不同了，尤其是历经磨难的他们那代人，都不再敢确定到底走哪一条路，才是儿女们应有的光明前程。

留学应该不是件坏事吧？嫁给一个青梅竹马、两小无猜的男孩子，应该不会令所有人失望吧？

虽然答案要等很久才会有，但是，同当年所错误认定和推动的大女儿的姻缘相比较，许家长辈其时内心，似乎更有把握些，更觉得顺理成章。

许菲菲固然也是这么决定的吧？她毕竟是收下了凌家二老的那份心意。

机场相送的那一日，凌霄被一大群以老三为首的朋友们包围着。

"兄弟先走一步了。如果那里果真是天堂，你们也趁早过来聚聚。我们大家到时候换一个地方继续战斗。"

也不知那所谓的战斗是指的啥，反正是习惯用语，左右不出麻将、拱猪或其它扑克牌之类的游戏罢了。只看那些不住点着头连声附和的兄弟朋友们，就晓得了。

许菲菲告别父母朋友时，她姐姐芳芳始终陪在一旁。菲菲看出她似乎有话要说，却甚为犹豫，便主动开口表示关切。

"姐，以后爸妈那里就托你照顾了。你还有什么不放心的事要交代给我吗？"

"噢没有，没什么特别的事了。你放心好了。。。"

芳芳虽然答的挺快，但似乎还有些话含在嘴里，不知当不当讲。菲菲望着姐姐，眼睛里满满的询问，却也不说话。

最后在机场出关检查门外再次道别之时，芳芳仍未启齿。

菲菲的肚里装着满腹疑问，虽然这些疑问，可能都是为了一个人。她刚要再作一次尝试，却被凌霄催了过去。

"啊呀宝贝，快点进去吧，通过检查要紧！有什么话以后写信再聊好了。"

两人遂提着大箱大包，跟着拥挤的人流进入了一道道检查口。最后提着心顺利通过海关走入候机大厅时，两人终于同时放松了紧绷着的脸。

"好了——我俩这就算是出了国了，轻松了。呵呵，呵呵。"

凌霄边帮着脱下两人身上的层层外套，并把它们塞到随身所带的"蛇皮袋"里，边恢复了他那乐哈哈的神态。

所谓的蛇皮袋，在当年可是人手一件的平常塑胶袋。

它们并非真以蛇皮为材料制成，而应该是以其牢度和类似的装饰才得名。虽然更多的廉价仿制，其实早已将那一类的装饰都改得面目全非了。留下的只是一个家喻户晓的俗名而已。

"还没坐飞机离开呢，怎么就算出国了？"

菲菲笑他太性急了。

"你不懂：过了海关，就算出了国门了。不然检查那么严做什么？"

"你才傻呢！现在不过是允许你出国了。只要对方国家还未接纳你入境，你就还是站在自己的国家境内——别闯祸哦，否则这里的警察照样可以把你带走的。"

"嘿，你哥我什么时候闯过祸，让你担过心的？"

菲菲笑了。

真的，虽说老四这人从小自由散漫，也固然总让家长老师领导们所不屑，却也真实没有做过什么太出格的事，更没有伤害或得罪过什么人的。

可能出自他宽厚率真的性格吧？出国或许对于凌霄来说，应该不算一件坏事。他这类人一旦生活在自由的环境之下，更应该如鱼得水、春风得意吧。

终于跨上了飞往澳大利亚的旅途了。活了二十多年，这可是他俩头一次坐飞机！而且将是两次换机，行程近两日。

第一次登机就像个热身赛。他们先要坐两、三个小时的飞机去香港转机。

虽然已近冬末，但不懂得配合的逆风将飞机吹得又晃又颠的。

哑寂无声的机舱里，坐满了第一次出国留学、第一次体验飞行、神情紧张的年轻人。

他们一个个将手挡着原不会自动弹开的保险带扣上，企图人为地增加一层保险系数。

也许是因为飞往南边的热带地区吧？风小了，机身逐渐趋于平稳。

所有人的脸因此放松了警惕。有些想到自己和旁边人刚才那应该毫无作用的双保险举止，甚觉好笑。

凌霄是最不喜被捆绑的了。一抬头看到那个安全带的指示灯熄了，他便来不及地解开了搭扣，还好心提醒着菲菲。

"别拉着了——你没看到头上那个显示灯已经灭了吗？"

许菲菲当然听到了广播，也看到了熄灯，但她还是不愿放松那条保险带。

"嘿，你们女人就是胆小。我是要出去散散步，动动筋骨了。"

说着话，凌霄跨出了座位往亮着厕所指示灯的方向走去。

27

"喂——你是凌霄？"

"啊。。。大张？你是张继革？你也去澳洲留学？"

"是啊。我去墨尔本，先去香港转机。"

凌霄做梦也想不到，同一架飞机上竟然会碰到一个小学同学。而且再一了解：两人竟是报名读了同一所旅游学校！

这下可带劲了！在人生地不熟的澳大利亚墨尔本，居然还可以有一个老相识来往。连安安静静坐在位子上的菲菲，也被眼前发生的巧遇所感染。

这也实在是太巧了。虽然目前出国留学的人还真不少，但毕竟来自全国各地。老熟人并且坐同一架飞机的概率是多少？

遇见老同学之后，凌霄几乎就没有再回到座位上去。菲菲看他俩聊得开心，倒为老四欢喜起来，一时也减轻了些旅途中的担惊受怕。

飞机就快降落香港了，凌霄方才回到菲菲身旁的座位上。依旧高涨的情绪中，他捏紧了爱人纤细的玉手，问了句："紧张吗？"

菲菲笑着摇摇头，但手却不自主地回应着那份力道，传递出外松里紧的内心情结。

凌霄却不晓其里，始终于欢笑畅言中，张扬着他的兴奋和期待。

香港果真同人们口中相传的一样，而且甚至比想象中更为繁华。

虽然，当前那些于惶惶中匆匆穿行的大陆年轻人如今所目睹的，只不过是香港的一个机场而已。就是人们常说的，冰山一角而已。

　　但即便如此，香港机场的这一角繁荣，却更容易激起众人对西方国家的向往与期盼。

　　转机还要等好几个钟头，那么多人一下子就把候机室给占满了。每个人的身边都清一色躺着一两个蛇皮袋，却一个个忙着与身边的同胞交换着以后的通讯方式。

　　你瞧，这不是应证了中国人的那句熟语："在家靠父母，出门靠朋友"绝对在人民群众中既广为普及，更行之有效。

　　凌霄问菲菲："到其它地方逛逛？"

　　菲菲看看脚下那一大堆行李："不了，这么多东西。你想去就去吧。"

　　"那好。我一会儿给你带些吃的过来。"

　　凌霄说着，又转头找了一下老同学。

　　"嘿大张，你过来。让菲菲帮着照看行李，我俩到别处走走看看，抽支烟？"

　　两人兴高采烈地走了。过了一个多小时才返回菲菲那儿。

　　"快，宝贝——给你烫了碗泡面。他妈的，这里一碗熟泡面要花掉本人一顿饭店的开销！"

　　许菲菲现时可顾不上吃。看两人终于回来了，她站起身就往早已看好了的方向跑去。

　　凌霄在身后哈哈笑将起来。

　　"喔唷宝贝，实在对不起。忘了先让你去一下女厕所。"

　　回到原位之后，菲菲捧起那碗虽然贵却香气扑鼻的泡面，先闭上眼用力吸闻了一下。

　　"你们吃了吗？"

　　"吃了，吃了。我们还喝了杯真正的外国咖啡呢。这碗面是特地给你带的。"

　　菲菲自然晓得，老四是不会亏待他自己的，也不会亏待了他的朋友。

她举起碗时又四处扫了一眼，见许多人都好像在分享着自己碗中的那个香，便将身子往边上挪了挪开吃起来。

果然不仅仅是香，味道也真不错，甚至比哥哥从日本带回国的泡面还要好吃。也许是入佳境、遂心愿吧？

接下来的那趟旅途是菲菲这辈子都难以忘怀的经历！整整十几个小时的连续飞行，她几乎都靠着之前那碗泡面支撑下来的。

用她后来的描述说：那飞机的翅膀就在自己的外面轰轰作响，虽然睁大眼朝外却什么都看不见。整个航程中自己没有咽下过任何东西，也没有睡过踏实的一分钟。

十多个小时，许菲菲几乎是干睁着双眼，手中紧护着保险带的安全扣熬过来的。

天亮了，菲菲将窗子起开，阳光射进了机舱内。人的精神头一下子上来了，包括喝了两杯免费的红酒之后，一直醺醺沉睡的凌霄。

澳大利亚的地面机场远不如香港的奢华，但是那日丽风清的环境、那真诚自然的笑容，同这两日所经历的相比较，却明显不啻云泥之别。

在机场入关处等候中的人群，一个个安分守己排着长队。

好像多少年以来中国人在人多场合的"夹塞"习惯，如今在异国他乡的门口，竟不治自愈。

跨过那条划在地上的国境线，所有人的脸上都豁然开朗。

一条新的人生道路，在那些年轻人的自由选择之下，将记载一段怎样的历程？

或许，没有人可以真正预测他们的将来。

又或许，不管人们如何选择他们的路，却总是因缘生故，在不同的地方既定未来。

凌爸爸在儿子出国前对孩子们的最大帮助，是通过生意关系为他俩在墨尔本联系好了一位外国朋友，也是他公司的长期生意伙伴。

今天接机的就是这位生意伙伴。他高举着一块牌子，上面写着凌霄和许菲菲的中文大名。名字显然是在复印机上放大印刷下来的，因此没有错误，一看便知。

同那位热心朋友握手相认之后，凌霄用眼睛寻找了一下大张，见他也已被熟人接走，便挥了挥手喊了声"再联系"，就忙不迭地跟着去了停车场。

菲菲是那个可以用英文作几句磕磕绊绊交流的人，又是位女性，她自然应邀坐在了那辆奔驰车的驾驶副座上。

凌霄不自觉地，内心隐约产生了第一次受挫的感觉。心中随即立下了第一个心愿：

"等赚到了钱，本人第一件事就是买辆宝马！"

父亲的熟人将两人直接带到了一家旅店的门外。

"就这里吧？我特地为你们了解过，这家旅馆在四星级的酒店里算是相当不错的：既干净，更是方便。它隔壁那条主街非常热闹，商店和饭店都很多，相信你们一定会喜欢的。祝你们两个玩得开心！"

玩得开心？

凌霄和菲菲站在服务柜台前，脸上的表示显然没有听懂太多，但大概看了个明白。

也不知凌父是怎么同眼前这位洋人朋友联系说明的，如今人家大概以为这对年轻人是出国度蜜月的吧？否则怎会把人直接送到四星宾馆入住呢？

"Do you need any more help?"

听到父亲熟人再一次客气的询问，两人异口同声用英语回答：

"No, no. Thank you very much!"

熟人离开后，凌霄和菲菲还站在那，面容尴尬无比。

"How much for one night?"

当接待员再次耐心客气地接待他们时，菲菲只好勉为其难了解了一下住房价格。

"One twenty for a twin or double room."

凌霄看着菲菲，后者的表情似乎没有太懂。

服务生举起了一个手指"one double bed"，又举起了两个手指示意"two single beds"。

也不知凌霄的英文程度究竟怎样，但这回他倒是理解得比较快：

"Yes, yes - one bed!"

菲菲看了他一眼，提醒到："要一百二一晚。"

"嗨。。。一百二就一百二，反正也住不长，就当度蜜月好了，嘻嘻。"

看着他笑，她便也只好微笑着显示同样的轻松自在。两人抖着手数了两遍钱交付了押金后，住进了酒店。

提着的心方才落定。

总算，这里没有人关心别人的隐私，也没有人让他俩出示结婚证什么的。

自由的国度，第一站就展示了其无与伦比的优越性。

两人上了楼进了房。

虽然凌霄乐颠颠选了一个双人床房间，说是要度蜜月的，但还没等菲菲收拾完行李，他已经马马虎虎洗过后散卧在床，闭起了累眼。

"喂，四哥。。。那些押金在退房时一定可以拿回来的，对吗？"

回答菲菲的，是凌霄的鼾声大作。

菲菲实在也困得、累得不轻，便也赶快洗洗后用力把凌霄推过去一些，自己也带着满脑的担忧，沉沉入梦。

第二天清晨，菲菲闭着眼，由着半醒中的凌霄用手在自己身上摩挲。却不料，听到了外面的叩门和说话声。

是管理人员进屋检查？还是服务员要来打扫了？

第一次住宾馆的菲菲全身抽紧，极速拉过被子盖在了脑袋上，慌里慌张中不免有些奇怪：

"怎么花了这么多钱住宾馆，还要被人催着那么早起？"

清洁工没有听到房内的即时回答，便用钥匙打开了门。

"Oh, sorry! I didn't hear you."

看清洁工面露尴尬、却司空见怪般礼貌地退出门外，抬起了半个身子的凌霄适才意识到发生了什么。他哈哈大笑着，趴回到菲菲的身上。

"啊呀宝贝——对不起，实在对不起！昨晚太累了，该干的都没干。哈哈，哈哈。哥现在给你补上。。。"

菲菲还没搞清怎么回事呢，她脸色灰白用力推开他。

"别。。。人万一又进来了。。。"

"哦，对了。等等。。。"

凌霄赶快拉起了衣服遮住身子，跑去门口将把手上的一块牌子挂了出去。

"记得老爸讲过的：睡觉前要把'请勿打扰'的牌子挂出去，服务员就不会在早上进来吵你了。"

菲菲这才破惊为笑——原来是虚惊一场。

这可不是中国的纠察队员进门抓奸！

两人平生第一次可以不用偷偷摸摸地在自己花了大钱的床上做个爱，却被旅店的清洁工给虚惊一场。

草木皆兵了。。。哈哈，哈哈。

文化习俗这种东西，真不是一天两天可以适应的。

28

住着那么昂贵的宾馆，即便是度蜜月，也委实让人心中不安。

许菲菲看到桌子上有一份住客条例，便拿在手上仔细阅读起来。凌霄倒是吃惊不小。

"啊？国外住店也有规章制度？原以为只有我们社会主义国家才有那么多规定呢！"

"嗯，看来主要是告诉你哪些可以免费使用，哪些是要收费的。。。别拿冰箱里的东西——这里有价目表，老贵了！"

凌霄立刻止住了手，刚才还因为看到满满的小冰箱白白开心了一阵子。原来都是要收费的？可是，也挡不住两人如今饥肠辘辘呀。

"哈——有了。水壶旁那盒子里的袋装咖啡和知己是免费赠送的！你赶快先烧水，我们喝咖啡吧。"

菲菲的声音像是发现了新大陆那般开心。要晓得，从昨日上了飞机那一刻起，她还没有好好吃过什么东西呢。

老四应该还可以吧？在飞机上一人吃了两人份。但眼下看着，还像是个饿狼一般。呵呵，男人。

今天是星期六，两人各自喝完两杯免费的咖啡之后，便打扮得漂漂亮亮下了楼。发现宾馆的旁边就有一家卖面包的，两人仔细观察后，晓得那一大袋的切片面包最实惠了，就买了一包返回楼上。

奇了怪了？面包这种东西原来就是洋人的主食，但国外的面包却少了国内的那种奶香味和细软，反而是干渣渣的，也没有什么味道。

或许洋人的主食面包同中国人的主食米饭一样，必须就着其他佐料才可以下咽吧？就像那些夹了肉的三明治。

反正，以后看得多了、尝得多了，就清楚了。

两人马马虎虎垫了垫肚子，重新下楼走到街上。

也难怪父亲的朋友昨天以为来了一对度蜜月的：瞧女孩那出国前新烫的漂亮长波浪头发、以及一袭亮丽的真丝连衣裙，还"嗒嗒"踩着一双高跟鞋；再看那年轻小伙子长袖衫佩西装裤，腕上还戴着一块崭新的瑞士水晶面雷达手表，脚上的皮鞋也是精工细作的。

然而他们出了门便发现街上的行人，那些当地人，竟都穿着如此简单朴素：汗衫短裤加上一双凉鞋或者拖鞋。

偶尔见到一两个身着西服佩领带的男士，不难发现是那种工作上的搭配。

虽然没有太多的行人关注自己的穿戴，但两人此时的自我感觉，已经不如出门、甚至出国前那么好了。

难道，这个国家真同其它西方国家不同吗？难道，这里竟比中国的大城市上海还要落后？

但是，看着人来人往，却没有大惊小怪的注目。面对面走过来的老外们，脸上带着友善的微笑。偶尔有一些男人的目光多停留在菲菲的身上几秒，应该是被她的美丽所吸引吧？

墨尔本的CBD也就是市中心里面超市不多，各式各样的商店却不少。尤其是他们发现了几条很宽很长的行人街上，商店林立，橱窗多样，物品繁多。

两人对望一眼，笑了。

这才是他们倾心向往的地方！年轻人就爱压个马路，看个橱窗，然后回去造个计划，做个美梦。

一天显然是没有逛够的。第二日，还是周末。但凡学过几个英文字的都不奇怪，国外的周末是复数的。

今天凌霄脱下了正装，换上了国内平日里的穿戴。当然，其质地还是要好上许多的。毕竟，如今的所有行头都是花重金为出洋所特别准备的。

出国求学的中国人，可不能给传统的祖国人民丢了面子。

"你还是穿裙子好了——女人不穿裙子，还算女人吗？"

正在犹豫中的菲菲，得到老四的支持，便不再迟疑地换上了另一件漂亮连衣裙。

要知道这些衣物都是花了好多钱，在上海五星宾馆周围的高档服装店里买来的。如果到了国外都不穿，那岂非白花了冤枉钱吗？

逛着马路，两人在饥饿之时，总还是没忘记尽可能多走几步，找找看有没有中餐馆。

很奇怪，国外的中餐馆，尤其是饮食摊或外卖店中，最受洋人欢迎的居然是各式各样的炒饭。

在中国特别是上海，除非今日家里没有什么可以做菜的食材，才会选择吃炒饭的。。。这倒应征了他俩昨天尝了面包之后的感想：

也许任何传统文化一旦离开了它的原产地，就必须融入他乡的习俗，才比较容易被外人理解和接受。

过了周末两人找到了自己注册的学校。幸好，父亲的朋友也许帮助了解过这所学校。它也在CBD，就在附近。

一大群叽叽喳喳、逢人便聊的未来校友中，凌霄和许菲菲不仅见到了大张，还认识了几位比较有缘分的上海同乡。

听说了凌霄他们不得已住大宾馆的故事，大家既羡慕又表示同情。无论如何，在目前的境况下，谁又是不值得他人同情的对象呢？

学校给了留学生两种极负责任和人情味的选择：

其一是按照规定由学校帮助安排住宿。费用早在国内学生申请留学时，已经提前支付了的。

另外一种选择，就是学生自主解决住房问题。学校同样会按照合约条款，将住宿部分的预付金退还给学生。

几乎，在人们的记忆中：当年几乎所有的学生，都选择了后者。

不仅是选择。更多的留学生甚至在申请留学之前，就已经了解清楚这方面的优势，并预先做好了如今的决定。

当时许多学生都临时"插足"在熟人租下的房子里。

那些人里不乏挤在卧室的海绵垫上的，睡在客厅旧沙发上的，甚至还有在厨房饭厅里用牛奶箱当床垫睡觉的——反正过去多年所受的教育，如今真的可以当作实践了：海阔凭鱼跃，天高任鸟飞！

自由旅途的第一站，就是体验独立自主的生活方式。

同所有人一样，凌霄和菲菲心疼地捂着钱袋在四星宾馆住了五天之后，总算带着一肚子委屈搬进了与新同学合租的小公寓里。

反正儿女情长，英雄气短。

心有余而力不足，指的是钱力。

公寓虽小，而且价格不算最便宜，但好处是近，不用坐公交车上学。分而摊之，一人不过每周四、五十元，相当于三、四百元人命币吧。

听起来很贵，但与四星宾馆相比的话，断不可同日而语。

如今看到其他同学包括大张家都住得那么远，而且还是住在Suburb，凌霄暗地里一直表示不屑考虑。

"Suburb？那不是郊区的意思么？兄弟我好不容易出了趟国，还要搬到乡下去住？别开玩笑了，那可不真成了插队落户了？"

何况，就自由清爽的空气而言，墨尔本CBD哪里比不上周围的郊区了？

这里又不是上海——地面上除了厂房，就是楼房；天空里除了烟囱，就是灰尘。

然而，任何事物都有其两面性。

少了工厂的麻烦来了。听说找工的同学大都要换几次车，走挺远的路，才能见着一两家工厂。

如今的凌霄倒还不急着找工，他更不同意菲菲出去找活。

"急什么？我们又不是没带钱，学校还退还了好几千呢。我慢慢找，找一个可以养活我家菲菲的。嘻嘻，可不能让你出来吃苦，否则还不如回去好了。"

在当年的留学生中，凌霄和许菲菲倒是不多的例外。

正当菲菲每日战战兢兢，以一乘以六的数字花费却无可奈何之际，李娟来了。

按照中国的传统习俗，打胎后的女子应该卧床休养几个礼拜的，但出国留学的机会稍纵即逝。

因为你看，国内料想不到的、不确定的因素实在太多了。

没有车可以去接闺蜜，菲菲虽然有些内疚但失望的程度远不及凌霄。

李娟倒并不在乎，叫了辆出租就住进了他俩和另外一对"假夫妻"合租的公寓。

假夫妻你已经懂了：无非是国内有妻儿的男人和有未婚夫的女子。他们虽然在国外彼此帮衬，但心里都还惦记着国内的那些人和那些事。

自由的空气下，负担满满的中国人，但凡得着一些异性的帮助和爱怜，都愿意以身相报。

同住的那个男人已经幸运地找到了一份不错的工作，如今帮着那位热心照顾自己的同班女同学，情有可原的。

何况，当年有许多年轻人无非是抱着一种尝试的态度出国讨生活。至于将来怎样，未可得知。

之后有人总结过那个时候的"洋插队"，与哥哥姐姐们的"土插队"相比较，在居住条件上的唯一区别：是现在的假夫妇共居一室，而过去的真夫妻分居两地。

反正假作真时真亦假，无为有处有还无。

结局也都是一样。

李娟的到来，凌霄既喜且忧。

多一位老朋友固然热闹了许多，但自己从此也被赶出了主卧，搬到客厅里睡了。

虽然李娟一直说自己马上会找房搬迁的，但如是生活持续了近半年后，那对合租的临时夫妻却吵架分手并搬了出去，倒留得李娟心安理得住进了他俩原先的那间卧房。

半年中，凌霄因为国内的驾驶经验，轻而易举通过了驾照考核。他在新结交的朋友们介绍下尝试了几份工作，最后终于落定在一份晚上给唐人街餐馆送米面的司机兼搬运工上。

看似同其国内类似的工作，但凌霄感觉实际上却差好多：过去他的车一到地方便招呼别人卸车的活，如今却要自己一力承担。

虽然自觉没什么面子，但有一车在驾，总好过以步代车。

况且，晚上送货之后，凌霄还有机会使用那辆小型货车。比如去大张那儿送个货、搓个麻将什么的，倒也自行便利。

29

在国外住久了，且有了一辆车可以使用，原先看不起市郊的凌霄倒也逐渐改变了他的看法。虽然市郊离市中心远一些，但与在国内时的情况有明显不同。

这里所谓的市郊，仅为了适合人居住而已，并非真的有农田。而这里所谓的市中心，不过是几条纵横交错的长街而已，一天就能逛遍了。

心里虽然有些松动，但碍于李娟在此，想想罢了。凌霄每天睡个懒觉，然后去学校报个到。

虽然每天傍晚要去上班，工资也不见得比在国内挣的高太多，但凌霄感觉其内心和行为倒是充分自由自在的。

许菲菲的个性虽不张扬，却也时常喜在脸上。尤其是看到两人的生活如今有了保障，她倒一直在存钱，也同闺蜜商量着结业之后的发展方向。

李娟目前的情况也不错，尤其是开销也不算大。

刚来时，凌霄曾拍着胸脯说"老婆的朋友就是自己的朋友"，让菲菲免了闺友的房租水电什么的。后来李娟有了自己的卧室，坚决要求付了三分之一的房租，凌霄又免了她所有的其他费用。

菲菲没有反对。她甚至没有告诉凌霄，李娟的学费都是自己替她向老三借来的。能帮好友省一点就省一点，希望她早一天可以还清哥哥的钱。

李娟也一直在忙着找工，但是她挑剔。

主要是，她有本事去挑剔。

用她自己的话说，做了一次真正的女人之后：什么都体验过了，什么都学会了，就什么都不会害怕了。

每天在学校门外都能看到等着接她放学的名车。换车的速度同她换工作的速度一样快，因为，那些追求者大都是其当时的新老板。

这个世界上所发生的一切，既有利，也有弊。正因如此，她换工作的速度也像走马灯一样，频繁和撩乱。

她常说："我怎么会真的去考虑同那些人谈恋爱？浑身的酸土气！"

"那你为啥不正正经经找个人？别太随便了，别人会有想法的。"

菲菲想到，上次有一位自称是李娟老板娘的女人吵来了学校，闹得流言蜚语四起。

"别人的想法？我又没打算嫁给谁！你别说，我这辈子最佩服的人，就是你姐芳芳了。嫁不嫁人不重要，主要的是可以自由地拥有一切。"

拥有一切？从闺蜜嘴里再次听到那样的话，菲菲再次开始质疑没有爱人和孩子的女人，如何可为"拥有一切"而沾沾自喜？

"你可别学她。。。那样的代价。"

虽然这么说，菲菲还是极其了解她那位闺蜜的。每天有人开车接送，有人请客吃饭，有人介绍工作，也不见得会让李娟太过抵触。

何况，自己多少也跟着沾了些光。比如李娟打工时那些没有卖完的寿司、剩余的三明治，甚至她晚上打包回来的宵夜，等等。

也许李娟真的活得痛快吧？反正每回菲菲与她讨论以后的计划时，李娟总是点头符合，但实际上却心不在焉。

虽如此，菲菲还是发现无论李娟有多忙，却总是忙里偷闲勤快地写着信。甚至都不会忘了同姐姐芳芳通信，简直比自己还要热心。

菲菲也常常写信。除了自家父母和哥姐，替凌霄向他父母汇报情况，更是她的责任。

凌霄反正只轻松说了句："本人一辈子没写过一封信的，别难为我了。宝贝就代劳吧，呵呵。"

菲菲不得不代劳。因为即使不想，凌先生也总会提醒她。

自从出了国门之后，凌先生就每隔一两个礼拜来一封信。信中也总是以"我们的好女儿菲菲"开头，倒把儿子凌霄排在了末位。

凌先生的信中，大都是鼓励和支持两人在国外多多努力，不要半途而废，一定要坚持到最后。还说父母年纪大了，也想着退休后可以出国走走，看看孩子，也看看外面的世界。

凌先生的英文真的很棒。从他的信中习惯性插入的一些英文句子里，菲菲晓得自己是必须努力学习，迎头赶上的。

凌先生信中所谓的坚持到最后，当然是指"身份"。

"身份"在华人圈里是一个简称，其所代表的唯一内容就是——合法定居国外。

然而众所周知：合法移民国外真的很难，除非机会。

当年的澳大利亚本地人包括政府，对中国人的所有了解来自极少的西方时事新闻，以及如潮水般涌进的中国留学生。

从来自西方的报道中，澳洲民众了解到了中国留学生在国内所承受的不幸遭遇，看到了他们艰难但试图改变生活环境的努力。

澳洲人是非常友善的。澳洲政府正在考虑以人道主义的方式，收留那些已经在本国学习、工作和生活的中国留学生。

留学生中一部分具备国内外大学学位的，最先得到了合法居留澳洲的机会。

欢呼声中，留学生们如久旱逢甘露，喜极而泣！他们托鸿雁传书，告慰期盼已久的国内至亲。

李娟带了瓶酒回到公寓。

"来来，我们提前庆贺一下——今后总算不再需要低眉顺眼、仰人鼻息过日子了！"

凌霄倒不以为然。在哪儿不都是一样过日子？就看你在意的是什么。对于凌霄，自由就是一切。而自由，是可以自己争取的。

李娟这几天也不省钱了。她连着打了好几个电话，都是趁菲菲睡后偷偷打的。而且她还经常出门办事，没有告诉菲菲原因，却悄悄出了门。

菲菲感觉到最近一阵子，她的闺蜜有些神神秘秘的。这可不是李娟的性格，她向来敢说敢当，没有什么必要对好朋友遮遮掩掩的。

答案来了。

刚过中午，李娟乘菲菲去花店上班时敲开了凌霄的卧室，将他从梦中唤醒。

"赶快醒醒。今天晚上你千万别去其他地方，你同我一起去机场接个人。"

"接就接吧，不就晚上嘛？现在吵我做什么？"

凌霄被她闹得，虽醒却仍旧躺着。

"唉，起来啦——我有重要事情告诉你！"

李娟不依不饶，凌霄只好勉强顺之。

"到底什么事？不能直接同菲菲讲吗？"

凌霄漫不经心吃着菲菲临走前为他准备好的午饭，随口问了问坐在旧沙发上，嬉皮笑脸看着自己的李娟。

"来，说吧。你这次又搞什么名堂？"

"这回你可别冤枉我，我可没搞什么事——这事同你俩有关啦。"

"我俩？我和菲菲？"

"是啊。。。"

李娟的脸上依然带着笑，还是那种狡猾狡猾的感觉。

凌霄不知她的下文到底是什么，但显然不是什么大好事。他继续低头吃着饭同时快速回忆了一下自己最近的所作所为，觉得也不过是在麻将台上输了些钱而已，并没犯什么大错的。

"知道今晚我们去接什么人吗？"

"什么人？你男友出狱了？"

"我可没男友。是你男友，你和菲菲的男朋友。"

凌霄停住了吃饭。

我和菲菲的朋友？还是个男的——还会有谁？

"噢，是老八吧？他怎么来我们第三世界啦？领导访问？体察民情？"

虽然是玩笑，但李娟不难听出老四的话中不无冷嘲热讽。这种态度，没有在菲菲面前显露过的。

聪明的李娟心中明白，所以她才特地选了一个闺友不在的时机，单独先对凌霄传达这个重要消息。

"他可不是来参观访问的。他是作为著名外科大夫，技术移民过来的。"

凌霄的脸色有些变化，语气却变得温和了些。

"噢，那晚上大家一起过去接老八。接了机之后去哪里？来这里？"

"去不了那么多人吧？你的驾驶室只能坐三个人。"

"那你就别去了。"

"我哪能不去？我忙了半天给他在附近找了个公寓，直接送那里就行了。"

"你找的？菲菲干嘛不管？"

"她不知道熊涛要来。。。"

　　凌霄这时才抬起头，认真看了看李娟那一脸坏样。再笨的男人也能感觉到：此地无银三百两！

　　再多的，老四就不懂了。他不是复杂的人，尤其对于女人暗度陈仓那些事。

　　此刻凌霄的内心似乎对李娟产生了一丝感激之情。为何？他不得而知。但是，再见自己的朋友加兄弟，当文质彬彬的老八站在自己跟前的那一刻，凌霄从内到外是欣喜的。

　　"这是你平时工作用的小货车？你们过的怎样？菲菲好吗？"

　　路上，老八抑制着内心的激动问了一些事，提了一次菲菲的名。

　　"破车呵呵，用着还可以吧。反正就那样。"

　　老四如今的回答，显然不存在骄傲什么事。

　　反而李娟倒是笑哈哈，一直点着头，插话中间。

　　"好，很好。大家在一起挺开心的，而且你晓得的，我们这些人很快可以申请定居了。"

　　不知何故，老四一开始挺感激她的回答，但之后却引出了一点心事。

　　"听说老八你也移民澳洲了？你一个著名外科医生，哪里不能去！偏跑来我们这么远的地方定居？"

　　"呵呵，我还真不骗你——除了你们这里，我还真没别的地方可以去。"

　　答话中是否充斥着一些火药的气味，无可奉告。幸而，懂事的李娟替两人解了围。

　　"对对，大家都晓得的：英国和美国留学容易，但定居非常难的。"

　　此时的平排车座上，出现了安静的局面。

　　所有人都沉默着，各有所思。

30

内心七上八下的老四凌霄，将老八接送到了李娟替他预先定好的高级公寓内。

熊涛的公寓虽然离自己家的不算太远，但光从外形就可以看出租金上的高低玄明。

老四不是个妒忌心重之人，他有其所在意的东西。送老八上楼后只朝里打量了一眼，也没打算进门。

"就先送你到此吧，兄弟。我马上要赶回去汇报工作了，过两天等你倒了时差之后，哥嫂给你接风！"

听到那突兀的"哥嫂"两字，老八愣了一秒，又立刻恢复了笑容。

"那行，今天就不留你们了。谢谢啦！过两天再去拜访，代问菲菲好！"

老八笑看着兄弟离开。李娟也跟着走了，还对熊涛挤了挤眼。

回到家，许菲菲给开的门，显然是在等着他们两个回家。

"哟，怎么一起回来的？你俩今晚去哪里了？怎么没有提前告诉我一下？"

凌霄也不看她，先去上了趟厕所，又拿了把钥匙说"下去抽支烟"，就出门了。

原来憋着没说话的李娟，看凌霄离开后，笑着对菲菲招了招手。

"过来坐一会。本人有重大情报向领导汇报。"

"什么领导呀——什么重要情报？"

菲菲稍稍谦虚了一下，就直接表示关注了。

"你晓得今晚我们去接谁了？"

　　闺蜜的脸上，依然是那种调皮狡黠的模样。

　　"接谁？你们两个去接人了？"

　　"是的——接你的老情人去了，呵呵。"

　　"什么？我的。。。你别瞎说！"

　　"哈哈哈哈。。。你一定晓得是谁了吧？"

　　菲菲没有回答。想来，她已是猜到了。

　　"熊涛来了。你男人已经把他送到公寓里住下了。"

　　"公寓？借的吗？为什么不来。。。"

　　"不是不来住——是人家要长期包租。他不走了，定居了！"

　　"真的？"

　　"不骗你。他已经作为经验外科医生技术移民澳洲了。"

　　"噢。。。晓得了。你先洗洗睡吧，等一下老四上来了也要用洗手间的。"

　　说完，菲菲转身进了自己的卧室，心里想着"为什么他们竟都将我瞒得滴水不漏？什么意思呀？"

　　不知凌霄是何时上楼的，反正挺晚了他才进的房间，而且一倒头就打起了呼噜。

　　早上菲菲醒了打算起床，凌霄用手臂挽了她一下。

　　"喂，你晓得老八来了吧？"

　　"我还想问你呢——怎么一声不吭就把人接来了？你俩什么时候联系上的？"

　　"你真的不晓得？"

　　老四翻转身对着菲菲，琢磨着她的话和表情。

　　"我要晓得了，不会瞒着你！你们也有些不太象话了吧？八哥来也不早些通知我。"

　　"啊呀，冤枉！我也是昨天下午才听说的。是你那活宝闺蜜通知我去接人的。"

明显地，凌霄感觉到了爱人身体一阵轻微的痉挛。从内心反应出来的悸动吧？此时老四倒是有些莫明的得意。

老四传递出来的信息，虽然有些诡秘，但此刻的菲菲却更有其它的担忧。

熊涛来了，自己将如何面对他？毕竟，她晓得他的心愿。她隐隐约约可以感觉到，他究竟为何而来。

虽然，目前还有一个情况需要了解：他，老八是如何同李娟搞在一起的？

看着一个女人的醋意，却被更多的关切和担忧所覆盖了。菲菲太了解他和她了，她感觉自己是否会再次见证又一起失败的因缘？

她真心希望不致如此。

下午，菲菲带了些菜回到家。凌霄照例要出门上班去了，临走前关照她："准备一下，明天招待老八。"

"在家里招待他吗？"菲菲追着问了一句。

"就在家吧，可以喝酒热闹一下。随便点，买几个熟菜就行了。"

"晓得了。"

李娟听到菲菲回家了，从屋子里走了出来。菲菲见怪不怪但还是问了句："你怎么不上班？又换工作啦？"

"没有，请了几天假。唉，反正也该换了。买了什么菜？我帮你搞吧。"

两人去厨房干活。菲菲看了看闺友，等她自己先行交代。

"怎么样？老四开始紧张了吧？"

"他有什么可以紧张的？倒是你。。。"

"你想问我怎么同你家八阿哥搞在一起的吧？"

说着话，李娟脸上还带着那种坏坏的笑。

原来，上次李娟住在熊家养身体时，老八就有了一封信回家。他说大姨去世了，他帮着料理完了后事，便按照大姨的嘱托将她的骨灰带回了上海安葬。

熊涛回到上海的那个时间，刚好赶上李娟稍作调养之后，正在准备出国的事宜。他听芳芳说小妹和老四已经出国留学，就火急火燎将李娟约出来见了一面。

"那你们到了澳洲以后，还打算回来吗？"

"出去了的，有谁还打算回来的？听说澳洲对留学生的政策挺宽松的，走一步看一步咯。"

李娟的一句"走一步看一步"，让正在考虑从几个国家选办定居的熊涛，不得不将移民计划暂时搁浅。

他清楚自己必须等，等着她们的下一步。

熊涛明知菲菲如今一直同凌霄在一起，他也真切希望菲菲幸福。但是熊涛不甘心，更不放心。七妹同老四在一起，老八的内心始终隐隐作痛。

李娟临走前答应了熊涛会同他暗中保持联系。言下之意，是尽量不要让菲菲和老四他们有所察觉。

如今听说澳洲的留学生都有望定居了，熊涛便不再有其他选择，直接奔这里来了。

机灵的李娟没有全部说出那段经历，她只是告诉了菲菲熊涛通过芳芳同自己取得了联系，求她帮了些忙而已。

"我没告诉你们，第一是熊涛不让，第二是想给你们一个惊喜呀。你看，都惊着了吧？"

"得了，我还不了解你？什么人、什么事，被你一搅和，好事都变成了坏结果！"

"哈哈哈哈，知我者：菲菲你呀。"

就是这样，好朋友之间不需要什么质问与交代。一切都在嘻嘻呵呵中，就这么发生和过去了。

熊涛第二天准时赴约，老四到楼下接的他。

跟着上了楼，熊涛见到菲菲穿着一件低领连衣裙，腰上扎着的一条围兜将少女，不——少妇的婀娜体态更为显现。

她没有出去迎门，此时手中拿着一件厨具，笑吟吟站在厨房门口望着来客。

老八内心突然泛起了一种从未有过的滋味。

老四笑呵呵快赶一步走到菲菲身边，将手臂绕过了她那纤纤柳腰，又将嘴贴近了女人敞开的衣领处，闻了一下那白皙的脖颈："嘿，真香！"然后开始重新介绍。

"怎么样，老八——我老婆现在看着像极了一个地道的美丽主妇吧？"

熊涛避而不答，却只管对着菲菲展尽他的笑颜。

"好久没见了，菲菲。你好吗？"

"好的，我挺好的。你们哥俩先坐着聊聊天，我还有几个菜要去准备。"

举着把厨具，刚要转身她却又停了一下，心想"似乎该回问一句的吧？得了，都老朋友了，一会儿坐下了再说吧。"便又进去忙了起来。

凌霄的手被挣脱了，却也跟着进了厨房，随手钓起一块切盘的酱鸭放进嘴里。

熊涛也并未止步，直接挤进了那间窄小的厨房。

"菲菲，别忙了，我就是来看看你们，随便吃点什么就行了。哦哟——这么丰富呀！"

"那当然！贵客临门，今天是我老婆大展身手的机会。"

也不知怎么了，平时极少用"老婆"称呼菲菲的老四今天特别见俗。

当然，也没有人会去阻止他的。

菜都上桌了。老四边说"都是熟人，大家随便坐"，边挤着菲菲的身边落座。还没忘了再次将手臂挽住了女人的腰。

“辛苦了，老婆大人。”

“呵呵，你老四什么时候这么体贴过我们菲菲的？”

李娟倒是笑出了声，竟是一点面子也不给他撑着。

“怎么不体贴了？男人重在表现呀。”说着话，手又转到了爱人的腿上：“是吧，宝贝？”

菲菲转脸带笑望了他一眼。

李娟却又不知趣了：

“老四你倒说说看：平时有啥特别的具体表现？”

“啊呀，你们两个别再抬杠了——没见到有客人在呀？”

菲菲看老四的脸有些变了，赶快给闺蜜使了个眼色。

李娟还是乐呵得很，也没忘了对着老八挤了一下眼。

好在，熊涛似乎并没有在意那场对话。他只管看着一桌子的菜，拿起了筷子。

“诶呀，出国这么多年，吃到正宗的上海菜可不容易。”

31

老朋友再次相聚国外，把酒言欢之际，李娟没有忘记打听老八的近况。

"那你大姨有孩子吗？你是继承了她的家产之后再移民过来的？"

"大姨没有结婚也没有孩子，更没有什么遗产。其实当年大姨出国时不过是个年轻学生。在异国他乡，尤其失去了双亲的支撑之后，她也根本不知该如何去独自面对生活。没多久家里让她带出去的那些金银财宝，都被一个很能谈情说爱的华侨骗子给糟蹋完了。"

"那大姨后来。。。"菲菲担心地追问起来。

"她毕竟还是读完了大学，主要靠自己的工作养活自己。原来大姨是有一栋小房产，但她用贷款支持了我妈她俩姐妹和我的留学，加上后来她的病，不得不变卖后就所剩无几了。"

"无论如何你大姨帮助了你很多，她是你的恩人。"

"是的，所以我心里非常感激她，也一直尽力照顾着她。最后我按照她的意愿将她带回了老家，安葬在姥姥他们旁边。可惜。。。"

"可惜什么？"

"最近听说乡里要发展旅游事业，老家的坟地要被迁移了。"

"算了，只要你大姨回家了，其它就别多想了。迁死人的坟？活人的房子，听说都要被迫拆迁了。"

看来还是李娟的消息来源广一些。

"拆迁不是件好事吗？将来大家都可以有新房子住了。"

熊涛根据自身的经历，说着自己的见解。

“哪里啊。你不晓得——上海人宁愿挤在自己习惯了的小街上，也不愿被迫搬到很远的新区，去过那种没有熟人、缺少热闹的生活。”

“那倒也是。搓个麻将都要跑那么远，还有个啥劲呐！”

说着话，老四不由得想起这里，约着搓一桌四人麻将都常常找不全人，便自然而然从内心表示理解与赞同。

老八看看菲菲。只见她低着头用筷子往嘴里夹菜，脸上依旧带着大家从小熟悉的、恬静的微笑。

“你妈还好吗？她晓得你和我姐的事了吗？”等她再开口时，话题却转了。

“早就晓得了，上次熊涛回去的时候就告诉她了。”

李娟抢着回答菲菲的提问，搞得像是个知情人。

“我妈倒还可以，上次听我解释之后也没大闹，可能芳芳提前给过妈一些思想准备了。虽然老妈身体没有过去健康了，但多亏你姐一直照顾着。其实我对她俩一直都挺内疚的。”

熊涛回答的声音很低，看得出他心中的确不忍：

“所以我打算在这里安定下来以后，就赶快把妈接过来同我一起生活。就是对不起你姐，她一个人会挺难的吧。”

“其实芳芳也还可以。她现在每天跟着你妈一起念念经，信佛也挺深的。她曾同我说过：这辈子欠的债就这辈子还了，否则拖到下辈子，还是过不好。”

李娟的插话有些沉重，但倒是引起了在座每个人的反思。尤其是熊涛，他轻声说道：

“是的，我们每个人这辈子都有很多债要还。。。”

菲菲说：“这里，洋人倒是都相信上帝。”

“我觉得神仙们都有不一样的本事——不管你求谁，他都会来帮你的！”

李娟总是个乐天派，而熊涛对于任何事物都有其自己的理解，他说：

"我同意你说的。但人犯的错，不能总是去乞求和感谢神仙替你还吧？一个人自己犯下的罪过，总应该自己来还。否则真像电影里那些坏人一样，在犯罪前后，做个祷告就没事了？就可以继续杀人越货了？"

菲菲觉得今天原是聚在一起庆贺团圆的，便将话题往轻松一点的地方带：

"我们墨尔本的教堂非常多也非常漂亮，以后我带你去参观参观。走进了教堂，人的内心真的会很平和的。"

怨天尤人也好，信天由命也罢，此时凌霄听老婆说要做向导，赶忙插嘴：

"嗨，谁还管下辈子怎样？这辈子活得开心，就足够了！来来——喝酒！"

他的话是没错，但有人开心，便有人不顺心。这世上总还会有欠债的和讨债的，无论你怎么逃避或自欺欺人。

酒足饭饱后，熊涛告辞回家。

晚上，躺在床上的他百辗千转，久久不能入睡。

回忆着今日无比娇艳且性感温存的菲菲，以及同她那么贴近的老四凌霄，熊涛的内心突然感触到了一个事实，迫使他不由自主地、懊恼地质问自己。

天哪！这么些年以来，每当他在努力争取情感上的追求、以及菲菲的理解和配合之外——自己究竟给过了心爱人什么东西？

看到他俩如今的亲热接触，虽然显见老四的夸张和做作，但菲菲作为女人无疑是享受的，是互愉的，更是习以为常的。

突然，熊涛意识到了自己过去一向的忍辱负重，一向的聪明睿智，一向的深谋远虑：或许都是在浪费年轻的精力，都是在消耗深重的情感。

为什么？熊涛捶床捣枕，后悔莫及！

为什么多年来自己年轻的身心不去主动求爱？不去尽情发挥？不去用热烈，感染心爱的女人？

熊涛此刻内心嫉妒与欲火并发，炽燃着自己的肌体，渗湿了自己的寝衣。。。与此同时，他更加体会，更为自责。

他拂汗起床走出卧室，又去到客厅从火炉架上拿起了那两张合影，凝视着影像中的心上人菲菲。熊涛尽量在心中抹去她身旁或身后的那张坦荡直率、却又机敏灵动的脸庞，然而却徒劳无成。

那个打小一起长大的好兄弟好伙伴，如今幸福地陪伴和生活在自己心仪女子的身边。纵然熊涛内心自认更加疼爱菲菲，更有能力照顾菲菲，但显见得一切心意和努力，都枉然无获。

情又如何，爱又如何？潇潇雨歇，既成定数。

男人多半都不信命的。但是历经坎坷之人假若不怨宿命，又该如何自怜自守呢？

走回卧房的熊涛：既悲，更怨。

但是，既然前些年的努力自始便注定了付之东流，如今或许只有坦然面对。

周末，李娟约着菲菲一同按着那晚的约定，去老八的公寓参观访问。

起床前菲菲曾推了推身边的凌霄："嘿，起来了。别忘了今天要去老八那里做客。"

老四却没打算醒。他挥挥手含糊说了句"你们自己去吧，我再睡一会儿"，还把头埋进了被窝里。

菲菲对他无奈，但不会因此改变自己的访问计划。

细心整理过每个房间，并将空调温度设定在了二十二度，熊涛早早走到窗口，张目以望。

见到楼下只有菲菲和李娟两人悠悠到访，他的心口剧烈跳动起来，抑制不住飞一般跑下了电梯，将两位漂亮美眉引上了楼，进了门。

熊涛的双眼不由自主停留在菲菲的脸上身上，搞得她从未有过的低眉垂眼。那种在熊涛理解下的娇羞之态，更令他心生怜惜护爱之情，欲罢还难。

走进门便不难发现：客厅中央那个装饰性火炉的架子上，摆放着一些个人照片。其中有一对相同的相框，里面装着两张合影。

看到菲菲的眼光凝视于那火炉的上方，熊涛便领着她走过去看近些，并在她的身旁伸出手取下一个递了给她。

"记得吗？这是我们在老四的哥哥凌云家里照的合影。"

是吗？菲菲依稀记得那年凌霄回家取了个相机交给老八，也记得当时他们四个人——老四凌霄、老五芳芳、老七菲菲和老八熊涛在一起照了张合影。

但是，记忆有些模糊了。而且直至今天，菲菲还是第一次见到这张合照。

相片中，老八站在自己的侧身后，阳光满面。他离自己很近，至少，比姐姐身后的老四要近。

菲菲笑笑，将相框放回了远处。

时过，境已迁。

熊涛如今依然贴近站在菲菲的身旁。如此近的距离，是久违了的感觉。他将两手安放于裤兜之内，胸堂却起伏得厉害，悸动推出了脸上的条条筋脉。

进门后就舒舒服服窝在沙发中的李娟，把这一切都看在了眼里。

"啊呀，这么精致的相框，不放毕业照却放了合影：糟蹋了。"

她站起身过去拉了菲菲："走，带你参观参观。"

俨然是位熟悉一切的向导。

趁着她们两人不在跟前，熊涛走进厨房去完成早已准备了一半的点心。

"领导们视察完了吗？过来吃碗馄饨吧。"

美眉们闻声走到餐桌旁，又立刻被那麻油葱花的香所引诱着，拿起调羹尝了口汤。

好不熟悉的味道！菲菲明知眼前的这碗砂锅馄饨是熊阿姨当年的手艺，也是自己的最爱点心。看来老八是得了真传了。

她嘴上没有表示什么，只是在他默默的关注下，用心品尝着久违的味道。

"啊呀——这可是我这辈子吃过的最好吃的馄饨！没想到你熊涛还有这一手呢。服了，我可真服了你了。"

"呵呵，你想不到的事多着呢。对吗，菲菲？真的同过去的味道一样吗？这里的食材可不好搞。"

"一样的。你切蛋皮丝的功夫还大有超越呢。"

美人终于不吝赐赏，熊涛的心别提多滋润了。到底是青梅竹马！

"这里的空调真舒服。要是在我们那里，这么热的天想要喝下这碗汤，不搞出满头大汗才怪呢。"

李娟总能在适当的场合说出恰逢其时的话。

"对啊，本人是真心感谢你的帮忙。否则我刚到这里什么都不了解，肯定会搞得一团糟的。"

"那你怎么谢我呀？这样吧，你还有一间房空着，我搬过来住如何？在菲菲那里做了那么久的电灯泡早该讨人嫌了。"

"那。。。还是算了吧。明天开始我要正式工作了。等稳定些了我就会搬出这里，买一个房子把老妈接过来住的。"

"你就是小气！好像我不会付你房租似的。"

"呵呵，你当然晓得我的：一直都很小气的。"

两人的对话和自我解嘲中，许菲菲一直都在关心着自己碗里的馄饨汤。明澈的双瞳被碗中的蒸汽模糊了些，但其耳朵又不聋，内心何尝又不明白？

熊涛的确很小气。但是，对于一些不重要的人、一些不重要的东西，他倒挺放得开。

李娟上洗手间的那一点点自由的时间里，熊涛抓紧问了还在细嚼慢咽的菲菲一个至关重要的问题：

"你和他。。。算是结婚了吗？"

"前几天注册了，为了办移民方便些。"

不用抬头，菲菲都能感觉到熊涛的喉咙，被馄饨或什么东西堵塞住了。反正，他没有下文。

拘谨和尴尬的见面，终于结束了。

李娟挽着菲菲的手臂，两个女子各怀心思，在沉默中离开了那栋漂亮的公寓楼。

熊涛看着她俩离去，眼中依恋不舍。心中揣度着"以后恐怕难得一见了吧？"

虽然，自己的成功移民，似乎离心爱人儿更近了些。

32

回家路上，李娟到底没有忍住，开口问菲菲：

"唉，菲菲你说说看：你们家老八和老四两个人，实在好像不能比的？"

"你也知道不能比？那为什么还要比？"

"因为我不是你呀，我如今还是有比较和选择权的吧？"

说着这样露骨的话，从来不装腔作势的李娟将脸正对着菲菲，似乎铁定要确认闺蜜对此事的态度。

"这倒是的。。。"菲菲没有正视李娟，却也答得实诚："但主要还要看你所比较的，是什么。"

"哈哈，你是在说我这人现实吧？只看条件？"

李娟歪着脑袋，嬉皮笑脸中似乎在阐明自己的目的。

"我倒不担心你只看到了他的条件。。。但你是吗？真的只是那些？"

李娟不再调皮了，难得再次沉默了下来。

前车之鉴？如今走在澳大利亚明亮自由阳光下的俩闺友，脑中都忆起了同一个女人：那位远在上海的单恋中、孤寂中的女子。

难道，过去发生在两个男女身上的故事，还会重复在今天的男女身上吗？

李娟想到此，不由得用手挥了挥眼前的空气，恢复了往日的笑容说：

"嗨——人与人是不同的。"

菲菲也破思为笑。

"是的。你又不是我姐！"

"那，既然你知道我不是你姐：假如我对你家老八展开攻势，你会怪罪我吗？"

转来转去，人总是转不出自己的意愿。也许，人竟还是都太自信了吧？

许菲菲没有立刻回答。这个问题，太难诚实面对。

"怎么啦？你心里还是舍不得老八？"

咄咄逼人的气焰之下，菲菲不得不正面对答：

"你觉得我心里舍不得的，只是他吗？"

"还有我吧？你都说了，我又不是你姐。还担心什么呀？怕你家老八辜负了我？还是怕我吃了老八？"

"你要真有本事收服了他，姐妹我一定会为你叫好的。"

"叫好还早——但支持我，这总可以吧？"

"感情这种事。。。你只能靠自己争取吧？"

"你错了：搞定一个男人，靠自己、靠感情都是不够的，主要靠手段！"

"看来老八惨了，呵呵。"

"说不定他从此脱离苦海，过上幸福生活了呢？给点信心吧，好菲菲。"

"就你？但愿吧，呵呵。"

玩笑归玩笑。怕的，不仅仅是说笑而已。

这么些年以来，出现在李娟身边的男人中，就以她自己的观察与判别：熊涛是最出色的。虽然，她明知他的所爱，是身边的密友。

有什么关系呢？

谁年轻时没有遇见过一两个倾心渴望的人？谁又没品尝过单恋和失恋的滋味呢？

菲菲的存在虽然于自己的心愿是一种阻碍，但与此同时也是李娟得以接近熊涛、并使他容忍自己常在身边的一个理由。

就这样，李娟充当着一位中间人的角色。她时常主动联系熊涛，而他也一向表示欢迎并请客吃饭。

熊涛的内心非常明白，即使没有菲菲在凌霄的身旁，由于她姐姐芳芳那件事，兄弟几个早就面和心不和了。李娟的出现并搅合，可以让自己从侧面了解到菲菲和老四的一些近况。

李娟深晓厉害。她除了在其面前主动汇报那两人的情况，当然是皆大欢喜的生活点滴之外，也没忘了及时向菲菲转述老八那里的所见所闻，有时还带着说几句给凌霄听，比如现在。

"熊涛最近买了辆车，是新款宝马。我已经坐过几次了，陪着他到处看房。"

"宝马有什么了不起？我过去也想过买宝马，但这里的老外都说：车是代步的工具，不该浪费钱在牌子上。"

"人家可不是浪费钱。他是外科大夫，需要一辆好车。"

"外科大夫神气个啥？中国就有一大把！"

菲菲有些听不下去了，便插话阻止老四：

"人家也没说过自己了不起呀。你不求上进、安于现状，也从来没有人说过什么难听的话，如今为什么要对自己朋友那么不近人情？"

"我不近人情？来了个外科大夫，你就看不上我了？有本事找他去呀！"

凌霄显然气不打一处来。最近菲菲一直劝他换个白天的工作，说每天这么晚回家不好，而且，读了书英文也有所提高，就应该派上用场。

但凌霄却极不愿意。

他喜欢在傍晚和晚上去上几小时的班，说路上容易开车，白天还可以睡个懒觉。最主要的，他睡得晚，下班后经常会被朋友拉去搓麻将到半夜。

菲菲客客气气说了他一两回，却都是被顶回来的，她便不再开口了。

　　菲菲常常觉得两人虽然做了夫妻，但却还是在各自的轨道上走着——走在两条平行的轨道上，而且方向不同。

　　菲菲当然晓得凌霄为什么火气冲天，但好在，自己从来就不是个有本事的女人。一个普通的中国女人：嫁了鸡就随鸡；嫁了狗就只能随狗。没有其他选择了。

　　中国的老古话，就是这么教导女人的。

　　虽然少有人曾经去好好追究一番：为什么以智慧和学识自诩的中国男人，却非得把自己同鸡或狗去做比较？

　　最近一段时间，留学生们都陆陆续续获得了居留澳洲的签证。拿到了签证的，第一件要做的事，就是回国省亲。

　　那个时候的大陆留学生口袋里大都存下了两、三万块的积蓄，相当于十五六万的人民币。

　　国内的万元户？靠边站吧。很多人懊恼自己当年没有砸锅卖铁借钱出国，还有人后悔没有在国外留学时坚持到最后的那一天。

　　即便留澳学生都摇身一变成了十几万元户了，但带钱回去显摆的却不多。同当年从日本回国的留学生，大相径庭。

　　不是澳洲留学生小气舍不得花钱，倒是国内的父母家人催着孩子、丈夫在国外生根，以便将来逐渐将家中年老的、年轻的、年少的，都接到国外去重新安家。

　　中国人，活得很累。中国的年轻人，负荷深重。

　　虽然说，天高家人远什么的，但人情是一棵大树，会永远缠着你，不离不弃。

　　确定了出国安家可比回国潇洒重要，那些曾经的留学生应家人所托，便一个个回到了澳洲：买房的买房，置业的置业。

　　而那些原本自以为过得比别人好的，例如凌霄和菲菲他们俩，却捉襟见肘。

　　那些年当别人都在节衣缩食看着银行里的数字增高的日子

里，凌霄一直带着菲菲在周末上街吃喝玩乐。

对于爱人，凌霄从不吝啬。

譬如，每当菲菲同时看上了两件漂亮的衣服而在心中犹豫不决之际，他总是一把取来："两件都买！想那么久干嘛？明天可能又后悔了——你们女人就是这么磨叽。"

同样，凌霄对自己包括朋友亲戚也从不手软。

这不，两人拿到定居后回国补办了一次婚礼。所有赶来祝贺的亲朋好友，都收获了几件价值不菲的纪念品。

反正，回国一趟，菲菲从两人的指缝里省下的那一点点积蓄，都早花费殆尽了。虽然各亲戚朋友也都尽心送上了贺礼，但均不适合带回澳洲，因此由双方的家长代为接收了。

几年不见，国内的亲朋好友自然都有了些许变化。同所有回国省亲的留澳学生一样，凌霄和菲菲他们也感受到了上海，特别是上海人的更新迭代。

凌霄的哥哥凌云的那个厂，早已从承包转为全盘接收了。也就是说，凌云已经成为一位名副其实的"企业家"了。虽然社会主义中国的资本企业家，是随时需要接受党和国家所代表的领导和监督。

凌云看起来比过去自信很多。就好比一个苦熬了二、三十年的媳妇，终于苦尽甘来，熬到了婆婆的地位。

一个从小心怀大志却总是怀才不遇的男人，如今靠着自身的努力买下了一片属于自己的天地。

在这块自留地上，他是王。

凌云得到了那个厂后，最为理想的就是获得了人事安排的自主权。他可以自由地招募员工，可以有权安排每一个人的职位。

为了更有效地实行管理，凌云从自己的家乡，也就是佳禾招募了一些工人。

听说上海的凌家大少创业有成，并准备为佳禾的乡亲提供去上海这个大城市工作的喜讯，凌家所有的亲戚以及乡里的左邻右舍都赶来，把凌家那个旧院子围了个水泄不通。

有喊凌云大侄子的，有称他大舅叔的，更有人直接尊他为爷的。总之，此刻的凌云心里头是火热的，他更觉得自己是当之无愧的。

在所有男女老少中，有一位表姐的独生女特别懂得表现。

她姓金名雀，小名雀儿。农村人的发音习惯，久而久之大家又将雀儿的小名改为巧儿。

巧儿虽然姓金但却一直跟着母亲住在凌家院里。由于父亲的身体不好干不了太重的农活，金家人就只能一直寄人篱下。

巧儿过去得了姥爷的指点和影响，打小就重视念书。而且她相信老祖宗说的：万般皆下品，惟有读书高！若要成为人上人，就要吃得苦中苦。

你想离开家乡农村，就要认真念书。先成为有文化的农村人，才会有机会离开农村。

眼下机会果然来了！

寄人篱下的优势，让年过二八的巧儿获得了在同一个院子里，比他人更为优厚的条件，被大舅凌云所赏识。

面对眼前这位个头矮小、镜片后面扑闪着一双灵巧的青春大眼，憨态可嗳讨好和吸引着自己的小姑娘，凌云的内心升起了一股爱怜和受用的感觉。

他难得被人仰望，因此喜欢受人尊敬，他更欣赏追求进步的年轻人。

因此，凌云获得了自己父母的同意，答应了巧儿和她的父母，会带着她回沪念书。如果将来巧儿果真有出息，凌家还会提供她上大学的机会，以感谢家乡对自己家族的支持与帮助。

其实在农村，凡有志者去投奔他们在大城市的亲属，寄养在他们远房的长辈家中共同生活，并非难得一见。

金巧儿是那些幸运的年轻人中间的一位。她是否会如愿以偿实现自己的理想，就要看她的理想究竟可以延伸多远。

总之，巧儿在她远亲的帮助下走出了乡村——这才是顶顶要紧的现实。

33

凌云在一帮家乡的七大姑八大姨、以及她们的子女的簇拥下回到了上海，回到了自己的工厂。

在这片已经基本属于自己的天地中，凌云被前呼后拥着，成了所有人的王。

他幻想自此之后，那些乡亲会对自己所提供的发财和定居大上海之路，感恩戴德，努力工作。

工厂这两年的发展也果然成绩斐然。凌云将一部分厂房改建成了住宿楼，免费提供给那些从农村和外地招来的员工。

凌云还为自己买下了一个别墅。

当年所谓的别墅，无非是一些新建在市中心外围的独门独院。比起那些吵杂的六层公房或新建的公寓高楼，这样的别墅是绝大部分的上海人民所望尘莫及的。

虽然买了新房，凌云自己却没有与妻儿同住。那个家离工厂太远，繁忙的工作不允许他如此奢侈并浪费时间。何况凌云的本意也希望老婆带着病儿，远离自己的事业及生活空间。

凌云还住在原来的那套二房公寓。

如今上海的又一个令人意料之外的变化，是原先那些由国家单位分配的公房，如今正按照国家的新政策，被人民大众用不算太多的金钱"购回"到自己名下，变成了私有的公寓房。

当然，大众买下的仅仅是建筑面积和建筑材料，并不包括国家的土地。即便如此，全上海人民对新政策是欢呼拥戴的。

原来独住两房公寓的凌云，近些年并不寂寞难捱：他得了名副其实的巧儿作陪伴。

巧儿刚进上海的学校插班读书时，因为一口佳禾乡音以及其它原因，并不受同学们待见。

凌云曾是过来人遂非常理解她的感受，但凡有时间，他会很贴心地开着那辆大奔去巧儿的学校接送过她几次。

这一接送可不得了！从此以后在巧儿的同学和老师眼里，财大气粗的凌老板竟成了学校最受爱戴的男人之一。

那个还在学校读书的年轻女孩，原本只是为了争取人生更好的工作和生活为目标而发奋努力，如今却被用他人的钱所换来的一点点自尊，而沾沾自喜。

提升了的虚荣心，往往将人心的贪欲也无限提升。

正在长大成熟中的年轻巧儿，今后还会仅仅满足于坐在他人的豪车里吗？

答案会有的，时间而已。

凌云非常满意自己的招工安排。虽然工厂里那些人即使来自同一个乡村，仍不断为了职位好坏、工资高低等明争暗斗个不停，但习惯了这一切的凌云却不厌其烦。

尤其是每天晚上回到家，还有巧儿鞍前马后，阿谀讨好着自己。

虽然凌云还时常惦记着自己病中的儿子，但他妻子平日里所煮的一手"烂菜"，似乎完全颠覆了老爸原来有关此"好女人"的断言。

在凌云心里，中国人评判"好女人"的标准应该是：出得了厅堂，下得了厨房。

如今凌云最不能忍受的是好不容易熬到了下班时间回家，却还必须装出笑脸品尝妻子精心"泡制"的晚餐。

妻子常说，任何食品只有泡制在水里，才是原汁原味的，如同她不施粉黛的素脸。

然而凌云却认为，不加修饰和点缀的物品，不具备任何引人欣赏的韵味。

如今，每当看到如此健康快乐的巧儿在自己眼前活蹦乱跳的，他从内心受其感染。他的一脸严肃在下了班之后，便会变得温柔起来。

他甚至早已在其内心，只认定这里才是真正的家。在这个家里，巧儿就像是凌云养着的一个"宠人"，凌云是巧儿的主子。

虽然巧儿也不会煮菜，但她却满心欢喜陪伴着凌云去各处品尝美味佳酿。

志得意满的凌云如今看到弟弟回来了，身边还陪着那青梅竹马、两小无猜的丰腴少妇。

"他凭什么这么好命？"

弟弟凌霄虽然并不敢在家人、尤其是哥哥面前显露出任何自满或骄傲，但现实就摆在那里。

派送礼物时弟弟和弟媳的慷慨潇洒，更让做哥哥的凌云虽在外表显得不以为意，却常常于暗中嗤之以鼻。

"你怎么样？国外这么些年学到了什么？有什么长进？"

做哥哥的关心教训弟弟，是他的权力和义务。

"国外才没有中国人那么势力，那么看重面子呢。我们在国外几乎听不到洋人让别人称自己为先生、老师、专家、老板的，他们平时连姓都不用，只让人喊名字就可以了——人与人的关系非常舒服的！再说澳洲人也很懂得享福的，我其实挺羡慕他们的生活方式的。"

"享福也是要靠实力的！如果你在国外混得不好，只能给人打工的话，还不如回来跟着哥哥干。"

什么叫混得好？一个人要怎么努力才算是个头？

话不投机时，弟弟总是知趣地跑路。哥哥应该也只是随便说说而已。

跟着哥哥干？好不容易的自由就没了。

人的性情是天生的。不管你是三岁还是三十岁：

江山易改，本性难移！

何况——改变江山，本也不易。

在一起住了两周，菲菲发现凌云虽然暂时搬回了老婆孩子那里，但还每天开车过去接送巧儿上下课并好吃好喝带着她，甚为不解。

"你哥家里的负担已经够重的了，他自己的儿子还病着。。。为什么这些年还要替金家养育他们的女儿？"

"可能是感恩吧？你晓得的，当年我家几个孩子都是由老家的亲戚带大的。我也挺感激老家亲人的恩惠的。"

凌霄其实也觉得哥哥多此一举，但听到菲菲的质疑，便挖空心思解释一番，还自觉满意。

"恩惠也是双方的。别忘了，你说过当年家里好不容易省下的那些票证和钱，都被你爸送给老家去接济他们的生活，你妈曾经很心疼无奈的。"

"对。。。嗨，你管他们呢？不过那巧儿还在读书，小屁孩一个。哥不过是把她当女儿喜欢吧，你懂的。"

晓得是晓得的，但菲菲自己从年轻时走过来，身边又一向"高手"如林。她不难看出那年方二十的金巧儿对着凌云所使出的百般花样，明摆着有煽情之嫌。

菲菲在巧儿的央求下，带着她去眼镜店里换上了日前非常时髦的隐形眼镜。在善心帮助那位年轻女子放大其身上的最明显优点的同时，她又担心从此以后情商不太高的凌云，还未尝到窝边草却点着了自家的窝。

担心也没用的，各人且过各人的日子。

每个人自己心里的苦楚，只有自己明白。每个家里的那本难念的经，只有自己家人才能暗中体会。

临回澳洲前，许菲菲的公公婆婆悄悄塞给了媳妇一小包礼物，说是将来给孙子的纪念品。婆婆对媳妇说：

　　"现在你们两个安定了，我们也放心了。接下来爸妈的希望是早点抱着孙子。你晓得他哥哥的情况的，我们也只有指望你们了。你俩在国外生多少儿子也没有人会管，所以妈希望你多生几个，多多益善。"

　　多多益善？菲菲想：孩子哪有那么随便就可以生的？我们没车、没房、没积蓄，如今还自顾不暇呢。

　　婆婆倒像是猜到了菲菲的心声，她又补充说："你们只管生，不用担心钱。爸妈和你哥是你们的后援，我们凌家将来一定会培养他们上大学。菲菲好闺女，千万别担心以后的事。"

　　闻言，菲菲想起了凌家资助包养的那位金家巧儿，想到了一句传统名言：一人得道，鸡犬升天。

　　还好，总算迢迢千里之外，自己尚可逍遥行事。

　　公婆离开后菲菲打开了那小包礼物，猜想应该是金银首饰之类的。一看却是几块银币，倒吃了一惊，又觉得有些眼熟，便问自己的男人：

　　"这不就是当年你淘换回来的那些古币吗？记得不是应该有好几本吗？而且，还有那么多金币都去哪儿了？"

　　凌霄粗粗瞄了一眼，点了点头又耸了耸肩。

　　"可能只剩下这几块了吧？老爸给你，你就拿着。还管那么多干嘛？你晓得的，家里又不是我一个儿子。"

　　菲菲便不再说话了，她又不是不清楚四哥在凌家的地位。但是她的内心却不糊涂，心想：他家老人将小儿子所有值钱的东西全收走了，却分了几块不值钱的给未来的孙子当礼物，做法也真绝了！

　　然而，眼前菲菲想不明白的，是自己的丈夫凌霄。

　　从小他原是不太顾家的男人，情有可原吧？凌家向来也没有多在意这个小儿子，且看常年将他随便外放便晓得了。

　　可是如今的凌霄已然成婚了。男人成了亲总该为自己的小家作打算吧？夫家人拿走了属于他的东西，他竟可以如此不屑一争一问：他竟忘了自己如今是有家有妻子的，是有对家的责任的。

也许，人的习惯和本性是相辅相成的，从小养成的性情更是难以改变的。

在外潇洒大方的男人，其个性作为朋友时，无非是极大的优点；但作为丈夫或父亲时，显而易见，会成为严重的缺陷。

飞回墨尔本的旅途中，菲菲依旧难以入睡。她想起了闺蜜李娟常常挂在嘴边的那句话：男人都靠不住！女人要想过好日子，只有靠自己努力。

原以为不贪、不奢、不求、不欲，过好安定平静的家庭生活，对女人而言也是一番努力的。但是，人就怕比。

周围的熟人都在忙着买房置业，李娟同菲菲商量着：成为澳洲公民之后的下一步，该干什么。

"你家老四是怎么打算的？"

"你还不晓得他？能够配合我的想法，于他而言已经是对我的'大赦'了。"

"对。你们夫妇就在两条平行线上各走各的路吧——两不相干。呵呵。"

每个人的人生，其实都行驶在其个人的跑道上。假如夫妻果真可以在两条平行的道上朝着同一个方向奔跑，只有前后快慢之别，或许也还可以吧？

然而，菲菲有着不一样的感觉：她觉着在自己的婚姻里，是她一个人用力在扯着一只风筝的线头。如果自己累了，将线扯断了，风筝便飞走了，便会掉落在远处不知什么地方了。

菲菲其实没有多少选择。她一方面欣赏自己的男人并非贪婪之人，另一方面又希望他不甘示弱，争取进步。

因为生活的需要，总是给人与矛盾。

34

老四的故友加兄弟熊涛，如今也早已在墨尔本买了房子安定下来。

菲菲知道自己不应当将他来比，但是从小一起长大的同样的身边人，岂有不做比较的可能？况且那位讨厌的闺蜜李娟，又时不时地在提醒着自己。

熊涛作为一名外科大夫，平时可利用的时间并不多。他当时的看房和买房主要是在李娟的热忱帮助下完成的。对于李娟的精益求精，熊涛倒是相当称心满意并内怀感激的。

与此同时，通过替熊涛购房的过程和经历，李娟除了可以如愿接近他之外，更是发现了作为一名售房经纪的未来发展之路。

脑筋活络的她，听说菲菲想做些工作和生活上的调整与改变，便把自己的发现和体会，统统告知了好友。

"怎么样？售房的佣金非常可观吧？这是一份极有前途的好工作！我们先去考一张执照，然后再去找房产公司的工作，你觉得好吗？"

菲菲其实也已经从其他熟人那里，听说过房产经纪的佣金可观。然而，当年的房地产在澳洲并不红火。

"佣金确实是蛮高的，但听人讲一年说不定只能卖掉一两套房子。要想靠卖房子吃饭，有些不太现实吧？"

"No, No！你不晓得：现如今中国人来了，情况就大不一样了。你想想：中国人最喜欢的，是什么？"

"应该是房子吧。。。多少年来，多少代人所缺的，就数房子了吧？"

"对啊，懂了吧？房地产前途一片光明！你要相信我的判断：做房产销售，我们一定可以发财的。”

许菲菲听信了好友的话，同她一起参加了地产经纪人的考核，总算不难。

两人又找了所有的地产销售广告来看，确定了一家在当地最有实力的地产销售商后，投递了简历和证书。

其实，加盟房地产一点儿难度都没有，因为当时作为地产经纪除了丰厚的佣金之外，是没有底薪的。

李娟不怕，她熟人多。多打几个电话，多跑跑路，客源就有了。

菲菲则犹豫了好半天：该不该辞去花店的part-time工作？

好在那房地产经理也是位卓有远见的澳洲人，他同样在最近的销售中看到了新的市场前景，是华人新移民。

既然菲菲已经获得了中介证书，哪怕只作为翻译和电话交流的需要，经理还是破例为她提供了一个销售助理的职位：一份底薪加上部分佣金的固定工作。

菲菲对此相当满意。她深知自己与人主动交谈以及推销的本领，是远远不能同其闺蜜李娟相提并论的。

熊涛买房后，将他的母亲接到澳洲与自己一起生活。

团聚之后的熊妈妈内心却是极为复杂、甚至仍然有些悲哀的。她虽然在人前为自己出息的儿子倍感骄傲与自豪，暗中却难以接受三十多岁的涛涛至今依然单身且没有后代的家族“耻辱”。

不孝者无后为大。这条几千年来即使在社会主义教育下，仍然没有被彻底消灭的传统教规，似乎影响不了在国外接受了多年西方教育的儿子。

此时的熊妈妈不知当年同意儿子出国留学的让步，是否正确？反正，她老人家不太习惯国外的衣食住行以及那里的思想教育。

虽然，澳大利亚的天空，总是那么阳光普照；空气，又是那么清新自在；洋人，也都是那么温和友善。

但无论如何除了习惯，国内也还有太多的人和事，影响着自己的生活。因此习惯上熊妈妈在澳洲呆了六个月之后，必须回上海住上一段日子，调节一下身心的。

在墨尔本的寂寞中，熊妈妈常常会期待熟人的探访。指的是老四和菲菲那些打小看着长大的孩子们。

她希望他们可以经常过来坐坐，陪自己说说话，但他们夫妇俩却不常来。

熊妈妈晓得：自己当年的执拗造成了如今孩子们的隔阂。

她的心中是内疚的，也确实产生了一些后悔。尤其当她看到如今的菲菲，竟然出落成一位"上得厅堂、下得厨房"的美丽少妇。

虽然作为现代男人，并非都以这样的标准看待身边的女人们，但在传统的熊妈妈这里，却成了自责当年"瞎了眼睛"的主要原因。

眼下熊家的访客中取而代之的，是菲菲的朋友李娟。她倒是常常不请自来。李娟的动机，都在她的行色之中暴露无遗：她就是冲着儿子熊涛来的！

虽然李娟同样漂亮甚至更加美艳出众，但熊妈妈对她的认识却仍然还停留在过去当李娟偷偷住在芳芳那里堕胎的时候。

中国老一代的女人，也许记忆着自己当年的那些所作所为吧？总是不喜欢太过"开放"的女子，甚至也不希望太过漂亮的女人去主动"勾引"自己的儿子。

好在李娟虽然主动，却也不像当年的芳芳那样对熊妈妈百般殷勤讨好。既如此，加之过去的失败教训，熊妈妈如今则采取静观之态。

虽然，有时也会忍不住面对儿子的宽容态度抱怨过。

　　"想不到你对李娟那样的女孩这么好。唉，她有什么可以同芳芳相比的？早知如此，何不当初？"

　　"可惜芳芳想要的东西，你儿子给不了啊。"

　　"啊呀，你以为这位小姐会要的少吗？她野心可不小！"

　　"不是多少的问题。妈，是你儿子能不能给的问题。何况我同她不是一条道上的人。妈实在也不必为你儿子担心的。"

　　"妈不关心你，谁会关心你？"

　　"呵，妈你别再乱点鸳鸯谱，就算是帮了儿子大忙了！"

　　争锋相对的结果是熊妈妈忍气吞声。自己生的儿子，自己方才了解。何况，虽然还做不到放弃世俗一心向佛，但如今的熊妈妈至少信佛信缘，心气平和了不少。

　　熊涛对李娟果然一向客气和感恩。他明知她的用心和用意何在，但心中却无太多的负担。

　　他也经常帮助和支持李娟去处理一些力所能及的情况，比如当她需要用他的宝马去接待一些来自中国大陆的购房者等。

　　果然如李娟所预期的那样，虽然此时的澳洲经济仍然没有走出低谷，但随着越来越多的华人家庭来此团聚，当地的房地产市场正如春笋逢雨，恰到漫山遍野时。

　　当着房产经纪人，口袋里积攒了一些金钱的两个好友李娟与菲菲，如今也开始做起了购房的美梦。虽然，她们的梦看起来至今还仍有些难度。因为她们的参照物，是熊涛家的住宅。

　　李娟总是说："要么不买，要买就别买太差的区、太旧的房子。"

　　凌霄的要求倒是不高，随你菲菲怎么做，他都没有太多意见。但随着菲菲收入的提高，凌霄交给家里的钱却逐渐减少。

　　老四就是这么个人。看着够用，就不操太多的心了。

　　何况作为房地产销售助理，现今菲菲的周末挺忙的。她可能是在利用工作，规避出门逛街消费的铺张行为吧？

　　反正凌霄是这么认为的。两人如今唯一的交流和乐趣正在减少，凌霄便以寂寞没劲为由，时常在下班后晚归。

　　李娟倒是提醒过闺蜜："你家老四每天都这么晚回，不会在外面养情人吧？"

　　菲菲笑笑。她了解自己的男人不是一个好色之徒，最多就是搓搓麻将，贪玩罢了。

　　正因为感觉到凌霄的不顾家，菲菲就想早些买房吧。有了房，加上按揭贷款的负担，男人总会顾家一些吧。

　　她不指望四哥积极向上，但也不愿意他扯这个家的后腿。这是两人生活最起码的底线了。

　　就这样，当闺蜜李娟仍在挑剔中，许菲菲已经看好了一套比较合乎理想和实力的小房。

　　虽然只有两房一厅，但位置不错，建筑和花园也很美观相称。出乎意料，凌霄竟也对此物业赞赏有加。

　　菲菲晓得，自己至少选对了地方。靠近CBD对于自己的男人而言，绝对是一项顶顶重要的指标。

　　看到菲菲置业，熊涛的内心却更加震荡不安。一方面他希望菲菲过得幸福；另一方面，菲菲越是生活稳定，她离自己的距离越是远了。

　　面对着眼前喋喋不休的李娟，熊涛在喝着苦咖啡的同时，陷入沉思。

　　"喂——睡着啦？"

　　李娟及时将他唤醒，唤回了现实中来。

　　"噢，没有。你怎么样？也抓紧买房吧，一个人租房很贵的。而且你也说了，付租金不如付房贷的。"

　　"是啊。等菲菲他们搬去新家以后，我算是没地方住了。喂，你打算暂时接纳本小姐吗？"

　　"别开玩笑了。李娟你晓得的，什么事都可以帮你，唯独一件本人实难做到——我此生绝不会与任何女人同居的！”

“哎呀：我本将心向明月，奈何明月照沟渠！本小姐算是彻底输给你了。”

“呵呵，呵呵。。。”熊涛苦笑着：“‘沟渠’说得有些过份，苍桑吧——我本将心照明月，奈何明月照苍桑！”

“想不到你的文采也不错：两字之差，竟达到了对事不对人的境界。呵呵，看起来你真实比我还要凄凉。我们去纵酒买醉吧？抱团取暖总比顾影自怜要好些。”

“买醉？你电影看多了吧？酒是一种非常奢侈的麻醉剂！况且你知道我可是个外科医生，我绝不会用酒精去自残双手和头脑的。免了吧！”

“唉，难怪菲菲一直说：你就是太自律了。你难道就不能活得潇洒一次，放纵自己一次吗？”

“她。。。真是这么说我的吗？”

天晓得！哪里痛李娟就戳哪里，字字锥心！

得了，李娟晓得今天的会面算是结束了。由他一个人回家去痛定思痛吧。自己也有自己该去面对的麻烦。

李娟有时真的很妒忌菲菲。

发生在自己和熊涛之间的那些事，菲菲不甚明了，却也从不在意。她一心一意过着自己的小日子，一心一意操持着自己的那两人小家。

然而，眼前的这一对男女，却整天为着她的缘故，而悲悯伤心。

35

突然有一日，熊涛主动相邀晚餐并说会去接她，李娟的心跳急剧加速：也许，他偶尔也会想到我的好吧？偶尔也会挂念起我吧？

会餐还算温馨，虽然熊涛那天生俊朗的脸有时仍然习惯于被云霾蔽日。

餐后两人将会做些什么？李娟的内心不免有所期待。

天公不负有心吧？今晚的他，居然在晚餐吃到十点之后，邀请自己一起去喝杯咖啡。李娟欣然应邀。

没想到喝咖啡的地点是墨尔本新开的热闹场所——赌场。

看来，一向自律的熊涛，也是凡人一个，就像许许多多的中国人一样。

"你怎么会来赌场？你也好赌？"

"你晓得的，我向来不舍得浪费钱的。"熊涛笑笑："医院离这里不远。有时手术后累了，同事会约我过来喝杯咖啡，醒醒脑袋，看看热闹。"

这还说得过去。

李娟跟着熊涛在吧台落座之后，随着他将眼光扫视了一下赌场大厅。

沸沸扬扬的赌桌前，不难见着很多的黑头发、黑眼睛。

不奇怪的。李娟早就听说墨尔本开了赌场的事，也早就听说每天泡在赌场里"蹲点占位"的，大多是自己的同胞。

这么些年了，大陆同胞好不容易获取了国外居留权，好不容易办来了家属亲人，好不容易攒下了一点点积蓄和房产——如今却在这里散尽心血，付之东流。

许多许多的家庭在抱怨，在哭泣：为什么墨尔本要开设赌场？为什么要害得我们华人家破人散？

可是，当地政府开设赌场的用意，旨在发展旅游业。

人们难以猜测和预料的：是华人的赌博情结。

没有人搞得明白：中国人如此勤劳能干，却会沉溺于赌博事业？

说赌博是一种事业，对于许多华人而言并不夸张：看着他们每天日落而出、日出而归；体会着他们满怀发财的美梦和憧憬而出，又带着输钱后的失败和落寞而归。。。

人们其实不难发现：对于华人赌徒而言，赌博即是一种职业。

虽然中国百姓天生早就学会了吃苦耐劳，恶习中却还是少不了好逸恶劳。

有些归结于经历，有些归咎于机遇，还有些出自于本性。

矛盾，总是在相同的时机，相对着出现。

在攒动的人头中，正陪着熊涛喝咖啡的李娟，突然看到了一张非常熟悉的俊脸。其脸虽然俊，但不难发现此时已被乌云笼罩。

李娟一惊，回转头望了一眼熊涛，看见他正在以一种示意的目光对视自己。

"你早就晓得了吧？凌霄经常来这里赌博？"

"有几次了吧。。。好像每次来都会碰见。"

虽然熊涛的解释有些轻描淡写，但聪明的李娟却听出了言下之意。同时，她猜到熊涛一定为了老四来过多次。她，也因此明白了：今天的"荣幸"被邀，亦起源于此。

"那你有没有去阻止过他？"

虽然内心不爽，但李娟应是习惯了此吧。何况，眼前的这一幕更为令人担忧。

"没有。。。你觉得我说有用吗？"

是的，他兄弟两个内心不对付已经很久了。而且，或许只有菲菲才能说得动这位从小玩心过重、且桀骜不驯的老四吧？

李娟今日倒是可以体察熊涛请自己过来亲睹这个严重事件的深意。

回到菲菲那儿，李娟果然不负熊涛所望，将在赌场遇见凌霄一事报知闺蜜。

"应该是去了有一段日子了。。。听熊涛讲的。"

许菲菲听着，其身子震颤不已，却依然保持着缄默。

她深知，赌博非小事。

中国的传统教训中：所谓坏男人，是指那些沾染了"吃、喝、嫖、赌、抽"恶习之人。虽然文字的排列顺序如此，其对家人危害的严重性，却是倒顺序排列的。

所谓第一大害"抽"：指的是旧中国的鸦片，害得"东亚病夫"一词举世闻名。多少中国家庭曾因吸食鸦片倾家荡产、家破人亡！

"赌"之恶习，排在第二。其危害不仅仅在于倾家荡产、妻离子散，更可怕的，是赌不属于犯罪。赌棍必须要靠自己的心性，去改掉、戒除这类坏习性。

因为，是个人都晓得：人性难改。

常常夜归，不交家用——当过去发生的一切终于有了合理的解释，许菲菲欲哭无泪。

思考再三，菲菲在第二天晚上去赌场找着了凌霄。

输光了现金又被抓了个现行的男人，怀着满腔的怨气跟着妻子回了家。

憋了几日之后，凌霄再次晚归。菲菲晓得他一定是拿到了工薪，有了赌资便又去赌了。

她的内心痛苦失望至极，发现面对自己的男人，她无论做出多大的努力，收效甚微。

想起是熊涛发现老四在赌的，菲菲孤立无助的内心，突然升起了一种久违了的希望。一种期待被人怜惜、得人帮助的冲动涌上心头，菲菲拿起了电话。

多少年了，熊涛方才等到心爱菲菲的召唤，心里却非常明白：她是为老四而非自己。但无论怎样，熊涛都一定会赶去赴约的。

会面约在了离菲菲家挺远的一个咖啡馆。老八的脚才跨进店内，就看到菲菲一个人面壁而坐。走到她的对面，熊涛平生第一次见着她满脸泪痕和红肿双眼的脸。

熊涛好想去为她接一块热手巾拭泪，但这里不是自己的家。。。

"唉。。。菲菲。。。唉。。。你让我怎么才好。。。"

熊涛那双忧郁中同样充满了红丝的眼睛似乎提醒了菲菲。她竭力恢复出一些平静的模样，露出点笑容——却更让他心疼不已。

沉浸在失望和痛心中的两人，黯然神伤。菲菲晓得自己不应该哭着去面对这个男人，眼泪却像挡不住的潮水那般狂泻而出，滚落在地。好几次，欲语还休。

熊涛更找不着恰当的语言去安慰她，其内心同时被煎熬和撕咬着。

这么久以来他始终牵挂着的情，没有一刻曾经放下过，是为着心爱的女子；他从来悬忧着的心，终于找着了个中原由，是出于对兄友的了解。

江山易改，本性难移——说与不说，又有何助？

熊涛终于站立起来，去洗手间搞湿了纸擦了擦自己的眼，又带了几片湿纸回座给她拭泪，同时努力把己心放平稳些。

毕竟，解决问题才是刻不容缓的现实："你接下来打算怎么办？"

"他既不听我的劝，也不理我。。。我完全不晓得该拿他怎么办。"

终于可以谈话了。但不知从何日起，对于老四的名字两人竟讳莫如深。好在大家所关切的对象，仅此一人矣。

"他的性格就那样，你也不是不晓得。现如今，哥关心的只是你！你打算今后怎么过日子呀？"

说着这样的话，熊涛的眼圈禁不住又燥热起来。自己一直担心的事，终究还是应验发生了。

"我还能怎么样啊？我不能就这样扔下他不管了。你晓得的。"

"唉。。。我当然晓得你。但是我也太了解他了。"

熊涛知道，菲菲不会因为一件悲剧的发生就放弃老四的。她一定在考虑如何将这个男人拉回到自己的身边，拉回到这个家里来好好过日子。

所以，熊涛的内心比菲菲更加纠结。

"不要太顾情面了，菲菲。给他一点压力吧——如果你还寄希望于他。"

熊涛晓得，菲菲并不是软弱可欺之人。她对老四的迁就和忍让，出于情而非惧。他也清楚老四亦非持强凌弱之徒，但显然玩心过重而且有恃无恐惯了。

菲菲听得懂熊涛的建议。她也深晓动之以情远远不足以驾驭和掌控那骓马飞燕，或许太放纵他到头来果真会害了自己。

她听话地点了点头。

"家里缺钱吗？我带了些过来。。。应急用？"

此时的熊涛非常希望可以提供一些及时的帮助，却又体察出菲菲的两难之境，因此他刚打算伸进口袋里的手，最终停在了半道上。

"这个暂时别太担心，我目前的收入还可以。"

　　看来老八又一次猜到了菲菲的心思。除了语中透些关怀，还能怎么样呢？

　　菲菲回家后一个人独自坐想了许久，终于站起身来，将隔壁那间空着的卧房清理了出来。床是现成的，只换了张床单和被套。

　　晚归的凌霄刚蹑手蹑脚走进他和菲菲的卧室，就看见妻子正红着双眼斜靠于床头。他最烦女人哭闹了，又没什么大事。刚想掀开被头钻进去，却听到菲菲说话。

　　"从现在起你就睡隔壁吧。如果你不打算改错，就别再回我这里来了。但是请你记住了：即使我们分房了，你只要住在这里，就必须承担一部分生活费和房贷的。"

　　凌霄没有发怒，也不屑搭理女人，转身摔门走了。

　　还没到三分钟呢，菲菲便听到了隔壁房里传来了熟睡的鼾声。

　　以后的那些晚上，凌霄干脆肆无忌惮。经常是菲菲独自躺在床上流着泪等到了下半夜，才听见男人回家的脚步声。

　　她几次开门走出去并泪眼劝其收手，他却还是耸肩说了句"没劲"后，走进了另外那个房间，一直睡到第二天下午不知什么时候才离开。

　　菲菲没有等来凌霄的觉悟和悔改，甚至从来没有听到过他一声道歉，也始终没有收到他的一分一厘。

　　或许对于凌霄而言，他只不过在百般寂寥中，玩掉了一些钱而已，没有什么错可以追究的。

　　也许，如今该觉醒的，是许菲菲自己吧？

36

墨尔本的天空，不懂得体谅中国女人内心的伤感，还尽情地向人间无私馈赠着它的炙热。

周末菲菲一人在家，心中郁结，便拿上几本图书馆借来的杂志，走到阳台的天棚底下坐下来透口气。没想到夏虫在树上呱噪不休，更搅得她心神不宁。

她站起身在园子里走动起来。看到墙上攀缘植物的旁边那几枝玫瑰中，最贴近爬山虎的那一株，明显矮小于其它。

应该是被那茂密的爬墙植物挡住了阳光、抢走了营养吧?

菲菲走到车库里找来了小铁锹，蹲在那株显见是缺少了养分的玫瑰树前，小心地挖掘起周边的土来。

旁边还有些空地。菲菲打算将那株玫瑰挖了出来，移植去光照好一点的地方。

挖着，仔细分辩着土里那些剪不断、理还乱的根茎。。。菲菲越来越感觉自己无非是徒劳的了。

这底下哪里只是一棵小树的根基呐！墙上那些气势磅礴的攀缘植物的树根，早都已渗入在周边这些娇弱的花枝根里——纠缠不清了。

菲菲叹了口气，将旁边挖出的碎土重新填入了原先刨开的那个土坑里。

随它去吧。虽然这株玫瑰比旁边的弱小了些，但依然花开花落，顽强生存着。或许，这世上的每一种生物，果真都懂得因地制宜、自成其才的。

回到座位上的菲菲，目睹眼前的景况，突然想到了一句熟语。

人们常说：树挪死，人挪活。

古人是在说的什么道理呀？

文化果真是潜移默化的。人在走投无路之时，总是可以得到些古人恰逢其时的提示。

要说挪一个窝的话，菲菲似乎晓得自己可能、也应该挪去哪儿。她其实一直知道的，只是对老四不忍心，下不了决心罢了。

菲菲回到卧室，从衣柜的角落里找出了那只美丽的发簪，呆呆地看了许久。

李娟过来看她。菲菲不会对闺蜜隐瞒什么。

"我已经走投无路，决心同老四分居了。我实在拿他没有办法，原希望以分房睡作为警告，但看起来倒让他尝着自由的甜头了，如今更加有恃无恐了。"

"早该如此的，菲菲。你看看你：每天省吃俭用的，一个人赚钱还贷款养家。嫁给这样的男人，图什么呀？"

"你知道我原不是为了钱才跟着他，也不会为了钱再离开他。他从来都不是个有钱人的。"

"我当然晓得。但赌是没有归路的！趁着现在还算年轻，各走各的路算了。"

"是的，我已经不得不考虑到这一步了，主要是他自己还完全没有意识到现在在干什么。他既听不得劝，也始终没有任何悔过和改错之心。"

说着话，菲菲难得在好朋友面前放弃了自尊，以泪洗面。

她不知道究竟是为了老四的执拗还是自己的不忍而哭泣。但是，她应该是已经下了决心的了。

李娟也看到了菲菲的决心。正当此时，她的脑海中掠过了一个身影，但立刻就飘走了。似乎还没有来得及去捕获那条影子，李娟便被现实唤回了实处。

不是自己的，终归到不了自己的手里，连遗憾甚至都谈不上吧？

　　"那你今后打算怎么过？你晓得的：有人已经苦等了你一辈子了。呵呵。"

　　"我？目前的麻烦还没有解决呢，以后的事，以后再想。你呢？你最近怎样？有。。。对象了吗？"

　　不知为何，菲菲犹豫了一下。她对李娟的关心选用了个"对象"来形容。

　　李娟却明白。所有人其实都看得明白：无论谁，无论同那个男人走得有多近，她都不会成为他的爱——除了菲菲。

　　"我什么时候缺少过男人的？别为我操什么心了，先管好你自己吧。"

　　两个闺蜜，各自带着各自的苦笑，在那里支撑着。

　　没有人再提起老四、甚至老八的名字。但是，于无声处，就是那两个男人，无止无休地牵动着两个女人的心。

　　熊涛从李娟那里获悉，菲菲已经同凌霄分居而且有可能分手了，内心有些难以自持。

　　为他俩惋惜的同时，他还有一种理所应当的感觉。这样的结果，似乎早在他的意料之中。

　　熊涛几乎憎恨自己，不清楚是因为对兄弟凌霄太过理性的判断，还是对菲菲婚姻太过现实的期待。

　　然而，该发生的，似乎注定会发生。

　　熊涛确定自己的感情终有一日会获得回报。无论如何这么多年自己是在独自艰难守望中度过的。

　　过去的，就让它过去吧，重在未来。

　　不急于一时。熊涛虽然没有在行动上，但于内心却做好了充分的准备——准备迎接爱和爱人的投怀送抱。

　　下了手术台，熊涛带着满身的疲惫换了件白大褂，沿着医院里长长的走廊来到后花园，打算稍作休息后再回办公室处理一些事情。

远处挂满了柳枝的人工湖畔，有一些病人在家属的陪同下散着步。树荫下几条长凳上，坐满了聊着天、吃着水果点心的医患及家属。

一切看起来挺自在和舒心的，就像今日的熊大夫。

他伸展了一下被手术拖累了的双臂，紧闭了一下疲倦的双眼。。。在它们重新开启的那一瞬间，他看到了一个孤独的人影，侧身对着自己的方向坐在阳光底下。

熊涛太熟悉那个侧影了。

曾几何时，当自己还是一个男孩时，他熊涛的心就已经被那个美丽的侧身所吸引——直至今日！

忘却了浑身的疲劳，他飞跑过去。

菲菲怎么来了？她该是来见我的吧？

"嗨，菲菲。"他展颜欢笑，对着自己心仪的女子。

她倒像是被惊着了，被打扰到了。她对着他幽忧一笑"你怎么来了。。。"

回答不对。熊涛有些莫不着脑袋了，转念一想：自己不该太显兴奋吧？毕竟，她正在面临人生最艰难的时段。

"你来医院做什么？看我。。。还是看病？"

菲菲看看他，脸上的表情显然不像是来看熊大夫的。她低下了脸，把手中的一张检验单递给他。

熊涛心脉狂跳，希望爱人儿不至得了什么重症。。。不料接过一看，却傻眼了！

眼前那些字母，在熊涛的面前跳跃着，接不起个完整的句子。他用右手把持住左手的手腕，竭力去阻止那张"诊断书"的抖动。

检查结果：妊娠九周，一切正常。

似乎突然间脑袋上被人狠敲了一闷棍，熊大夫在那一瞬间仿佛忘却了自己作为医生的职责，他几乎想要开口质问。

怎么搞的？怎么会发生这种事？你现在究竟打算怎么办？

但是，他舍不得去质难她。他甚至也没有任何理由，去责备菲菲。

即使不从医生的角度去考虑，他也该从实际情况去为她作考量。何况，打小不爱哭的菲菲，最近流泪太多了。

像菲菲那样年龄已过三十的女留学生，应该都不止一次怀孕吧？然而之前，在没有条件、没有身份的情况下，她们几乎没有生养自己孩子的可能。

不用菲菲再说什么，熊涛就已经替她找着了答案。或许，一部分的答案。

答案的一半很明确的，是孩子。

熊涛太了解菲菲了，她一定会争取保住这个孩子的。

然而，答案的另一半呢？

熊涛坐下来等在一旁，心焦肺疼地，等着另一半的答案。虽然，他似乎亦是可以猜想到的。。。

菲菲终于抬起了半张脸转向他。

"我不该放弃他吧？不该放弃孩子的爸爸。。。这恐怕是天意吧？"

不是天意，是你自己的决定！

熊涛很想如此驳斥她的，但是，他狠不下心来。就像菲菲对待老四一样，她同样心中不舍吧？

"恭喜你。。。恭喜你们。。。"

天空中高挂着的太阳依旧是如此火热，但熊大夫的浑身却像是被大雨浇透了那般，冻得发抖，力不从心。

冷颤传递给了身旁坐着的菲菲，她转过身向着他，将自己温暖的手护在了阿哥的手上。她晓得：他无非是从高处，被自己抛到了地上。

“你还好吗？”

他眼眶之内是潮湿的，泪水却没有从那里流淌下来。

心如止水——说的就是此时的熊涛吧？

“我没事。。。你怀了孩子，从此千万要注意身体。假如你的身体感觉有任何不舒服，尽管来找哥。”

两人静坐了许久，他才扶她站了起来。一对在外表上几乎波澜不惊的男女，互相克制着一触即发的情绪，缓缓走出了医院大门。

“你是自己来医院的？我先送你回去吧？”

“不用，我可以自己开车回去的。呵呵，我哪有那么娇的？”

有的。你菲菲在哥的心里永远都是最最娇贵的女子！

熊涛的心声，只能阻留在嗓子的门内。

又一次在充满失望的情形中看着心爱的人离开。。。今日的熊涛似乎真正明白了：什么叫作有缘无份。

独自回家的菲菲，如今真的需要对着一个人而不是自己，去倾诉。可以想到的朋友，仍然是她的闺蜜李娟。

“其实到了我们这种年纪再不生孩子的话，说不定就真不会再有了。”

李娟的考量，既为着朋友也为自己，但她却对凌霄那样的男人不抱任何幻想。她婉转地提醒闺蜜：

“其实有没有孩子同有没有男人关系不大，女人独立自主才能活得轻松愉快。如果嫁不到好男人的话，我宁可单过，又不是养不活自己。”

“可我已经结婚了。现在有了孩子，他不至于太过分吧。。。四哥可能就是需要一种牵绊去约束他自己。”

“可你有没有想过：你和孩子成了他的牵绊的同时，自己也被这个家套牢了？”

248

菲菲岂是不明道理之人？但缘身于此，如夏茧自缚。

"这不就是婚姻的全部意义吗？"

"请问这样的婚姻，其实有什么存在的意义？"

"四哥也不是不爱我，也不是不爱家吧。。。"

"爱就应该负责任——你看看你现在过的，还能算是家庭生活吗？"

"你看你自己也糊涂了：一会儿说女人只要对自己负责，一会儿又说要男人对女人负责。。。"

李娟一想，可不是么？人心就是那样矛盾。或许，菲菲才是真正想明白了？

面对好友菲菲的决定，无论李娟还是熊涛，到最后都会缄口默认。

因为，中国有句俗话：宁拆十座庙，不毁一桩婚。

虽然，这个世界上被毁掉了的婚姻，比例上早就远远超出了被拆掉的庙宇。

那些被拆散了的婚姻，虽然大多是由着夫妻两人自己的决定，却终究是被周围的人物环境所左右。

临离开前，李娟站在菲菲家的门外，想到还有一件重要的事忘了问，便转回身喊道：

"喂，菲菲。。。他晓得了吗？"

问话中的人称对象是模糊的，但心灵相通吧？

菲菲倒是晓得她在问谁，因此点了点头，满面羞愧。

李娟从闺蜜那儿回家后，想起了自己前段时间对熊涛所透露的信息以及开过的玩笑，不由得忧心自责起来。

他这次不会真的还等着菲菲离婚后嫁给他吧？

担心中李娟拿起了电话。电话那一头的声音，似乎证实了自己的担忧。

"你在哪里？不忙的话过来我家坐会儿吧？"

　　过去每一次充满期望的邀请，几乎都验证了无非是自己的奢求。然而这一次，熊涛的回答却令李娟身心沸腾起来。

　　"好吧，谢谢。。。本人如今真想尝尝酒醉的滋味了。"

　　毫无思想准备的她，立刻从沙发上跳了起来，将原本就不算太乱的房间、尤其是床铺急急整理了一番之后，李娟快速洗了个澡。

　　刚优雅地坐回沙发上，她又蹦了起来，从柜子里拿出别人送她的一瓶澳洲名酒和一对精工打磨的水晶玻璃杯，以一种非常艺术的角度摆放在咖啡台上。

　　等了快有一个钟头了，却始终没有等到敲门的声音。

　　李娟等累了，睡一会儿吧。。。又不是第一次了。

　　失望，往往是因为自己期望太多。

　　半睡半等中，李娟觉得自己这一辈子所稀罕的东西太多，没必要把自己搞得太忙了。。。

　　真的快入睡了。。。没必要再打电话过去问问，究竟是为什么。。。

　　自己原本就晓得原因的。

37

李娟急匆匆赶到公司，直扑菲菲的办公桌。

"怎么啦，看把你急的？有百万房子要出售？"

"啊呀——还说房子！你晓得吗？熊涛出了车祸！"

什么？什么时候的事？

"就那天——你告诉他怀孕的事！他原来正。。。反正撞车了！"

菲菲人坐着未动但脸已经转成了白纸那种颜色甚至更差，几乎没有了颜色。她的嘴蠕动着，心如刀绞却问不出话来，只管无助地盯望着李娟——你快说呀！情况怎样了？

李娟看到自己果然吓到了闺蜜，才突然想起了她不欲人知的痛楚，想起了她如今是怀孕之身，便赶快补充说明了情况：

"还好，菲菲你别太担心了：他除了外伤，左脚骨折了。。。被压在发动机下。"

"发动机。。。"菲菲的嘴还在颤抖个不停，但终于知道人还活着！终于可以开口问询了。

"没事，还可以。就是骨折了。。。你说过的，他小时候有一次在雪地里滑倒，左臂还脱臼了一次呢——没什么了不起的。男人么，粗心。磕磕碰碰的，常有的事。"

是粗心么？菲菲垂下了眼。就阿哥小时候那次受伤，也是为了扶住贪玩雪差点摔倒的我。。。菲菲的内心苦得很，为着她八阿哥心中的痛苦而自责。

这么久以来，熊涛费尽心思却只能于且退且让中，坚守着对自己的爱！他早就融化了菲菲的内心。

她多希望可以早一点体会他的用心，早一点珍视自己的感情，早一点享受在他的怀抱之中——可如今却没有机会了。

甚至在如此关键之时，自己连过去探视他、照顾他、安慰他的勇气和资格，都丧失殆尽。

至少，在菲菲自己的心里，早已失去了那样的资格。

还好，熊涛只是腿脚骨折了。

菲菲再次抬起眼望着闺蜜时，眼眶内早已饱含泪水："你去看过他了？"

"还没有。我刚开车经过他医院。。。原想进去开点药，才打听到你阿哥没有上班，住院着呢，就马上跑回来告诉你。怎么样，一起过去看看他吧？"

"我。。。不方便的，你晓得的。你代我去看看他、照顾他吧。。。"

李娟看出菲菲欲言又止的犹豫和隐忍，也明白究竟是为了什么，便不再坚持了。

"那行，我先过去——代表你先去看看他。反正你如今不能着急，孩子最要紧。"

李娟一个人再次返回医院，带着楼下刚买的鲜花和水果，带着与生俱来的不容忽视的明媚笑容，走进熊涛的病房。

他一下子就看到她了。不止看她，他的目光飞快地瞥向了李娟的身后。。。

没有人跟着。

熊涛这才尴尬地朝着李娟笑了笑："你怎么来了？怎么晓得我住院的？"

"刚巧路过。"答完话，没有听到对方的反应，她想到了或许还应该多一些表示，便又开口道："才听你们科里的同事说的。怎么这么不小心？是那天。。。"

如果那晚在家等待男人的不是她李娟，而是什么其他的女子，或许在责怪和追究的情形下，早就晓得这个男人出了车祸挂了彩。

但李娟就是李娟，她只对自己负责。

熊涛笑笑，天意如此吧？人在冲动下，难免会干出什么不该干的事。反正撞了车，也是一种发泄和提示吧？

"别告诉太多人了。。。两天后等全身的检查都通过了，就可以回家了。骨折养几日就好了，小事一桩——别搞得鸡犬不宁的。"

"嗯，晓得了。放心吧，我不提。你也要争气点：好好养病，早日恢复。"

李娟清楚他所谓的"太多人"其实就指一个人。。。反正菲菲也决定了不打算来探病，李娟乐得顺着他的意思做。

"谢谢你！李娟，真的很抱歉。"

面对李娟的通情达理，熊涛真心觉得对不起她。他内心从来敬佩李娟的宽和爽朗以及她的勤奋努力，但是：人有个先来后到。

菲菲，早已经在自己的心里生了根了，如何取代？

李娟倒并不这么理解。经验告诉她时间将会改变一切。爱也好，情也好，恨也好，怨也好——都非一成不变的东西。

至于那些不可改变的，无非是人自己的性情罢了。

随性而为、逍遥洒脱是李娟的生活理念。你熊涛愿意同菲菲如影随形也好，肝胆相照也罢，在李娟眼里不过当一个故事来看。

然而，贴近看着故事的人，有时不免也会被故事本身或者故事中的人，给带了进去吧？

像熊涛那类痴情和执着的俊秀男子，终归是像李娟这种极其懂得欣赏的女子，可以为之倾倒的吧？

反正有了菲菲的嘱咐，李娟干脆将房产销售的事全都丢给了她，自己倒一心一意去医院照顾起熊涛来了。

晚上，菲菲为了自己肚中的孩子在家煲了一大锅骨头汤。

　　第二天一早，她催着凌霄一起给熊阿姨送去了半锅。

　　中国人相信吃了什么，便补什么。菲菲记得小时候熊涛的手骨折了之后，母亲曾托人去医院开了张方子，并用那张方子去菜场买了限供的猪骨头，炖了汤给他补钙的。

　　总算这里的洋人可不信那一套，因此猪骨或其它动物的骨头什么的，在这里几乎都是免费送客户的。

　　熊妈妈倒是第一次菲菲说起此事："真的？这么好的东西都被洋人浪费了？大家真的可以白拿吗？"

　　"可以的，阿姨。以后我去买肉时，会尽量替你多要点的。"

　　熊阿姨这些天来一直都为了儿子撞车和骨折的事，尤其是自己不懂得开车去照顾儿子而心焦。现如今听到菲菲这么说，又看她果真这么费心煲好了猪骨汤，倒有些因祸得福的欢喜。

　　她紧握着菲菲的手连声道谢："啊呀，好菲菲！真的谢谢你，太谢谢你了！啊呀，我总算放心些了。等下涛涛回家后补钙的事算总算解决了——而且还是免费的，真太好了！"

　　凌霄看熊阿姨这么开心，也跟着连声保证以后让菲菲多去肉店搞些猪骨回来。反正即使花钱，也不过一两块而已，没想到还送了这么大一个人情！

　　听说今天老八就要回家休养了，又听说李娟会去医院接他回家，老四觉得自己知道这件事已经晚了，再不露面恐怕实在说不过去，便硬着头皮说自己开车带着熊阿姨去医院接人吧。

　　菲菲觉得这样是最好的，便赶到公司通知李娟今天就别麻烦她了，有老四呢。

　　李娟想象得到那对兄弟见面后的尴尬，却乐得看场白戏。她连连点头同意：

　　"好的，好的——但我还是要过去的，老四一个人扶着个瘸腿可能不太容易，我就等在他家搭个手好了。"

254

菲菲觉得这主意也不错，病人要紧。

熊涛回家了。虽然自己再三提示李娟别让菲菲担心，但菲菲一次也没有来医院或家里探望自己，老八的心里还是空落落的，不免失望。

到家后尝到了菲菲亲自煲的肉骨汤，熊涛的内心才暖和了些，但还是见不到菲菲的人影。老四倒是来过那么几次，应该是菲菲在背后催着的吧？

反正，老八的内心是如此相信的。

李娟每天都往熊涛家里跑，有时还带着菲菲交给她的任务——一大包猪骨。

对于熊涛，李娟无论是作为朋友、还是朋友的朋友，都无可挑剔的好。

人的内心，真的最怕比较了吧？

虽然，熊涛明明白白晓得：菲菲躲避着不来探视，其实应该是在躲避对自己的情感。

也正因为熊涛看得明白，才万念俱灰！正在逐渐丧失希望的熊涛，面对细心周到照顾着自己的李娟，开始质疑自己内心的抵抗力了。

几周后熊涛可以下地了，他对李娟说："谢谢你这段时间这么费心！我如今已经可以下地走路了，以后就不麻烦你再来照顾我了。"

李娟抬起头望了望他的眼睛，又低下头不语。

熊涛觉得自己方才那番话可能说得太无情了，就又补充了一句："不用每天来的。。。"

李娟没有抬头，但笑了笑。显然，是听到了的。

从那日之后，李娟便没有再去熊家。甚至，连个电话也没有。

熊妈妈觉得有些异样，便问了儿子：

"怎么那个李娟这几天不来了？"

"你不是一向挺讨厌她的么。"

"你妈什么时候讨厌过她的？人家好心好意服侍了你那么多天，你可不要太对不起人家女孩子噢。"

又过了几周，熊涛的脚几乎恢复了正常行走功能，眼看就可以回去上班了。

那日晚上，他坐在沙发上无聊地看着电视，想到李娟平时一个人在家，应该也是百般无聊的吧？他找到了电话簿，拿起了电话。

"在干嘛？"

"我还能干嘛？借酒浇愁呗。。。倒是你，还欠我个一醉方休呢，记得吗？"

"想起来了。。。"

半小时之后，熊涛已经在外面按响了李娟家的门铃。

"今天本人听你的——尝尝一醉方休的滋味。"

从他的开场白中，她全然获悉了其今日的来意。

无论多么坚强，人内心都会有一两道跨不过去的坎。男人在男人的面前，是不服输的。但是，男人在女人、特别是有了孩子的女人面前，竟是那样的无助和无奈。

对于李娟，熊涛没有可以掩饰的内心。他连续喝着她递给自己的红酒，肆意地发泄自己的情绪和悲痛。

"为什么？李娟你说说看：为什么她放弃的人永远是我？为了芳芳，她选择放弃了我！为了老四，她选择放弃了我！现在为了孩子，她还是选择放弃了我——难道这么多年，我的感情、我的爱在她的眼里，竟是那么不值钱吗？"

"你也晓得的，熊涛：菲菲放弃你同金钱无关的。。。"

"我没有谈钱啊！"

酒精的作用吧？熊涛显然是有些语无伦次了。

"我就说我自己！我这个人，我的心——在她眼里，在她菲菲心里：真就这么一文不值吗？"

李娟回答不了这个问题。但你熊涛当年应该也有错吧？犯了错的人，不是都能找着后悔药去吃的。。。

李娟安慰和劝慰着他。但天晓得：她自己也是个在爱情上并非一帆风顺的女人，也需要别人、特别是心仪男人的安抚。

两个成年男女互相安慰的方式，最多是通过性的交流和发泄。

两性相交，人之情也，人之性也。

这个世界上，有哪一个人、哪一对单独相处的男女，可以避免这一人情人性所操纵的行为呢？

在熊涛接通李娟电话的那一刻，在他按响她家门铃的那一刻，在他举杯对碰她杯的那一刻——熊涛始终是清醒的。

他晓得自己如今过来这里，是做什么。他觉得自己拖着满身的疲惫，终于放弃了无谓的坚持和无望的坚守。

38

妻子怀了小孩而且对自己的态度更为宽容，凌霄自然感觉喜从天降。

甚至近些日子同小儿子儿媳联系不多的凌家父母，也大喜过望，热忱恢复了平繁通信的习惯。

有后为大：这是中国人都晓得的道理。

老四有了一些自觉和转变。赌场看来是没有再去了，也开始向老婆定期交付了一些家用。但从其自身的兴趣出发，他更热衷于为孕妇和孩子购买礼物。

大张夫妇也因为买了个晚上清洁的生意，忙得没有时间和精力陪着凌霄玩麻将什么的了，害得老四差不多每天下了班就只能回家呆着。

菲菲家里边买了个电脑，原是出于她的工作需要。她曾经问过四哥，要不要一起学习，凌霄直截了当说没有兴趣。

一个晚上，当菲菲起床喝水时，看到男人正全神贯注趴在自己的电脑前，玩着游戏。

不奇怪的。只要是同玩乐有关，老四从来都无师自通的。

菲菲苦涩一笑，转回去睡了。只要丈夫不再沉迷于赌博，做妻子的就能睡个比较踏实的觉。

李娟常常去看望菲菲并一直关心着她的怀孕和生活情况。菲菲晓得，李娟应该时常会向老八去作汇报吧。

菲菲的身体没什么问题，即使家里偶尔有些令人不快的事情发生，她也早就学会了"报喜不报忧"。

熊涛极少主动联系老四和七妹，谁都晓得他心里在想些什么。

凌霄更是不愿意接近老八。

虽然他也清楚，那位一起长大的伙伴并非"盛气凌人"之辈，但是凌霄亦自认不是"趋炎高攀"之人。

随他们去吧，每个人都有每个人的活法。何况瓜田李下，菲菲也应该懂得避嫌的道理。但不知为何，她内心多出了一些内疚和失落。

肚子一天天涨大了起来，菲菲没有提前休假。澳洲当地的女人生孩子哪有中国女子那么娇贵：如生前坐胎、生后坐月什么的。

洋人理解不了为什么中国家庭要那样宠爱一个准妈妈和新妈妈。如果他们可以体察和了解旧社会中国小媳妇在家庭中所处的地位，或许就明白了。

母以子贵——华人的妻子或媳妇，只有当她们为其家族诞下了继承人，才算坐稳了那个其实也没有什么了不起的主妇地位。

当然，中国几十年的计划生育政策，也就是一对夫妇只能生养或领养一个孩子的规定，多多少少改变了一些人的一些传统理念。如今许多华人家庭也不可能固执于男性继承人了。

女儿也是宝，是一对夫妇、包括双方家族共同拥有的继承人。

那个时代的中国词典中，不再需要兄弟姐妹这些名词了。或许过了二、三十年后，甚至也不会再出现叔叔阿姨舅舅等称呼名词了。

海外的华人却是例外，尤其那些新移民出国的留学生。他们不仅因为年龄的关系，更由于逃离了祖国的计划生育政策，一个个刻不容缓筹划起生儿育女的行动。

作为已婚大龄女青年的菲菲，在医院里结识了几位赶着生二胎的华人妈妈。她们或者是已婚已育的老留学生，或者是前来与丈夫团聚的妻子和孩子的母亲。

热热闹闹的，倒让菲菲"奉子救婚"的抑郁心情有了很大的舒缓。

无论如何，生孩子是自己的义务，其次才是男人的帮助。在这一点上，菲菲同意李娟的说法。

十月怀胎几乎一切正常。孩子——一个漂亮的女儿降生到了这个世上！

菲菲忘掉了一切不开心的事，专心一意沉浸在三口之家的欢喜中。

李娟来了，手里大包小包的礼物一大堆。这次在她的身后跟着腼腆少语的熊涛。看着他听话地按照煞有介事的李娟的指示而作出反应，似乎他俩也快成为一家人的感觉。

大家兴奋地看着逗着小宝贝。有孩子真好！有了孩子的家才算圆满！对新生女儿的疼爱与羡慕写在了所有人的脸上。

"我可说好了的，菲菲：我要做小囡的干妈的。"

"当然，当然啦——非你莫属！"

"熊涛，你当孩子的干爸吧？你一定会是个好干爸的！"

他笑着，望望菲菲又朝向老四："可以吗？本人可以有这份荣幸吗？"

"当然，必须的。你就是我儿子的干爸！当然，你们自己也快点生一个。有了孩子，才知道什么叫作幸福！"

李娟看看老八，眼里有些期待。

熊涛却没有接腔。他仍自顾自逗着孩子，握着干女儿胖乎乎的小手亲个不停。

两人离开后，凌霄问菲菲："你说他俩有戏吗？"

菲菲正在兴致勃勃整理着他们送来的礼物，听到老四这么问，想了想说："看他们俩那么默契。。。应该吧？"

"我也这么想。嘻，老八也该有个家了，都多大年纪了。他等得起，他妈也等不起了。"

　　说到熊妈妈，最近听说查出了膀胱癌正在考虑做手术的阶段。菲菲心中不免有些担心与不忍，脸色也逐渐暗淡了下来。

　　手中继续打开整理的礼物中，一件特殊的玩具，在她心里唤起了的久违的喜乐。

　　色彩斑斓的包装盒中，是一只美丽的小瓶子和一支带着圆圈的漂亮小塑料管——想来一定是吹泡泡用的。

　　孩子如今还那么小。。。菲菲偷偷笑了。

　　她心里再明白不过了：李娟拎进来的这些礼物中，断少不了熊涛的一番重情谊，一些太久、同时又太早了的心意。

　　看来，老八无非是在用这件礼物，表明他对自己和心爱女儿永恒的爱心吧？菲菲将礼物藏进了孩子玩具柜的最里面。

　　此刻的菲菲不免再次为好友李娟担心起来。自己不管怎样从小到大都受人真心疼爱的，她如今最最不希望看到的，是另外一个芳芳。

　　菲菲希望李娟是个明智的女人，同她的外表一样。只可惜有时不管人的初衷是怎样的，其行为和结果却总是事与愿违。

　　李娟和熊涛作为菲菲女儿的干爸干妈，时常一起来看望小囡。老四也开始逐渐接受并习惯了老八的来访和其对孩子的疼爱。毕竟，他们也曾两小无猜。

　　菲菲看到家庭开销与日俱增，便想着同李娟商量回地产公司上班的事。

　　李娟听说后第一句话就是："现在孩子还这么小，你怎么能忍心丢下她呢？请保姆？你们俩请得起吗？"

　　"所以我想尽快回去上班，多赚点钱。。。"

　　"别想上班的事啦，让凌霄多打点工不就有钱啦！女人生了孩子，男人努力挣钱养家，是天经地义的。"

　　"没有什么是天经地义的。而且四哥这个人你也不是不晓得，他安于现状。"

"可是，现状是你们有了孩子，他就应该争取进步了。"

"道理都对，但人。。。"

"人不对，是吧？你现在也晓得了？"

"我再同他谈谈吧。反正现在也不是没钱吃饭。"

"你就顺着他、惯着他吧——反正将来有得你受的！"

听到"将来"两字，菲菲倒有了借口将话题转移到了闺蜜的身上。

"说起将来。。。你现在怎么样啊？将来有着落了？我和四哥看你们两个。。。"

"嘿，什么将来不将来的。我俩倒是经常在一起，但没想将来的事。"

"你俩什么时候开始的？"

"就那天。。。反正借酒浇愁呗。"

李娟明明晓得熊涛没有喝醉的，但在菲菲的面前，她出于心虚故而轻描淡写，企图蒙混过去。

"借酒？"这可不像八哥，菲菲倒是愁上加愁了："那你们既然在一起了，还是该想想以后怎么办的。"

"我也不是喜欢结婚的人。看看你的婚姻就没劲了，何况他。。。"

"要不要我帮你去劝劝他？"

"别，还是别去了吧？他要是听你的话来娶我，也不见得是真情实意吧？"

菲菲看出李娟的犹豫情结，罢了，先等等机会再说。如今要紧的是老四，菲菲打算好好同丈夫谈一次。

每逢想到夫妇两人对话，菲菲就先泄了一半的气。

在她的记忆中但凡谈话，都是以老四摔门离开而结束的。

在老四的理解中：夫妻间先提出并开口的那一方，就是居高临下教训自己的人。他从小讨厌家长、老师、领导以及兄姐们居高临下的教导，所以长期在外结交平等的朋友，所以才不愿回家、不愿上学、不愿上班。

现如今好不容易结了婚，却又要被自己的女人管着。他虽然不敢说后悔结婚那样的话，但内心和行为，却与当年逃家和逃学无异。

不管怎样，如今所有人都能看到，有了孩子后凌霄的玩心收回了许多。菲菲希望今天的谈话，会在和平友好的气氛中进行。

"四哥，你看现在家里就你一个人上班，有些入不敷出。你觉得我回去公司上班好吗？"

"你上班了囡囡怎么办？才几个月就送托儿所？"

"那肯定不行。。。要不你换个工作？或者多上几个小时的班？"

"我去问问看。也不见得会多给我活，试试吧。"

菲菲做梦也没有想到，今天的四哥居然会那么体贴。

她似乎开始理解，为何中国女人结婚后都争分夺秒地生孩子——果然有了孩子的家，才可以拴住男人的心。

凌霄在同一家公司干了好些年，而且不单没有出过什么纰漏，更是为公司维持并发展了好些客户。因此，当他向老板提出为了养家希望多干些活后，老板竟爽快答应了他的请求。

从此凌霄便多了周六白天的活，而且还可以分得一点点提成。甚好，家里的开销便足够了。

菲菲终于放下心，一心一意在家做饭带孩子。反正，澳洲许多老外家庭都是这样的，因为这里的女人生孩子都不少。

一天傍晚，李娟下了班后跑来看孩子。菲菲发现她虽然一直在同囡囡玩着，但显然满腹心事的样子，便表示关切。

"怎么啦，亲爱的？今天心情不好？"

"我怀孕了。"

39

菲菲听说闺蜜怀孕了，往常第一个反应就该问"是谁的孩子"那样的话。但是，这次她却没问。

答案应该明摆着的——最近李娟唯一的男友，就是老八熊涛。因此菲菲望着李娟等她自己招供，反正她会的。

"你晓得的：孩子是熊涛的。"

果不其然。

"那你打算怎么办？阿哥。。。他知道了吗？"

"还没告诉他。。。确定怀孕后，我先跑来同你商量。"

听到李娟如此回答，菲菲心头一震。

如果李娟同过去一样选择做掉这个孩子，今天便不会这么纠结，也没必要着急过来同自己商量。

"所以，你是想留下这个孩子？"

"是吧。。。我年纪也不小了，应该生的吧？"

"那你还犹豫什么呀？马上去告诉八。。。他呀。或者，你希望我去替你说？"

"噢，不，不是的。。。"

"那是为何？他又不会不负责任的——你晓得的。"

"可是，我们过去说好了的：不怀孕不生小孩，也不会同居或者结婚。"

菲菲听罢将身体无力地靠在了沙发上，怔怔地望着闺蜜。

难怪。。。愣了一阵子菲菲感觉还有一些没搞明白的事。

"那这次是个意外？"

"也不全是。。。"

懂了。

其实，这才是菲菲过去一直担心着的事。

　　李娟对老八果然并没有她外表那么无所谓，那么看得开，那么放得下。但无论如何女人一旦选择采取了攻势，就够男人喝一壶的了。

　　如今事件已水落石出：李娟主导了这次怀孕，并希望以孩子去约束熊涛，为自己争取婚姻和利益。

　　"那。。。如果他不同意的话，你还打算把孩子生下来吗？"

　　菲菲必须了解清楚李娟的底价，才知道如何设身处地去帮助他们两人解决这个难题。

　　"我想。。。应该还是会生的吧。我其实也挺喜欢孩子的。"

　　"那你过去为什么不生？又不是没人喜欢你。为啥非要等到现在？等他这个。。。"

　　"你都说了：老八是个负责人的男人。即使要生，女人也该找一个值得她相信的好男人去生孩子。其实，结不结婚不重要的。再说即使不结婚，他也可以有自己的儿子吧？"

　　好可怜。

　　菲菲不晓得如今自己该同情眼前的闺蜜，还是那位至今仍被蒙在鼓里的八阿哥。

　　"要说你们俩的年纪，也早过了结婚甚至生育的最好时间了。就算奉子成婚吧，也该郑重考虑一下建立家庭的事了。我觉得还是应该找他好好谈一次的。"

　　"千万别提结婚的事，可别把他给惹火了。何况，我自己都还没想好。他那个妈，可不是好伺候的婆婆。"

　　多年后又从闺蜜嘴里听到"婆婆"二字，菲菲的眼前仿佛坐着另外一个女人。她此刻心中慌乱得紧，口中喃喃道：

　　"你心里还是喜欢他的吧。。。"

　　"你晓得的。但我喜不喜欢他都没用的，你也清楚呵呵。

我如今想要的，只是他的孩子而已。”

菲菲心里明白得很，同当年的芳芳一样，眼前的李娟还是隐藏了一半的心愿。她猜想她还是期待太多，只是不方便对菲菲讲而已。

“晓得了。。。我去说说看，孩子最重要的。”

听到菲菲的许诺，李娟感激地搂住了闺友，其内心多少得着了一丝安慰。

假如在这个世界上连许菲菲的劝慰都不能说动熊涛的话，自己也真该死了这条心了。

但李娟心中非常确定：这个男人值得一试，更值得一博。

李娟走后，菲菲照顾小囡睡了。

房中显得如此安静，似乎屏蔽掉了世外的一切。菲菲心中好像少了些东西，丢失了一些非常重要的东西。。。她走进卧室打开柜子门，找出了那个存放金簪子的小盒，摸着床沿坐了下来。

她没有打开盒盖，只是苦苦盯望着它。心抽紧了，是不舍的感觉。

原本属于自己的东西，却不懂得去珍惜。如今要被人夺去了，怪得了谁呢？

生活本来就是那么可叹可悲又可笑——近年来菲菲内心一直责怪丈夫凌霄的话，自欺欺人中，竟同时也是自己的人生和感悟之写照。

她稳定了一下心绪后，拨了个电话给老八熊涛。

“阿哥，明天下班后有时间吗？过来一起吃晚饭好吗？”

他答得有些惊疑：“当然好。。。我一个人过去吗？你，你们还好吧？”

“我们挺好的，别担心。有些事同你商量罢了。”

这才放松了一部分紧张，等明天吧。熊涛虽然不晓得菲菲找自己究竟是为了什么，但他最担心不过的，就是她们母女俩会有什么不好的事发生。

第二天比下班时间更早一些，熊涛就赶到了菲菲家。看到迎门的母女俩都健健康康的样子且朝自己笑着，老八悬着的心才算彻底放下了。

其他的，都不重要。只要菲菲愿意对自己敞开心扉，老八都可以帮助解决。

两人带着囡囡先一起吃过饭后，回到客厅坐下了。孩子在地毯上玩着干爹带来的新玩具。

熊涛看着菲菲，他知道她是个不太善于开口求人的女子，如果确实有求于自己的话。

"你好吗？听说这阵子一直和李娟在一起？"

噢，原来是为了这件事。熊涛理应更放松的，但面对菲菲谈论别的女人，他如今更情愿直接面对李娟。

老八笑笑，算是回答了吧。

"听说是酒后。。。"

"别听她胡说八道。"

老八出其不意的阻问和秒回虽不像他平日里的所为，倒也符合他不折不扣的个性。

"一个成年男子和一个成年女子在一起做点事，不需要用酒精帮忙打前站的，也不需要用喝醉两字去作搪塞和掩饰。事情做了就是做了，别忘了，我也是个男人！"

是的，不是什么见不得人的坏事，完全没有必要欲盖弥彰的。

菲菲接受并赞同老八的想法和回答，但他的果断，却更让她难以为那件事情启口了。因此，她垂下了眼帘，思忖着该如何开口。

见菲菲的表情，熊涛铿锵有力的回答倒显得有些硬撑了。

　　一吐为快之后，他才想起眼下面对着的，是那位最不应该听到自己在其他女人那儿所作所为的女子。

　　他的声调放缓了，爱怜回到了语音里："你。。。你怎么。。。你在担心什么？"

　　"不是担心。有一件事：我。。。李娟想让我告诉你。"

　　"她？什么事？"

　　"她怀孕了——你的孩子。"

　　知道斗败了的公鸡是怎样一副德行的吗？看看老八：同刚才相比，早已判若两人！

　　沙发上坐着的那两个男女，一人仰头观天，一人垂头冥想。。。

　　小囡从地上爬到了干爸的脚边，抬起小脸朝他笑着。熊涛将孩子抱在腿上，亲吻着她的小脸颊。

　　"那她打算怎么办？你只要告诉我实话就行。"

　　菲菲笑笑。就这一点上，她甚至她的闺蜜，都了解其人，了解老八熊涛。

　　"她想生下这个孩子。"

　　他望望她。

　　其眼里没有对谁的责怪也没有歉疚，只有问询。

　　"你也该有一个自己的孩子、一个自己的家了。况且你妈还病着，她一直希望你有个家，有孩子的。"

　　"晓得了。如果她真的坚持要生，那就生吧。我会告诉她一定对这个孩子负责到底的。"

　　"那她呢？她可是你孩子的母亲。。。"

　　"母亲不一定是爱人吧？"

　　答完这句，自觉有些冷情了，就又补充了一句：

　　"你可能不晓得，我和她之间是有约定的，而且成年人做点事都会有避孕措施的。这次怀孕是她个人。。。当然，既然孩子是我的，我还是会尽量对得起她、对得起这个孩子的。"

"有个家，对孩子也好。。。"

菲菲的坚持如同她的语音那样，似乎有气无力。

"你觉得你那位闺蜜是个会好好过家庭日子的女人吗？"

"人都会变的。你看我，不也懂事了很多吗？"

"她怎么能同你比！再说吧，先解决眼前的问题。或许她过一段日子就反悔了。"

"其实她一直对你都不错。。。在大学就蛮喜欢你的。"

菲菲从衣袋里掏出了那个存放着金簪子的小盒递给老八。

"诺——这个还给你。不应该由我保管的，也不应该由我交给她的。"

熊涛仍逗着囡囡，眼睛只是扫了一下那个盒子。

"你留着！哥送给你的东西永远都不会转送给别的女人！否则，我还是你认识的那个阿哥吗？"

"我不想因为我，再。。。"

"不是你的问题，是我——菲菲，懂吗？一直都是我！"

菲菲的双眼模糊了一些。自从生下小囡之后，这还是很久以来她第一次有了哭的欲望。

"不，不全是你的。。。我也。。。不好。"

当然不全是老八一个人的问题。

一只碗敲不响，两只碗才叮当——俗话说的，就是这样的一个道理。

"总之，我的事情我一定会认真对待的。你别担心，过好你自己的日子，别让哥总为你担惊受怕的，懂吗？"

"懂。。。那李娟。。。"

"看情况吧。都说了，我会负责的。你也晓得，她这人喜欢什么。"

晓得是晓得的，却恐怕你还是不够明白。

40

老八虽然精明睿智，但男人的情商，始终不足以看懂女人的内心世界。

俗话又说了：女人心，海底针。

既然不懂，便让他自己慢慢去体会吧。

女人是一个染缸，也是男人的学校。每个男人，都该在他跳进的水池里学会游泳，辨清颜色。

虽然一些男人进的池塘多了，会污染了自己。但是结果，往往都起源于自己的初心与本色。

喜欢恣情玩水的与喜欢适意趋步的，结果自然不同。

离开菲菲家后，熊涛在车里坐了很久，然后在楼上菲菲的悄然关注下，直接驱车去了李娟的家。

灯亮着，他敲响了李娟家的门。在外等了足足有十几二十分钟，她才装扮仔细开门让他进了屋。

天晓得他到底有没有在意她的用心，反正刚坐下，熊涛就开谈孩子的问题。

"听说你怀孕了？"

"是的。。。不小心。。。"

"没关系的，不是你一个人的错。现在你打算怎么办？"

明知故问吧？

李娟再明白不过了：不管熊涛内心是否愿意接受这孩子，他肯定都难以启口。自己如今不把握住这次机会的话，说不定过了这个村，就没了这家店了。

何况，看今天的时间点和他匆匆赶来的情形，李娟知道菲菲一定是替自己说了话的。

"既然有了。。。我想应该生下来吧？你不想要个自己的孩子吗？”

“如果你真决定要生下这个孩子，我只有对你表示非常感激与敬佩。是——我的孩子，我当然愿意接受的！”

果然，熊涛的回答极为干脆。这倒让李娟不晓得该如何接茬了，她唯有乖乖地闭上嘴，听从他的建议和安排。

“明天先过来医院做个检查吧。假如一切正常，你自己决定要不要继续工作。如果因为怀孕给生活带来什么不便，我会帮你请个钟点工。生活费和营养费也不用担心，明天我会先去银行取些钱给你。以后每个礼拜都会定期给你，包括你生了孩子之后的生活所需。”

听起来熊涛已经考虑周全，也可说关怀备至了，但李娟内心还是感觉到了一股明显的凉意。

或许是因为在她的心里，所期盼的远不止这些吧？

她明白作为情人的孕妇和作为妻子的孕妇，在男人心目中的地位，显然是天差地远的。也因此每个怀孕了的女人，都会努力把孩子的父亲拉到自己的家庭中来，无论她的内心有多么自主和独立。

安排好了这一切，熊涛站起身说：

“那今天就这样，明天我在医院等你。早些休息吧，我走了。”

“涛。。。你今晚不留下来吗？”

李娟的挽留，是失望中的挣扎。

熊涛这才转过身第一次正对着她看了一眼：

“我如今还敢留在你这儿过夜吗？”

李娟低下了头。听着那男人毫无留恋离去的脚步声，她有些愤怨，但更多是心虚的感觉。

每个成年人，都该对自己的行为负责。熊涛承诺了他该负责的那一部分，李娟也该承受自己该受的怨果。

　　第二天，李娟去熊涛的医院作了全面检查，看起来一切良好。毕竟，与初次怀孕的女人不同，她没有那么娇弱和紧张。

　　离开医院后，两人去医院附近共享了一顿午餐，算是提前庆贺孩子的降生吧。

　　之后李娟就去了菲菲那里。她倒是知道她会过来的，早早准备好了点心。

　　"昨天晚上他就来找我了。"

　　"知道。谈得还好吗？"

　　"还可以吧。。。他如今凭空多了个儿子，自然该挺高兴的吧？今天让我去医院做了检查，一切正常。"

　　"其他的呢？"

　　"还不是那样。你晓得的——这人又硬又冷，像块冰！"

　　"那你还真打算要生下这个孩子？"

　　"生！我不信他熊涛会不爱自己的儿子！"

　　菲菲看看好友，生孩子可不是赌气的事。听到李娟用的词是"儿子"，她又担心她的盲目自信。但是，她更是了解她多一些。或许，别人做不到的事，闺蜜可以做到。

　　无论怎样，看起来李娟也是作了周密安排的。

　　"反正我如今已买了房，会抓紧时机将爸妈、特别是老妈接来这里团聚的。有妈帮着带儿子，我还可以继续工作。"

　　"那倒是好。但假如你爸妈反对你未婚生育的话，你恐怕就更难了。"

　　菲菲的担心在充满自信的闺友面前，似乎不值一虑。

　　李娟说："那不还有你吗？我的好菲菲。"

　　"是的，我会一直帮着你的。"

　　"不管怎样，我都不会放弃工作的。等你家囡囡大一点，你也一定要回去工作。女人想要过得好，不能靠男人——要靠自己，对吗？"

菲菲点点头，其内心真实挺佩服闺蜜的。

李娟一向是强者，就凭她除了婚姻什么都没有耽误。

假如对于一些人而言，婚姻果然是爱情的坟墓，或许不要也罢？

李娟在怀孕三个月过了妊娠的反应期后，回了一次上海。说了，去帮助爸妈打理移民来澳的细节。

到了上海，李娟同父母兄嫂见过面后，第一件事就是带着礼物去拜访菲菲的姐姐芳芳。

看起来芳芳仍然住在熊妈妈的家里。由于目前上海的医院极度缺少护理人员，加上芳芳赋闲在家也挺无聊的，她倒是应聘回医院工作了。

都知道熊妈妈一年中大概有半年左右是要回上海住些日子的，那段日子里，还是由女儿一样的芳芳照顾她的起居。熊妈妈不在上海的时候，其母子两个也托芳芳照看自己家的房子。

今天李娟拜访芳芳，其实是有一件急事相求的。

"又要麻烦你了，姐。请帮我找一位关系好的妇产科大夫作个超声波检查好吗？"

"呀——你又怀孩子啦？结婚啦？恭喜你哦。"

"是的，怀了孩子，但没结婚。"

"啊？那你是快结婚了，还是又要打胎？"

"不，不一定吧。。。姐，还是请你先找人，作个超声波检查再说吧。"

"嗐，你这人。行吧，包在姐身上。"

李娟的目的达到了，心里便轻松了些。她趁着这次熊阿姨不在上海，跟在了芳芳后面不露声色地细细打量着楼上楼下。

以她如今专业的眼光去看，这可真是一栋极具老上海特色的的临街小楼。

想起自己当年漫不经心的一个主意，竟让眼前这位过了期的"情敌"受惠这么多年，李娟的内心既妒羡更充满了期待。

李娟告别芳芳后又看着她回到楼里，才慢慢在这条上海著名的老街上踱着碎步，细细品察。

上海人可真有本事！

虽然临街的房子都只有极小的门面，但如今路面沿街部分大都已经出租给了来自其他地方的生意人。

虽然小小门面房都一个个被装修成精品店并于营业之中，却也丝毫不影响原住居民依旧生活在楼上甚至店面的后半部分房间内。

前面璀璨华丽玲琅满目，后面锅碗瓢盆家长里短，街上人来人往摩肩接踵——这些在突兀中同时存在的精彩画面，便是真实的上海吧？

这便是在发展中，适者生存的上海人和外来人的生活轨迹及其缩影吧？

李娟作为文科生以及职业性的感觉，不是格格不入，而是相辅相成、相得益彰。

她抚摸着自己腹中的小生命。虽然两天后才能看到自己期待中的结果，但无论如何，自己已经踏出了第一步：至关重要的一步！

两天后，芳芳便为李娟安排了超声波检测。

重新暗中托熟人再次检测的原因，所有人都懂：看看孩子的性别，是男或是女。

李娟这次怀上的，心想事成——果然是一个男孩！

李娟大喜过望的同时，芳芳可是为她担心着呢。虽然她并不晓得李娟这次的男友是谁。

"你这次虽然怀的是男孩，但你有把握那个对象会奉子成婚吗？"

"嗐不管那么多。先把孩子生下来再说，毕竟是儿子！"

　　"都有孩子了，你那个对象为什么不娶你？他是有家室的人吗？拆散别人家庭可不好。"

　　都知道李娟这个姑娘敢做敢当的，别没事跑去破坏别人的家庭。芳芳如今可是信佛的人，拆散别人家庭会遭受报应的，她在意这个。

　　"不是。他没结过婚，但。。。你晓得的，外国同中国不一样，人挺自由的。"

　　"那还好，还有希望。你也不年轻了，有个小孩约束着，收收你那野性子也好。"

　　"记得，先别告诉我哥嫂和爸妈。"

　　"噢，晓得了。反正我们除了托带东西，平时来往不多。你也要好好为自己的将来作打算的，都快做妈妈的人了。"

　　说着这样的体己话，芳芳虽然为朋友担心，但却暗中有些羡慕她：同样是单身女人，人家身在国外，就可以自由自主怀孕生子。

　　李娟当然晓得芳芳的心思，因此说话极为小心，更没有将自己"对象"的名字吐露给她。

　　实在也没有什么可以炫耀的。万里长征才刚刚起步。

41

回到墨尔本后，李娟立刻将怀了儿子这一喜讯门告户说，熟人尽知。她自己整个人也神采飞扬，而且怀孕、工作两不耽误。

熊涛看上去同样满心期待，没有人会拒绝老天爷送给自己一个儿子的。虽然，除了多花钱和时间照顾李娟母子的生活，却也没有更进一步的打算。

最近熊妈妈刚刚做了切除肿瘤的手术。李娟约了菲菲一起过去探望的时候，将自己怀了孩子的这一喜讯，亲自告知了熊妈妈。

"芳芳已经替我看过超声波了，确定是个儿子！"

听说熊家将有后代继承人，熊妈妈即使躺在病床上，念经却更是勤了。虽然儿子看上去仍不打算结婚的样子，但中国人结婚的首要目的：是生子，是传宗接代。

中国文化传统中，结婚生子那四个字是连在一起的人生大事。如今儿子说了：在国外，不通过结婚而生的孩子也同样受到法律承认和保护的。

李娟的怀孕，看起来果真是一个皆大欢喜的事情，除了她的父母家人。

李娟才不管别人怎么想，她从小就敢做敢当，她甚至早就适应了独立的生活方式和坚强的身体承载能力。

每天，李娟充满热诚地工作着，充满期待地迎接着儿子的出生。

菲菲实在对其佩服之至，也跟着学习她的生活热情。囡囡白天被送去幼儿园后，菲菲立刻回到房地产公司继续工作。

由于李娟的怀孕所带来的不便，菲菲自己提出了作为她的销售助理，尽可能地帮李娟多跑跑腿、打打电话、电信联络什么的。

好在，如今澳洲的房地产市场非常旺盛。菲菲的收益虽不及李娟，但夫妇两人的工资加在一起，除了贷款和家用，已经略有存余。

每个周日，凌霄和菲菲都会带着囡囡去市中心逛逛，这原是他俩婚前婚后所喜欢和习惯的生活方式。菲菲虽然心疼钱，但只要家庭和睦，比什么都强。

虽然，老四还是对没有多少朋友可以在一起玩，而频频抱怨。

"这算什么鬼地方——连个搓麻将的人也找不到！"

即使抱怨着，但对于孩子和妻子，凌霄一如既往。只要手里有了些钱，他最最愿意的，就是给妻女购买礼物，带着她们出去游玩。

菲菲如今对生活没有太大的要求，只要安定，就是幸福。

李娟的产期近了，却仍不见老八同她结婚。凌霄有些看不懂了。

"哎，我说菲菲。他俩这算个什么意思？老八如今儿子都有了，还打不打算结婚？还不准备安心过日子？"

一个周日，当凌霄全家同李娟和老八两人相约在外吃过晚餐，回家路上老四有些忍不住了，问了他女人那个积压在心中已久的疑虑。

"人家可能有自己的打算吧？过日子的方式有很多种的。你也晓得，他俩的性格。。。各过各的，惯了吧。"

菲菲也不是没劝过李娟，只是无功罢了。自己本来也不是李娟那样有本事的人，虽理解不了但由她去吧。

性格？我看是老八还不死心吧。

老四虽然明白个中原委并不简单，但他非嚼舌之人。

提一次罢了，也算替朋友尽过心了。

李娟的产期到了。孩子在所有知情人的期待中，呱呱坠地时哭声嘹亮，宣示着自己降临人生的勇气。

每次当熊涛满怀激动去病房探视并怀抱自己儿子的时刻，李娟都会满心喜悦对着他们父子俩。

"所有人都说儿子长得很像你！"

每逢听到这样的恭维话，熊涛也都会情不自已地点着头，甚至还会用极其温柔的目光看一眼孩子的母亲。

"也像你的，儿子才会这么漂亮！"

母女俩出院没多久，李娟的父母到了。

对国外新生活满怀憧憬的老爸老妈，刚下飞机就被来接机的菲菲告知：他们的女儿产下了一个宝贝儿子。老两口免不了又惊又喜。

女儿结婚了吗？什么时候的事？女婿是什么人？外孙长得如何？

菲菲只笑着，没有多说。到家后一切都会弄清楚的。

熊涛没有在李娟的家中等候儿子的外公外婆。他要上班，还要照顾病母，更不想处在夹壁尴尬之中。

"过几天等伯父伯母倒过了时差，你也可以起床了，我再给他们接风吧。"

他的态度在李娟看来是一种无声的姿态：表明了熊涛同自己的关系没有进展，即使他俩的儿子已经降临人世。

李娟对男人的失望没有在她父母的面前表露出来，倒是满脸幸福地将儿子展现给外公外婆看。

"天哪——我们娟娟也有自己的儿子了！"

一路劳累的老父老母没有见着闺女的男人，但看到眼前用力踢蹬着小腿的壮外孙子，暂时放松了刨根问底的心气劲儿。先定一定心，其他事慢慢再谈。

　　菲菲帮着安排好了一切，又关照了临时请的月嫂几句后就离开了。不安的心里有一种风雨将至的感觉，她替所有人捏着一把汗。

　　到了家，菲菲不敢稍有耽搁立刻给老八挂了个电话，将大致情况作了汇报。

　　熊涛倒是沉着。他笑呵呵听着菲菲的叙述。

　　"儿子今天哭过吗？"

　　"听说我们没回家时宝宝哭得可凶呢，就因为晚吃了一口奶，但看到外公外婆后反而乖了，呵呵。"

　　"呵呵，这小家伙，性子可不像我。你晓得的，我不急不躁。"

　　菲菲怎会不晓得呢？你熊涛向来不急不躁，也不争不抢。就这一点上来讲，老七和老八其实是同一类人。

　　听到对方在电话中沉默下来，那一头的他早已心有灵通，话题便转了。

　　"这几天我就不过去看儿子了，麻烦你多替哥关心一下，有什么事随时通知联系我。"

　　"嗯。我会先同娟娟商量一下你们两家见面的事，不管有什么消息都会转告给你的。"

　　这边倒是吃着定心丸，那一头可是炸开了锅。

　　听完李娟的粗略解释，老两口气得不知所措。虽然晓得从这里打电话回国需要二、三块钱一分钟，但他们也实在顾不得了，回到房间抓起电话就拨通了上海的儿子。

　　李娟的哥哥在那一头破口大骂了一通之后，才在老婆的提醒下关注到了一个实质性的问题。

　　"不是——妈，你说那孩子是谁的？熊涛吗？"

　　"对啊，就是那个混蛋的！看样子他有了儿子，还不肯结婚！"

"等等。。。那姓熊的不是许菲菲的青梅竹马吗？当年听娟娟讲：那个男人为了菲菲逃的婚，还把他们几家人都得罪完了。"

李娟的父母被儿子儿媳提醒了一下，才想起难怪那个名字竟不太陌生。

这个娟娟——谁不可以嫁？却偏偏要在闺蜜的朋友和情人里，去插上一脚！

两位老人实在不知：海外华人虽说不少，但同国内相比，找到一位各项条件都符合自己心意的人，难上加难！

照着两夫妇过去的脾气，免不了会立刻冲到男方的家中大闹一番的。这样的例子在国内、在上海都司空见惯。

然而，人却懂得入乡随俗。

华人移民西方后，原居地的不良习俗都可以被国外全新的文明环境所感染。而且当人们在乎太多来之不易的东西，比如定居国外之后，便会懂得自我沉定下来，在采取行动之前再三斟酌。

人其实是经不起斟酌的。其结果因着各方面的厉害，往往是妥协与忍让。

现在李家的大龄女儿一切尚好。除了孩子的父亲没有在第一时间成为自己的女婿之外，女儿已经获得的东西和得到的承诺，听起来也似乎说得过去。

反正，如今孩子在女方家里。双方博弈的胜券，似乎还持在李家人的手上。

两周后熊涛作东请李娟一家三代人吃了顿高级的团圆饭，并借孩子满月为由，请了干女儿凌家作为陪客。

"都是自家人，先聚一聚。也算替李娟父母接风洗尘。"

熊妈妈仍在术后恢复期，没有参加晚宴。因此，李家老夫妇于餐桌上甩出的冷脸子，唯有熊涛一人接着。

总算孩子太招人喜爱了。胖乎乎的身子占满了整个婴儿旅行摇篮，不吵不闹的，体谅着做父母的难处。

"你们如今生了儿子还不着急结婚的话，给孩子起名就成了大问题了。这孩子以后到底该姓谁家的姓呀？需要做一次父子鉴定吗？"

酒足饭饱后，孩子的外公看到甩脸子没甚作用，便直接抛话了。

孩子的姓可真是一个最好的要挟。熊涛怎会不明白？自己出生后没有随了亲生父亲而从了母姓，就是为了替熊家传宗接代。

然而此刻，他只简单回复了一句："没必要的，他就是我的儿子。"

"不能只认儿子，不认孩子他妈吧？"

老丈人显然是有备而来。没有等到孩子父亲的回答，孩子的外祖母又接着发招了：

"其实不姓父亲的姓也蛮好的。反正娟娟她哥嫂也只有一个女儿，这个大孙子就随了我们李家的姓最好了！"

看到爸妈的咄咄逼人气焰，并没有在熊涛那里收到任何反响，李娟晓得应当适可而止了。她这么些年早已摸透了熊涛的脾气，而且自己内心多少是有些惭愧的。

"啊呀，孩子才刚满月，爸妈你们急什么呀？我的儿子我作主，你们瞎操什么心呀？"

"我们是孩子的外公外婆，我们不操心，谁会替你和孩子操心？"

眼看饭桌上的暗讯即将升级为明斗，熊涛始终保持着从容自若的神色。凌霄对菲菲眨了眨眼睛站起来拍了拍老八的肩。

"走，陪兄弟去外面抽支烟。"

到了门外，老四对老八说：

“鸿门宴呐，还是自己买的单，呵呵。投降吗？”

熊涛笑笑：“你还不晓得我？兵来将挡，水来土掩——我不找事也不怕事。”

李娟明知熊涛几乎不抽烟，却知趣地等他出门后转脸不客气地对双亲说：

“大家开开心心出来吃顿饭并庆祝儿子满月，你们这算干什么呀？想摆鸿门宴的话，也要看看今天是谁请的客呀。”

“谁请客都一样！吃顿饭就把我们李家给打发啦？这小子实在太不像话！为什么呀？我闺女哪儿及不上人家了？”

老父顶了女儿一句，但眼睛却没忘了盯着许菲菲看。

“爸，你别看谁都不顺眼：这是你女儿我自己的选择和决定。完全不碍谁的事！”

“孩子你怎么可以这么说话呢？别忘了：靠你一个人是生不出小孩的！”

孩子的外婆又忍不住插了句嘴，而李父的目光依然停留住在菲菲的脸上。

她却抱着自己的小囡在逗着弟弟笑，同样是一副完全与己无关的样子。

李娟用力瞪了老爸老妈一眼。自己女儿从小的性格，你们又不是不晓得！她压低嗓音警示着两位老人：

“反正我已经提醒过你们了：别闹到最后搞得鸡飞蛋打，人财两空！”

话很重也很直接。老两口算是听懂了，互相对望一眼后，决定暂时忍下这口恶气。

等两个父亲从外边回到餐台喝口热茶时，桌上剑拔弩张的硝烟看似消散了。

大人们都感受到了孩子们的笑声。

42

几家人聚餐后过了两日早上，李爸李妈便带着外孙拜访了熊妈妈，时间点选在了熊大夫的工作时间。

熊妈妈是位极其精明的母亲，当然深晓来者的用意。无论如何，这是她第二次见到自己的亲孙子，便也满怀热忱欢迎着李家人的到访。

早上临出门前李娟曾再三提醒过爸妈：千万别意气用事。熊阿姨同她的儿子一样，都是非常难对付的人。

老两口前几日已在连"毛脚"也称不上的熊涛那里碰了个钉子，今天倒也识趣，只管说来探视病人，且带着小孙子去看看奶奶。

熊奶奶见着大孙子，果然高兴得合不拢嘴，几次要从床上坐起来去抱抱孙子，但外公和外婆偏不让。

"啊呀，奶奶的身体还没有恢复，可千万累不得！"

熊奶奶只好作罢。她抖索着手从枕头内里掏出了一个绣花小布包，打开后是一个足金的花生和一只足金的小手镯。奶奶摇着那手镯上的小铃铛，逗着大孙子。

"来，拿着。我的大孙子，奶奶的心肝宝贝唷。"

"啊呀，亲家母实在太客气了。我们可不能收。。。还不知道他爸爸是怎么想的呢！"

李家夫妇虽然嘴上喊着"亲家"，但态度显然是将熊家拒之门外的意思。

"怎么不可以收——这可是亲奶奶给的！大孙子一定要收下的。"

熊奶奶口中虽也不含糊，但心有些虚，终归力所不能及。

"真的不能拿！你太客气了！"

面对李家老夫妇的坚持，熊奶奶只好先退一步，自己找了个台阶下了。

"那好，等孩子大一点，双满月再说吧。到那时希望我应该起得来床了，我们摆几桌酒席庆贺一下。"

"哎，双满月酒还不一定办呢。我们娟娟虽然是大功臣，但在外人眼里，未婚生子总是丢了大脸了！我们做父母的，也会在众人跟前颜面尽失的！"

李家步步紧逼，熊老太太也实在有苦难言。自己的这个儿子，总不让人省心！她只好叹口气，累了，闭一下眼歇着。

看对方少了精气神，李家夫妇也知道今日之访不过如此，便起身告辞。

"啊呀，奶奶身体虚要休息了，宝宝给奶奶摇摇手说再见咯。可怜啊——出生到现在这么多天了，大孙子连个姓名都还定不了呢！"

临道别，李父还是没忘了甩下一个大难题给熊家人，可谓用心良苦。

听着、看着自己的父母不失时机地向熊家母子施加压力，李娟的内心虽说略存内疚，但更多是袖手旁观。

中国的平民百姓但凡有了利益冲突，习惯上仰仗自个的头脑、利用手上的资源以及身边的力量去针锋相对。习惯上，中国人对自己和家人亲友的信任度，远远超出了对法律的认知和依赖。

何况老话说了：清官难断家务事。自古以来，外人即使端着公平的心，也断不明人家里的是是非非。

因为，立场不同。人与人的立场，从来就是对立存在的。

就像跷跷板的两头：中间站个人，没用；站偏了，就是对方。

出国这么些年，李娟了解在澳洲这样的法制国家，自己的孩子和家庭甚至金钱关系，都受法律所保护。

但与此同时，李娟也深知父母家人的处事和解决问题的方法与手段，或许可以让自己获得比通过法律更为丰厚的收益。

因此，尽管父母似乎仍旧不听劝告一意孤行，但李娟打定主意置身事外，拭目以待。反正，有爸妈替自己带着孩子料理家务，李娟倒可以继续在房产业务上多费精力。

眼看着大孙子被李家人带走了，熊妈妈如多爪挠心，郁闷在胸。

熊家明明已有了大孙子了，有了继承人了，却无端被别人抱在怀里，掌控在别人的手里。

万箭穿心的熊妈妈晓得如今这个大难题，并非靠给儿子施加压力就可以解决的。

紧闭着的双眼里，孤单无助的老人突然看见了一个年轻女子的笑脸。她想到了菲菲，但却没有勇气去请求她的帮助。

菲菲这个孩子是自己看着长大的，熊妈妈明晓得菲菲的心里曾经也有过自己的儿子。当年她觉得自己不过是在一对小姐妹中，为儿子挑选了一位合适做媳妇的佳人，可惜，那却不是儿子的挚爱。

其实，菲菲真的也是个非常不错的女孩，尤其同那位替熊家生下了大孙子的李娟相比。熊妈妈的内心倒是完全赞同儿子的心意所取。

可惜，过去自己的私欲和控制欲，害了亲生儿子。

不仅如此，熊妈妈晓得菲菲同自己、甚至她的亲姐姐都有着不小的心结。就想想这么些年来无论是在上海还是墨尔本，菲菲几乎极少登门拜访，还用说吗？

过去的事，本不该再提了，但中国有句老话：解铃还需系铃人。熊妈妈明明晓得问题出在哪儿，却无可奈何。

愁眉不展、连声长叹了一个下午之后，熊妈妈似乎下了不小的决心。她最终还是拿起了电话，从儿子写给她救急用的电话手册中，找到了菲菲的联系方式。

对面传过来的声音是温和的，这无非是给老人虚弱的内心注射了一支强心剂。

"熊阿姨你好吗？有什么需要我帮忙的？"

"菲菲好孩子，阿姨挺好也挺想你的。你工作忙吗？明天上午有时间吗？可以过来陪陪阿姨，说说话吗？"

答应过后，菲菲一个人思考了很久。熊阿姨挑了个大家应该上班的时间相约，应该是有重要的话，想避开儿子或其他人才说的吧？

菲菲早已听李娟说了她家今天会去熊家拜访一事，自己原本都避之不及呢。如今可好，熊李两家的这场夺孙战役，会不会引烧到自己的身上？

回想起那天餐桌上，李娟爸妈那两双显然缺失了友好的眼睛，菲菲几乎可以确定：至少此役在不同程度上，或许会牵连到自己。毕竟，大家都相识已久，相知已久。

菲菲晚上煮了些鸭汤，准备明天给熊阿姨带过去。

听说中国人生了肿瘤是不可以吃鸡或鸡类食品的，她虽不晓得为啥，而且洋人病患吃最多的就是鸡了，也没见"发"得更严重的，但却还是按老人的说法煮了鸭子汤。

快中午时，菲菲找了个空档来到熊家。

伺候熊阿姨一起吃过午饭，菲菲收拾了碗筷后便陪老人坐在沙发上休息。

开场白好难。两人各怀心事默不作声了好一会儿，熊阿姨才拉起菲菲的手，正经聊起了儿子和孙子的事，还添油加醋说道了昨天"亲家"来访的过程及对话。

"啊呀，我真快要被他们给气死了。当然，最最不应该的还是我那倔头倔脑的儿子！"

　　许菲菲只管听着，除非老人问及自己，她都不打算接腔。

　　"你平时同那李娟在一起处得比姐妹还好，可是听到她有什么打算呀？她和涛涛两人有没有结婚的意思呀？"

　　"我不晓得。阿姨你知道的，我不爱管别人家的事。而且有了囡囡后，我公司、家里两头忙。当然，我听说他们两个在孩子出生前是没有结婚打算的。"

　　"是呀，是呀。阿姨也晓得的，涛涛原先没有打算同李娟结婚的。但是，现在儿子不都已经落地了么。大人就不该为了孩子，作些让步吗？而且，你晓得的，生孩子又不是一个人的事，要两个人互相喜欢，才会生孩子的嚜。真作孽！"

　　菲菲不敢说，当时生孩子是李娟一个人的意思。毕竟孩子已经生了，提过去那些事还有什么意义呢？但是不提的话，也真同眼前这位焦心的奶奶不好解释。

　　"既有了孩子，说不定会回心转意的吧？慢慢来，让他俩好好考虑一段时间，我想。。。"

　　"怎么等得了呀？孩子的姓名还没有落实呢，看样子他们姓李的是不打算让大孙子姓我们熊家的姓了。啊呀，真的急死我了。"

　　"阿姨，孩子不管姓什么，都是你们熊家的孩子，都受法律保护的。"

　　"法律保护有什么用啊？我都是要快死的人了，孩子不姓我们熊家姓的话，我怎么到地底下去向我的祖宗交代呀？"

　　这下事情可大了！

　　好不容易有了一个白白胖胖的儿子，却要死要活的，还必得向老祖宗去告发。

　　菲菲心里发毛，自知如此场合自己果然难以应对，便又保持沉默起来。

　　熊阿姨没有听到回答，也冷静了些。

"其实，阿姨晓得涛涛这些年为什么不肯结婚。哎。。。在这件事上，阿姨实在也有不小的责任。"

瞧瞧：这不引火烧身了吧？

菲菲抽回了手臂，抬起来看看表，心中计算着开口道别的时间。

"不管怎样，菲菲你现在过得挺幸福的。老四也是阿姨看着长大的好孩子，其实阿姨心里也一直在替你们全家高兴。"

看到菲菲似笑非笑的尴尬表情，熊阿姨再次将她的手握在了自己的手里。

"菲菲，阿姨想请你帮个忙替他俩的儿子去说说情。阿姨晓得：涛涛这辈子谁的话都不听，除了你。就请你帮帮阿姨，去劝劝他吧？"

熊涛听我的话？菲菲几乎笑出了声。

也不看看现在的情况：但凡这世上有一个人可以说得动老八，可以影响他的决定，何至于此？

"我哪有这方面的本事？涛哥是什么样的性情，阿姨你又不是不晓得。"

"就是因为阿姨心里清楚，所以除了求你，没其它法子可想啊。"

得，自己终究是被缠上了。

"好吧，我再试试看。也不是没说过他俩的。。。"

"这就好，这就好！阿姨晓得你会帮忙的。说不定这次会说得动涛涛的，毕竟不同了，现在有了儿子啦。儿子怎么可以不要呢？涛涛也花了不少钱的，以后他也是会管到底的。"

"晓得了，我会再去同他们两个谈谈的。主要别委屈了孩子。"

就孩子的问题，菲菲是从内心理解并同情熊阿姨的。

虽然单亲家庭长大的孩子在国外不少，但家长总会有些心疼的吧？菲菲内心也一直为着两人惋惜，为着孩子担心。

她甚至常常会想：假如孩子们可以有所选择的话，他们会不会选择出生在单亲的家庭？他们会不会接受父母任何一方自私的决定？

菲菲但愿，孩子们不会在意自己的出生。

孩子们应该在意的：是自己是否活得自由和快乐，是自己不该成为父母长辈权力和利益相争的道具。

43

从熊家出了门后，许菲菲看了看时间还早，便开车去了熊涛的医院。

他在，今天下午没有手术。

看到菲菲过来，熊涛的脸上虽然泛起了笑容，内心却是同往日一样，始终有些担心的。他因此不说话，只约了她一起去后院走走。

"囡囡好吧？"坐定了，他才试探性地开了个头。

"挺好的，你别担心我们。"

菲菲答话中故意加了"我们"两字，意在提醒熊涛：你如今应该在意的，是你自己的事情。

他果然懂得她，因此笑了笑，替菲菲母女放下了心。

"是李娟找的你？过来说合？"

"没有，她回公司上班了忙得很。我反正也拉不到房源，一切都靠她，呵呵。"

"那你怎么。。。"

"不管她说与不说，你都应该晓得自己该做什么的吧？"

"我该做什么？你不晓得吗？"

他歪着脑袋，像儿时看着菲菲吹泡泡那样望着她，倒显出调皮的样子来。

菲菲也笑了。

"孩子呀。。。儿子可是你亲生的。"

"我知道啊。又没有人抢了去，你担心什么？"

"孩子不应该有个家吗？有父母在旁边看着一起长大？"

"像你们那样？你真觉得过得好吗？对孩子好吗？"

菲菲没有回答。

　　面对八哥，她说不了谎，但也不希望他一直为自己担忧。

　　"我们菲菲有了个女儿，你八哥如今有了个儿子——我们该是扯平了吧？哥只希望你从今往后过得轻松些，同我们父子俩走得近一些：懂吗？"

　　"我晓得。。。但是。。。"

　　"别管我们的事了，菲菲。哥只希望、只看到你过得好，就安心了。"

　　"晓得的。但你也要为自己想，为孩子着想。而且，我觉得对李娟，也要公平一些。"

　　"我没有对她不公平啊。她现在不是要什么就有什么吗？只要她开口，只要孩子需要：我有求必应！还要怎样呢？"

　　"你确定晓得，她究竟要什么吗？"

　　"钱吧。。。或许还有孩子的抚养权，也同钱有关吧。。。"

　　"所以说你们男人并不了解我们女人。李娟其实一直都真心喜欢你的，她亲口对我承认过的。"

　　"呵呵，喜欢又怎样呢？我们还是不适合在一起的人。"

　　"就算为了孩子，再为了喜欢自己的女人——你就不能作一次让步吗？"

　　"哈哈哈哈。。。你看：菲菲都明明晓得是让步了，还要继续帮着别人来欺负你哥。"

　　听到熊涛用了"欺负"两个字，菲菲心里非常难过。她深知这些年八哥心中的委屈与忍让，不是一般人所可以承受的。

　　"我不是在帮别人，哥。我这次也是在替你着想，替你的儿子着想。"

　　"那就不要逼我，好吗？哥求你了。"

　　"你和她这样，我心里其实也很不好过的。"

　　"她与你不同，别把自己的想法强加在别人的身上。不一样的人，所求自然不同。”

“你可能想错了，哥。每一个女人都想为她所爱的男人生孩子的，而且女人的每一段恋爱，都是奔着天长地久去的。李娟也是一样的。”

熊涛无从回答。对于女人，他虽交往不多了解不多，但三个，已足够他回味一辈子了。

菲菲看到熊涛不再执拗，以为说动了他便继续循循诱导。

“为什么不试试呢，哥？试着多了解一些李娟，多陪陪自己的儿子和他的妈妈。或许，你会有所感动的。人在一起相处久了，肯定会有感情的。”

“感情？还是爱情？”

“有什么不同吗？人和人生活在一起终归是感情的互相培养和积累。你不去努力培养，当然不会有所收获。”

他没有回答她。他觉得菲菲是在混淆是非，是明知故犯。说白了，她还是被别人牵着鼻子在往前走。

其实菲菲内心再明白不过了。她对熊涛的了解至深，是连他自己都难以估量的。

近二十年了，菲菲早就看清熊涛一向的执着和等待，除了因为对自己的爱，没有任何其他的解释。

她逐渐从心底深处敬爱和仰慕阿哥的为情为人。归根结底她清楚自己不仅仅是八阿哥心中的爱人，也是他的同行者。

是的，即使熊涛如今爱上的不是自己而是她人，菲菲也会同样发自内心地去爱慕他，并支持他。

想到支持，菲菲如今却像皮球泄了气那般，徒然无奈——毕竟，熊涛所爱，是自己。而自己，是个有孩子有家的女人。

劝告熊涛是菲菲不得已而为之。其内心何尝不矛盾？不痛楚？

假如，熊涛还是自己的八阿哥，假如自己还是熊涛的小七妹：她会果断地、义正辞严地告诫他：去勇敢地维护和坚持自己的真爱，去执着地关心和保护自己的爱人！

然而，自己早就失去了说这种话的资格；早就失去了站在八哥身旁，共同去维护爱的资格。

菲菲是来规劝熊涛的，奉其母命而来，却如今陷入了两难之境。

好在老八始终是理解她、体谅她的。菲菲从来不喜欢插手别人的事，除非不得已，除非被逼所迫。

"不早了，快回去接囡囡吧。你放心，哥会好好想想你说过的话，也会体谅你的处境。"

"我没什么的，你可千万别因为我。。。"

菲菲踉跄接话，倒不是害怕会牵连自己，却担心他竟会为了自己的难堪而放弃本心。

人，女人的内心：就是如此矛盾。

"放心吧，你明白哥的。来，哥送你出门。"

菲菲离开了医院，离开了熊涛。每一次不得不见他之后，菲菲都不得不惦念他。无可奈何。

过了两天，熊涛给李娟打了个电话。

"你家附近新开了家烧烤店，我过去请你吃饭。把儿子带出来吧，想他了。"

李娟应着，打扮得美丽少妇那般，推着小孩车就过去了。路上，迎来了许多双爱慕的眼光。

她对自己向来颇有自信。直到，坐在熊涛的面前。

他自然也是赏识她的，也是男人对女人的那种欣赏，却不是爱慕。

李娟何等精明，何等经验。她有自知之明，因此同熊涛在一起时，从来张弛有度。

刚怀了儿子那会儿，李娟有些骄傲了。骄傲之后，是熊涛的不改初衷，将她拉回到了原来的处境。

两人的关系，也不能说完全是在原地踏步。这不，还多了个活蹦乱跳的儿子么。

"看看，想吃什么，自己点。别客气哦。"

"晓得。同你客气个啥？"

李娟慢吞吞点菜，慢悠悠吃饭。难得见面，争取两人在一起的时间是她的对策。

"真不打算给儿子办双满月啦？我妈可是一直在问，上次满月酒可是没有轮着奶奶出席。"

说着这样的话，熊涛的目光却关注在儿子的身上。

"我没意见的，你晓得的。主要是我爸我妈。。。以后孩子主要还要靠他们给我们带着，也不敢太得罪两位老人，呵呵。"

"那他们究竟是个什么意思？儿子可是我们俩的！"

"你既然承认儿子也是你的，就体谅一下我家老人，作些让步不行吗？"

"你要我怎么让步？生孩子、甚至在你怀孕之前，我们都说得挺明白的。"

"我知道。但老人不这么想，他们接受不了！毕竟我以后要一个人带着儿子过一辈子了，哪个做父母的都想不通的。"

"是他们想不通，还是你如今也想不明白了？"

熊涛的言下所意，是你李娟应该明白：这一切到底是如何发生的？

"我哪有什么想不明白的。但是你也要对他们有所理解。俗话说：退一步海阔天空嘛。"

"退一步？往哪里退？你家？"

"也不是啦。。。你会搬过来住吗？我可没打算搬你家去的，你晓得的。或者我们带着儿子找个地方一起住着试试？"

"试试？没问题啊。但你要想清楚咯：试的结果会怎样？你果真想不到吗？"

"不试怎会知道呢。。。噢，哈哈——其实，试与不试都一样，结果应该都一样的：我俩不适合住在一起的！呵呵。"

"可别说我没有给过你机会的。既然连你都清楚我俩谁都不会迁就谁，还不该好好劝说一下你爸妈？我们两个人，哦，不，三个人的事，应该由我们自己去商量解决。这里是法律说话，又不是在国内，打个架看谁凶就可以定胜负的。"

熊涛这话已经说到底了。剩下的，就看你李娟怎么做了。

人的内心仍旧抱着哪怕一丝希望的话，都会为自己去争取最理想的结果，但李娟的内心是矛盾的。

同熊涛一样她并不看好两人的结合。她觉得他们两人都有着类似的执拗，他们都把自己的喜好与坚持看得比对方还重。

如今熊涛在自己面前，把仅有的一点不值得坚持的希望抛出来又捻了个粉碎，李娟反倒轻松了许多。

"你是想，你妈是想要儿子姓你熊家的姓，对吗？"

李娟直接转换了题目，竟让熊涛一时难以对答。

孩子的姓，虽然在国外将用英文的二十六个没有意义的字母去代表，但对于熊妈妈而言，事关重大，关乎传宗接代！

他沉默不答。

李娟晓得自己已经碰触到了对方至关重要之地，她倒是不急了，悠哉悠哉品着咖啡。

等了很久，熊涛似乎是想明白了："那你说说看：姓熊如何？姓李又如何？"

"不知道呀。我不在乎，大家都再想想吧。不管怎样我还是要回去听听爸妈的意见的，家长的意见毕竟也挺重要的。你也回去同你妈商量商量，看看如何才好。"

商量？听爸妈的意见？

熊涛咧开嘴笑了笑。你李娟是听家长话的好女儿吗？

今天两人有商有量地，似乎已经明确打消了结婚或者同居的幻想。既如此，说不定接下来的事情会有转机。

熊涛知道李娟的鬼心眼多着呢，想来她之后的要求也必不会少。

反正，不急在此一时的。儿子又跑不了。

44

眼看孩子一天天长大，李娟和熊涛的儿子快过双满月了。傍晚，李娟带着儿子与熊涛又相约在雅拉河畔共进晚餐。

晚霞映照在河面上，绚丽多彩。室外餐厅周围炎热的空气正在被河面上的凉风带往远处，清爽中人心愉悦。

饭菜非常可口，体现出著名餐馆的烹饪实力，亦可与良宵美景交相融合。

熊涛边逗着儿子笑，边耐心等着李娟表态。

是时候了。他内心非常明白，孩子他妈今天应该是有备而来的。

果不其然。爽朗直率的李娟最先开口，虽然也是稍稍兜了个小圈子的。

"你妈最近身体好吗？她有可能出席大孙子的双满月酒席吗？"

"我妈恢复得不错，谢谢你！如果邀请奶奶的话，奶奶当然会开心得跳下床来，去好好亲亲她的大孙子的，对吗？"

回答着李娟的问话，但熊涛的整个身子仍然朝着自己的儿子，且将嘴对着他说话。

"请啊，当然会邀请他奶奶出席的啦。"

李娟说完，只顿了一秒就又开口了："但有些事，我们还是要商量一下的，别到时候弄得两家人不愉快。"

熊涛这才将身子抬起来坐直了，正眼望着李娟。

"说吧。你替我们家生了个好儿子，是我们家的大功臣！说吧，只要我能办到的，我会尽量满足你的要求。"

"哈哈哈哈。。。说是功臣也不夸张。"

李娟就是这么爽快的女子，其欢笑中没有任何装腔作势。

“那我就说咯？你可别怪我。”

“不会，说吧。”

“你看，为了你的儿子，你每周要给我这么些钱。可你也不是有钱人，你妈还有后期治疗，家用一定也挺紧张的吧？”

她倒关心起我来了？熊涛笑笑，也不插话静待下文。

“我仔细想过了：上次回国、回上海时，发现菲菲的姐姐芳芳还住在你家老房子里。原先你妈每年都要回去住上一段日子的，但如今她得了这种病还要继续治疗，应该不会再回上海了吧？”

上海老房子？离得太远太久的原故吧，熊涛的脑子一下子没有转过弯来：“那你的意思是？”

“你现在已经有了亲生的儿子，你妈有了自己的大孙子：不该为自己的后代继承人做一些打算吗？”

“可儿子才那么小，他能做什么。。。”

男人就是笨。这么简单的问题都想不透！

李娟只好说得更直截了当一些：

“让孩子的奶奶把房子收回来，挂在自己亲孙子的名下，以后由我作为孩子的财产监护人接手管理——不就行啦？”

熊涛将背靠在了椅子上，怔怔望着对面这位笑靥如花的美女，那位自己孩子的母亲，有些啼笑皆非。

怎么被她想出来的？这个女人，可真有办法！

“你在这里，又不在上海，你怎么管理啊？”

“我早都想好啦：上次在你家那条街上走了一遍，看到周围大部分的街面房子都已经被改建成了店面。那些店面的尺寸可是不能同你家的房子比的！你家一楼、甚至二楼都非常大，而且具备上海老房子的特色，中西合璧。我打算把房子改装一下，出租或者自己开店。有了租金你就不必再给我生活费啦。这主意如何？两全其美吧？”

"省了我的生活费吗？还是这个问题：你怎么管？离得这么远。"

"找我哥我嫂呀。他们反正靠那点死工资，也没有什么前景，还不如出来帮我做事。"

此时的熊涛，不得不对孩子的母亲佩服得五体投地。

果然，李娟的建议还真就是两全其美。不止两全：从各个方面去考量，从长期的家人关系去考虑都不失为万全之策！

熊涛不得不为李娟叫好。

"可以，可以——本人真真服了你了！"

"你同意了？"

口中这么问，但李娟清楚：熊涛一定不会反对的。除了自由，除了他自己，熊涛最终什么都会舍得放弃的。

"我没问题啊，不是两全其美嘛！主要是说服我妈，回去我好好同他奶奶谈一谈。"

"嗨，不用担心！你就直接对你妈说：大孙子姓熊！以后他奶奶什么时候想孙子了，我让爸妈亲自把孩子送过去给奶奶抱，就行了。而且，房子不还是在她孙子名下么，我不过是在儿子成年之前暂时代管一下而已。"

得了，既然这女人连怎么对付孩子他奶奶都为自己筹划好了，熊涛便没有后顾之忧了，唯有全盘接纳一条路可走。

内心，倒是松了一口气。看来知我者：孩子他妈也。

几天后，两家人请来了宾客，三桌人聚在墨尔本著名的中餐馆"四季美食"，为孩子隆重举办了个双满月庆祝喜宴。

办双满月喜宴的目的，是郑重宣告孩子的姓氏——他是熊家的后代，担负着为熊家传宗接代的责任。

"四季美食"所在的街是墨尔本的Chinatown，即中国城。

挺奇怪的，凡是西方稍大一点的国家或城市，都会有一个被称作"中国城"的地方。既然中国人那么在乎和坚持自己的生活方式和文化传统，为什么偏偏要离乡背井，跑去国外建一个自己的小城呢？

有没有人想过这样的问题，似乎并不重要。

皆大欢庆期间，菲菲有些茫然，她还没有时间去适应那种和谐与欢乐。

这两人到底怎么了？熊涛果真听了自己的规劝，作出了最后的让步了吗？他如今得到了这么多，其所放弃的，究竟是什么？

菲菲感觉心中有些憋闷，她似乎猜得到原因，却同时又对自己的那一点私心，憎恶起来。

看着眼前欢声笑语中的熊、李两家人，许菲菲明白自己不该参合在别人的感情或家庭纠纷里，即便是自己的内心，也不该纠结于此。

第二天上班时，李娟约了闺蜜一起去咖啡馆午餐。她笑眯眯的，似乎仍然尚未从胜利的欢乐中走出来。

"你怎么啦？看把你乐的。"

"哈哈哈哈。你晓得吗？我这次心想事成——打了个漂亮的伏击战！"

"别吓人好吧？还伏击战。。。敌人是谁呀？"

"对，没有敌人，是亲人。"

"怎么啦？目的达到了？他把你给娶了？"

"这倒没有。。。嗨，你还不晓得他？本人虽然人财两得的目标是落空了，但二者得一，也是不错的吧？"

谈话到此，不知怎的，菲菲好像不再郁结胸闷了。

看来不应当发生的事，总归是不会发生的。想来是自己有些事关己心，有些沉不住气了。

"那你得着什么了？让你这么开心？"

"你猜猜？"

老八又不是什么有钱人，能够给你座金山还是银山？

"猜不着。你就别卖关子了。"

"房子呀。。。他熊家在上海的老房子。"

我的天！这么远的东西她李娟还能惦记着？还能搞到手？

"什么，上海的老房子？啊呀我可真服了你了，呵呵。"

"佩服吧？两全其美。孩子姓熊，将房子转在他的名下，天经地义！何况，他熊涛从此也省下了我们母子两人的一大笔生活费。"

"怎么省？"

"把房子租出去呀。你不晓得：上次我回去一打听，他们那条街上的店面租金在上海名列前茅！而且，说不定我哥嫂还可以帮我开一个店。自己开店应该更赚钱吧。"

"我可真服了你了！"

如今除了表示折服，除了甘拜下风，菲菲没有其他想法。

"佩服吧？你家老八也是这么说的。"

很久了，李娟又用回了"你家老八"这个词去称呼那个男人。或许，她是想让好友宽心些吧？她俩的心结，除了她俩，又有谁晓得呢？

此刻，在菲菲的心里又出现了另一张脸，另一个熟悉的面孔：那是姐姐芳芳吧？听说芳芳最近不错，还谈了个离婚的医生男友。但是，估计不久之后，她便不再那么得意了吧。。。

果然，刚拿到法律证明书的李娟把儿子往父母那儿一塞，就急着跑回上海去了。走之前再三关照熊家母子：别给芳芳压力，自己会酌情与她商量的。

老八反正也开不出那个口，便提醒老妈别多嘴，先等两天再讲。

芳芳在熊家接待的来宾。她万没料到的是自己作为临时主人的迎宾地位，在不到两三分钟的时间里，被对方置换掉了。

"是么？那孩子居然是老八的儿子。。。你们啥时候结的婚呀？也不早些通知我们。都是这么多年的。。。熟人了，该庆祝一下的。"

妹妹菲菲在干什么？自己的闺蜜竟在眼皮子底下，搞定了自己的青梅竹马！

"嗨，没结婚。你又不是不晓得老八这个人。。。我们不过是谈得来，在一起开心罢了。"

这就难怪了。

"其实，老八也没有什么损失的。凭空得了个大胖小子，可把他妈乐坏了。呵呵。"

这倒也是实情。老八这个执拗的人，如果没有遇到个厉害女人，这辈子恐怕都不会有这等福气，不可能会有儿子的吧？

芳芳一直在听着，一直都没有表态。

李娟当然可以体察到芳芳内心的苦楚，也能够想象她心中的不服，因此知趣地停住说话，在一边坐着，却没有离开的打算。

许久，芳芳或许有些醒悟便开口说："你什么时候过来取钥匙？要处理的事情挺多的，给我几天时间好吧？"

"啊唷，不急的，姐。我只是提前跑来告诉你一下，好让你有个准备。而且，我还不太熟悉这里的情况，还要到处先看看再说。"

不熟悉情况，却把人家的房子搞到手了。芳芳不自觉笑出了声。妹妹诚然是老八熊涛一生的挚爱，又有什么用呢？身边高手如林，包括，当年的自己。

中国有句老话：山外有山，天外有天。喻指：无非是能人之外，更有本事之人。

菩萨却说：因缘际会；因缘和合；因缘果报。

芳芳如今已是信佛之人，没有什么难以理解和接受的事。

45

既然李娟暂时还没有离开这里的打算，许芳芳便只好耐着性子陪她聊天。

其实，李娟的本意是多看看这栋房子，多了解一下周围的环境以及生意情况。

"你以后怎么打算？是回国发展吗？现在国内的情况比过去好了很多，大家的生活水准也提高了不少。"

"晓得，我晓得，但我暂时并不打算回来。"

"那这栋房子。。。"

"出租或者做个生意什么的，总要养孩子的。熊涛一个人带着他妈负担也不小，孩子的生活费以后就靠这个房产了。"

"这倒是个不错的主意，两全其美。"

"就是呀——还是姐姐体谅我。"

"其实这个地段不错而且正在向生意街的方向发展。我过去也想过，但是。。。"

李娟当然晓得芳芳那个"但是"底下是什么意思。她一定是在自怨自哀，少了个机会，少了同自己一样为老八生孩子的机会。

李娟巧妙地将话引开："姐也想过做生意？那你觉得在这条街上做什么比较好？"

"姐不是个做生意的人，没这个头脑。我倒是学过一段时间的美容还考了张证书，原想老了以后开个美容院什么的，靠手艺吃碗饭也不错。"

李娟一惊：怎么我们两个相隔千里之外，竟都想到一块儿去了？缘分如此吧？

"啊唷，你看：我们两个不是亲姐妹，胜过亲姐妹！你晓得吗，我也是打算在这里开家美容院的！"

"真的？你也想开美容院？你有这方面的经验？"

"嗨，这种事要什么经验？没吃过猪肉还没见过猪跑吗？现如今美容院在国外可时髦了！你知道的，赚女人的钱，让她们的男人买单——这是最容易不过的事了！"

"这倒也是。"

"你晓得吗：女人一旦习惯了做美容之后，就断不了了。虽然人的脸不会因美容而真正变得漂亮，但这是一种信念。一旦停下来，女人就会丧失自信。所以，美容院做的都是常客的生意，客源不会断。"

"看来你真的是有备而来。"

"当然，本人不打无准备的仗。我来之前都注册好公司了。"

李娟环顾着这个大厅，兴奋地从椅子上站了起来。

"你看，姐：这个房间这么大，前面用装饰墙拦出一个接待室，后面可以面对面摆上两排足疗的木桶，中间用漂亮的帘子挡一下。"

"还要做足疗呀？"

"当然。全套服务可以收取全套服务的费用。这个不难，桶买好看些的，里面扔一些花瓣，去花店定没有卖掉的玫瑰什么的；找几个外来妹子转着，把楼下的客人服侍好就行了。"

李娟在房里边转边做着计划，倒把许芳芳听得肃然起敬。

"可客人会因为这些玫瑰花瓣，而花大价钱做足疗吗？"

"当然不止这些。国外的一些足疗产品都是做了香料的宣传的，但无论如何都及不上我们传统的中医了吧？"

"那你还要请中医来坐诊？"

"当然不用。花钱买一张方子就行了，主要靠香料。你也不想想：客人今天在这里洗了脚，明天回家就不用洗了吗？再好的药材，都会被水冲得一干二净的。当然，我们可以有我们的特色——做生意最讲究的，就是特色。"

"什么特色？"

李娟看芳芳听得入神，便笑了笑，卖起了关子。

芳芳倒是知趣，不再追问下去了。

"后面的厨房也不能浪费，找个会做点心的来，还可以顺带卖些饮料小食，给泡脚的人享用。"

芳芳不住点着头，然后跟着李娟上了楼，已完全丧失了作为主人的气场。不过，她是真的从心底开始佩服妹妹的这个闺友了。

"你看，这里的两间大房可以一分为四，用板简单漂亮分割一下就行了——用来放美容床。"

见芳芳跟着频频点头表示赞同，李娟把握时机开口问道：

"怎么样，姐：有兴趣在这里做吗？虽然招牌挂的将是澳大利亚投资的美容院，但主要靠你和我的嫂子来具体操作。将来赚了钱，三人可以分成。"

今天李娟来访问之前，并未考虑过将芳芳拉到这个生意中来，但现如今得知芳芳已经获得了美容证书之后，她的邀请是诚恳的。

"你真的想让我一起干？"

"当然啦！虽然我已经让嫂子去学习美容了，但她毕竟还不够经验。而且我哥嫂早晚都要移民澳洲的，我爸妈就我们两个孩子，你晓得的。你本来就是个资深护士，穿起白大褂时，有谁可以比过我姐那种来自大医院的气场呀。"

"行，既然妹妹信任我，我也就心领好意，尽力而为了。就怕做不好，倒是影响了你的生意。"

虽非俯首称臣，但如今许芳芳改口所称的那声"妹妹"，是发自内心的表达。对于这个妹子和老板，她心悦诚服，甘愿拜倒辕门。

"好，那我就继续说：你怕做不好，也不是没有原因，关键在于品牌。大多数美容院都会根据自己的渠道选择原料的品牌。虽然目前我们不清楚国内有哪些比较受欢迎的品牌，但我们可以马上去作了解。更主要的还是特色，我们必须要有自己的特色。"

就几分钟前，李娟对于自己的营业特色，还是谨慎和保密的，如今两人一拍即合，她放心了。原本，她也不是性情狭隘之人。

因此，虽然芳芳没有积极追问，李娟也竹桶打水，直截了当。

"你想想，芳芳姐：澳大利亚的特色产品中，中国人最喜欢的是什么？"

看到芳芳一脸迷糊，李娟再次提醒："再仔细想想：同皮肤有关。。。"

"绵羊油？是绵羊油对吗？"

"正是——又便宜，又好用！"

其实留学生在澳洲几乎都不用绵羊油产品。但中国的气候很干燥，尤其是春秋冬天，而绵羊油的好处就是可以保湿，加上它的售价在澳洲很低，所以近些年来自澳大利亚和新西兰的绵羊油，在中国大陆成了热门的归国礼品。

对于绵羊油的功用，李娟曾专门做过一份调研——不是书上写的那种文字证明。

熊涛的妈妈过去每回来墨尔本生活时，她的手上和脚后跟都因极其干燥而龟裂，甚至严重到出血的状况。

听菲菲说她妈妈用过自己寄回去的绵羊油后，皮肤明显变得滋润细软，熊阿姨也就试菲菲送去的产品。果然有目共睹：熊阿姨手脚上皮肤开裂的部分在几天之内就变软并愈合了。

几次回国，李娟也曾带了不同牌子的绵羊油送给嫂子用，听说效果都还不错，心里更有了底。

许芳芳在李娟的提醒之下，当然想得起绵羊油的妙用及好处来。

"所以，我们就主打绵羊油的牌子？"

"不，牌子还是要挂这里的品牌。因为大陆的人，大多只认识这里的名牌。但效用还是要靠我们的特色产品来做保证。真正的特色产品必须是保密的。大陆同胞的拷贝和跟风速度，姐是晓得的。"

"那我们岂不是在'挂羊头卖狗肉'了？"

"应该说'挂羊头卖牛肉'。呵呵，这种事稀奇吗？不过是羊头的名声在国内响一些而已！何况，我们澳洲的牛肉实在也不比国内的羊肉味道差吧？你再想一想：那个足疗如果光泡玫瑰露或中药什么的，最后不给客人抹上一层可以保湿几天的绵羊油的话，他们怎么会发现我们店特色足疗的优点？怎么可能成为我们长久的客源呢？"

"这倒也是，呵呵。"

想象着那些客人发现自己干裂的脚后跟，在自己这家美容院"美足"之后，果然有所改善；想到客人们定时来此美容所带来的源源不断的金钱效益，许芳芳的内心既荡漾着对未来的憧憬，又稍稍回归了一些懊恼的情绪。

早知如此，何不当初。。。不过也难。

自己手中毕竟没有大牌，没有儿子。毕竟过去的自己无非还是寄人篱下。

李娟如今可是在兴奋当中，哪里顾得上芳芳的心境。她滔滔不绝，并付诸行动，继续着自己的开业梦想。

从此无人怀疑：有志者，有智慧之能者——事竟成！

李娟回到了墨尔本。谁都没有想到她竟能在如此短的时间里，建起了一件大买卖。

是的，在那个时候，这样的外资美容店在国内屈指可数。因此，在所有人的眼中，李娟就是个地地道道的成功人士，是个女强人。

只有李娟自己，或许还有她的小姐妹菲菲才晓得：那种成就背后所付出的，是日复一日的熬心费力，是汲汲营营的计划筹谋，是女人无奈中的自强之举。

回到墨尔本的李娟，立刻又一头扎进了房产买卖。自己不在的那段时间里，菲菲虽然也收到了好几个买主的电话，但房源还是紧缺。

过去澳大利亚人不喜欢无端售房。有了房子的那些洋人，每个周末开着车库的大门，同邻居一起喝着啤酒烧烤聊天。他们此生唯一的远大理想，就是在退休之后，可以拥有一栋已经付清了贷款的自住屋。

而至今没有能力买房的那些洋人，都心安理得住在出租屋里。每周五晚约上几个朋友去酒吧喝几杯酒，嘲笑着那些因背负房贷而无钱在外享受消费的同事。

因此，说动洋人出售他们的自住屋可不是一件容易之事。李娟可是在这个方面下足了一番功夫，还不惜长期给另外一名经验丰富的当地售房专家，去做免费翻译。

看到闺蜜一回来就忙开了，菲菲虽然自愧不如却也处之坦然。她笑望着李娟，将手里的电话记录递交过去：

"看把你能的。也不在家休息两天，多抱抱儿子。已经是大老板了，还那么兢兢业业干嘛？"

"没办法——命苦呗。咱们生的是医生的儿子，又不是世界首富的孩子。要赚奶粉钱呀，呵呵。"

"还首富呢，别做梦了！你快知足吧，我姐姐如今都羡慕得你不行了。"

　　"这可不是做梦。还记得毛主席当年是怎样教导我们的：世界是你们的，也是我们的，但归根结底是你们的——你看，中国扬眉吐气的希望，就是寄托在我们这一代人的身上的！"

　　菲菲笑了。好像是有过这么一段话，是五七年毛主席去苏联时，对那里的中国留学生说的。虽然当时自己还没有出生，但刚出生就听说了，而且背熟了。

　　那个时候的中国青年人，可以出国留学的少至若无，苏联是个例外。

　　现在毛主席万岁了，被他老人家生前寄托极大希望的那一代人中国学生，可以走进全世界了。或许人走了，其预言倒是要落地成真了？

　　不久，机缘巧合吧？一个中国女子，果真荣耀嫁入澳洲豪门。

　　机会和缘份，如果真是由天注定的话，那就不存在努力什么事了？

　　女人年轻时其实都不信命的。

　　她们相信的，是爱情的力量，是爱情的收获。

46

澳洲政府当年对中国留学生的家庭团圆政策，是兄弟姐妹中有一半以上在澳洲，便可以申请她们的父母甚至另一半兄弟姐妹去澳州定居。

不晓得是出于人情的考虑还是出于对人口的控制，总之那些当年响应多生孩子多做贡献的旧政策的中国父母，只能留在国内同其他孩子一起生活；而那些几年后服从了计划生育新政策的父母，倒是有了机会出国与孩子团圆。

上海的凌家和许家家长们，都曾庆幸地在中国计划生育实施前生下了一大堆子女，因此不巧失去了出国定居的机会。他们心中的牵挂和懊恼，旁人或许难以体会。

已在墨尔本建立小家庭的凌霄和许菲菲一家，如今生活基于稳定，手中也尚有积攒，便商量着带着宝贝女儿回国省亲一事。

虽然没有生着儿子，但女儿也不错而且还是个外籍。爷爷奶奶外公外婆也应该会激动得不得了的。

凌霄最多只能请两三个礼拜的假。菲菲还行，她的工作基本上算是自由职业，因此计划着可以带上女儿在上海多住一段日子。毕竟，孩子也是第一次去中国见亲人。

行程虽然有些赶，但的确假有所值。其实到了上海之后，凌霄的大部分时间是同好朋友们一起度过的。其中最多的，仍是许家那几个好兄弟。

许家的男孩们如今都回到了上海。他们买了房置了几个不大不小、不好不坏的生意做着。同大多数上海同胞一样，每天聊着生意经，看着挺忙。

凌霄明显感觉自己是落伍的了。这样的感觉，过去很少在国外、在澳洲发生过。或许，人所在意的，终究还是自己的同类和亲友吧？

凌霄和菲菲起先带着孩子住在凌云的那套旧公寓里，说好了等凌霄提前回澳后，菲菲再带着囡囡回父母家里去挤一挤亲情。

凌云早就又添置了新公寓，自己也搬了过去住。看来无论如何，他都不打算回家同老婆孩子一起过了。

那个金巧儿还在。她长大了，由凌家花钱读了一个半公半私的大学。其选读的专业不知是受了凌云的教诲想报效凌家，还是誓死要与凌云妻家一较高下，反正也是财务方面的。

巧儿原本一直住在凌云的旧公寓里，直到这次小表舅一家回来省亲，才不得不暂居到工厂与其他人一起，明显是"屈尊移驾"了。

这可是有目共睹的，包括那些从国外回来探亲的亲戚。每当凌家宴请小儿子一家人，无论在父母处或是在饭店请客，巧儿都会以"正式"家庭成员的身份出席，而非列席。

看到大多数的聚餐，家中都少了凌云那位"明媒正娶"的媳妇，即那位凌家第一继承人的母亲，菲菲有些难以理解和接受。

这次回上海，跑得最多、态度最殷勤的亲戚要数凌家的二女凌琦了。

"弟妹，看看就是国外好呀。你也真会打扮，人一打扮就显得年轻漂亮。不像我们整天忙里忙外的，搞得皮厚肉糙的，没了女人样了。"

每当凌琦自找理由赞美弟媳之时，菲菲总是礼貌笑纳着。而凌霄如果在家的话，也总是要顶回一句：

"我老婆天生丽质，懂吗？跟在哪儿过日子没关系。"

"瞎说，关系大着呢。你看，现在国内人虽然生活好了，但有谁不削尖脑袋往外跑呀？假如国外不是那么好，有谁还愿意出国呀？"

"其实，中国人在国外也挺不容易的。人不论在哪里生活都免不了含辛茹苦。尤其为着自己的下一代，都要拼命的。"

菲菲难得接了回嘴，却不料引出了孩子二姑来访的真实目的。

"就是说呀，一切不都为了自己的孩子么！我今天来也就是想请四弟和弟妹帮帮忙，给我的那两个没出息的孩子，找一条留学出路的。"

凌霄一听二姐开口求己，想到她过去一向不达目的誓不罢休的所作所为，吓得连声道着"对不起，对不起，我约了老三去他店里喝酒"，抬脚走人了。

菲菲倒是不惊，她晓得二姐向来"无事不登三宝殿"。最近她一有机会便来套近乎，果然是有所求。她听着便是。

小弟溜了。凌琦自知同眼前这位不温不火的弟妹还不算太熟，倒也明白不能逼人太甚。反正自己的要求已经提出了，算是迈出了第一步吧。

两人坐着，聊着家常，从姓凌的孩子聊到不姓凌的远亲身上。

"唉，反正三弟就是这么个人。凡对他俯首帖耳的，他就当回事接着。你看看那个巧儿。。。"

提到金巧儿，菲菲果然有些想不明白。

她问道："哥真打算同嫂子离婚吗？这样两边。。。算怎么回事呀？爸妈为何不管？"

"怎么不管？当然，爸不说话时他的心思没人能懂。可能添个孙子也不错吧，哈哈。。。但决不会是巧儿，她明显不属于'贤妻良母'的范儿，呵呵。妈可是早就警告过三弟了。妈说那个乡下小妮子年纪不大，但眼睛滴溜溜转个不停，很会来事！而且每回弟妹和孩子在的时候，那巧儿从来不给舅妈和表弟好脸子看。妈说：巧儿可不是什么善茬，早晚忘恩负义。"

"所以，妈是反对他俩在一起的？"

"对啊，明确反对。你看，三弟不是买了套新公寓搬出去了么？虽然，这老房子还是留给那小妮子住，而且我们凌家还养着她呢，你都看到了。唉——湿手沾面粉，甩不掉了。"

难怪。这次见到巧儿，菲菲不难在其献媚的眼神中，看到一些怨恨的内容。原来，她虽领受着凌家的恩惠，却也不甘心只作为一个宠物被包养着，她显然已经朝着"理所应得"的方向去努力了。

菲菲的眼里，看到了一个曾经积极争取机会去摆脱家乡贫穷生活的女孩子，却在环境的引诱和自身的贪欲之中正滑向一个深不见底的漩涡，难以自拔。

她在惋惜那个正走向堕落的女子的同时，更加同情的当然是自己的妯娌嫂子。

下决心甩掉一个人，一个包裹，应该是不难的吧？或许，凌云对自己的妻儿失望太久，企图用钱买来的感情去维系内心的平衡吧？

但嫂子呢？嫂子竟然坐视不管？

"难道嫂子至今还没有警觉？她为什么不赶走巧儿？为什么甘心受辱？"

"她当然清楚啦！但是你晓得吗：三弟把所有的私人房产都划归在老婆和孩子名下，所以她心里笃定的很。"

"笃定？那也不能允许鸠占鹊巢吧？"

"占不到，放心吧。这世上没有女人会真的在乎别人的男人，三弟不过是几个女人争夺利益的道具罢了。"

"那三哥也活得够累的。。。"

"咳，弟妹你不晓得现在国内有钱的男人哪个不包个把小三的？就像过去八旗子弟套个戏装玩个票那样，成时髦了！"

小三？女人果真成了男人身上的行头了？

菲菲从国外回来，有些难以接受。

"就怕穿上容易，脱下难吧？现在哥搬走了，那巧儿不是也没有放弃吗？"

"咳，其实也不难。巧儿不过是混口白食、混个上海户口罢了。就她那个长相，加上多少都忌讳一点血缘关系吧，构不成大危害。你不晓得：自从三弟搬去那个上海第一高楼公寓之后，有多少高学位的资深美女追着他爱，个个身手不凡！呵，反正便宜没好货，好货不便宜！"

菲菲有些不明白也不甘心：难道女人，可以用货来比喻和份量的吗？

"或许就像老话说的那样：家花不如野花香吧？"

"你又错了弟妹，呵呵，光闻花是不用花钱的。现在的花也好草也罢，闻也好摘也罢；正宫娘娘也好，外包小三也罢：都使钱、都费钱！你就等着看三弟糟蹋钱吧，哼。"

听二姐居然可以将一个复杂的人际关系和家庭问题，描绘得如此轻松，菲菲深感落伍。

可叹自己和身边的姐妹，可叹老八那样的男人。。。竟还纠缠在爱的大树底下，不能自拔。

谁愿去管他们那些事，菲菲不过听听罢了。

凌霄每天都出去和兄弟们喝酒、聚餐、搓麻将，回来家里后就又免不了唉声叹气的。既眼热这里老朋友的自在生活，又为着自己一个人被捆绑在异国它乡的家而苦恼。

凌云也单独请弟弟吃了几次饭，选的餐馆既豪华又丰足。

凌云虽然正在日上竿头，但也不乏苦衷。同弟弟一起喝喝酒叹叹苦经，在凌霄听来却都是显摆。

"怎么样，跟着你哥干吧？哥这里什么都好，就是缺少自己人看着。你来帮哥搞定那些人，搞定销售部。”

“怎么可能？哥用的不全都是自己人吗？还用得着我去给你看着？”

凌霄觉着，哥哥是在同自己客气罢了。然而，他不知凌云的真实难处。

“唉。。。就是因为找的都是家乡的亲戚，人多嘴杂所以摆不平呀！而且，就销售部门来说，哥现在不得不依赖那些经验老道的本地人，根本没有可以信任的自己人。你懂的，服装的利润很低，钱都消耗在他们的回扣里了，包括你二姐一家。而且不知哪天，那些有本事的本地人就会偷走着我们的客户，另找出路了。”

“我不也是你的亲戚吗？为什么我去就可以搞定？”

“你当然不同，你是我弟：一人之下万人之上的地位！他们当然会服你的，呵呵。而且你人缘好不贪心，销售经验也非常丰富。”

得，长这么大了第一次被哥哥赞扬，但一不小心，自己就会掉入圈套里。凌霄的眼前回忆起儿时的生活，被哥哥呼来喝去的那些年。

“再说吧，我们现在澳洲过得还不错。”

“这也算不错？你们这样替别人打工有什么前途呀？还不错呢——庸庸碌碌一辈子吧。你还是不求上进！”

是的，本人就是不求上进。人活着不就图个自由自在么？人各有志，不可强求的。

凌霄先行回到墨尔本上班后许菲菲搬回了自己父母的家，就是那栋六层老楼。有老人帮着带囡囡，她倒是难得有了些自由支配的时间，也可以去姐姐芳芳那里走走坐坐。

每次去芳芳上班的熊家老房子，看到姐姐那边的生意排得满满的，菲菲都不得不再一次佩服李娟的本事。

　　虽然每天在那里辛劳工作的，大都是姐姐一人带着几个外来妹子。李娟的嫂子也在，但主管接客和收账。各有各的忙。

　　姐姐请难得回国的妹妹去街上最有情调的一家茶馆坐坐。里面的豪华文化装饰，让菲菲对着一壶龙井茶的漫天要价咋舌之后，也有了些物有所值的安慰。

　　听说熊阿姨经常会打电话同芳芳聊天，她竟有些歉疚的。芳芳却很知足，她感谢熊妈妈多年对自己的疼爱和关照，且至今仍未改妈妈的称呼。

　　人心态平和了，姐妹两个如今走得近了一些。偶尔，姐姐会问起远在澳洲的那个人，牵肠挂肚惯了。

　　菲菲有问必答。毕竟那个男人一直都在自己的周围，一直不乏相助。

　　"你很福气，从小就有那么多人心疼你。"

　　有时，姐姐的话里总还是会流露出生活的五味杂存。但作为妹妹的菲菲，又何尝没有品尝过不同味的酸甜苦辣呢？只不过不堪言表罢了。

　　在菲菲带回沪的小小集影本上，芳芳看到老八那可爱的儿子，也可以看出他们几家人在澳洲相交甚好，不由得心生羡慕和宽慰。

　　"看到你们全都好好的，姐也就放心了。。。只不过可惜了，这么好的一个男人。"

　　芳芳如今的惋惜中，想来已是放下了自己，而是单纯为着妹妹和老八。

　　"没什么可惜的，姐。如今大家都有了自己的孩子，有了自己的生活。只要都过得好，就没有什么可以放不下的。"

　　"虽然这么说，但老八还是一个人。。。没想到他竟会这么执着。"

　　"不再是一个人了，他有了自己的儿子。"妹妹提醒道。

　　"也对。呵呵，这倒是完全没有料到的事。这个李娟也实在太能了，你和我两个加在一起，都及不上她那么聪明，呵呵。"

　　"是，她确实有本事。但是姐，她也有她的难处，别人只是不晓得罢了。"

　　那是自然。过来人，谁不晓得做女人的难呢？

　　短暂的回访之旅结束了。菲菲在几周之后，也带着女儿回到墨尔本，回到自己的小家，要回归自己早已适应了的生活当中。

　　飞机是晚上到达墨尔本的。凌霄这个时间在上班，说好了由李娟代他去机场接回了母女两个。

　　到家后，菲菲将已经困得不行的囡囡照顾睡了，笑呵呵对着小姐妹说：

　　"辛苦了，谢谢你跑一趟。快过来坐一会，喝点茶。说说你那小子最近怎么样，还调皮着呢，是吧？"

　　"是，男孩子么就是皮。我不坐了，你先洗洗休息一下。我也要回去了。"

　　菲菲想着也对，这么晚了没必要客气的，便送李娟出门。

　　开门前，李娟从包里取出一个鼓鼓囊囊的信封，塞在菲菲的手里。

　　"你刚回来，手头一定紧张。这些钱你先拿着用，以后再慢慢还好了。"

　　菲菲赶紧推回去。

　　"不用的，我们是有计划的。缺钱的话是不会回去的。"

　　"啊呀——你先拿着！真用不到再还好了。"

　　李娟的态度出奇的坚决，菲菲也只得领情，收下了她的好意但没打算用。

　　不多久老四下班回家，见老婆还在忙着整理收拾呢，就先去囡囡那里看了一会儿，亲了亲女儿的小脸蛋，然后喊了菲菲一声，直接进房睡下了。

　　"你也累了一路了，别收拾了，明天再整理吧。"

"快了，你先睡。哦对了，我前些日子给你的那张银行卡呢，我明天要出去采购用。"

"在皮夹里。。。" 听上去，老四已走入梦乡了。

第二天，菲菲被女儿的声音吵醒了，便赶快起床伺候她吃了些东西。昨晚就看到家里没有太多的食物，她自己也马马虎虎垫了下肚子，就带上女儿出去购物了。

去到超市，菲菲挑了一些家里急需的吃的用的后便赶快去柜台排队付款，心中还惦记着赶回家做饭。男人起床后，还没有什么可以吃的东西呢。

不曾想结账时那张银行卡里显示没有钱。试了几次，都是"余额不足"。

怎么可能？许菲菲清清楚楚记得自己在回国之前，卡里准备好了足够还房贷的钱，以及部分老四提前回来的生活费。她还特别关照男人，别忘了付房贷，别忘了把最近这几个礼拜的工资转一些进去。

难道是老四忘了转款？或是房贷付多了？

不知何原因，菲菲的心脏"咚咚咚咚"敲打了起来，而且越来越重，都快跳出了自己的胸膛，跳出了身上的外套。。。

她对收银员连声道歉说"一会儿再回来付款"后，飞快地跑去附近的银行，将最近几周的对账单打印了出来。

没有付过房贷。。。没有大笔购物。。。有的，是几百几百的提款，是倒欠银行一百多元的债款！

菲菲跌坐在银行外边的公共座椅上，回想起昨晚李娟的慷慨和坚持。。。

她几乎明白了，自己不在墨尔本的这段日子里，家里究竟发生了什么。

即便已经明了，菲菲却依然心存侥幸。她带着囡囡赶到房产公司的门外，把好友叫了出来。

"他。。。四哥是不是又去赌了？"

"你没有回来，他倒先回来了。熊涛接的机，你晓得的。他不放心，有时去赌场转一圈看看。。。"

李娟告诉菲菲，凌霄好像在回到墨尔本的三天后就又开始去赌场了。熊涛几次跑到老四的赌桌旁去劝他回家，对他说："现在你是有老婆孩子的人了，别再像过去那样贪玩了！"

可凌霄的回答是："就为了宝贝女儿才要多赚点钱的。"

老八哪能不了解老四？他岂是在赌场赚钱养孩子？他甚至都不像其他赌徒那样，是做着发财梦才去赌的——他不过是玩心太重而已！

没辙了，说不动也劝不动老四，熊涛便在一个晚上等着凌霄从赌场下楼到停车场时，揪住他狠揍了几拳。

凌霄也气不打一处来，自出生以来第一次同老八殴打在一起，并大喊："你凭什么管我？你以为你是谁？别以为我不晓得你整天图的是什么——你就是一直对我家菲菲念念不忘！你对她不还好意！"

"我就是爱她了，我一辈子都爱她——怎么样！至少我永远不会欺负她！我也警告你：要是你再做对不起菲菲母女俩的事，我绝对不会再对你客气的！我会把心爱的女人从你这个混账东西的手里夺回来！"

引得保安都跑来了，据说再打就要叫警察了。

还好，听说是为了劝赌，司空见惯了吧？最后劝架的将两人赶出停车场后，也就散了。

听说那天之后凌霄晚上没有再去赌场。又听说熊涛夜里不睡觉，在老四家楼下车里坐着，看着他。但几天后的下午，老四又被熊涛在赌场撞见了一次，应该是改成白天去了。

看来，老八的话只当是在老四的耳旁刮过了一阵风罢了。

看来，老八也该放弃他的兄弟了。

“咳，没办法。人一沾上了赌，就像着了魔一样了，戒不掉了。”

菲菲只管洗耳恭听。心里憋得紧，却没有疼痛的感觉了。似乎，她是在听着别人家的故事。直到李娟的嘴闭上了，关注着她。

“所以昨晚那些钱。。。”

菲菲晓得自己明知故问，但钱还是要还的，要明确来源。

“对，是你哥让我给你的，先应急。他不让说。”

说与不说的，菲菲内心岂不明白？

会让你失望的人，总归会让你失望。

所幸的是身边竟还有几个真心关爱和帮助自己的人。然而面对这些心甘情愿帮助自己的人，菲菲除了感激之外，更多的是感到卑躬屈节，是抬不起头面对。

她的内心同样清楚：自己在他人眼中、在最最不希望被低视和同情的人眼里，总归也是无尽的失望。

孩子在自己的边上提醒着：作为母亲，必须接受别人的帮助，必须忍受难以承受的屈辱，必须好好活着把孩子带大。

她点点头。菲菲告诉闺蜜：自己没有带钱出来，超市买的必需品还被扣留在那里。

李娟明白了，赶快带着那母女两个直奔超市，替好姐妹付了款取回了东西。

“赶快回家吧，先拿了钱把房贷和欠款补上，否则拖久了房子会被银行没收的。”

“晓得了。”

菲菲回到家，凌霄还在睡着。

她赶紧做了些午饭又安顿好了女儿午觉，拿上那包钱准备去银行时，老四起来了。走到餐厅看了看桌上的食物，他随口问句“你们吃过了吗？”就坐下了。脸讪讪的却没有人看他。

　　菲菲在走廊里回了一声："囡囡在睡觉，请帮着留意她。我要出去一下。"

　　没有听到回答，很正常的。凌家男人都这个脾气，女人的话，看情况答与不答。

　　菲菲赶到银行查了一下房贷，果然已欠了两个月了。她只能连声道着歉"对不起，出国了忘了"，同时赶快用借来的钱补上。

　　走出银行的大门，她的泪终于止不住了，滴在手中的那张结款单据上。压在心里的那块石头落了地，才觉出痛来，才敢哭泣的吧？

　　没有人为那个女人拭泪。墨尔本温热干燥的空气，足以晾干菲菲脸上的水，却还是留下了斑斑泪迹，紧绷着她的脸皮。

　　她去了一趟女儿的幼儿园安排好了囡囡明天的入园手续。回家路上，她看着表计算着男人上班的时间。

　　赶在凌霄必须离开的那一两分钟里，菲菲回到自己的家。

　　听到开门声了吧？他已经晓得了，正往房间外走来。

　　两人在窄窄的过道里，眼神中没有任何交流，插身而过。一个回家来了，一个正待离开。

　　没有什么需要盘问的，也没有什么需要解释的；没有什么应当责备的，也没有什么必须道歉的——每一个人，都有他或她自己的活法。

　　人性是自由的，即使被孩子、道德、或法律捆绑在一起，成了一家。

　　菲菲和凌霄都早已成人，都已成为亲生孩子的父母。该做什么，不该做什么，应该由别人来提醒或教导的吗？

　　假如，菲菲是在假设：假如男女双方是两条平行线，各自驾车跑在自己的轨道上，相去万里又怎样？

　　总好过交叉吧？

因为：两线一旦有了交叉点，便就又会分开了。各自跑向各自的终点，越离越远，不可能再次相交了。

或许李娟是对的？

因为，有了交点，才算夫妻。

电话铃响了。是老八熊涛吧？那个没有成为她的人生交点却始终同自己隔岸相望、平行前驱的男人。

果然，他果然还是为她担着心。

"你好吗？囡囡好吗？"

"没事，我俩都好，别担心。哥——谢谢你！"

"谢什么呀，哥只想听听你的声音，想看见你笑。已经多久了？哥都怕看不到我的小七妹开心了。"

"我真的很好，别担心。没有什么过不去的事，不还有阿哥你。。。还有好姐妹帮着我呢。真的，别为我操心了。哥你那么忙，还要照顾阿姨。"

"我一会儿下班后，过去看看你和囡囡，可以吗？"

"今天就算了吧。。。倒时差呢。"

那边就没了声音了。

倒什么时差呀，你还睡得着吗？骗谁呀？

老八那头担着心，这边小七妹心中却也是为着他的担心，而自责，甚至不忍。

"我真的挺好。。。哥，你放心好了。要不明天吧？明天我先送囡囡去幼儿园，然后中午过去看看你。我们一起吃个午饭，好吗？"

有了明天的约定，熊涛这才重新提起了精神头。

他想见她。他必须见到菲菲，才真的可以宽心些。

庸人自扰，说的就是单恋着的男女吧？

　　菲菲安排好了女儿去幼儿园后，便到李娟那儿干回了房产销售助理的工作。她心里明白自己除了脚踏实地跟在好友的身后打个下手，实在也没有什么特长可以迅速改变目前困难的现状。

　　但是对于自己的丈夫，菲菲不仅不会再抱任何幻想，更不会原谅他的所作所为，所谓冰冻三尺非一日之寒。

　　凌霄虽然没有认错，但自觉抱着条被子搬回了另外那间卧室。在他的理解中，反正女人就是"作"一下罢了，过段日子就没事了。

　　可出乎意料的是，菲菲这次真的打算放弃他了，远不如"作"那么简单。

　　"我们离婚吧。房子可以卖掉，钱一人一半。孩子我带着你不会有意见吧？"

　　周日中午，夫妻二人在不同的时间点各自吃过了午饭后，菲菲找了个女儿午睡的当口，向丈夫提出了她考虑再三之后的决定。

　　"离什么婚？你整天闹什么闹！我现在每天不是都已经乖乖回家了吗？"

　　许菲菲不觉得自己是个会闹的女人。她感觉自己从小被宠着，被呵护惯了，还没有学会怎么骂人，怎么吵架。她甚至觉得自己连"作"都不会，否则怎么可能被自己的男人欺负成这个样子？

　　反正只要凌霄一开口或者摔门而去，她便只有闭嘴的份。反正家里也没有人听她的。

　　老四在外面从来不骂人。亲戚朋友们都觉着他是个又大方又好脾气的暖男，都觉得菲菲是个很福气的女人。

可菲菲直到结了婚后才晓得：男人在外面慷慨赠送的每一分，都是自己和孩子的饭钱，都是这个家里的共同财产。老四是拿着家里的钱，在外面做着"好人"。

这种在他人眼中的好人，在家里不就是吃里扒外么？

菲菲晓得自己嫁错了人，早就晓得了。但是，她同老四是有感情的。他们两个不是父母之命、媒妁之言的夫妻，也不是嫁鸡随鸡、嫁狗随狗那么简单。

许菲菲和凌霄两个，是青梅竹马的亲人。

因此，她仍然设身处地去理解凌霄。

中国几千年的传统教育，是男人在外接受教育挣钱养家；女人则应该在家伺候服从丈夫。现如今男人所不能接受的事实是：女人也受过教育，而且不一定比男人少；女人也在工作，也在挣钱养家，而且还有可能挣得比男人更多。

中国的男人说：自己在家里可以喊破天，是因为他们在外面太压抑太受气，而且必须维护脸面。他们把家人、把老婆孩子当作自己人，所以才在家里对着亲人撒气。

菲菲感觉自己的情况与别人稍有不同。她男人平时倒不舍得骂自己，所以只能跑去外面发泄。他似乎需要也习惯了跑去赌场，去别人家里玩牌，去挥霍口袋里仅有的一点点钱，去替自己争个面子。

第一次离婚的谈判草草结束了。夫妻双方就说了那两句，就算是对骂过了，也不太可能再有第二次谈话了。

因为谁都晓得，在菲菲的内心深处，始终还是不忍。她明明清楚自己同这样的男人生活在一起，无非就是捧着个不定时的炸弹。

但是，凌霄是亲人，更是孩子的父亲。看着一天天长大的女儿，菲菲进退两难。先就这么处着，两人在一个屋檐之下，有着共同关心的孩子，却没有身体甚至语言的交流。

刚好在维谷徘徊之际，上海凌家来了封信。信中说凌霄的哥哥事业有了发展，他正在同父母一起计划买下整个服装厂。

凌家长辈说，如果老四在澳洲混得不如意的话，还是带着老婆孩子回上海，帮助打理自家的生意好了。而且保证在收入上不会比澳洲差，还会给儿子适当的股份。

这次的邀请，是凌家长辈发出的。看得出全家对长子凌云充满着信任，对单独留在海外的小儿子一家也有所牵挂。

这封家书，无疑给这对貌合神离、名存实亡的夫妻，创造了另外一个解决难题的机会。

菲菲有些犹豫，不知道即将走出的那一步结果如何？她可以商量的人，还是好友李娟。

"我想再给四哥一个机会，让他先去上海过一段日子。毕竟，那里没有赌场，可以收收性子。如果他以后真的改好了，可以安心过日子了，我再带着孩子回去。"

"什么？还给他机会？我有时真觉得你这人做事太糊涂，太没有原则了！"李娟一听菲菲的计划，就冒火了："都什么时候了，小姐！看看你现在过的日子，看看你家欠的那些债！再想想孩子——奶粉钱都让她爸陪到赌桌上了！"

"所以我打算让他去中国。。。那里不是没有赌场么。"

"凌霄光是赌的问题吗，菲菲？他整个就是一个不顾家、不负责任的男人！今天你收了他的赌桌，明天他还不知会搞出点别的什么！你难道一辈子就这样跟着他、防着他过？防不胜防呀，菲菲，人性是改不了的。"

"也不是说都改不了吧？人总是会成熟的，或早或晚吧。。。你没听老话说：浪子回头金不换么。"

"什么？浪子回头？苦等浪子回头的，该是那些做父母的吧？这种骗人的鬼话应该是七八十岁的老人讲的吧？你以为你菲菲是谁？你一个年轻少妇，等他五年、十年、还是二十年再回头？你等得起吗？"

李娟禁不住冷笑出了声。傻瓜菲菲，还以为自己是男人的监护人呢，何其可笑！她这回可是实在看不下去了。

"你应该还听过另外一句话吧：浪子当家，饿死全家！被浪子玩得快一贫如洗了，还谈什么金不换？哪来的金子？"

其实，菲菲用脚后跟都能想明白，李娟说的全对。她只是在情感上接受不了。

"我是真不想就为了他赌这一件事离婚的，毕竟我们本来也没有家财万贯，也没有到万劫不复的地步。无论如何我们在一起这么多年了，我舍不得一个家就这么拆了。而且你知道，孩子总要。。。"

原想说孩子该同自己的亲生父母一起生活之类的话，但想到李娟的实际情况，菲菲说到中途停了下来。

李娟倒蛮不在乎。看到囡囡的爸爸这么不负责，她早就想直接劝菲菲离婚了。只是，此口难开。她一心帮好姐妹着想，却也怕承担拆散别人家庭的罪过。

"或者。。。暂时先这么走，哪怕就当是缓兵之计好了。反正，如果他还是改不了，分居两年后，在法律上你俩也可以直接申请离婚了。"

"不到万不得已，我都不想离婚的。"

看到菲菲眼中泛出泪光，李娟也只好退一步。

"反正你就自欺欺人吧。看样子你是不到黄河不死心，不撞南墙不回头了。"

"你是我的姐妹吗？你希望我好，行不行？懂不懂安慰人呀？"

李娟无奈之下，还是关心一些现实的问题吧。

"对了，老四会同意回去吗？"

"应该会吧。毕竟那是他们家族的企业，回去也是有面子的。而且其实我们也早就分房睡了，也提过离婚的事。我俩暂时分开，毕竟对双方都好吧。"

"唉。分居也好，熬着也罢，你信不信——最后殊途同归。"

李娟过去向来认为菲菲很有勇气，不料眼下却被男人和孩子捆得紧紧的，无处可逃。

菲菲何尝不憎恨自己的软弱呢。她感觉自己就像是一团棉花絮掉在了灰尘堆里，既抽身不得，也拍打不得、抗挣不得。

当她还是姑娘时，曾经毅然决然为了亲情而舍弃掉爱情，但如今作为妻子和母亲时，却无论如何抛不下亲人，丢不开亲情。

用一个在实际上和面子上都过得去的理由，暂时将亲情搁置一旁，或许是给了双方一个机会和一条出路吧？

至于将来可能的结果，正如信佛的姐姐芳芳常说的那样：一切看缘分吧。

缘分在，自会落地生根。

听了菲菲的建议，凌霄果然没有反对。他内心再明白不过了：暂时分开也好，永远分开也罢，这回都不由他选择了。如今自己像什么都没有发生那样，按照父兄的意思回上海工作，确实为上上之策。

何况，大陆目前的情况同当年出国时相比日新月异，不由得不令人心向往之。

一个暗流涌动的家庭矛盾就此被缓解了。当时在爱恨交织的夫妻内心深处，无疑都是怀着重新复合的期望的。

然而，在别人的眼中：如今的许菲菲成了单亲母亲。或者不久之后，她就会是一位名副其实的单亲母亲，同她的闺蜜李娟一样。

也不完全相同。

这对好闺蜜，一个有婚姻却不得不过着没有伴侣、甚至几乎没有性爱的生活；另一位没有婚姻的捆绑，因此倒是不乏人爱，不乏性爱。

熊涛呢？此刻的他是怎么想的呢？

对于老四家里的变故，老八不仅看在眼里，且了然于心。

作为一个医生，加之他对一起长大的青梅竹马们的了解，熊涛客观地认为在菲菲的人生里，老四凌霄好比是一颗不成熟的乳牙。而八哥自己，才是菲菲可以永久保持和拥有的恒牙。

熊涛晓得不单单是因为自己的成熟和进步，更重要的是自己对菲菲自始自终的欣赏和理解、疼爱与珍惜。

就像老天爷安排好的那样，人们在成长的过程中，恒牙最终会义无反顾地去取代无根的乳牙，去帮助和相伴人的一生。

毫无疑问，菲菲的乳牙不够争气，早早被虫蛀坏了。但菲菲舍不得拔除它，她情愿用最后一点机会去珍惜它，珍惜那颗注定了不久便会自行脱落的乳牙。

毕竟，乳牙曾经有过他的作用，有过他的功劳，有过他在她的生命中存在的情感和意义。

熊涛对爱、对爱人的渴望与日俱增，却不得不等待。万般庆幸，她依然是自己的好朋友和好伙伴。

凌霄走后，留在墨尔本的三个休戚相关的男女，互相帮助和支持着，带着他们自己的孩子，和睦相处往来着。

熊涛欣慰地看到，许菲菲的脸上重新泛出了久违的笑容。

熊涛等着，等待同心仪的女子在爱中拥抱、在爱中亲密；等待着与菲菲建立真正的亲属关系，成为不仅仅是恋人，更是永久伴侣的那一天。

熊涛晓得，菲菲一定是爱自己的，也终有一日会在历经磨难之后，在体会自己无怨无悔的爱之后，毅然决然投怀送抱。

　　他还清除地记得年少的她曾经对自己说过：泡泡破了有什么要紧的——再吹一个就是了。重新吹出来的泡泡，依然是美丽的。

　　熊涛坚信，自己最终会成为菲菲美丽人生泡泡中，维持最久、最后的那一个。因为，自己持之以恒的爱，将是菲菲维持梦想的张力。

49

回到上海之后的凌霄，被父兄安排住进了凌云原先的那套旧公寓里。那套公寓中现如今除了凌霄，还住着个表外甥女巧儿。

哥哥凌云显然已经有了新的情人，俗称"二奶"，但巧儿却依然住在凌云的那套旧房子里，被包养着。虽然，此时的金巧儿早已从财金学校毕业了。

正如过去巧儿发誓的那样，凌云倒是希望她可以报答自己和凌家，去自己的公司上班，给她一份正式的工资，也算"肥水不流外人田"吧。

可惜巧儿不领情也改变了心意。她说了：

"我去上班可以，但必须让你那个名义上的丈母娘走人！就她每天上班干的那几件事，谁不会呀？"

言下之意她金雀必须成为凌云公司、凌家的财务一把手。

言下尚未道尽之意，是你三表舅妈手里拽着个病孩，连男人的床都不需要搞定，还霸着凌家的财产与地位不放——占着茅坑不拉屎，算什么呀？还不该让有本事的人顶替吗？

在巧儿的眼里，自己和她的"三舅母"并没有什么不同，都是被男人包养着的寄生虫而已！

只可惜真正的寄生虫对自己"借住"的家心怀满足，但人却往往对收留自己的人不予感恩，甚至忘恩负义。因为，人有比较，有贪心。

那巧儿在凌家赖着。她不仅对自己和凌家的期望提高了许多，还不到黄河不死心的样子。自己有任何不如"表舅母"的地方吗？反而自己的条件更好——年轻呀！

用凌琦的话来形容，那个被我们凌家共同出资包养了多年的女人：忘了自己姓什么了，尾巴翘到天上去了。

巧儿如此放肆的要求，自然也不是凌云可以迁就的。

对于他而言老婆也好，丈人也好，情人也好，亲戚也好，都一个萝卜一个坑——各自有着他们存在的作用和意义。

如今作为中国新一代企业家的凌云，驭人之道早已得心应手，轻车熟路。

但是面对巧儿，他百般为难。毕竟，她还算是自己的表外甥女。而且，自己的母亲当年堵了巧儿成为自己老婆的道，凌云虽觉的没错，但总有些歉疚。

如今果真如老人说的那样：请神容易送神难！

凌云之后给金雀出具了一张完美的半工半读的工作简历，帮助她谋到了一份私人理财公司的财务工作，并答应她可在自己这里再兼一份只为"表舅"个人理财的兼差，也继续可以在自己的老房子里永久免费居住，直到她自愿搬出为止。

看着一切都搞定了，但谁又晓得，金巧儿的心里究竟是怎样的决心呢？中国有一句至理名言：暂时寄人篱下，是为了有朝一日飞上枝头。

菲菲在凌霄离开墨尔本的家去上海工作之后，曾经带着囡囡回沪看望丈夫以及父母家人。

虽然那巧儿临时搬去外面暂住了几日，但菲菲在姐姐和哥哥们的提醒下，还是感觉孤男寡女同住屋檐下尚有不妥，因此向哥哥凌云提出了让巧儿搬出去的请求。

她的要求显然已被告知了巧儿吧？凌家聚餐时，看那对笑中带恨的目光始终停留在自己的脸上，菲菲倒有些心生歉意。她倒忘了那双脱去了厚玻璃的大眼睛，还是自己当年的杰作。

是呀，菲菲母女难得回一次国，就把凌家童养的亲戚给赶出家门，或许，实在是有些不近人情吧？

这么想着，等过后菲菲打电话去上海时，发现那个巧儿还是逼着凌云让她住回了老房子，便不打算再坚持了。

她虽不晓得那对男女之间到底是怎样一种关系，却可以理解凌云的确实难处。

其实凌霄自己对于上海的工作和生活，看来还是比较满意的。

虽然居住条件同澳洲的家相比显得粗土简陋，但自己除了上班，大部分时间都往来于过去的、以及新结交的朋友兄弟之间，倒不觉得有多碍事。

没有家但有一个睡觉的地方，有一片遮风避雨的屋瓦足够了。再说自打他一下飞机，凌云就将自己开了几年的"大奔"钥匙直接送到弟弟手上，可不把凌霄乐坏了。

虽然是二手的，但生活在国外的人都知道车是代步用的。所以二手也好，三手也罢，管用就行。

何况，哥送给自己的，竟是一辆"大奔"！

工作上的凌霄，似乎也得心应手。一人之下数百人之上的感觉，就是同在澳洲替别人打个小工有着天壤之别！

虽然没有股份就不是正式意义上的老板，但自己是公司大佬的亲弟弟，是凌家正统老四。底下员工在恭称凌云一声"三爷"的同时，又将这个尊称发展给了老板的亲弟弟。

每天，凌霄在那个厂里，那个皇帝老儿都管不着的地方，被众人尊为"四爷"。从年轻时的"四哥"，升迁至如今的"四爷"，凌霄既受宠若惊，倒也受之无愧。

联想到在西方尤其英联邦国家除了女王和贵族，其它包括美国总统等大小领导都被百姓一概直呼其名的事实，老四觉得在中国传统文化影响下群众对上级的尊称，似乎并不怎么令人反感，甚至欣然接纳了自出生以来首次作为"领导阶级"的殊荣。

凌霄的好人缘且不提，就其澳洲多年所养成的努力工作习惯，让他在自己的家族企业里扎扎实实做出了很大的成绩。果然不久之后，凌霄就可以在整天出差的凌云背后，独当一面。

如今令所有人，无论是澳洲还是大陆的亲友们跌落眼镜的是回到上海的老四凌霄，多年里居然还一如既往地爱着自己的妻女，不愿放手。

工作在异国他乡的老四，虽然回家探亲的次数不多，但显然绝对没有忘记自己在墨尔本的亲人。

凌霄但凡有了钱，就往家中带。他但凡有了时间和机会，就回澳看望菲菲母女。

在菲菲眼里，自己的丈夫似乎成熟了许多。他或许终于体会到与爱人分离的痛苦了吧？他终于学会努力争取和竭力维护自己的亲人了吧？

菲菲不晓得男人究竟挣多少工资，她向来不问这些令人尴尬的问题，但就从丈夫的表现上看，他一定也在努力工作、努力养家的。

菲菲欣喜自己当初的选择。

一个就要分崩离析的家，却因为两国两地的分居，而维持住了。

当然，分离是暂时的。只要男人说什么时候可以稳定了，菲菲就会带着孩子义无反顾地去上海团聚。

但凌霄最近却常常阻止母女俩过去团聚甚至探亲，他说上海虽然好，但自己早晚要回墨尔本的。这里的暂居，是寄人篱下，是一时之需罢了。

菲菲理解丈夫的心情，而且每想到带着囡囡回国时，女儿对环境的那种挑剔的眼神和态度，她也就随了男人的意思：坚持多分居几年，还够贷款、存些钱后再作打算。

虽然一年里夫妇俩只有几周相聚的日子，菲菲都愿意让凌霄带着自己和孩子到处玩乐和购物。当然，男人离开后，她便

340

过回到节约的日子里，尽量把在短短几天里浪费掉的钱，省一些回来。

每逢凌霄回家，菲菲都要在家举办一两场餐会。

平时得着朋友们的帮助很多，她既想以此机会对朋友们表示感谢，也同时向各位宣告自己家庭的和睦及存在。

每逢朋友们在一起聚餐时，菲菲的表现落落大方。甚至在老八熊涛的面前，她会尽量配合着老四的亲密举止，尽量在人前表现出合家欢乐的气氛。

她晓得大家都在猜测，或许也都在可怜自己的婚姻。她想帮助丈夫提升在朋友眼中的形象，尤其是老八熊涛。

她不希望看到两小无猜的男人为着自己而心生隔阂，也不希望从小爱慕自己的八阿哥，因太过幻想太过执着，然后大失所望。

熊涛显然是懂得菲菲的心意的。与此同时，他却自我感觉甚至比菲菲更加了解她自己和老四。

每当菲菲欢颜之际，他只在一旁陪着笑着，看似为着好朋友的合家欢乐而感动，但是其内心仍然不自觉地被牵着疼痛。

他非常清楚的一个事实是：菲菲如今的欢乐，是以同丈夫长期分居为代价换来的。菲菲所失去的，是一个真正意义上的家，却同时成就着老四真正意义上的自由。

当然不管怎样，老八希望看到的是菲菲母女如今有一个好的生活和好的心态。至于自己，都等了那么多年了，即使等上一辈子，又如何？

何况，自己竟是如此庆幸：得以在平时、在心爱人需要自己的时候，去陪伴和帮助她。

老四凌霄又何尝想不透这一点呢？老八深爱七妹，圈里谁人不晓？何况上一次在赌场打架时，老八已经明确同自己叫过板了。

他的内心在离开了墨尔本之后，在每次回澳看到七妹和老八那种神色自然的默契后，感觉到了慌乱，甚至是嫉恨。

自从那年熊涛考上了当时在凌霄眼里并没有什么了不起的大学之后，自从国家开始重视文化教育之后，自从熊涛以外科大夫的身份技术移民澳洲之后，自小以"罩着兄弟"的四哥自居的凌霄，早就从内心甚至言行之中，甘拜下风了。

如今更是雪上加霜。

在感情上曾经近水楼台先得月的凌霄，不得不放弃与家人同居的生活而回国发展。说是发展，实在也不过是换了个地，换了个工，而已。

现在菲菲跟前疼爱和帮助她的，是老八熊涛——那个从来不曾放弃菲菲、放弃爱的混蛋兄弟！

凌霄知道不该去埋怨自己的女人，甚至不该迁怒一起长大的兄弟，但心中就是不爽。

尤其这一次当他回到家里时，看到走道上的灯坏了却没有被换上，猜想一定是菲菲考虑到上次回家听说老八帮着修复了院子后面倒下的一处围栏时，自己在背后开了句玩笑"狗拿耗子多管闲事"，所以故意将坏灯泡留着，让自己回来处理这类小事。

小题大作，欲盖弥彰吧？

菲菲的好意和多此一举，在如今凌霄看来，无非是心虚罢了，有假意撇清两人的亲密关系之嫌。

假如他晓得老八的内心是以幼齿和恒齿，来比喻兄弟两人对于菲菲的存在意义的，他一定会揪住老八痛责一番的。

他妈的——就是因为有了你这颗恒齿的存在，偷走了我的养分，才会造成我这颗幼齿被挤出、被取代的命运！

其实为了维护和支撑这个可有可无、似有若无的家，菲菲也确实煞费苦心了。

即使她将照顾自己的机会留给了丈夫，他又是如何对待的呢？

如上一次菲菲特地避开熊涛和李娟，约好在老四回来时去医院做一个黏膜外移的小手术。可临去医院之际，他却忙着买金鱼回家又是洗又装饰的，完全忘记了去医院的时间和计划。

最后，还是菲菲自己忍着痛开车去的医院。手术后又在那里等了足足一晚，才等到她的四哥姗姗来迟。

没办法，车被你开走了，叫了辆出租才到的。

做女人的内心再也明白不过了：男人心不在此，你给他机会又如何？

50

婚后，特别是分居之后，女人难以言表的故事，何止一两桩？

有一次凌霄不在时，菲菲感冒发烧得厉害，她不得不喊来了闺蜜李娟。

李娟帮着把她的女儿带回家后，将菲菲病情即时转告了熊涛。

熊涛当然是明白李娟的用意的。

自打老四回国之后，每逢三人约好带着孩子们相聚在菲菲家时，李娟不是晚到就是把儿子放下后托故离开一会儿。

她这是要撮合那对有情人吧？

可是李娟忘了，菲菲有婚约在身，而且不仅如此，她还有丈夫。虽然更多的日子里，她的丈夫远在天边；更多的时候，身边的丈夫，关心着其他的事。

菲菲自己是不敢忘的，熊涛自然也是不敢忘的。两人小心谨慎保持着应该维持的那个距离。

无论如何当年许家二哥警告过老八的那句话"朋友妻不可欺"，如今倒是说在点上了：菲菲可是兄弟凌霄的合法妻子。

今日菲菲病了，却又是另外一回事吧？熊涛急了，他买了各种可能用到的药品和食物，赶到菲菲家的门外。

可她却偏不让他进门，甚至都不出来迎门。

菲菲只隔着自家的大门，在走道里使尽全力撑起嗓音说："谢谢你，哥！我已经吃过药了，还想好好睡会儿呢。你先回去吧。"

"那不行！无论如何我都必须见你一眼。让我进去菲菲，我总算还是个大夫吧？就看你一眼！看一眼哥就放心了，会离开的。”

门外，是八哥的坚持。

菲菲无力地靠着墙根瘫坐在了地上，用双手捧着脸，任由眼泪从手掌的缝隙中流淌出来。

此时的她，多么需要男人的照顾和安慰呀！

这么多年寂寞、忍耐和失望中的感情，多么想借着身体的软弱，尽情发泄一次呀！

如今菲菲不放熊涛入屋，岂止是在过分担心情深意重的他那难以控制的情绪和冲动？

更重要的，菲菲担心的是自己，是内心难以自抑对门外那个男人、对八哥的依赖和渴望！

今天假如坐在床沿疼爱和照看小七妹的，是被自己拦截在外的老八，她必将把持不住，必将百般依赖，更将无地自容！

孤寂脆弱的心，无所寄放的情——唯有仰仗坚实的门可以抵御。

“别担心，哥。。。我真的只是感冒了。你走吧。。。”

熊涛内心何尝不知：菲菲于病中将自己禁足门外，倒不如说是对情感的隔空宣言。否则，作何解释？

无奈之下，熊涛只能小心翼翼在门口搁下了那袋药品和食物，说了句“药和吃的在门口”后，退回到自己的车里坐着，心急火燎地望着那扇紧闭着的门，望着那几扇被纱帘挡住了室内的窗。

或许菲菲真的睡着了吧？又或许她猜到了老八尚未离开？

熊涛在车里一直等到天完全黑了下来，才盼到七妹默不作声开了门，取走了自己留下的药和食物。

他想过去告诉菲菲那些药该怎么用、何时用，但还是忍住了。他不希望她知道自己一直在为其担忧，一直守侯在她家门外。

346

　　怎么可能不晓得呢？从病床上来回起落多次的菲菲，就是透过窗帘看到这么久了阿哥竟还未离开，才下决心速速开门取回东西的。

　　你走吧，明天还要上班呢。回家吃饭去吧，该饿坏了吧？

　　一位女子和一个男人各自心中强烈牵挂着、担心着对方，却百般无奈。无奈到——竟都不敢让对方体察到自己的内心正蠢蠢而动。。。

　　菲菲手中捧着那块平常最喜欢吃的点心，默默流着眼泪。

　　不记得了，曾多少次？她希望可以像许多年轻女子那样，一头扎进男人的怀里，由他抱着拥着，捶着他的胸膛爽爽地哭上一阵子！

　　而且她清楚的晓得，心碎之后才晓得了：那个真心疼爱自己的男人，那个会耗尽一生等待自己的男人——不是现在的丈夫四哥，而是她的八阿哥熊涛。

　　如今，她却不可以去鼓励老八；她更不可以给自己希望。

　　她回到卧室又一次找出那件发簪，却依然没有勇气打开去看，只抚摸着那个早已摸旧了的盒子。

　　她感觉熊涛这个男人对自己而言，就像手中的发簪一样：既属于自己，却不得使用，甚至都不可以示人。

　　菲菲试着拿起了电话，她试着想给自己的丈夫，给远在上海的四哥挂个电话。她应该告诉他自己病了，病中感到孤独和无助。。。

　　然而，电话的那一头始终没有人接。不奇怪的，菲菲其实早就不再主动联系凌霄了。

　　白天他在厂里忙着；晚上，他或许是同自己的那几个同样顽劣的哥哥，一起吃喝玩闹着吧？他从来不接电话，她也早就习惯了等他来电。其实他经常会在白天抽时间给家里电话的。

　　别打搅他了，他工作其实也挺辛苦的。

　　菲菲再次设身处地想到：不知一向健康好动的男人，是否也会生病？他病了的话，谁会在那里照顾他呢？是否再找机会同四哥好好聊一下，再计划带着女儿去那边共同生活之事？

　　几天后的周日，李娟确定菲菲已经基本康复了，便约了熊涛一起买了些吃的用的，把两个孩子带到菲菲那里。

　　熊涛毫不忌讳全神贯注望着菲菲，想确定她果真痊愈了。

　　菲菲躲避着他炽热的目光，将身子别转去。不料熊涛健硕有力的胸肌被里面的心脏砰砰拍打着，从背后震撼着病愈不久的菲菲那赢弱的身子。

　　他果然是想拥抱她的吧？他果然也是在竭力忍受着似近还远的她，对自己身心的折磨。

　　其实在菲菲的内心，早就经受不住这个男人十多年来爱的渗透了。

　　躲避又能有什么用呢？然而躲避才是唯一可行的作为吧？

　　她艰难地转回身，转回笑脸，抬起头朝着她的阿哥。

　　"我好了，看到了吧？没事的，哪有那么娇的？看看我们的两个小宝贝：他们才需要被大人小心呵护呢。"

　　话题果然将熊涛的目光转向了自己的儿子，转向了菲菲的女儿。

　　无论如何，熊涛再次被提醒了：自己总算还是一个幸运的人，一位时常可以陪伴亲人和孩子的父亲。

　　同老四比，自己果真还算幸运吧？

　　"我的好娟娟，前几天还就真靠你了——到底是两个孩子的亲妈！"

　　听到菲菲感谢李娟的话，熊涛似乎又想到了身边的另一个女人，自己亲生儿子的母亲。她应该也需要被人关心吧？他立刻也将脸转向李娟。

　　"对，李娟你辛苦了！好好想想：接下来去哪里搓一顿？

给你也补补，呵呵。"

对于孩子的母亲，熊涛觉得自己做得还算到位。假如果真是李娟所期望的那样。

"哈哈，我不累，不是还有我爸妈帮着呢。而且我们的囡囡也好带。吃饭么。。。这个周末就算了吧。下周吧？下周末等我们菲菲完全康复了，胃口也恢复了再说。"

李娟就是这么爽气。她可不缺一两顿饭，请她吃饭的人可排着队呢！但是她在乎眼前的这份友情，在乎这个没有实名的大家挺。

对于李娟这位女子，熊涛虽然爱不起，但肯定是感佩在心的。假如李娟有任何需要，熊涛定会向对待她的闺蜜菲菲那样去尽自己的一份力的。

几天后，当许菲菲正考虑着再同凌霄谈一次去上海定居的问题时，他刚好从那边打来了电话。

电话中菲菲得知她婆婆病了，查出肿瘤晚期，可能挨不过年了。

老四说他最近都回不来了，如果菲菲愿意，过些天可以带着女儿一起回沪，让祖母再看看孙女。

菲菲听后，直接问凌霄：是否可以干脆把家搬到上海去算了？

"反正你一时半会都回不来澳洲的，我们分开太久不好，也不放心你在那边没人照顾。我还是想把房子卖掉，过去后我们自己买一套，你就不是寄人篱下了。"

"怎么没人照顾啊？别担心，我不是全家都在么。就是妈最近。。。"

"所以说呀，我们搬过去同住，大家都可以互相帮助么。再说囡囡不久就要上小学了，让她去上海的幼儿园学学中文也好吧？听说李娟的爸妈过段时间也会带着他们的外孙去中国住段日子，让孩子学一些中文的。"

　　凌霄听菲菲这么说，想想也实在没有拒绝她的道理，便不置可否，随你的意思办好了。

　　菲菲明白男人最近心烦，便也不多说了。想到自己结婚后也没时间伺候过婆婆，这次她病得那么重，自己也该赶早回去陪陪她，权当补上一份孝心。

　　菲菲回上海的决心已下，就找来了好姐妹商量起具体操作来。

　　听了菲菲的计划，李娟的脸刹那间变了色。

　　"什么，你和囡囡真打算走？澳洲身份不要啦？"

　　"我和女儿都是澳洲公民，怎么说不要就不要呢。我是想既然老四长期在上海工作，也没人照顾。。。"

　　"所以你是打算回去过一阵子，以后再回来？"

　　"也可以这么说，但房子必须要卖掉的。他到现在还住在他哥原来那套旧公房里呢。反正将来的事，只能走一步看一步的。"

　　"啊，还卖房？哎，我说你怎么把自己逼到这种份上了？都快奔四十的人了，还不图个安定？"

　　"就是想到年岁不饶人。。。不想再互相耽搁下去了。"

　　"懂了。你是想作个彻底的了断？不是同老四了断吧？"

　　"和谁都一样。。。他也过四十了，不想就这么耽搁他。心里过不去。"

　　在多年同窗、多年好友李娟面前，菲菲可能瞒她多少呢？

　　"你觉得你离开他，躲得远远的——他就能好？就能死心塌地忘了你？"

　　"我不仅是离得远。。。我身边还有男人，有四哥的。"

　　不知为啥，菲菲的声音越来越低，越来越有气无力。或许她自己都不能确定：这样的继续逃避是否真的对大家都有利？

　　"那我也反对你把房子卖掉！别忘了你如今还有孩子！如果你再一不留神，又让他把你们唯一的财产都输掉了，或搞没了——你们母女将来靠什么维持生活？"

　　"不会的。上海又没有赌场。而且你看这些年，他也没有把工资都挥霍掉吧？再说了，我和囡囡回去也需要有一个地方住呀。"

　　在决心已定的菲菲面前李娟虽不觉理亏但显然词穷难辩。

　　"好好，我争不过你，但即使你回去也不能把房子卖了。可以贷款呀，现在房子涨价了，你可以贷出很多钱，足够回上海买个小公寓的。"

　　"不行，房子我一定是要卖掉的，两头挂着不好！这些天我已经开始整理东西了。你赶快找人来拍些相片，争取替姐妹卖个好价，就是帮了我大忙了。"

　　"你也不打算同你哥商量一下？我指老八。"

　　"商量什么呀？我自己家里的事。。。"

　　"什么你自己的事啦？他熊涛就不是人呐？你就折腾吧！还非带着老八跟着伤心！"

　　"你骂得都对，但我决心已下，不想再让他为我费心了。求求你了娟娟，千万别去烦他了。"

51

李娟从菲菲家出门后，开着车在外面转了一大圈，竟还是奔着医院去了。

左思右想，这么大的事怎能不让熊涛知道呢？或许，他还真可以阻止菲菲的疯狂念头的。

见了熊涛，李娟第一句话是："你晓得吗？菲菲要走了！她要卖掉房子回上海去了！"

"听说了一点。。。老四的妈妈病了吧？"

"啊呀，什么呀——你没听懂吗？是菲菲要带着囡囡回上海了！以后不回来了！"

"怎么就不回来了呀？她们早就是这里的人了。"

看着面不改色的熊涛，李娟有些不明白了：

难道他真的不知后果吗？不知"人一走，茶就凉"这句话么？还是明明心慌，却在自己面前故作镇定？

"菲菲走了，你怎么办？你当真不打算去阻止她？"

李娟觉得，关键时刻还是该直截了当。

"我还能怎么办？拦着她不让走？管用吗？"

"你不试试怎么知道呢？想当年要是你多争取一下，菲菲早就跟你了！前车之鉴——哦不对，你自己翻的车，怎么还不吸取教训呀？"

听到李娟这么说，熊涛晓得她这回真的是为自己着急了。或许，他应该体谅她并感激她的。

"谢谢你，娟娟——真的谢谢你！这么多年了，亏你还记得。但情况不同了，她已婚了。。。呵呵。"

"别呵呵啦！赶快想想法子先把人留下来要紧呀！"

熊涛望望李娟，脸上带着一抹苦咖啡色。

两人边说着话边走到医院的后院里。

熊涛的眼睛不自觉地望向菲菲曾经坐过的那条长凳，心中的画面，却是小时候公共花园里那个吹着肥皂泡的小女生。

"这件事。。。我指的是我和她的事急不得，只能靠她自己去想明白。还有老四。。。"

"你还看不出吗：菲菲一直都是爱你的！我认识她多少年了：即使过去，假如没有芳芳，她一定选择你！"

"回不去了李娟。我们目前只能往前看朝前走，懂吗？"

"还看什么呀？那个老四会给菲菲幸福吗？他给过她幸福吗？你熟悉菲菲的，还见过她真心的笑容吗？都到这个份上了你还在谦让些什么？"

熊涛只是在谦让吗？他如今在意的，更多是菲菲自己的感受和选择。

"或许。。。她回去不一定是件坏事。你想想：她现在过的日子正常吗？"

李娟闻言一怔，倒开始静下心来揣摩起熊涛的语意。

"你是说。。。破釜沉舟？让菲菲自己去面对和体验一下今后的生活，让她彻底死心？"

"也说不定柳暗花明呢。呵呵，小姐——想点好的，不行吗？"

"不是我不往好里想，是确实没有那样的基础！"

殊途同归。李娟曾对菲菲说过的，她真这么想。

如今，不过是又多了一条途径而已。

也许，熊涛是对的。像现在这般不死不活的婚姻，对谁都没有任何好处。

垂拱仰盼或镜中探花，倒真不如背水一战。

"好吧，我晓得你的意思了，会尽快配合她回迁的。但是你也要找她谈一次，让她有个心理准备。别以为回去了，一切就都顺理成章，心想事成。"

熊涛明白李娟话中之意，便认真朝她点了点头。

之后那些天，许菲菲抓紧时间准备着回国事宜。房子没有那么快可以出手的，菲菲说用不着等的，一切拜托了娟娟。

熊涛给过她几个电话，还过去拉了一些东西放到自己的家里暂存着，说以后万一用得着，先别卖了。其它也没什么可以帮得上的，倒是替母女两个定好了回国的单程机票。

上海一定是乱成了一锅粥了吧？反正那段时间凌霄也没有来电多问。

眼看就要走了，熊涛帮着把行李装上车。说：再看一眼这个家吧，以后这里就是别人的了。

菲菲真的站在路边望着这个曾经的家园，眼神里自然是落寞的。

熊涛又说了：以后的家一定会比现在好，要有信心。菲菲从小就是个勇敢的女孩。

她笑了，真的笑了。

阿哥永远记得自己曾经说过的话；阿哥最最懂得自己究竟是怎样的一个女子。

到了机场，进关前熊涛拉过菲菲，像多年前曾经有过的一次那样，使尽全力拥抱着她。这一次，是面对面、心贴心的拥抱。

抱得那么紧，让被拥抱的那个忘了应该推却。。。许久。

"阿哥，千万别再惦记我。好好过你的日子，别再冲动了。"

在他的怀里，她细语喊喊。

"放心！哥不冲动，哥一定会好好过日子的——因为有你！"

她又想叮咛几句。。。他却以手指压住了她的唇，对她摇摇头，微笑中眼神毅然。

囡囡站在两人的身边抬起小脸望着大人，眼中懵懵懂懂。她伸出小手拉了拉干爸的衣角，拉回了忘记了时间的大人们。

"走吧，干爸送囡囡和妈妈进去。"

熊涛将菲菲母女送别后，一直在机场的咖啡厅坐着。直到飞机起飞，直到旅人渐稀，直到机场关闭。。。

否则，他应该会一直、一直等下去吧。

飞机上，菲菲一直捂着那个安全扣，另一只手护着囡囡。有了孩子和牵挂的女人，似乎发现自己更惧死了。

她的前胸被那条安全带扣得紧紧的，脸憋得通红，有一种透不过气的感觉。直到服务生送来了饮料，送来了红酒。。。

囡囡也说她不困，撑着双累眼盯着对面椅背上的小屏幕，跟着那动画片里的情节表现着自己的喜怒哀乐。

菲菲闭上眼。就快回家了，她努力回忆即将团聚的亲人，幻想着即将融入的家乡生活。。。然而，眼中出现的那一幕幕景象，却是墨尔本的家：是那里的人和物，是那里发生过的每一个生活片段。

看来一切，又要重新开始了。

如今的许菲菲，少了当年出国留学时对新生活的兴奋与期待，却并不感到害怕。那里毕竟有着自己的亲人，可以建立起一个同亲人共同生活的新家。

耳边不时听到女儿的欢笑，菲菲就这么想着，竟睡着了。

几个小时之后，在遥远的中国，在上海机场里，也有一个男子焦心地等着。

老婆和孩子就要回来团聚了。凌霄此刻的心里就像是打翻了瓶子的五味料，酸甜苦辣咸混在一起，分辨不出个味道来。

早晨天刚亮，飞机降落在了上海机场，妥妥的。母女俩兴奋起来，推着大小行李一大堆，快步走出机场。

　　看到前来接机的老四少了过去那种兴奋的劲头，菲菲体会着他即将失去母亲的痛苦。

　　囡囡不好意思地躲避着爸爸伸出来抱她的双手。。。好久不见，竟是有些生疏了吧？

　　做妈妈的心中歉疚，将女儿从身后拉了出来，送到她父亲跟前，心里想着"总之是来对了，否则女儿将来会越来越不认生父的"。

　　"来——让爸爸抱抱。"

　　"我已经长大了。。。"

　　"是的，我们的小囡囡已经长成美丽的小公主了。"

　　有了孩子这样一个中间介质，难得再见的尴尬终于得到了缓解。凌霄带着妻女往家中驶去。

　　"你最近还好吗？妈妈怎样了？"

　　路上，菲菲主动关心着这里发生的事，心中已然有了一种归属与融入感。

　　"妈不好。医院说可能就一两个月的时间了。。。"

　　"真的？怎么这么突然呢？妈不舒服很久了吧？为什么没有早一点带妈妈去做检查，要等到现在？大家都在忙什么。。。"

　　菲菲说到一半停住了，自己没有在旁边尽孝，却对他人的缺乏关心与负责说三道四，似乎有些僭越了。

　　凌霄没有回答，甚至都没有听到女人的唠叨吧？他心里正烦着呢！

　　把老婆孩子送回了凌云的那套公寓，凌霄就要急着赶回公司上班了。

　　"你们先休息一下。炉子上有煮好的鸡汤，饿了就先吃，然后抓紧睡一觉倒个时差。晚上我再带你们去老房子看我们的爸妈。"

“是吗？你煮的鸡汤？”

菲菲一脸惊喜，望着自己的丈夫。

“不是我，是大姐煮的。两个房间都能用，你看着安排好了。因因，爸爸上班去了，拜拜。”

老四匆匆走了。

男人忙，心情也差。菲菲晓得自己该好好配合。她给自己的父母打了个电话报声平安，并说晚上会带着孩子过去看望二老。

电话中母亲的声音有些着急，就等着小女儿的来电后赶着出门的样子，好像说是去“证交所”。

菲菲不晓得证交所是什么玩意，但显然爸妈都非常热衷于此，便说了再见就伺候孩子一起吃了那鸡汤。

三黄鸡好香好鲜。多久了？都忘了中国的土鸡有多香了。她想起方才男人说大姐煮的，真的感谢她，感谢凌玉的用心。

吃过早午餐，菲菲收拾厨房时顺便打开冰箱看了看情况，里面倒是什么都不缺。尤其看到还有几只黄油油的冰土鸡，心里笃定的很，因因爱喝。

菲菲安顿女儿在她爸爸的床上睡下后，才有时间环顾一下这个房间。

看着挺干净的，比上回来时好很多了。也许是没有多少东西的原故吧？真的，房间里好像少了一些东西。。。少了什么呢？菲菲想不起来了。

刚到家，实在有太多的物件要整理了。菲菲想起四哥临走前提到的隔壁那个房间，便走进去看了看。床上空空的，倒是有一大袋新的床上用品在那里堆着。

是四哥特地为孩子买的吧？看着那些漂亮的图案和颜色，菲菲笑了，边整理边感念着男人的细心。

她打开衣柜，看到里边有一半的空间可以放置衣物。还有一半，是些穿过的男人和女人的衣物。看来这里原住着的，是一对中老年夫妇的样子。想来人也是刚搬走的吧？为了给自己母女腾地方。

同其他男女合住在同一个空间，四哥肯定挺没劲的。。。

想到男人过去时常抱怨的"寄人篱下"的日子，菲菲如今更清楚自己坚持在上海购房的决定，是无比正确的。

52

菲菲在凌霄暂住的那套公寓里整理着带回上海的行李。

先不要将所有的衣物都拿出来吧？免得麻烦了，反正过些日子买了房就要搬走的。看到眼前略显拮据的居住环境，菲菲更决心要速速解决购置新房的事宜了。

她仔细翻弄着行李箱中的物品，只管找一些近期可能用到的衣物。手触到了几件包在衣服里的相框，她笑着将它们一一取了出来。

菲菲回头看了看男人卧房里的床头柜，打算将这些相片摆放在那里。

咦？过去带给男人的那些结婚纪念照、生活照、甚至是囡囡的相片都去哪儿了？

刚进门时就觉得这里好像少了些什么。。。现在菲菲想起来了：这间房里比原来少了的，是家人的相片。

她打开凌霄的床头柜抽屉，里面空空如也，就像是被洗劫了一遍的空柜子。菲菲不甘心，又打开了老四的衣柜翻找着。

有了——在角落有一个盒子，里面的旧枕套裹着那些自分居两地以来自己寄给老四的所有信件和相片，还有那几个原来摆放在床头柜上的相框。

原来都被男人整理打包了，是为了以后搬家方便吧？

菲菲松口气笑了，想什么呢？她将那些旧相片包了回去，又把自己带来的那几个相框，分别置放在那对被大床隔于两边的床头柜上。

长途旅行累了。菲菲粗略整理了一下，就跑去囡囡的身边躺下了。。。

隐隐听到关门的声音，菲菲晓得是男人回家了，她起身走出房门迎着四哥："回来啦？累吗？"

"还可以，习惯了。你们睡过了吗？一会儿先吃点东西后带你们去你爸妈那儿，然后再去看看我爸。妈还在医院里，明天白天你们再过去好了。"

菲菲赶快把囡囡喊醒："起来了，爸爸要带你去吃肯德基噢。然后我们去见你外婆外公和爷爷。"

囡囡揉着没有完全睡醒的眼睛，听说有肯德基吃，便快快爬了起来。

出门前，凌霄关照菲菲再带上两个冰冻三黄鸡："刚洗过的。一个给你爸妈，一个给凌玉送过去。"

"不要再麻烦你大姐了，我自己煮也可以的。她已经替我们烧好了一锅鸡汤了，挺不好意思的。"

"哦。。。你们那个鸡汤不是凌玉煮的，是我大表姐煮的。"

"谁是你大表姐？为什么要麻烦她给我们煮汤？"

"就是巧儿的爸妈。表姐和姐夫原来住在这儿。"

"啊？他们也从乡下出来啦？"

菲菲想都到了退休年龄了吧？呵呵，你哥的负担挺重的。

"他们也在帮忙做事，在厂里给大家做做饭、打个杂什么的。我平时的晚饭也是他们在家替我煮。"

听男人这么一说，菲菲就全明白了：负担重的看来远不止他的哥哥。似乎自己的男人除了给自己和孩子饭钱，在这里还要帮衬亲戚。真是难为他了。

不过，有人煮饭伺候，总比天天去外面吃饭好吧？但有人伺候着，男人便也不急一时让自己的老婆过来了吧？

任何事，都有利有弊。

车上，菲菲又想到了另外一个至关重要的问题，免不了再次开口问到：

"那他们一家三口都住在你这里？怎么挤得下呢？"

"没有。巧儿前段日子已经买了房，搬出去了。"

啊？巧儿才多大？二十四？二十五？年纪轻轻在上海买房竟是那么容易的事么？

菲菲感觉自己真是落后了。呵呵，自己当年，年轻时在干什么？

"那挺好的。原来觉着因为我们回国让金家人搬出去住挺不好意思的，现在既然他们有了自己的房，挺好。"

老四闻言看看妻子，欲言又止。

见到了父母和几个哥哥姐姐，菲菲说不出的开心。一两年不见，爸妈脸上的气色反而更好了。他们拥着自己的"外国"小外孙女，不断往她手里塞着红包。

"你们先说会儿话，我下去看看爸爸。"

凌霄提前下楼了。在他的身后，是老三眼中的不屑。

菲菲看在眼里，问三哥："大哥和二哥他们好吗？还是那么忙吗？"

"他们挺好，说好了明天给你接风洗尘。哼，我们即使再忙，也忙不过你家老四！"

"四哥怎么了？平时不常来家看爸妈？他过去不是一直都同你们在一起吃喝玩乐吗？"

"同我们一起？"老三刚开口就被芳芳推了一把，立刻闭上了嘴。

"来的，经常来的。。。老四是爸妈看着长大的，挺孝顺的孩子。"

许妈妈着急插上话来，生怕女婿有什么得罪似的："你现在回来了就好了，老四也实在需要人照顾的。"

菲菲似懂非懂，茫然中将眼睛望向姐姐。只见芳芳还在专心同囡囡玩着，便收回了目光，呆坐着。

一会儿，菲菲带着囡囡在家人的催促下也下了楼，见过了公公。

"大姐还在回家的路上，她要伺候好妈再回来。"

听到凌霄这么说，菲菲赶快接口：

"明天开始我去陪妈妈好了。你们都累了很久了，轮到我去照顾妈了。"

"也好。你妈其实一直也最喜欢你，那就有劳你了。你要抓紧时间先休息一下，然后去医院接班。"

公公难得说这话，菲菲心领神会，自知是该去尽些做儿媳的义务的。

一路开车回家时，菲菲说明天二哥他们要请客吃饭。老四只是干巴巴回了一句"晓得了"。

菲菲隐约可以感觉到自己的男人同娘家人不像过去那么亲密了，却不清楚原因。看着老四一脸倦容，她也不急于追根问底。

反正日子长着呢。自己既已回来了，兄弟间有什么心结，以后慢慢再调和吧。

都累了，明天还有得忙。全家人草草洗了睡了。

上床前，老四留意到了床头柜上的那些相框，拿起一个看了看。

"囡囡越来越漂亮了，真是女大十八变。。。最好孩子永远都不要长大，呵呵。"

"就是，马上就要上学了。希望这里的学校可以管管她那个懒散的劲，呵呵。"

"管什么呀？孩子健康就好！你没看到凌云那孩。。。"

话到这里，老四差不多睡着了。

第二天菲菲早早就同老四一道起床了。计划是她先带着女儿跟着男人的车去医院见她奶奶，然后中午等着自己的妈过去接回因因。反正，今天白天一整天，菲菲都要留在医院照顾婆婆，以后也经常会是这样。

婆婆瘦了很多，还掉了许多头发，据说是化疗的副作用。婆婆最近开始非常抵触使用化疗，说自己年纪大了，承受不了这么痛苦的治疗方法。反正只是时间问题了，不想吃那么多苦再走。

菲菲握着老人的手，眼泪不停地从眼眶里流出来，不晓得该劝还是该同意婆婆的选择。

婆婆白天睡觉不多，说是为了晚上睡得好些。其眼里带着慈祥的笑容，体会着小儿媳举手投足间的温情。

"妈还是最喜欢你，菲菲！你这么一个好孩子，却嫁给了我那个没出息的儿子。"

"别这么说，妈。我可不是有本事的女人，也不是个孝顺的儿媳。"

"诶，你这样的媳妇最优秀了：对长辈有礼貌，对我们老四也有情有义！不像有些人。。。像那个金家巧儿。唉。。。说什么好！在我家包吃包喝包住那么多年，还整天恃宠而骄，对着你姐吼！还不断在两个舅舅中间跳来跳去，无事生非！"

菲菲听着，觉着老人有些糊涂了，怎么尽拿外人来同自家女儿媳妇作比较？反正她就这么听着，心想如果婆婆的心情转移去了别的地方，身子也就不至于太疼痛了吧。

医院的饭点比较早，凌霄赶到那儿时，菲菲已经伺候婆婆睡下了，两人便开车去许家老二的餐馆同菲菲家人碰面。

餐馆的门面好像不久前装修过了，看着挺气派的，客人也不少。

跟在菲菲身后进去的老四，少了过去同许家兄弟们招呼的那股子热乎劲。只是对着所有人尴尬一笑，喊了一声爸妈，就坐到因因的身边去同女儿说话了。

　　菲菲佯装没有留意到这些微妙。见到所有家人，本是值得自己开心的事。

　　听说菲菲已经在着手售房并打算在上海买房定居的计划，许大哥看了老四一眼没吱声，但老二却说：

　　"好不容易在澳洲定居了，还把房子卖掉回来做甚？别最后竹篮打水一场空了！"

　　菲菲心里一惊——买房定居有什么问题嘛？买房不是中国人认为最靠得住的投资方式吗？

　　看到妹妹充满疑问的表情，她三哥就补充了一句：

　　"既然房子都已经决定卖了，先不急着买房吧——看看情况再说。其实投资别的也不错，比如股票。"

　　什么？股票？什么是股票？

　　菲菲将眼睛望向从坐下后就没有说过一句话的男人凌霄。但是，他一语不发，就像一切与己无关那样。

　　那个时刻，菲菲似乎看到了另一个人：她的公公。她觉得自己的丈夫在这个时候，像极了那位极少在家人面前开口说话的公公。

　　菲菲相信老四一定都听到了大家的谈话的，但就是不想发表意见。菲菲突然在一刹那感觉自己的男人变了，变得不再是自己熟悉的那个人了。

　　谈到股票，许家人倒是在餐桌上热闹了起来。他们兴致勃勃讨论着昨天、今天和明天的那些股票：是升，或是跌。。。包括许家的老父老母。

　　没有跟住话题的，除了菲菲，还有老四凌霄和老五芳芳。

　　菲菲环视着餐馆四周：几乎每一张餐桌上，除了不同的菜肴，谈论的都是类似的话题。

　　她不懂：上海人这是怎么啦？什么共同的题目，可以同时吸引这么多人的兴趣和热情？

回家路上，菲菲问四哥："他们谈的都是些什么？什么股票会那么热门？"

凌霄耸了耸肩。

"呵呵。。。你才回来，不晓得现在上海、全国都发生了什么样的变化！现在全民炒股，都他妈疯了！呵呵，你慢慢自己看下去，就晓得了。"

"什么？全民炒股？怪不得爸妈也那么起劲。。。股票不是有钱人玩的东西吗？爸妈口袋里哪来多余的钱？"

"退休金呗。你过几天去证交所看看就晓得了——平时无聊的人，猫猫狗狗都在那里蹲着，都以为可以靠股票发横财！呵呵。大家也不仔细想想：假如真都这么容易发财，全中国就没有人干活了，也没有穷人了！"

"那你呢？你也炒股票吗？"

"我哪来的钱跟着他们去发昏？"

听男人这么回答，菲菲放下心来。

但是，全民炒股？

菲菲眼前好像看到了一张大牌桌：桌旁挤满了黑头发黑眼睛的中国人——老的、壮的、年轻的。

同胞这都是怎么了？

53

许菲菲回到上海后的那些日子里，只要有时间就去医院陪伴照顾她的婆婆，大部分时间是同凌家的大女儿凌玉两人替换着。

女儿囡囡在凌玉的帮助下，插班进了一家条件不错的幼儿园。虽然她每天抱怨着被关在房间里的时间太长了，但倒是对那里的食物和玩具挺喜爱的。

每天早上走出自己暂居的那栋旧楼之后，菲菲就立刻被街谈巷议包围起来。一直来到医院，又看见一大群漂亮活泼的护士们，在婆婆病房的走廊上窜来窜去的。

听说隔壁病房单住着一位"资深股市观察员"。他虽然因鼻瘤手术暂时住院，但来自各个方面的幕后消息，却似乎源源不断。

菲菲看来看去，每天都是这么些人在他的病房里进进出出的。心想其嘴里的那些所谓的幕后消息，不应该也是这群人所提供给他的吗？

可人就是不愿相信自己。自己嘴里告诉别人的消息，再由他人去加以肯定，就成了铁定无疑的事实了。

凌家的孩子和亲戚们，常常会抽空去看望凌家的女主人。目前医院里大都是菲菲在负责接待与陪伴。

那日金巧儿也来了。

巧儿不是一个人来的，随身跟着个健壮的男子。巧儿介绍说这是她的男朋友，特地带来给舅婆看的。说话间她常常侧目偷看菲菲，眼神中的敌意比几年前让她搬出公寓时更甚，也不回菲菲客气感谢之词。

她还是那么自以为是，还是那么记仇。

菲菲早听说并习惯了巧儿的态度，便也不屑理会，只管同她的男友聊几句。他操着一口带着浓重地方口音的普通话，却非常谦逊的样子。

那两人离开后，半闭着眼睛敷衍的婆婆才睁开眼长吐了口气。看来那个从来不讨婆婆喜欢的巧儿，如今依旧没有得到老人家的认可吧。

"啊呀，那小妮子刚买了徐家汇边缘的旧房子，就敢在我们凌家人面前如此嚣张跋扈！狗仗人势的东西——以为别人不晓得是我那两个戆肚弟弟吃里扒外贴她的钱！"

凌家的二女凌琦进屋时骂骂咧咧的，她显然是在门口撞见了刚走的巧儿。老太太朝她使了个眼色，凌琦看到菲菲也在便住了口。

"听说巧儿就要结婚了。那男人看上去挺不错的，祝福他们俩吧。"

菲菲轻声细语接了句话。人都走了，希望把那个剑拔弩张的气氛带过去。

"什么呀，你可不晓得——她现在那个男人既没上海户口又没房子。听说他原来答应拿出这几年的积蓄帮巧儿还掉剩下的贷款，但不知最近出了什么事，大表姐说那男人反悔了说没钱。哈，这就叫一报还一报！菲菲你放心：忘恩负义的东西，绝对没有好下场的！"

我有什么不放心的？菲菲晓得二姐同那巧儿向来不对付，而且过去也一直在责怪凌云，说他宁愿包养外人也不白养自家二姐的儿子。

菲菲可不想去管别人家的闲事。

前几天菲菲倒也见过了凌霄的大表姐夫妇，金雀的爸妈。看着那对夫妻挺懂事挺乖巧的，不像他们的女儿那么不拿自己当外人的样子。

听说巧儿买了房，却还是没有接父母过去同住。看上去自从菲菲母女两个回国之后，姓金的老两口是搬到凌云的厂里同其他老乡一起合住了。

难怪，如今那巧儿对菲菲的敌意有增无减，应该是她父母如今又一次不得不"屈尊移驾"了吧?

不过，菲菲那日倒是对金家人提过：自己已经准备买房，不久全家会搬出去住的。

呵呵，自己堂堂一个凌家媳妇，心中倒为外姓人感到歉疚起来。

菲菲晓得婆婆在世的日子不多了，想多尽一些孝心。好在自己的爸妈身体健康，暂时没有让自己操心的事。

除了，那个证交所。

听说好多人做股票都发了大财了。但是，菲菲周围见到的都是把房子卖掉去炒股票的，还没有看到有谁是赢了股票后再买房的。

听说好多人赢了大把的钱，又把那些钱拿去炒股了。

菲菲的三哥听说妹子将澳洲的房子卖了，就建议菲菲购下自己的那个原本买了出租的两房公寓。

菲菲问了老四的意见。老四说了句"就那个破房，还不如住这里! 又没有人赶我们走。"

菲菲懂了，便对老三说：自己目前的的条件允许买大一些的，还有困因呢。

不知老三是怎么同老二商量的。过了几天许二哥又找了菲菲，说自己会买下老三的那套小房子，但希望菲菲买下他另外那套在静安寺附近的三房。

"那可是上海最好的地段之一，房子也是全新的，而且自己人转让还可以省下一大笔中介费。反正你们不需要钱炒股，我和老三刚好也腾出点现金来周转。"

听说老二的那套新房在静安寺，凌霄就没有再吭声。

他果真越来越像他老爸了。菲菲晓得男人是同意了，便通知李娟将售房款尽快汇过来。

"全都汇去吗？留一半吧，万一回来还是需要的。"

闺蜜总是好心提些建议，但菲菲也总有她的坚持。

"留点应急的就可以了，其他全部寄过来。"

"将来你要回来的话，没钱怎么办？"

"我有手有脚，还怕养不活自己？而且不还有你吗？呵呵。"

是的，菲菲其实内心是笃定的。这么多年最艰难的时候都过来了，因为有朋友的帮助。如今澳洲的房子出售赚了近一倍了，她自觉没有后顾之忧。

婆婆如医院所预告的那样，一个多月之后便去世了。去世前还坚持为自己的丈夫办了一场七十寿宴，坚持打了解痛针从医院病床上起来出席了那个晚宴。

祝寿晚餐当然是老三凌云淘的钱。参加的基本上都是凌家人，但还是有金家的份。看来，不是人家不把自己当外人，事实上金家也早就不算外人的。

那天晚上许菲菲照看着自家的囡囡，把服侍母亲的责任和光荣交还给了凌家的两个女儿。

囡囡看爸爸一直在他表姐和姐夫那里陪着喝酒，就天真地喊着"爸爸，你怎么不过来呀？"

菲菲对女儿说："爸爸要陪客人喝酒，你乖乖坐着吃饭好了。"

老四同样在远处朝囡囡笑着，点了点桌上的菜。菲菲看到对面，有一双愤愤的目光，带着明显的假笑，也盯着老四，却斜视着自己。

是那巧儿吧？

菲菲确定有种不善的感觉，但不晓得究竟为何。

菲菲的婆婆离开了人世，凌家办了一场盛大的告别仪式，包括又一场盛大的宴会。

中国人的习俗，红白都是宴。

红色的喜宴是庆祝新婚。

白色的宴会是祭祷亡者，或是感谢前来吊唁的亲友。

不管是什么宴，来宾都会送上一个红包。红包里包着的，是一叠钞票。

新人收到了红包，会记下那个数。不久的将来要用更多的钱去送给下一轮的新人。

亡者是不会收红包的，由他们的亲属代劳。

说代劳是不过分的，因为终归这红包里的每一分钱，到最后都是要还给那些活着的人的。

只要是大餐，桌上都会有酒的。有了酒喝，老四凌霄总是陪着他的表姐姐夫，坐在远离自己妻女的其他地方。

菲菲看看巧儿，发现她未婚夫没来。听说是因为那笔钱的关系，同未来丈人搞得有些不太开心。

毛脚女婿没来，自家的男人可能就只好代替他陪喝了吧？反正，可能早都是习惯了的。

巧儿倒是想得开，一直在众人的眼皮子底下对着三表舅百般献媚，眼睛却时常瞄向四表舅和四舅母。她也实在不怕人家在背地里看笑话。

客人渐渐散去了。老四喝了些酒，不知为何同自己的哥哥争吵了几句。

菲菲急了，走了过去：从小到大，老四虽不服他哥哥老管着自己，但心里从来不愿忤逆他的，应该还是挺信任他哥的。

听了几句，菲菲搞明白了：她男人这是在为金家人出头。老四觉得他哥哥在工作安排上亏待了金家夫妇。

　　菲菲想起婆婆在世时说过关于这个巧儿的话，应该是特意提醒吧？

　　亏待金家或金家人？他们竟忘了如果没有凌家，没有老三凌云，他们的女儿何以在上海这个大城市读书、生活和立足？何以年纪轻轻就有钱买那么好地段的房子？

　　菲菲见过人心很贪，她只是不想自己简单率真的丈夫被所谓的亲情、被别有心计的人牵着鼻子走！

　　刚要走过去拉走丈夫，菲菲的姐姐把她劝阻了下来。

　　"别管他们的事，这又不是头一次了！我们先回去好了，爸妈和哥他们早已经走了。我们带着囡囡也去家里坐坐，等一下老四会过去接你的。"

　　菲菲看芳芳挺坚决，就跟着走了。脑子里还在回想着姐的那句"不是头一次"的话，再次体会着婆婆生前的忧虑。

　　追悼会结束后，菲菲就忙着请人装修起她从老二那里买下的房子。

　　由于菲菲和女儿都已经是澳洲的公民了，房子先就挂在了凌霄一人的名下。

　　许家所有人都说这样不好。在上海只有将房产户头挂在女方的名下的，哪有只挂在男人的名下之理！

　　甚至连不太管家中事的姐姐芳芳也积极主动劝说着小妹，就怕她将来吃大亏的模样。

　　"或者把我们妈的名字也写进去吧——这里许多出嫁的女儿都让丈母娘挂个名在房产上，不过分的。"

　　"怎么不过分？你们担心什么呀？四哥还会把我们母女赶出去吗？你们都想的什么呀！"

　　"至少你去做一个公证吧，反正买房的钱是你从澳洲寄回来的。"

　　"谁都晓得买房的钱是从澳洲寄回来的，也有四哥的一份吧？你们瞎紧张什么呀？”

“嗨，你就倔吧——别到时候被人卖了，还替别人数着钱呐！”

菲菲感到娘家人有些莫名其妙，因此对于他们的建议通通不予采纳，仍专心忙着装修的事，希望早一天搬出那个寄人篱下的地方。

凌霄的性情真同过去有了天翻地覆的差别。他不再嘻嘻哈哈，也不再聚众玩耍。虽然明显过于沉闷了些，但显然已经成熟稳重了不少。

对于男人的改头换面，尤其他竟可以不为炒股所动，菲菲是极其欣赏的。看来时间和环境确实会改变一个人，锻炼一个人。

房子眼看就要装修完毕，菲菲开始选购家具和生活用品。

周日早上，她对老四说：“今天陪我一起去逛家具店吧？你这人挑剔，我可不想买错东西再换。”

凌霄却说：“你自己先看起来。我下午吃过午饭再过去作决定吧。”

“为什么？你今天也要去厂里上班？”

“不上班，今天要出去打球。”

“打球？打什么球？你什么时候开始喜欢玩球了？”

这可是件新鲜事！老四从小喜欢玩的东西不少，但打球却非其爱好。

“羽毛球。”

“啊？那么小儿科的东西？同谁一起打？”

“我哥。。。还有巧儿同她的未婚夫。”

“噢。什么时候约的？为什么不叫上我？你晓得，羽毛球我一向玩得比你好吧？”

“唉。。。什么好不好的。我和哥都是被逼着锻炼身体，过去每周都要打的。”

　　菲菲看着男人，有些惊讶。锻炼身体？还每周都打？呵，怎么想起来的？

　　“那好，今天本人也参加锻炼一回。反正囡囡在姐姐家，我也跟着你们兄弟俩赶赶时髦。”

54

菲菲换上一套适合运动的衣服鞋袜，跟着凌霄一起来到体育馆，走进了一个非常大的室内羽毛球场。

时代真是不同了。小时候甚至大学里的羽毛球场什么时候是在室内的？找一块差不多大的差不多平整的地面，大家对站着就开打了。

如今国内的设施条件真好，看来也该学习着迎合一下潮流了。

那个巧儿同她的男朋友已经开始运动了，留下三哥凌云一人在侧干坐着。

凌霄带着菲菲走进球场时，远处的巧儿停下了接球，站在原地瞪着一双显然是充满了震惊和忿恨的目光盯着他俩，盯着正在笑呵呵同三哥打招呼的菲菲。

老四忙着脱外套，同往常一样没有抬眼关注巧儿射向自己的目光。

巧儿缓缓向表舅们这边走来，她未婚夫则跟在一步之后。两人个头相差很多却都膀阔腰圆的，看着挺般配，就像同一块墙上结实的门和窗。

菲菲笑着回过身，看到走向自己的巧儿，脸上的笑容有些挂不住了：为什么？她正视自己的眼神如此狠辣？

面对两个舅舅，巧儿的脸刹那间又回到了那种灿烂的笑模样。

她用家乡话含糊招呼了一下四舅。反正菲菲从来都没听懂她是如何称呼她两个表舅的，近些年也从来没有再听到她喊过自己一声舅母。

只见巧儿对仍背对着大家在凳子上放外套的凌霄说：

"喂（称呼？）。。。你先过去准备一下，我在这里喝口水就来。"

菲菲看老四竟乖乖听话过去了，便取了旁边不知谁带来的一个球拍，兴匆匆追赶上去。

"四哥，今天我俩比一场。"

巧儿睁大着双眼怨怨看着他俩离开了，就推了她男朋友一把，又拉上三舅："你们两个也过去练练，我先歇一会儿。"

她三表舅凌云果然也乖乖听话走进球场，同巧儿的男人对打起来。

凌霄他们夫妇二人玩了才一局，菲菲败下阵来。

哈哈——不是球艺不精，是体力跟不上了。学校里学的东西，都在毕业后那些年里消耗光了。

菲菲和四哥回到座位旁，巧儿把一个水杯递给了四表舅。

"你先喝口水，锻炼得还不够！去把你哥换下来，他身体不行撑不久的，你晓得的！"

凌霄接过那杯水又转递给了菲菲："累了吧？你先歇着，我再去打一会儿。"就又转身离开了。

菲菲看那金巧儿如此不顾场合，竟当着舅母的面明目张胆指挥着自己的男人，心里产生了些不好的预感，倒一下子说不出话来，竟看着老四走了。

视角旁觉得有些冷飕飕的，菲菲转过脸，是金雀毫无掩饰的敌视。

突然，许菲菲有些明白了。

眼前锋芒毕露的那个金雀，是在自己的面前宣布对这三个男人、主要是她的两个表舅的"主权"吧？

什么时候开始的？菲菲觉得自己被提醒了，她应该想得起来的。

她盯着金雀看，试图将其还未说出口的话，都搞个明白。

看起来：那双在自己的友善帮助下被放大了美丽的眼睛，明确无误被用来诱惑自己的男人和破坏自己的家庭上了。。。

那边又开始对打起来了，是老四和巧儿的未婚夫。换下阵的，果然是凌云，金巧儿的三舅。

巧儿的眼睛里，随着越来越走近的三舅，换上了越来越多的笑容。

还在演戏。是演给她三表舅看的吧？

其实如此蹩脚的演技，菲菲见得多了。自己这辈子所见过的表演和演员可都比眼前这个要精彩，要高明许多！

她也转回了笑的模样对那巧儿说："你刚才讲什么？你晓得你三舅身体不好，不该这么累吧？"

巧儿愣了一下，看来经验还不够老道，看来三个男人还不够她练的。

菲菲一边观察着巧儿的反应，一边继续试探并验证着自己的推测：

"你舅舅的身体情况，你的两个舅妈才应该是最清楚的，对吗？"

这下金巧儿倒像是听明白了！她立刻争锋相对：

"哼。。。别以为你清楚你的老公！你晓得吗，过去他每天都是和我在一起的！"

"呵呵，在不在一起我都比你清楚些！你真觉得你的两个'舅舅'很需要、也很乐意来这里陪你玩球吗？不见得吧？"

"当然乐意的！他们就是来这里陪我玩的，我们都很开心的！你不在的时候我们每天都在一起！一向都很开心的！"

话语中气势汹汹的巧儿，脸上却始终保持着灿烂的笑容。

菲菲非常惊讶，也非常不解：现在的女人是怎么了？年纪还那么轻。。。难道她们在父母的鸟巢里时，就已经学会了怎么出外抢食了吗？后生果真可畏呀！

"没有啊，不会吧？我四哥今天出门前，还说这是最后一次了呢！他今天就是来同三哥打招呼的。"

水火不容的两女子：一个笑里藏刀，一个绵里藏针。

"不可能！你的四哥只喜欢同我一起打球！他（称呼？）就是喜欢同我在一起玩！这个世界上，只有我——才能让他真的开心！"

好大的自信！菲菲实在有些可怜自己的对手了。她转头看看低着脑袋装作若无其事坐在旁边的凌云，明显可以感觉到其内心的震惊和失落。

"啊呀巧儿，你倒是教教你舅妈——怎么样做才能让你的两个'舅舅'非常开心？是解开他们的裤腰带吗？"

听到如此明目张胆的回问，巧儿又是一愣。犹豫了一两秒之后，用更为嚣张的口气和眼神顶了回去——是又怎样？！

菲菲脸上同样硬撑着笑，口中规劝道：

"没有用的，还是请你把自己的两条腿扎紧些！虽然我婆婆过世了，但是对于你在她两个儿子身上所玩的那套把戏，却清楚得很！你的舅舅都是孝子，不会不听老人言的。想不想试试啊——看看他俩谁会纳你为妾，或者干脆送你一个我们凌家人的姓？"

看来人在自己的地位不足以动摇和震慑对方的信心之时，自然而然会拿出老祖宗的话作为抵御之武器。

方法竟是管用的。

之前，始终硬撑着笑脸的巧儿，气焰嚣张得很。如今听了"表舅妈"的这一番话，竟一时不知所以了，呆若木鸡站在那里。。。

怎么？她原来竟不知：自己当年原不是败给了没有多少经验的凌云，而是他的母亲、自己的舅婆吗？

看起来，这三个蹩脚演员自导自演的戏中，被蒙骗的人，唯有他们自己而已！

除此之外，并没有其他被蒙蔽了的观众。

总之，戏演砸了。无论对演员或观众，应该都是损失吧？

菲菲强忍着内心的极度痛苦和失望，始终坚定地站在那个女人的对面，向老四打球的方向招了招手。

她的眼睛是模糊的，看不清那边究竟是否注意到了自己的召唤；耳朵已经被场内来来回回的击球声，撞击得有些不辨东西左右了。

她深吸了一口气，想安静一会儿，闭目塞听一会儿。。。耳中却传来巧儿不知廉耻的垂死挣扎声：

"你们两个人回来做什么呀？继续打呀！"

话是用蹩脚的上海话喊出去的，方向是朝着正在打球的那两个男人。

看来，是老四看到了妻子的招唤，走回来了。菲菲将手撑在凳子的靠背上，对着坐在一旁的凌云说：

"我们回去了，也不会再来了！以后如果还有忘恩负义的畜生来打搅凌家人，就别怪我打狗不看主人脸！"

方才凌霄在那边打球时，眼睛其实一直注意着菲菲这里。

不光是他，巧儿的那位未婚夫，但凡有机会时也在关注着这边的情况。当然只要没人唤他，他便不打算过来，看场意料之中的的演出而已。

看一场白戏，娶一个要房有房、要户口有户口的女人——曾经有过什么样的故事，又有什么关系呢？谁没有过去呢？

凌霄在他妻子的坚持下灰溜溜地离开了。

凌云也随后站起身来，两个嘴角向下抽搐着，目光始终冷冷的对着地面，也拿起了自己的衣物保持着笔挺的身子走向门口。他显然也已经摆出了最后一次来球场锻炼和"捧场"的态度了。

一个自诩为王的男人，怎会容忍自己曾经的"妃子"与自己的属下或兄弟之间产生任何暧昧关系？！

即使这个女人早已经被自己"贬黜"在外了，尽管那对暗结珠胎的男女原是在自己的妥善安排之下、在自己的利益诱惑之下而将机就机、将错就错——但在自以为王的男人眼中：无非是背叛，是严重的恶果！

凌云的离场，带给金巧儿的打击是难以估量的。

她万万没有料到的是：自己方才逞一时之勇对抗着自己心目中真正的情敌之际，竟同时失去了过去几年中煞费苦心维护着的铁杆利益！

短短一瞬间的功夫，竟人财两空了么？

年轻嚣张的女人，终于体会到了感情中的泄愤，竟是一把双刃剑！

还不止吧？对于巧儿来说：情和钱，原是来自两个不同的对象，不同的男人。

她百思不得解：这一切，是如何在短短一两分钟之内同时结束的？

何况如今的巧儿，连定心思考并积极争取的机会都丧失殆尽了——她的面前，竟同时还站着第三个男人！

那个男人望着她，目光里没有任何的同情或是怜悯，倒是不乏看戏的热诚。

自己导演和出演的那出戏，还不可以就此收场。金巧儿被那第三个男人的眼神惊醒了。她定了定神，弯下身子捡起了被另外三个人丢下的一把球拍：

"走，我们继续玩！"

那男人果然应着呼唤跟着去了。

两人在场子里对打了起来。。。似乎没有什么人或事曾经参与和打搅过他们那般。

一场闹剧收尾了，一场游戏结束了，有什么关系呢？
乱哄哄，你方唱罢我登场——总归，还有下一场。
天道循环。
西方智者也早有提示：
What goes around comes around.

55

菲菲坐回到凌霄的车里，胸口被石头压着。。。

如此嚣张难缠的金雀，情商不高的老四、包括他的哥哥凌云，这辈子岂有脱身的可能？

一个多年被所有人捂着的疮口，如今让自己毫不留情地挑破了。。。

那凌云可能直到今天才搞清：一直以来都被自己的傻弟弟和这位自作聪明的"二手"二奶，给联合欺骗了吧？

要晓得，那女人可一直在众目之下，也应该在没有人的地方，挑逗着她那腰缠万贯的三表舅，而非同样寄人篱下的四表舅。

老四原非重色之人也绝不会来者不拒。他不常在河边走，却被他哥哥亲手推进了染缸里。

果然难以脱身吧？

看来，菲菲今日悲愤之下的自然反击，也实在是帮了那兄弟两个一把。。。婆婆临终前的提醒，最终也还是帮了自己的儿子一次。

想到这里，菲菲没有舒心，却更加胸闷了。

为什么？自己究竟是怎么了？

家里出了这么大的事——自己竟还坐在旁观者的席位上，为自己的法定丈夫着想？为他去开脱？

开着车的凌霄不晓得刚才打球时，那两个女人究竟谈了些什么，但分明可以觉出：菲菲的气色不好了。

两人来到了原先说好的家具商场，才下了车，菲菲却改变了主意。

"我们回去吧，今天没有心情买东西。"

凌霄说："要不先吃点东西吧，饿了。原本打完球都会。。。等一下我们还要去接囡囡的。"

"你吃吧。我现在真的没有心情吃饭！"

"有什么意思啊？谁得罪你了？你一个知书达理的文化人用得着像个泼妇一样，去同一个乡下女孩子吵架吗？"

好无情的指责！触及到了菲菲忍耐的底线，让她平生第一次不留情面，对自己的丈夫直言不讳点明道：

"女孩子？你说的是那个被你兄弟二人包养了多年的情妇吧？"

凌霄刚打开车门的手抖了抖，随即又用力把门重重一推，转身扬长而去。

菲菲望着他的背影。。。

走得看似如此目空一切的男人，这是在耍酷吗？

菲菲终究是太了解自己的男人了。

从小那老四最怕的和最讨厌的，就是家人和长辈对他的指责。

菲菲无非是直接点到了凌霄的痛处，使他无脸面对，便只能选择潇洒无情地逃走——像他过去所贯有的表现一样。

但是，老四你还是个孩子吗？

至少，菲菲可不是他的家长。她是一个应当、或者期待被自己的男人所疼爱的女人。

突然间，菲菲意识到或许是自己宠坏了眼前的这个男人？自己多年的隐忍，是否在男人的心里被强化成了类同于家长的宽宥和庇护？

否则那个生性宽容坦荡、从不忍心伤害别人的四哥，为何一而再无情地伤害自己？伤害自己的至亲？

菲菲不愿意相信她的四哥早已认贼为亲了。

男人是很容易被身边的年轻女人所引诱，但菲菲同他相处二十多年了，四哥不至于那么无情的。。。

　　正当金巧儿强作镇定继续同她的对象玩着球的同时，被凌霄抛在了车门外的许菲菲，也正貌似平静地一个人慢慢行走在人满为患的马路上。

　　时间一秒一秒地从身边流过，菲菲却毫无察觉。

　　她感觉自己应该是在流着泪吧？或许，像所有的悲剧出现时那样——天上应该是下起了同情的泪雨吧？

　　菲菲将手伸入自己的包里去掏纸巾，却碰到了一串钥匙，她顺带着取出了那串钥匙。

　　看着好陌生。。。

　　这是两把哪儿的钥匙？怎么完全不像是自己家里的钥匙？

　　菲菲惶然心慌起来：自己竟是连个家也没有吗？

　　该去哪儿呢？菲菲看了看时间，去芳芳那儿接孩子太早。她觉着好累，好想找个地方靠一靠，休息一会。。。

　　可去哪儿呢？接完了孩子，又该去哪儿呢？

　　菲菲忽然想起来了：有一套就快要装修完成的公寓！自己原来是打算去那个新买的家布置房间的。

　　她突然感觉自己的内心不再是空落落的了，她已经记起了自己有重要的事情要去做的。

　　往那边赶。

　　菲菲挤上熟悉的公交车，手里紧紧拽着那串钥匙，直往新家的那个方向赶去。。。

　　凌霄赌气离开后不一会儿，就又回到了自己的车旁。不见了菲菲，心里慌得厉害。逃走，是自己当时唯一的行为——因为害怕。

　　他应该猜到那巧儿一定是告诉了菲菲什么，但又抱着一点点幻想。

　　无论如何，自己多年里对那个巧儿和她的父母都已经仁至义尽了。他希望人即使不懂得感恩，也该有底线吧？

凌霄开着车在附近转了两圈，没有见到菲菲，也没有什么地方可去，便直接回了家。

菲菲果然也没在家。他打开了电视在沙发上坐下来。

电话铃响了，凌霄赶快起来去接听，是菲菲吗？

电话中，是一个年轻女人的哭诉。。。喋喋不休的，吵得凌霄心烦意乱。他直接挂了电话。

没几秒后，铃声又吵了起来，仍是吵个不停的样子，他干脆直接把电话按掉并扔在一旁。。。

坐了一会儿，又怕菲菲打电话进来，又过去将电话放回。

然后走到门旁，打开了门往外张望。。。确定了走廊里没人，凌霄立刻关上门退回房里。

心"怦怦怦怦"地跳得厉害，凌霄走到窗前掏出烟抽了起来。一支抽完了，就再接上一支。

菲菲一定是晓得了什么。

凌霄想到自己这么些年来，耐着性子同凌云一起花钱费力讨好着那个巧儿，就怕有恃无恐的她将来不讲情面，故意去破坏自己的家庭。

如今眼看着累死累活帮那女人买好了房，也眼看着她终于又找着了个称心如意的男人，听说就快结婚了。。。

只差一步，菲菲来了。

而且，就在刚才，就短短的几分钟里：那个该死的巧儿一定把一切都告诉了菲菲！

即使，那女人只说一点点，给一点点提示——像菲菲那样历经磨难的知性女子，还有什么可以瞒得住她的！

电话铃又吵了起来，仍然不是菲菲打来的。

既然自己老婆已经晓得了这里曾经发生过的一切，凌霄知道完全没必要再对那巧儿心存什么幻想和怜悯了。

他拿起电话，在对方开始数落自己前大喝一声：

"吵什么！你他妈的自己知道今天做了什么！别再来烦我！"

喊完了，算是出了气吗？反正凌霄把电话摔了。

菲菲应该是不会回来了。

类似这样的猜测和想法，在上海工作的这些年里不断出现在凌霄的脑子里。但是，他并不希望这是一个事实。

天不遂人愿吧？凌霄不愿意从自己的身上去发掘原因。他曾无数次看到过各式各样的或类似的故事发生在周围，发生在亲朋好友中间，但结果似乎都并非那么糟糕。

比如自己的哥哥凌云。

他婚后曾有过多少个女人，多到可能都不愿去数吧？因为那些人的出现，都没有真正影响到他的婚姻，也不像伤害到了他的发妻和儿子。

再看看那个从小的玩伴，老八熊涛。

想起老八，凌霄真就一肚子的窝火无处可发！

你老八从来都口口声声喊着爱菲菲，爱我的女人——可你他妈的这辈子为她做过什么？你不是逃得远远的，就是在菲菲眼前同她的闺蜜滚到一个床上，还没羞没臊弄出个儿子来！

为什么别人可以干的事，我老四就干不得？

扪心自问，凌霄始终不觉得自己有什么地方对不起家里的那对母女。

但是另一方面，他又莫名其妙地感觉和害怕自己始终是犯了大错的，自己终将会被自己的爱人所遗弃。

回想当年凌霄带着怨气和懊恼被菲菲支回上海工作，心里已经晓得，自己多半是没有回去的可能了。

他了解菲菲。

她打小就黑白分明，她眼里是容不下沙子的。

　　但他却没有好好去想想：为何自己曾一再对不起她，对不起孩子，菲菲却还是不忍将他赶出这个家门？

　　凌霄当时的感触和体会，只是被自己的女人一脚踢回了上海。

　　凌霄感觉到无望之时，却同时也发现自己深爱着自己的妻女。

　　所以，回沪之后的他其实真的一直是在努力表现，努力争取得到家人的宽容与包涵。

56

回到上海的老四，最先体会到的温暖是哥哥的信任。在接下来的日子里，凌霄感觉到的，是受人尊敬和被人仰视。

仰视他的，是已经正值青春年华的金巧儿。

哥哥凌霄给了弟弟一个免费住房，一辆用过的大奔，一点在下之权和一份过得去的工资。与此同时，他还送了弟弟一个任务：

当凌云自己没有时间和精力去应付那个巧儿的时候，比如不得不应召去接送她上下班时——你老四必须负责代劳。

刚开始凌霄对这个附加的工作烦不胜烦，他并时常在自己的兄弟朋友面前抱怨过。

然而，天底下有几个男人真就经得住年轻女人每天在你的眼皮子底下，讨好你、恭维你、勾引你？

天晓得：那巧儿可是个极会来事的女人！

刚过青春期走向成熟的她，不晓得自己就快到手的"三舅妈"的位子，为什么突然就没戏了？

她也搞不懂一开始对自己万般体贴的"表舅"凌云，为何突然对自己避退三舍，并以"近亲"为由，对自己客气起来？

看到凌云在她之后不断于年轻漂亮的女人中尝新、翻新，巧儿憎恨男人的无情。她同三表舅有着非常相似的本性，那就是自信、要强、嫉妒和固执。

金巧儿发誓：一定要让凌云对自己负责到底！

自此之后，无论那个三表舅做什么、同谁来往，她都忍气吞声不露行色，继续靠近讨好着凌云。

但凡有机会，巧儿都不放过在三舅的新包二奶前，故意煞有介事地甩几句私房话，并同凌云眉来眼去的。

　　对那些整天急齁齁喊着"爱"往自己身上贴的女人，凌云一开始都信以为真。直到后来处得多了破费的也太多了，才晓得她们如巧儿经常提醒的那样——真就是冲着自己的钱来的。

　　所以，凌云有时明知巧儿在暗中破坏着自己同其他女人的关系，但却乐见其成。

　　反正那些小三摆脱早了，损失也小。何况摆脱了一个二奶后马上就会有三奶、四奶扑上前来。

　　有了一定的财会知识特别是毕业之后，巧儿利用凌云对自己的信任，帮助他处理过一些不打算被他丈母娘晓得的收入。但与此同时，巧儿也发现了凌云对自己家产的特别安排。

　　巧儿知道即使自己可以如愿嫁给"三表舅"，却也是得不到他的庞大家产的。此刻的她内心既觉庆幸，又更增添了一分嫉恨。

　　没想到的是，四表舅来了。

　　刚开始，巧儿对这位同自己的处境相差无多的四舅没什么好感。自己原本可以独占一套公寓的，那个讨厌的三舅却安插了个"亲信"弟弟进来同住。

　　可渐渐地，巧儿发现同自己的四舅居住一窝，可比让三舅随便塞个乡下亲戚来同居，要好很多。

　　何况，从相貌、性格甚至慷慨程度等各方面看，四表舅都应该是大多数女人心目中的王子。

　　更为庆幸的，还用说吗——近水楼台！

　　还不止：三表舅居然把自己丢给了四表舅！

　　从此往后，金巧儿就改变了其进攻的方向。虽然，一开始她仍然将四舅作为用来挑衅和诱惑三舅的一个道具。

　　道理自不必说的。就像巧儿不断提醒她三舅那样：自己对他是有真感情的，是感恩的。不像那些整天缠着他买包、买车甚至买房的资深美女。

当然，四舅凌霄是个有家有孩子的穷男人，应该不是她巧儿的目标丈夫。但是，他实在英俊无比！而且大方！

跟在四表舅的身旁，巧儿从其他女人们羡慕的眼神中再次意识到了自己如今的优势，再次增添了一份如刚来上海时坐三舅大奔一样的虚荣。

在两个舅舅跟前分别扮演着不同角色的巧儿，逐渐发现了四舅身上的优点，远远超过了那个不懂情趣的三舅。

不自觉间，她开始转移了自己的初衷，转移了自己献媚的重点对象。她开始喜欢上了四舅，并真正在凌霄的身上下起了功夫。

每天，巧儿在凌霄面前翻演着几年前的她，将当别人可爱"小女孩"的绝活故伎重演，施展到简单率真的四舅身上。

一开始可以看到四舅的表现被动得很，也挺厌烦自己的。他每天用他哥当年那辆大奔将巧儿接到家后，就赶忙抽身躲出门去了。

同三舅相比，四舅显然有更多的去处和更多的朋友，还有更多的爱好。

但是，每逢巧儿在晚上同乡下的母亲通话时，她又惊喜地发现四舅同三舅相比，更有一个特别明显的优点：

他念旧情！他憨厚善良！

每逢巧儿打电话时，只要四舅在家，他一定会接过话筒，用早已生疏了的家乡话，热情地同巧儿的母亲聊上几句。

那些话可不是装出来的礼貌，凌霄真的从小就非常感念佳禾的亲戚。

他记得家乡的每一个人，记得曾经一起消磨的时光，也记得并感恩当年的大表姐、二表姐等兄弟姐妹对自己的保护与谦让。

　　由于巧儿在凌霄面前同乡下母亲的通话日益增多，四舅同老家亲戚的联系和感情也随之增加。

　　四舅对金巧儿的态度，更有了一百八十度的转变。他开始主动关心起她的生活，主动带她出去购物吃饭。

　　反正近来凌霄发现他原来的那些兄弟，成家的成家，做买卖的做买卖，尤其开始玩股票之后，其实也没太多时间整天陪着自己转。

　　好在身边还有个同样喜欢玩，而且晓得怎么玩、去哪里玩的小女孩。就带着她吧。

　　总之，那个在其他所有人眼里其貌不扬但自以为是的年轻女人，在她的四表舅眼中真只是一个天真烂漫的小姑娘而已。

　　就同自己的宝贝女儿囡囡一样。

　　其实不一样的：是她们的真实年龄和表现；是一个远在天边，一个近在咫尺！

　　那个时候的凌霄，正在学习对家庭的责任。他晚熟，但恰逢其时。

　　姓金的巧儿，成了受益者。她首先偷得的，是凌霄对女儿的爱和关心。

　　老天的安排吧？

　　也许，那个金巧儿注定是要来到凌家的？她注定是来取代凌家的孩子和女人，注定来偷走属于凌家媳妇和孙子孙女的一切的吧？

　　否则，你应当去怪谁？凌云吗？

　　天晓得！

　　凌云可一向被自己从年少包养的同一个女子蒙蔽着，以为自己就是那个女人的真爱。以为两人实在不得已，只因当年母亲反对才没有结合成为法定夫妻。

　　凌云可一直觉得自己是辜负了巧儿的。他根本不晓得或者不确定、更不愿意去承认：对于自己，在巧儿的眼里除了长期饭票，就只有上海人的身份，和凌家人的身份。

那弟弟凌霄可就更糊涂了。

除了青梅竹马一起长大的菲菲，凌霄对任何其他女人没有任何的经验。

他这辈子只经过一个染缸，因此他的身上，就只染上过一种颜色。

现在一不小心，老四被他的哥哥丢进了另一个染缸。弟弟如今看到了另一种颜色的女人。

这个女人有时活络、调皮、大胆，有时又乖巧、谦卑和恭顺。她既像个可爱的小女生，又像个狡猾的女巫。

凌霄内心充满了对这个女人的矛盾，却防不胜防。

老话说：千里之堤溃于蚁。何况在凌霄的心里，根本还来不及筑上挡水坝。

溃堤，只是时间问题。

或者，千里溃堤还有另外一个解释——那就是日久生情。

看到四舅对自己的感情逐日递升，巧儿确定已经初步掌控了这个男人的心。虽然，暂时，自己在那个男人的心里边单纯只是一个小女孩而已。

一日，两人在家吃着晚饭，巧儿发现凌霄有些不快，便主动替他倒上一杯喜欢的威士忌，睁着那双大眼睛盯着四舅看，一脸关心。

"怎么啦，舅？厂里不开心吗？"

"没什么，只是有点烦而已。"

"是三表舅吧？他这个人表面上对谁都很公平的，但其实自私得很！"

"你怎么晓得？"

四舅的这一问，巧儿知道自己猜对了方向。

“我替他转过几次钞票。。。你晓得吗：他说厂子不赚钱但其实有很多钱，都被他用来买房子和送女人了。他已经偷偷买了好几套房了，只不过都挂在他老婆和儿子的名下罢了！”

“开厂这么多年了，哥哥赚钱也不奇怪吧。”

“但这个厂又不是他一个人的，也不是他一个人在赚钱。这不是你凌家的厂吗？你和你姐不也一直在出力吗？四舅你拿到的钱，还不如同你哥睡一觉的女人多呢！你忙了半天，得到过一分佣金或者利润吗？”

凌霄看看她，觉得她说的对。但没去仔细想：眼前这个女人，这么些年里才是哥哥所有女人中，除了嫂子之外的最大受益者。

当然，巧儿不一样，她是自己人。

从此，巧儿成了凌霄心情不愉快时的安慰者。

什么是安慰者？

就是巧儿在凌霄的心里蜕变了，她不再是一个小女生了。

57

凌霄在工作中不小心闪了腰，只能回家休息几天。

男人病了，女人便有了照顾他的机会，有了体现自己女性温柔的机会。

巧儿特地从公司请了假，回家照顾自己的四舅。反正那时除了巧儿真的也不会有其他人给予凌霄切实的关怀和照顾了。

凌霄非常感激巧儿的"牺牲"，说她不值得为自己去公司请假的。

巧儿却说：这些都是应该的。对于真心疼爱自己的四舅，她内心是极其感恩的。而且，一旦四舅有任何需要，她金巧儿赴汤蹈火也要以身相报的。

凌霄觉得赴汤蹈火大可不必，但女人的这番重情谊，男人内心自然是非常受用的。

腰还没有彻底恢复呢，凌霄就不得不去公司上班了。目前厂里的情况，也实在少不了他的作用。何况，凌云早就联系了出国考察新产品，只等弟弟回厂代替他的管理工作了。

凌霄虽然没有怨言，但到了晚上腰真的很不舒服。有拍马屁的下属送了他一瓶风油精，关照说睡觉前涂在腰上就会舒服许多的。

晚上巧儿按照凌霄的要求，下班后从饭店带回了些好菜。拿餐具时，她看到了桌旁的风油精。

"喂（称呼？）。。。你腰还没好还是今天又扭到了？"

"没有扭到，就是晚上睡觉时有些酸。老周送了我一瓶风油精，说睡觉前涂在腰上会舒服点。"

"那今晚我来帮你搽好了！你看你家里人只管要生活费，

也不过来照顾你！你一个人在外面打冷工，同我一样可怜！"

可怜吗？凌霄原非多想之人，被那巧儿提醒了，委屈就真的涌了上来，心里酸酸的。

吃过饭睡觉前，巧儿没忘了在四舅上床后，帮助他撩起衣服，扒下裤头，将风油精涂在了凌霄的腰上。

"别动——光涂有什么用，必须按摩一下的。你看，说明书上就是这么写的。"

凌霄晓得说明书上的确是这么写的，但他怎敢劳烦一个年轻女子给自己按摩呢？因此草草地便喊停了。

"可以了。。。腰已经舒服很多了，今天就到此为止吧。谢谢你！"

"不谢，应该的。你对我这么好，做这点事算什么呀！"

第二日晚上，凌霄又舒舒服服趴在自己的床上，让金巧儿帮着在腰上涂上了风油精。

其脸朝着房间的里面，心里老是感觉怪过意不去的。

巧儿离开后，腰上就会变得热辣辣起来。是巧儿按摩后的作用吧？反正光靠中药可没那么舒服的。

因为确实需要，凌霄近来也习惯了巧儿每晚给自己涂上一些风油精，顺带做个按摩。

他的身体开始放松了，表情便也逐渐活络起来。偶尔为了同巧儿说话，他还特地将趴向里边的脸转到了巧儿的那一边。

巧儿弯着腰，使劲搓着凌霄腰上的皮肉。胸口的两个滴溜圆滚的奶子，在四舅的眼前晃荡着，就快要从低垂着的领口中跳将出来的样子。

"好了，好了。。。今天可以了，足够了！"

见凌霄惊慌失措地将自己赶出房间，巧儿暗自偷笑不已。

直到她离开后，凌霄的心还在扑通扑通弹跳着。他翻转回身，两眼望着天花板。他不敢去回想刚才那一幕，又赶紧将眼睛闭上。

闭上的眼里，却出现了许多看起来毫不相干的画面。最多的是平日那些洗衣篮子里、晾衣杆上的女人短裤胸罩什么的。

哈——怎么会想起那些东西的？又不是这辈子头一次见，有什么可以大惊小怪的！

但是，不知怎的，凌霄的脑子里突然对生平见过的那些女人胸罩，作了尺寸上的对比。。。再次想起了刚才晃悠在自己眼前的那对大活球。。。

难怪有人说黑猫白猫什么的。假如关了灯，脸蛋漂亮的女人说不定还真不能同大奶子、大屁股的女人比吧？

呵呵。。。

这个时候的凌霄，应该早就忘了，自己原是把那个巧儿当作女儿来关爱的吧？

但他却不是个好色之徒。而且，老四有女人，一个自己应该用一生去爱的妻子和孩子。

可眼前，被迫同居的这个女人，又算怎么回事呢？

几天后，听说菲菲就快带着女儿来沪探亲了，凌霄心里可高兴了。那巧儿临时搬出去住了，倒也省下了解释的麻烦。

菲菲带着孩子来团圆了，凌霄又一次体会到了老婆孩子热炕头这种美事。菲菲不在上海的那些日子里的那些事，早就被他抛到九霄云外去了！

两周过后，自己的女人和女儿都走了，又留下了凌霄一个人。在外人眼中的他，孤影单形的样子。

当然啦，孤单也是有好处的——自由吧？

凌霄难得自由了几天，哥哥凌云却把他叫到办公室谈了次话，脸铁青着。

"你那个老婆也真多事！她提出巧儿住在你那里，孤男寡女的不太好，逼着我让她走人。你晓得别的房子我都出租了，而且也不想让巧儿认为她该有别的选择，省得以后麻烦。现在可好，你说说看——我该让她搬去哪里？"

凌霄倒是没有听菲菲说起过这件事，也不知道她从哪儿得来的消息。

反正，凌霄是个喜欢自由的人。。。除了生病那种时候。

嗨——生病了，不还有医院呢吧？

凌霄心里想着：该搬哪儿就搬哪儿呗，关我什么事？你以为你不告诉别人，人家就不晓得你房产多吗？

他只耸了耸肩。哥你看着办好了，反正不是我给你找的麻烦，反正你也不会不管巧儿的，多花点钱呗。

就这样，凌霄一个人在他哥哥的那个旧公寓里住得自由自在的，毫无牵挂。

倒也不能说他完全没有牵挂和负担。那个巧儿时常会主动联系他，约着、陪着四舅像过去那样到处吃喝玩乐。

她挺懂事，被迫搬出去了却从来不在四舅跟前诉苦。当然凌霄也晓得，巧儿会吃什么苦？有凌云宠着她、需要她呢！

凌霄乐得开心自由，可是好景不长。

没几个礼拜之后，凌云又找来了弟弟大叹苦经。

"开销太大了——你晓得这个巧儿拿着两份工资，却一毛不拔！她不肯同其他工人一起住在厂房宿舍里。我单给她一大间她都不肯住，说面子问题。她本来就靠我们养着，却还要挣面子！现在又吵着非要搬回你那里，或者让我出钱在外面给她长租。你说：我如果一直出钱给她在外面租房，算是怎么回事呀？让她同你住，原本就是因为有现成的房子。"

凌霄听了，照旧耸了耸肩。

"又不是我反对。。。我家菲菲都没跟我提过这事的。"

"但她直接找了我，不是让我难做人吗？你也要管管你的老婆——做女人的最好搞搞清楚：自己要的，究竟是什么！"

到底是大老板——这种话，是我一个穷打工的人，该说的吗？

你的女人，爱你的钱，你给的起！

我的女人，嫁的可是一个穷人。她有什么可以想清楚的？我，或者是钱？

眼下被哥哥提醒做弟弟的倒想起了：自己同是寄人篱下，同样也没有选择的权利。

"那你打算让我怎么办？"

"还是让那巧儿搬回你那里去吧！你如果实在怕你老婆的话，就什么都不用对她提了！她又不回来常住。"

得，包袱又回来了。

同女人住在一起，和玩在一起可不是一回事！

此时的老四不知怎的，突然又想起了从小一起长大的好兄弟老八来了。

熊涛可真是聪明的很！你看：爱人，女人，孩子，房子，车子——样样都不缺！

而且，还单着身，做着钻石王老五。人见人抢！

每逢想到老八熊涛，凌霄的内心充满了羡妒与不安。同小时候以及过去充满自信的恋爱阶段相比较，他非常讨厌此时的自己和老八。

人的内心，总是会因为比较而受到伤害。此刻的老四虽然不认为自己有什么对不住菲菲母女的地方，但显然在菲菲的眼中，熊涛才是那个有出息靠得住的男人吧？

何况，老八还就是那么争气，那么出色，那么强大。

强大到凌霄在他曾经的好兄弟面前，相形见拙。

没有人，包括许家的那些铁杆兄弟们，都早已不在自己面前提到老八这个人了。虽然各有各的原因，但没有人喜欢去仰视自家的兄弟朋友。

人的内心愿意承认和接受的强者：是那些与己无关的人，那些可能与身俱来的、天赋异禀的能人。

在凌霄的身边，哥哥凌云其实也算是一个能人了吧？

凌霄如今不得不接受这样的一个事实，不得不接受这样的一个能人存在于自己的身边，去服从他：不仅因为他是自己的亲哥哥，更重要的，他是自己的衣食父母！

但另外那个，熊涛你算怎么回事？

你不过区区一个外科大夫而已——你算那门子能人？惹得那些曾经喜欢过自己的女人，从此不屑自己的所作所为！

还害得自己被爱人赶出了家门寄人篱下生活着。。。

郁闷中的老四，最近习惯了在家喝些闷酒。他有了一点成熟的心思，便不再到处没心没肺地蹓跶玩耍了。

今天那个巧儿搬回公寓里住了。

为了庆贺自己再次独占鳌头，她买回了许多可口的酒菜。说是这一次的庆功酒，是用她自己的钱买的。

看到四舅开始喝起小酒来了，巧儿借着上厕所的机会悄悄将身子擦洗了一遍。

男人酒后会吐真言。。。吐了真言之后，会找人发泄。

或许，会酒后无德也说不定。。。

这些女人都懂。

既懂，既然这是你情我愿的事，那就该早作准备。

都是顺水推舟的事，甚至是心想事成的结果。。。但女人的身子经过了一天的进出之后，还是会给被酒精洗了脑的男人所嫌弃的。

巧儿洗过了下身，不露痕迹坐回到正喝着酒的男人身边，使尽各种招数，安慰勾引着四舅。。。

半推半就中巧儿如愿将半醉的四舅扶到了床上。。。

正当年华的农村女人以她粗壮有力的四肢，协调着两颗滚圆的奶子和屁股，纠缠着那个需要安慰的灵性，在床上颠来倒去，翻云覆雨。。。

你"四舅妈"未雨绸缪又怎样？赶我出门又如何——

如今还不是水到渠成！

晓得什么叫作：鞭长莫及，防不胜防？

什么叫作：远水解不了近渴？

58

云雨过后，凌霄身上的酒劲和失意都发泄殆尽。

他默默起床套上了衣裤，一个人去到厅里坐着，点上了一支又一支烟。

巧儿仍在床上躺着。发了情、泄了欲却没有得到男人的爱抚，甚至被单独抛在床上的女人，心中不免自怨自艾。

过了好一会儿，还是不见男人回来睡觉，巧儿便也马马虎虎披上件衣服，走到外面看一眼情况。

四舅一个人坐在沙发上抽着烟，他看到了她却并没有打招呼的意思。巧儿内心明白如今两人的确做了不该做的事，也明白四舅正在后悔懊恼之中。

女人在相信爱情之时，也同时相信男人对自己的爱。

但是，当女人不再相信爱情的时候，她们仍然会坚持相信爱情的力量。

金巧儿明白无误地相信，四舅同自己之间永远不会有爱情这种东西出现，可是作为女人，尤其作为一个非常仰慕四舅的女人，她唯有坚持让四舅相信自己对他的爱。

不难做到的。

对于大多数男人而言，女人在他面前只要始终保持忍耐，只要坚持主动示爱：男人们的自信心就会提升。有了自信的同时，他们会相信真爱的出现。

无论那个男子是否爱自己，只要他相信她的爱，就像四舅相信他远在千里之外的老婆孩子那样——巧儿深信自己就有可能把这个男人搞到手。

周而复始，巧儿自我投入地在凌霄面前扮演着一个浪漫、深情却略带失望和痛苦情结的小女人。

凌霄果真是后悔的。对当时的一时冲动而后悔不已，害怕不已。

自那次之后。。。他更多的，是担心着远在异国他乡的菲菲。他怕她会听说，怕她会猜到，怕她会看透所有。

眼前的女人，每天在自己跟前扮演着失恋小情人的角色，扮演着天真无邪和情深意重。

老四奇怪那女人为什么竟可以演得如此投入？不就是喝了点酒，逢场作戏吗？世上这种事情还少吗？

但你不早就是个成熟的女人了吗？你又不是少女。你过去不是天天变着法儿在引诱老子吗？

我，可是有家、有老婆孩子的男人。

极度后悔的凌霄没有再让那个女人上过自己的床，但是，他实在不懂得该如何去摆脱她的纠缠。

他很想逃回去澳洲，逃回自己的家，但同时他又非常害怕和胆怯：毕竟自己的上海之行，原是为了赎罪而来。

又一次做了对不起家人妻子的事，凌霄还能获得菲菲的理解和原谅吗？

凌霄自认是晓得答案的。

所以，他应该是回不去了。不仅不能回家，他还要设法阻止菲菲母女过来探亲和团圆。他担心着水落石出的那一天。

家于凌霄而言，只剩下了一个可以维持的时间而已。

隐瞒的时间久一点，他与菲菲和孩子的家，就会存在久一些。凌霄希望他可以隐瞒过去，永久的。

不是说女人的青春期在二十岁就该结束了吗？为什么这个已过了二十五岁的巧儿，每天还会在自己眼前又哭又闹的，演绎着一幕幕爱情的连续剧？

要知道凌霄最烦的就是家人的捆绑和她人的纠缠了。

这个巧儿连家人都不是，却每天扮演着自己亲人的角色软硬兼施不离不弃的，搞得自己哭笑不得，抽身不易。

凌霄尽可能多加班，尽可能回家晚一些，尽可能呆在自己的房里躲清静。

但是每天一到家，无论多晚，那巧儿都会像迎接自己的丈夫那样，拿着拖鞋等候在门口，迎接四舅回家。

她不断说着自己想通了：四舅是有家的人，自己只是爱恋他，对他的家和老婆没有企图。不管澳洲的母女要的是什么，自己什么都不要：名份、金钱、婚姻都不在乎！

她金雀所在乎的——仅仅是四舅这个人！她会真心爱他一辈子的！

可惜，眼前的凌霄根本没有精力去管什么真情或者假爱，他只是觉得烦死了！而且最要命的，是逃无可逃！

凌霄甚至都不敢去他哥凌云那里，抱怨或者提一下让那女人搬走之类的话——因为众所周知的原因。

但是，你以为那老四是随便什么人、或什么事就可以被拴住的吗？

不信？你试试好了。

至于那个每天演着爱情剧的巧儿，凌霄晓得她再难缠也闹不出多大动静：毕竟他们还是亲戚关系。

俗话说：人要脸，树要皮。

凌霄不信巧儿能闹出什么结果，因此每天假装什么事都没发生那样，客客气气的，让她一个人去表演好了。

然而，结果总是不近人情。

差不多过了半夜了，今日晚回公寓的凌霄破天荒没有受到热情迎接的待遇，心头宽松了些。洗过了回卧室上了床，才发现床头柜上的相片都被人推到了一角。

正中，放着一张医院的检查单：孕妇检查报告。

晴天霹雳吧？

凌霄的脑袋给砸蒙了——什么？女人竟都那么容易就会怀孕的？

或许，这是老天爷给自己挖了一个坑，给了自己一个惩罚吧？

凌霄捧着自己的脑袋抠心挖肚起来：这世上有没有办法可以找到一张纸，用来包住这团正待燃起的熊熊烈火？

女人怀孕，尤其是没有结婚可能的女人怀了孕——对于一个向凌霄那样情商较低的"大男孩"而言：可是天底下最大的麻烦！

一个单靠他自己，是完全没有办法解决的难题。

人有的时候，却不得不佩服老天爷的安排和处理。

同样的悲催事件假如发生在其他男人的身上，或许都会得到类同的解决方法。然而，凌霄是一个与常人不同的男人。

他非常简单。

简单的人，在发现自己难以处理复杂问题的情况下所作出的第一反应：是没有所为。

金巧儿将一张怀孕报告单放置于她四表舅的床头，自己却躲进房间里，半披着性感的睡衣。。。等着那男人惊慌失措闯进屋来。

可是，这一幕竟没有发生。

巧儿费心编排和向往的电影情节中只有她自己一个演员。

那个男人，她的四舅——显然不具备当一个好配角的资格与素养。

一个涉世不深、却总喜欢自导、自演爱情和人生的年轻女人，再一次演砸了自己编导不过关的那场影剧。

她在床上哭着、等着。。。却听到隔壁房间在几分钟之后传来了沉沉入睡的鼾声。

巧儿踮着脚走到了四舅的房门外，将耳朵贴在了门板上。。。

她极其惊愕：这个世界上怎么会有那样的男人？他还是个小孩子吗？竟可以睡得如此之香？竟可以将正在面临的、人生的头等大事、惊天大事置之度外？

但是，回想着平日里那个对人极其温暖、友善和大度的四舅，巧儿不甘心她此刻的失败。

"他可能累了。。。可能并没有注意到床头柜上的那张化验单吧？"

带着如此希望，来回折腾了一个晚上的巧儿，甚至想象着四舅半夜起来拉尿时，会看到那张足以令每个男人惊慌失措的化验单。。。

但结果却再次证明了：这仍是一出由她巧儿一个人主导主演的荒诞剧。

天早就亮了，她却仍然在床上坚持着，身旁保留堆积着所有擦过眼泪的纸巾。。。四舅出门了。如最近以来那样，他连早饭都没吃就离开了。

巧儿悻悻然起了床，却依然不死心。

第二日，她依然执着地将昨天晚上的剧本重新演绎了一遍——结果照旧！

一筹莫展的巧儿，看来必须想尽一切办法，使尽一切手段来应付眼前的局面。虽然，应付这一切的对象，还是同一个男人！

其实在那个时期，中国的单身女子怀孕后，无论孩子的父母是否相爱，其处理方法都是有标准答案的：

假如男人在意这个孩子和孩子的妈：他一定会设法同这个女人结婚。

　　假如男女双方都不在意这个孩子：结果便非常简单。至于女人的手术费和营养费，看男人的腰包是否丰满。

　　如果男人不想但女人坚持要生下这个孩子，那就会有三个结果：

　　假如男人有钱，可以负担这个孩子和其母一生衣食无忧的话：那个孩子就会有幸来到这个世上。

　　假如男人有钱，但不想负担女人和孩子一辈子的话：孩子只能撑到必须安全堕胎的最后几天——等男女双方最终谈妥了赔偿金的数额，那孩子就算完成了来到世上的短暂的使命。

　　假如男人没钱：做母亲的，将单独含辛茹苦带大自己的孩子，永远得不到婚姻和金钱的保证。

　　现在我们将怀了孩子的女主人公巧儿，往这个公式里套的话——

　　似乎有些勉强？有些例外？

　　其实，在女人的心里，在巧儿的心里，早就有了明确的答案的。

　　答案之所以暂不公布，是因为它至今还有它的作用：要挟男人的作用。

59

凌霄一定是被吓坏了吧？

婚姻之外另一个孩子的存在，对每一个已婚男人来说都绝非幸事。除非这个男人原本更为不幸——家中没有传宗接代的后代。

传宗接代？那可不是凌霄的使命。

所以，他如今一定是在担惊受怕，怕得要命吧？

可是，这个男人的处理方法，却与众不同。他从来不采取主动！

是你巧儿主动勾引我的，你主动导演了这出戏——你自己想办法收场吧。

背叛了家庭和妻子的男人本来就没有什么好下场的，还多一个孩子来捣蛋不成？

其实想明白了，男人最容易作的决定还有一个：就是装缩头乌龟好了。

同男人相比，其实女人才是真正的强者。她们往往在矛盾出现之前或之后，就已经想好了结果与对策。

要不说女人是男人的学校呢？

再来谈谈爱情吧：巧儿是爱她四舅的。

像她那种条件的女人明白自己是高攀了的。除非是真爱，还有一些机会。

可惜上了床之后，女人在男人眼里都一个样了。谁没有过真爱呢？

即使老四如今相信巧儿对自己是真情实意好了，但在他的记忆中装满了过去，都是菲菲同自己的过去。

爱情？谁都有过真爱的：对象不同，颜色不同罢了。

　　如今两人之间的行为，大不了只是对各自过去的爱情经历演一场翻拍而已。

　　但是麻烦，是凌霄最最不愿意承担的东西。

　　对谁谁——都一样！

　　巧儿那样的女子真可谓是一类天生的尤物。

　　几天都没有等到凌霄的态度，她开始重新考虑起了对策。

　　这个不该来的孩子自然是留不得的，拖到越晚对自己肯定是越不利的。

　　现在的上海，马路电线杆子上，街头报刊广告招贴栏上，甚至报亭里出售的各类小报中，有关帮助女人私自堕胎的广告铺天盖地。

　　有钱人的女人也好，穷人的女友也罢——但凡你未婚有了身孕，都逃不过在最最见不得人的地方，去忍受正规医疗条件和待遇之外的屈辱。

　　总算，现在施行这类小手术的大夫都是颇有经验的。不像过去那样，搞一碗中药喝了，承受着把五脏六肺都一起拉下来的痛苦和生命危险。

　　巧儿自己联系了几个地方，又落实好了一个比较可靠的，就是那种由真正妇科女大夫在小医疗站做的手术。

　　晚上，她不会做但买了好几个菜，自己先吃饱了，然后一直等着四舅回家。

　　快十二点了，苦等着的那个人终于到家了。

　　老四边换鞋，边尽量避免与那张哭丧着的脸对视，但还是被她生拽硬拉到了餐桌旁坐下。

　　桌上除了一桌子酒菜，还有那张不敢令人正视的化验单。

　　"我已经吃过了！"

　　你又想怎么样？老四尽量不去看那张纸，故作镇静等着。

　　果然那巧儿也使不出什么新花招——

无非是一哭、二闹、三上吊！

"喂（不知怎么称呼的？）。。。你知道我是真心实意爱你的，这个孩子是我们爱的结晶，，他也是一条小生命，我是从心底里希望保住他的。。。其实我不怕自己一个人将儿子带大，也不打算向你讨钱的。。。但是，我必须晓得你的明确意思。"

哭闹了近半个多钟之后，巧儿没有看到她四舅有什么明确表示，便继续流着泪重复说着那样既伤感又体己的话。

凌霄不清楚眼前这女人葫芦里卖的究竟是什么药，也不晓得自己怎么做才是对的，只好还耐着性子坐着，眼睛望着地上那一滩越来越大的自来水，听着。

感觉到她说话停了下来，凌霄觉得自己或者也不该真的置身事外，便回问道：

"我什么意思？你是我外甥女，我能是什么意思？"

"所以，（称呼？）——你是不打算要你的亲生儿子了？他可是我俩爱情的结晶！而且，你爸妈不也一直希望有个亲孙子的么，希望有人可以为凌家传宗接代的。"

传宗接代？轮得到我？轮得到你？

"啊？你可别拿我爸妈说事！没用的！凌家的亲孙子是你可以给的吗？别忘了我可不是家里的老大！况且我也是有家有女儿的！我怎么可以让我的女儿没有父亲？"

要晓得，天底下再笨的已婚男人，都不会在小三或二奶的跟前，去坦白自己真心爱着自己的妻子。他们最多只会提及自己的孩子，好像只有孩子才是他们最为关心、也不忍心离开家的真实原因。

用另外一种解释的话，就是他们自己在鸡蛋上留下一条裂缝，让苍蝇有机会去叮咬钻缝，却不会去打破那个鸡蛋壳。

真的很管用。

因为女人会首先从主观意愿出发，去相信男人不爱自己的妻子，其次是对孩子的同情心。

"我是真心爱你的，也从来没想过要拆散你的家庭、让你的孩子失去父亲的。。。但现在我自己也是个母亲了，我实在心疼自己的儿子，我也会用生命去保护我自己的亲生儿子的！呜。。。"

拆散我的家庭？你巧儿凭什么可以为我生儿子？

不管怎样，听到那巧儿话中松动了些，凌霄原不知那是计划和排练过了的，却懂得顺着杆子往上爬：

"巧儿，你好好想想：我们俩究竟是什么关系？我们两个人真的可以把这个孩子生下来吗？"

"我是真心爱你的，也愿意体谅你的。。。其实我已经联系好了一家诊所，后天就去打胎。。。打胎是很伤身体的，你晓得吗？你愿意陪我去吗？"

"那当然！我懂的。"

好久了，自从两人干过那事之后，凌霄还是第一次抬起头正脸对着巧儿。自己的目的已经达到了吧？他不必再摆出一副事不关己的态度了。

"我当然会陪你去，也会承担所有费用的。你放心好了！谢谢你巧儿，这么懂事，这么通情达理。"

凌霄的回答，不知仍然将那个女人看作是一个小女孩子，或是他自己还没有断了奶乳，还不知道什么才是男人的担当？

但是，凌霄却真心明白一件事，他明白此刻钱的重要性。他必须想方设法从哪里省下一些钱，去解决目前的难题。

就那么点工资，假如凌霄给菲菲多些，这边就不够用了；如果从澳洲那母女俩的生活费中多扣除一些。。。菲菲应该不会怪罪自己的吧？

反正除此之外，也实在没有什么其它办法可想。

　　凌霄不爱钱，但开销从来不小。他的品味一向很高，远远高出了自己的能力。所以，即使赚再多的钱，都基本不够他自己花的。

　　反正他也不贪，不管有多少钱，给了菲菲母女俩一部分之后，就是自己的日用开销。吃喝玩乐之后，也不可能有存款。

　　如今出了大事，需要用钱了，才发现自己捉襟见肘。

　　可以调剂的地方，就是澳洲的母女了。

　　凌霄不觉得自己这些年有何对不起菲菲和孩子的。平日里他自己留下开销用的钱，从来不可能多于送给她们的生活费。

　　每个人自己赚的钱都应当有支配它们用途的权利。给多或给少，给她或给她，都是自个良心上的评估和决定。

　　没有任何人，可以指责自己的个人行为。

　　因此，凌霄给菲菲打了个简短的电话，说自己最近忙回不去了，过段日子再说吧。

　　菲菲是晓得男人在上海一直挺辛苦的，她当然不会责怪老四的晚归。

　　"要不我带囡囡过去看你？"

　　"别，你们别来。。。我忙得很，也没有时间陪你们玩。再等等吧。"

　　"那好吧。你自己一个人在那里，要多多注意自己的身体。"

　　男人自分居两地后对自己老婆的第一次撒谎，竟这么容易就掩饰过去了。

　　剩下的，还会有什么难事呢？

　　巧儿主动做了人流，既在意料之中，却又是情理之外吧？

　　凌霄从来都不是个狠心肠的男人。令自己惶恐不安的事情过去了，他又回到了那个暖男老四。

　　何况今天的凌霄对他的表外甥女，同他的哥哥一样，内心多了一分愧疚感。

他开始回归原来那个主动关心巧儿的四舅。只要有时间和机会，他都会带着巧儿四处吃喝玩乐。这原本就是他俩喜欢的生活常态。

偶尔，凌霄会被一些熟悉的场景给提醒：过去自己是否来过这个地方？那时的自己是否曾带着同样年轻的另一个女子？

记不得了。就算记得过去，对于现在又有何意义呢？

人生，就是每一天重复着前一日的生活。

人活着总不该被旧的日子、旧的感情、旧的人物所拖累。如果不能再在一起玩，换一个人，换一段情，换一个场景——不是更有意思嘛？

巧儿欣喜这样的结局。

如今，自己同四表舅之间的那层薄薄的窗户纸，被捅了个大洞。不必装腔作势了吧？如今还有什么东西，可以阻止两人同时生活在一个屋檐下的所作所为呢？

可是，四舅就是不肯再次接纳自己作为情人。而且他竟天真地以为，他在如此得罪了一个女人之后，还可以回到过去，同她再度回归亲情！

金巧儿虽然年轻，但却嘲笑着男人的愚蠢。从那两个有家庭有孩子的表舅身上，原本对爱情极度失望的巧儿，如今却另有斩获：

让男人特别是已婚男人感觉对不起自己，亏欠着自己，比不择手段去缠着他们甚至比煞费脑筋去嫁给他们，收益更多。

金巧儿学聪明了。

对于四舅可不能像对待三舅那样。嚣张跋扈是没有用的，哭哭啼啼更会烦到他。对于凌霄，只要同他谈亲情就可以了。

他不是个把家和爱人看得重于一切的男人。相反的，他是个喜欢摆脱家、女人、甚至孩子捆绑的男人。他平日生活中更为重视的，是身边的友情。

归根结底，巧儿觉得她的两个表舅都具备着类似的性格特征和为人处世。

他们都不太重视自己的家人但却极其看重外人、也就是家人之外的亲朋好友，看重他人对自己的重视与感觉。

归根结底，他们或者都是极端自私的人。他们对别人的善举，只为了博得他人对自己的肯定和赞美。

可叹人的这一类自私的行为，果真会赢得周围亲朋好友的称赞与接纳。

可怜了他们的至亲，和那些曾经真心爱过他们的妻子吧？

谁管得了别人家的事呢？一切都咎由自取。

机灵的巧儿如今应该做的，就是去迎合表舅们的生活理念与习惯。

如此，她就会成为一个不择不扣的受益者。

60

说到受益，金巧儿的运气也真不错。

随着全中国的改革开放，上海的外来人员居留政策也有了很大的松动：比如购房。新政策下，外地人一旦在上海买下了房产之后，便可以荣获上海户口。

换句话说，像巧儿那样来自外地农村的姑娘，不需要再通过与上海本地人通婚，就可以靠购房来实现定居大城市的梦想了。

何其之幸？

其实这么些年来，在凌家以及两个表舅的包养和资助下，巧儿早就在银行里用她母亲的名字，悄悄存下了一大笔钱。

为什么没有用自己的名字？大家都懂的——一直出钱帮助巧儿的那两个表舅，可都是有家有孩子的。

假如真有撕破脸皮的那一天。。。巧儿可有她自己的担心和准备。

听巧儿说自己现在工资很高，要买房搬出去住了，可把她的四舅乐坏了！

其实凌霄越来越发现同这个女人生活在一起，也根本不比同妻女生活在一起痛快多少。

虽然那巧儿还算比较知趣，口中很少再提爱和嫁那些烦心事了，但那双眼睛却毒得很，总盯着自己的一言一行。

因为那个巧儿的存在，老四在家不敢接听老婆从澳洲打来的电话，不敢在房间里摆放任何亲人的相片，也减少了回澳洲探亲的次数。他怕她恼怒破坏，更怕自己不小心在两头露馅。

何况最要命的，是钱。自己的零花钱都被那个女人用来"共同"挥霍掉了，连给自己的或朋友的孩子买礼物的钱，这两年都成了大问题。

带着那巧儿在外面吃喝玩乐，老四还不止一次被许家的那些好兄弟撞见过。

老二老三曾特地闯到家里来劝骂了自己一通。当然老四相信没有那位兄弟会蠢到，去把消息透入给远在国外的妹妹吧。

何况，多年来每逢再次见到了那个女人之后，许家所有兄弟的内心都一致相信：向来眼界和要求极高的老四，绝对不可能看得上这样一个在长相上除了眼睛大些，却没有其它什么吸引力的巧儿。

或许，老四真是拿她当女儿在爱护的吧？

男人总是不愿相信：没有吸引力的本身，对许多人而言，就是一个最好的接近异性的条件和可能。

凌霄也没有想到，自己会碰上这样难缠的女人，同她发生这样龌龊的关系。

如果他是自由之身，假如他可以有自己的选择的话：绝对不会是那个巧儿！

他不过是身不由己、随随便便接下了一个哥哥丢给自己的包裹，就像哥哥之前所送的那辆二手大奔一样。

仅此而已。

反正这下好了！那个女人如今终于要买房搬走了，她就快要走出自己的生活了！

当凌霄在厂里同哥哥提起巧儿买房的话题时，凌云的脸上却挂起了一抹苦笑：

"别太天真了！她买房？还用自己的钱买？等着吧，麻烦就要来了。"

可不是吗？弟弟真是个长不大的男孩。

后来很长的一段时间里，凌霄终于体会到了凌云当时那句话的深意。

很长的那段日子里，凌霄每天下班后都不得不拖着疲惫的身体，被哄着、逼着开车带着那巧儿看遍了上海每一个地区、每一处角落的待售房源。

他发现那女人的目光，总是觊觎着上海最有钱的人所居住的最好的地段。

凌霄原不是个怕累之人，也不是个身体虚弱之人，却被那个女人拖得精疲力竭！

但凌霄仍旧忍着。他觉得自己如今竭力尽能去支持那个女人，帮助她建立一个新的家——将来她应该可以记得自己对她的好，应该离自己的妻子和孩子远远的，让自己有个舒适的家去度过余生吧？

金雀在比较过全上海正待出售的所有房宅之后，将自己的目标，既定在了徐家汇一个二手公寓的一套两房住宅里。

虽然那套房确实处在上海极其贵重之地徐家汇，但离隔壁相对较差之区仅对街之遥。

凌霄方才甩了把汗——总算还有些自知之明！

虽如此，那套房子的价格仍然不菲。至少，靠巧儿现有的存款是远远不够付清房款的。

巧儿不用问都清楚，四表舅手里的钱管自己的吃喝开销还行，但买房，她唯有去仰仗三舅凌云。

凌云却聪明得很。别看他平日里一副有钱人的派头，但口袋里可以动用的零花钱，可远远不足替你巧儿买房。

巧儿既看上了这套公寓，便绝对不会放弃的了。她凭着多年里两份工资且毫无资出的优良记录，在银行为自己贷到了另外一半的购房金额。

这笔借贷非常值得。金雀不仅仅顺利买下了房产，更重要的：是靠着这套房产，终于获取了上海的正式居留户口。

用她自己的话说：她如今无需靠男人，而全凭她自己一个人的本事，获得了上海户口！她的头在凌家人、特别是向来看不起她的二表姑凌琦面前仰得更高了。

不管她怎么样吧，凌霄只盼着巧儿从身旁搬出去后，自己可以获得全身心的解放。

可是，事实证明，他又一次太过天真了。

他忘了那巧儿还有一半的房贷要还，她不会就此放过自己的两个"表舅"。

他忘了巧儿还有赌咒发誓的永远的爱剧要演，要坚持奉献给她的两个"恩人"。

巧儿真的在准备搬出凌云的老公寓了，但是，她的心还留在那里。

还没有正式搬去徐家汇呢，金家就从乡下来人了——

金雀的父母，那对长期以来身体羸弱的双亲，被"孝顺"的女儿在获得了合法定居权之后，匆匆接来了上海团圆。

凌家人说不出什么反对的话。金雀这一次依仗的，可是她自己的本事！

但意料之外的结果，是巧儿将她接来"团聚"的二老，安置在了凌云的那套老公寓里，安置在了凌霄的身旁。顺理成章吧？

从此，巧儿对父母的孝顺，便会体现在她的两个表舅对"二丈人"的孝敬之上了。

身担"大表弟"之责的凌云，将继续提供金家夫妇二人的免费住宿，以及工厂里的简单工作和工资。

反正，凌云开了个大工厂，厂里不多一两个领工资的人。

而作为"小表弟"的凌霄，将继续从自己的零花钱中奉献着日常开销，去感谢金家夫妇对自己饮食起居的悉心照料。

反正，老四是一个懂得感恩的人。他的金钱奉献在其自己的眼里，确实是对大表姐辛劳的酬谢。

　　只不过，再一次被金钱和亲情捆绑住的凌霄，同自己的妻子和女儿团聚之日，该是遥遥无期了吧？

　　撒过了一次谎的男人，只能继续将那个谎圆下去。

　　这个世上，有被蒙蔽的妻女，却哪会有真正糊涂的父母？

　　那对姓金的老两口，原先带着极其感恩之心，接受并感谢着凌家人在多年里慷慨培养了自己的女儿之后，如今还继续关照着自身的衣食所需。

　　但是，久而久之。。。

　　看到每个周末那两位虽然高举着"怀旧"和"亲情"旗帜的表弟，轮番宴请和孝敬着自己，却依然可以从他俩的眼神中体会到他们对自己女儿的畏惧和无奈。

　　再回头仔细观察自己的女儿，两老竟又糊涂了——

　　在外，在众人面前，巧儿一味讨好和逗引着的，是她的三表舅凌云；

　　而在老房子里，或者当凌云不在跟前的时候，巧儿眼神直勾勾盯住不放的，却是她的四表舅凌霄。

　　这到底是怎么回事？

　　做父母的，开始总是同情并信任自己的亲生孩子。金家夫妇立刻可以想到的：是那两个连畜生都不如的远房表弟，玩弄了自己的女儿！

　　不仅如此——那两人的家都还在，听上去都还好好的吧？所以，那两个畜生玩弄了自己的女儿之后，又抛弃了自己的女儿！

　　如此在心中猜测及怀疑着，他们开始偷偷留意起自己的女儿同那两个表弟在私底下的接触：身体和眼神的接触行为。

　　可他们所能够看到的，是自己女儿嘴里和眼睛里的阿谀奉承和百般献媚，以及那凌云大老板似的自豪表情。看起来，女儿对他没有太多的不满和憎恨。

另一个，那个老四凌霄却很少正视自己的女儿。他总是客客气气，微笑着对待每一个人，没有任何特别的举止让人去怀疑或者仇恨。

但是，老两口明明晓得事情有什么不太对头。光看自己女儿的表现，就晓得不对头的。

他们终于憋不住了，终于采取了行动：逼问自己的女儿！

威逼盘问之下，巧儿眼中挂着泪，说自己是真心爱她的四表舅的。至于三表舅，她却只字未提。

在巧儿的心里，三表舅的那段经历早已成为过去。如今耿耿在怀的，是四舅。对于四表舅，她坚持对自己的父母说自己"就是动了真情"的。

"你要死了——你这个丫头片子！你四表舅那么出色的一个男人，还拖家带口的，是你巧儿可以动心的吗？你真是昏了头了！"

在老两口尤其在大表姐的心里，其实一直对老四存有特殊的偏爱。别提从小一起生活玩耍，相互了解，如今的凌霄不仅英俊潇洒，还善良大度。

从另一个角度去想，女儿爱上这么一位人见人爱的男人，或许并非真的难以接受吧？

但是，老四是有家有老婆有孩子的人！

"那老四呢？他是怎么想的？他怎么说的？"

做父亲的问题，往往更直接，更倾向于解决问题。

"他。。。还能怎么办？他是有孩子、有家的人。"

做女儿的，回答问题时总是避重就轻。

她不敢更不甘心直截了当告诉父母：自己偷鸡不成反折了把米！自己一再偷人和插足无果，反而是将自己的身子和青春赔了进去！

61

在金巧儿心里，不会去正视或承认：即使她那个四表舅没有孩子，没有女人，也没有家庭——自己总归也不是他的菜！

她不敢、更不甘心去面对那样的一个事实：在所有人的眼里，甚至在那个男人的眼里，两人之间的实际长短，远远超过了上海同佳禾之间的距离。

即便作为金雀的父母，老两口用来斥责女儿的话，也可以用残酷来形容：

"你真是作孽了，还想去拆散别人的家！你自己也不照照镜子好好想想：你觉得你配得上你的四舅吗？"

面对女儿的无由来的自信和执拗做父母的痛心疾首。他们实在不能理解：为什么女儿对自己的信心，会远远超出了它可以达到的范围？

该怪谁呢？又怪得了谁呢？

这个世上应该发生的事，总会在你没有设防的时候发生。

金家聪明乖张的女儿金巧儿，年少时因为追求上进之心，为自己争取到了一个免费获得亲戚帮助的机会。

生活在凌家的那些年里，她如果早些学会了感恩和惜福，如今早已成就一个可以不再需要仰仗他人生活的幸福女青年。

然而人的贪欲和执念，却没有给她带来任何的美好结局。

在世俗的引诱下巧儿对她恩人亲戚的觊觎与贪恋，让她不切实际地、重复做出了以一个女人的优势为手段的错误行为。

一再错误的结局，是在事实上拆散了应该是自己恩人的两个家。

拆散恩人的家庭，等同于犯罪吧？

巧儿那个年纪尚未领悟到的，是与此同时，她也毁掉了自己的一生。

因为，这种耻辱，即使没有被太多的人所洞悉，但在这个女人自己的内心深处，随着更多的经历和成长，最终会为自己年轻时所犯下的错，而认心定罪，在悔恨和惩戒中度过一生！

可怜天下父母心！金家老夫妇每天看着自己的女儿在执拗中沦陷下去，却劝告无果。

无能为力的同时，人性的自私却占据了上风。他们从此决定：既管不了，就顺其自然吧。

看着那个从小一起生活过多年的老四不断在自己跟前献殷勤，甚至当他的妻子和女儿难得回来团聚的日子里，他还是因害怕得罪巧儿而不得不坐在表亲的身边陪着酒献殷情，金家夫妇可以猜到那对不该在一起的男女之间——定不是一厢情愿的追求那么简单！

至于究竟发生过什么，为人父母的虽然尚不得知，但无疑只会一味指责对方，责怪男人的无情。

他们没有别的选择，只能貌似笃定坐在那里，习惯性地享受着那位"假女婿"的殷勤和友善，多少有些心安理得。

心中，多少自私地期盼着那个几乎没有可能的奇迹发生。

虽然，每当老四那位无知无觉的妻子走过来寒暄并关切地问候自己之时，老两口的内心甚至眼神是极度慌张和歉疚的。

此刻的他们同老四一样，希望倔强任性的女儿可以早些想通，早些让自己过上新的生活，也早些放过她的四表舅一家。

事实证明了有时人的宽容和忍耐，并不一定会带给你理所应当的结果。

事实证明了凌霄多年里对金巧儿所付出的时间、关心和资助，不仅没有感动那个女人，没有打消她追求自己的决心，反而更增加了她对男人随心所欲的信心。

反正在金巧儿充满自信的心里凌家那两个虚设的"长辈"

那两个真正意义上的男人，早已是自己的囊中之物，是自己的"领权"所有。

不是妻子又如何？

不是情人又如何？

他们不是照样跟着自己的指挥棒走！不是照样被自己召之即来、呼之即去！

这两个有家的男人，不是照样早已归属自己！

金巧儿虽然没有得到自己期待中的结果，但意料之外的收获从来不少。因此调整心态后的她，觉得目前这样也并非不尽人意，希望可以永远维持下去。

可惜事与愿违。

前段时间，巧儿听说舅婆病入膏肓了，凌霄的妻子和孩子就要回上海了。

凌家的二姐凌琦可不会放过这样的好机会，她找了个时机特地告诉那巧儿：你四舅妈要回来了且不打算走了。

她们母女两个，这次是回国定居了。

此消息对于金巧儿而言，仿佛是世界末日的降临。她难以想象更难以接受这样的事情发生！

她跑到凌霄的跟前，睁大一对充满了泪水的眼睛盯着他，奢望着他对此事的否认。

凌霄究竟答了些什么？可能连他自己都不太确定吧？

妻子决定带着女儿回来与自己团聚了：这究竟是一件好事还是坏事？

凌霄内心原本不敢确定的回答，如今被眼前那个金巧儿一逼，竟差点也变成了一个灾难性的答案！

什么？我的自由，我的好日子就快要结束了吗？

但无论如何，那巧儿原本不该在凌霄的生活当中出现的，更不该纠缠不休的。

菲菲要来了，这或许是一个极好的机会——去帮助自己摆脱眼前的这个包袱！

"是的，没办法。我的女儿囡囡要回来这里念小学，她需要学一些中文。"

企图顺利打发走女人的男人，再笨也懂得再次利用自己的孩子去作为借口。

"那你老婆呢？她向来都不在乎你，为什么也要跟着一起回来？"

"你舅妈是囡囡的母亲，她不回来谁会替我照顾女儿？"

"我就可以呀！这世上哪个女人不会生孩子、不会带孩子呀？"

你可真敢说！

想起上回菲菲带着女儿回沪探亲时，那巧儿竟不知分寸，在菲菲面前以蹩脚的英文煞有介事地"教导"自己的女儿，结果被菲菲用熟练的英文及文化素养纠正了一下。

凌霄面对这个根本不懂得适可而止的巧儿差点语噎。他竟不晓得这个世界上会有这么难缠的女子，同时也为着菲菲母女担起心来。由此，说话的语气也相应变得硬气和直接：

"你别忘了——菲菲是我的老婆。我和她和囡囡一直都是一家人！"

凌霄孤注一掷的强硬回抗，果然让一直充满自信的巧儿内心，频临崩溃。

她应该可以想象到自己最后的结局是什么，但却实在不甘心！

"那我们以后还会见面吗？"

"有事的话。。。如有正当的理由，为什么不能见面呢？我们还是亲戚，对吗？"

得到四舅的首肯，无论是否出自其内心，巧儿就有了安排

"正当"见面的可能和机会。在她转身离开的那一瞬间，暗自下了狠心：

想逃？等着瞧吧——跑了和尚跑不了庙！我一个光脚的还怕你穿鞋的不成？

其实自从金家父母来到上海，巧儿一直在她爸妈的催促下悄悄相了许多次亲。却几乎没有遇上喜欢自己的人，也没有自己看得上的人。

只有做父母的，才敢于直接警告亲生的女儿：醒醒吧——不要把自己的目标定得太高了！人应当面对现实！

现实是什么？现实是自己有一个上海户口！有一套徐家汇的住房！

降低了要求的女儿，终于找到了一个同过去的自己条件相仿的男人。

在这个充满诱惑和竞争的大上海：他既没有房子，也没有身份！

但是，他长相可以。虽然比不了巧儿的四舅凌霄，但也绝对高大健硕。尤其同矮个子的巧儿站在一起，有一种顶天立地的视觉效果。

相亲时的介绍说，那男人已经靠打工挣了不少的钱，可以帮助女方承担一部分房贷的。

但是见过了几次面之后，特别是那喜欢显示自己优越感的巧儿，多次将两个或有钱、或有貌的"表舅"显摆到新男友的眼前之后，她对象显然洞察到了一个事实——自己或许是接下了一个别人来不及抛掉的烫手山芋了吧？

当然无可否认：那只山芋的现实条件还真挺诱人的。

因此，那男人明确向巧儿及其父母表示：自己没钱。自己这个人，就是全部的本钱。其态度非常明确——

你爱要不要！

眼前的情势下，对于巧儿来说：过了这个村，可能就不会再有那个店了。

她现在必须忍着。中国人以结婚为目的相亲，原本就是一场利益条件的比较和比拼。

暂时的胜利者，未必可以笑到最后！

别忘了，得到了婚姻的女人往往到最后又比男人多了一项谈判的筹码，多了一份赢得财富的把握——那就是孩子。

原本想把这个对象拖在身边，视情况再决定嫁与不嫁的巧儿，如今看到四舅母果真带着孩子回来了。并且在舅婆去世之后，听说他们就快在上海买房定居下来，巧儿恨得咬牙切齿。

她正苦于没有机会去背着凌霄接近菲菲母女，去发泄心中的欲火，去点燃四舅家里的战火——没料到那个不懂得看颜色的四舅母，竟自己撞到巧儿的枪口上来了。

许菲菲居然未经邀请，跑到自己颇费心机建立的、同两个表舅长期"正当"联络和交往的领地——羽毛球馆，以及之后的美餐。

金雀是绝对不会放弃这么一个大好机会的！

这么多年了，在上海，在巧儿那两个对她唯唯诺诺的表舅的周围，可从来没有人曾经是她的对手！

每当巧儿在表舅们的面前吆五喝六，对那两个表姑特别是不甘示弱的凌琦有恃无恐之时，凌家可从来没有谁敢站出来呵斥过她。

包括舅公，那凌家的老父亲：这么多年以来，他不也只有在两个儿子面前装聋作哑罢了？

所以，今天在羽毛球场的对决，巧儿原以为稳操胜券的，因为有在场的三个男人可以让自己狐假虎威。

万没料到自己憋了半天还没找着适当的对策，却让对手许菲菲抢到先机并单刀直入，逼得自己毫无余地可退。

正如应了那句俗话：姜还是老的辣。

羽毛球场上明火执仗的攻击手金雀被对手打了一个闷棍，其狗仗人势的嚣张气焰在短短一两分钟就丧失殆尽！

她只能眼巴巴盯着自己努力争取了那么些年的男人，乖乖跟在其妻子的身后撤退了。

还有，刚才那个许菲菲还说了什么了？

舅婆在世时讲过我什么吗？她居然早就看透了我？晓得我同时在与她的两个儿子苟且厮混？她果真早就给她儿子下达过明确的禁令？

所以，这么些年，自己原是在瞎折腾？原本就没有任何做凌家媳妇的希望？

金雀茫然无助地看着仍旧不发一言、坐在凳子上假作休息的凌云。

他的默认表情，可以正确无误解读出那个事实！

不仅如此：当凌云扭曲着一张脸愤而离开之际，明白显示出了他无意容忍被蒙骗多年的羞耻与愤怒！

这两个男人无疑是伺机而动，借机而逃了。

失去了庇佑的金雀，终于意识到演了多年的那场爱情闹剧里，自己从来只是个客串。

好在人生不止一两出戏，她将笑脸转向了身边。。。同这个男人重新开始，应该一点儿都不晚！

其实，开始任何一段新恋情其实都不晚，其结果却是由人之初心所既定的——

两个当事人的初心。

62

心慌意乱中赶回公寓的菲菲下了车，走近那栋楼却始终不敢确认：这里果真是我的家吗？为什么一切都显得那样陌生？那样没有感情的寄托？

手里紧握着的钥匙在提醒她：上去，上去看看就晓得了。。。进了房间就认识了。。。

菲菲果真进了房，钥匙对得上。

但为何，眼前满屋凄凉？

赶着收工的装修工人留下了满地的废旧报纸，留下了满桌的肮脏餐盒，留下了满墙新漆涂料的酸臭味道。。。

菲菲依然不敢相信这里真是自己的家。但如果退出房外，自己又该去哪里落脚呢？

她的手指甲在紧捏着钥匙的同时，嵌入了掌心之内，划出了一道道裂口。她低下头看着那串钥匙，看着手掌上像是裂开了的样子，奇怪自己对自己是干了什么？

如果连感情背叛这种事都可以装出满不在乎，那还有什么事情才应该是值得在意的呢？

菲菲竟有些自责起来。

她走到阳台的落地窗前，将它们打开。。。风从那里钻了进来，拍打着一地的废纸，噼里啪啦的，不甘心那房中保持已久的寂静和空荡吧？

外面汽车喇叭的声音吵了进来。楼下过往行人神色匆匆，各自忙着各自的生计。

这才是正常的都市生活吧？

人活在如此喧闹忙碌的环境当中，哪有多愁善感的时间和精力？

菲菲倚着窗门坐了下去。身子底下有那些不是用来看或读的旧报纸接着，心里毕竟也踏实了许多——总比直接掉在地上强一些吧？

听着生活杂吵的音律，菲菲反而觉得安心了，反而可以好好休息了。至少，自己还没有丧失生活的意念。

睡梦中，菲菲感觉自己的灵魂走出了自己的身体，在一旁注视着自己。

它看着现在的菲菲，又转回头去看着过去的她、以及过去的生活。。。所有菲菲在与不在上海所发生的一切，像一幕匆匆拼接起来的影剧，从她的梦境中走过。。。

这便是答案了吧？

天暗了下来。如此高的楼，如此暗的房间：除了自己的灵魂，应该没有人可以看到自己吧？

菲菲终于流泪了。。。

四哥你是怎么了？都已经辛苦了这么些年了，你应该已经为妻女、为家作过努力了吧？为什么会让一切功亏一篑？

四哥你早就改过了，你不再赌钱了，却为什么最终将自己的婚姻摆上了赌桌？你不知道结果仍然会是个输吗？

四哥你非好色之徒，你应该是被人设计摆布了吧？应该是被虚假的亲情所蒙骗了吧？为什么要去认贼为亲呢？

四哥你一定后悔了吧？你一定为不值得的人、不值得的情付出很大代价了吧？你打破脑袋都不会相信，最终也逃不过被出卖的结局吧？

菲菲失声痛哭起来。。。

四哥你为了保住自己的家，不得不说谎了吧？不得不隐瞒了吧？你一定因为害怕与内疚，不敢再面对家人，夫妻从此不会心心相印、伉俪情深了吧？

菲菲已经泣不成声。。。

是我和这个家害了你吧？

四哥你不该被我们这个家所挽留和捆绑的。你既已被放走了，为何不该被彻底解放？为何不可以让你按照自己的要求和方式，去选择和生活？

菲菲哭断衷肠又有何用？

已经倾其所有的人，竟同时让一切成空！

没有光线的房间，没有安慰的声音，没有关注的目光。菲菲一个人声泪俱下。。。情已尽，没有什么可以留恋的了。

找到了灯的开关，房间里如同白昼一般，将人的心也照了个透亮。

她开始收拾地上的报纸、桌上的饭盒。。。再仔细看看，还需要做些什么？

缺了一些家居用品，还缺少一个家日常需要的用品。

明天去买吧。

菲菲走到楼下，抬头看看那些紧闭着的窗，摸了摸口袋里的钥匙，确定了明天依旧回到这里，才离开了。

在姐姐芳芳的家里，囡囡早已安睡了。

"别把她给吵醒了吧？明天姐代你送幼儿园吧。"

"姐，我可以在你这里住一晚吧？"

"可以啊。"看着菲菲通红的眼圈和疲惫的神态，芳芳觉察出了一些端倪："怎么了？有什么不开心吗？同老四？"

"没什么，习惯了。姐，我先睡了。"

习惯了？小妹过去竟一直都不开心吗？

芳芳应该晓得一点原因的。或者说她曾经见过一些发生在上海的事，发生在老四和其他女人之间的那点故事。

瞎猜而已啦，不能乱讲的。

第二天，菲菲把女儿送去了幼儿园之后，回到了老四的住处，用那两把钥匙中的一把，打开了那扇门。

她整理出自己带来的所有物品。离开前，从钥匙圈中解下了那把原本就不属于自己的门钥匙，放在桌上。

不会再来这地方了。那里原本上演着的男欢女爱中，没有自己的参与。

她叫了辆车，将一应物品送到那个新房子里后，又返身外出购物去了。

忙乎了一整天，家的雏形出来了。菲菲接回了女儿。

看着可以过日子了，菲菲却依然难以确定这样的一个家，一个缺少了男人或女人温情的家——真的可以留住一个人的一辈子吗？

菲菲不怕的，她有囡囡相伴在侧。但是他，四哥呢？

芳芳下班后，买了一大堆吃的用的敲响了小妹的门。

"咦？怎么就你们俩？老四呢？"

"他晚些会搬过来的。"

"晚些。。。究竟是怎么啦？你俩真吵翻了？"

"没有，我们很少吵架。。。呵呵。"

"哦，对。老四越来越像他爸了——轻易不开口，呵。"

"也越来越看不透他了吧？"

"菲菲，告诉姐：你俩到底怎么了？"

"我们怎么了？姐，这么些年你们在上海，不知道四哥他到底怎么了吗？

芳芳愣了一下："你是指。。。"

"对！他一直不是一个人在过日子吧？"

芳芳没有回答。

等了好一会儿菲菲才又问道："所以你们都晓得？"

"不是——我们不太敢相信。。。那样的一个女人，老四怎么会看得上？"

"别人看上他了。。。呵呵。"

"所以你确定？"

"是那个女人自己跳出来的。。。特地喊叫给我听的。狗急跳墙了吧。"

"真狠。。。"

"狠不狠有什么关系呢？事实如此——比在我背后、在我眼皮子底下继续演戏要好些吧？呵呵。"

"唉。。。老四也实在太不像话了！"

"人各有所好。"

"那你们今后打算怎么办？"

"分手。早知如此。。。"

"别这么仓促作决定，菲菲。别忘了你俩还有孩子呢。再说，那女人不是快要同别人结婚了吗？"

"有关系吗？她结不结婚，同我俩有什么关系吗？"

人为什么都把结果看得那么重？

人为什么会忽视那一段经历呢？

人与人在一起，不是那段曾经一起的经历，才该让心中耿耿于怀的吗？

许菲菲在意的，不是眼前的那个结果。

芳芳自知说不动小妹，只好去哥哥那里搬救兵。

老二、老三他们几个没有直接去菲菲那里，而是气急败坏冲到了老四的住所。

开门后看到那些怒发冲冠的外姓兄弟，凌霄可以确定菲菲已经发现，哦不对——她已经被告知了一切了！

解释还有什么用呢？纸是包不住火的，该来的就来好了。

随便许家那几个兄弟去说、去骂、甚至去动手好了：凌霄忍气吞声，一副老好人逆来顺受的样子，摆出被自己兄弟联合起来欺负的样子。

还真挺管用的。

　　看到来硬的根本撼不动老四，许家那几位异姓兄弟也逐渐冷静了下来。

　　他们想到了过去的青梅竹马，想到了两小无猜，想到了有福同享、有难同当的那些年。。。他们想起了原本同老四就不仅仅是大舅与妹夫的关系。

　　他们坚持着，生拉硬拽着老四出去喝酒。

　　边喝边聊吧，没有什么事不可以在酒桌上解决的。

　　兄弟还应该是兄弟，没有什么过不去的事。

63

中国男人酒喝得痛快了，感情就会递升一大节，交谈也会披诚露胆，敞心开扉。

"怎么样，老四——你不会真同意与小七妹离婚吧？你不会昏了头吧？"

"我从来没有打算离开菲菲的。。。就怕她不要我了。"凌霄的话中带着极大的心虚和担忧。

"那你说句实话：你还在跟那臭不要脸的婊子来往吗？"

"咳——实话告诉你们：就那一次！我也是稀里糊涂的就上了道了，被她捏住了把柄。。。话说回来，你们都晓得的，我们原本就是亲戚，就算没有太大责任，面子上总要过得去吧？"

"你老四就是太注重面子了！男人睡个女人又怎样？而且还他妈的是那婊子先缠上你的，也不撒泡尿照一照镜子——凭她也配！"

老二的野性和其骂人的口气依然不减当年。看来他过去在日本被自己对象抛弃的不堪经历，早就已经成为过往云烟。

"对。更可气的，还有你那个亲哥凌云！他有财有势的，教你点什么不好？非要把亲兄弟往他自己那条不归路上拉！他自身穿厌了的旧衣裳，大大方方就随手扔给你了——他活了一大把年纪不晓得'已所不欲，勿施于人'的做人道理吗？"

看二哥三哥越骂越远了，也不解决问题呀。还是老六头脑清醒，说话也比较实际：

"四哥，过去的都不算！这件事就翻篇了！菲菲那儿兄弟们替你去说情，我们现在就等你表个态了。"

"我表态？反正我是不想分手的。。。"

"那就好办！等菲菲回来时你先认个错，我们再一起替你去说说好话。反正小妹心肠很软，都有孩子了，女人都会为孩子着想的。"

"她没有回来过的。。。"

"什么？那她现在人哪里？"

"去二哥你的房子看看就晓得了。"

看来，老四前几日已经去那个地方张望过了。

"那不如这样——老四你可以按兵不动，但必须给兄弟们一个明确的说法，我们再去替你求情。"

"什么说法？哦对了，你们告诉菲菲：如果她不同我离婚的话，所有财产我都不要，全都给她！"

"这还说得过去！"看来小七妹的几个哥哥对老四的态度还是满意的。

然而，真的说得过去吗？

临离开前，老四又叮咛了兄弟们一句话：

"告诉菲菲：无论她怎么闹，千万别让我爸知道，他年纪大了，怕承受不住。。。"

"放心吧，兄弟——我们可不糊涂！"

你们果真不糊涂吗？答案不久就会有了。

去到菲菲那里。。。

老二说：老四错了，但只是受人安排，也只是一念之差。到最后他也没有将错就错，熟话说"浪子回头金不换"。

哥哥们劝着：小妹你大人大量，就让他认个错，你就原谅了他吧。

菲菲很奇怪：难道一个人犯了错，认了——对方就会改？就应该去原谅他的吗？

那些被对不起的男人和女人，果真会为了对方一句认错的话，而从心里原谅了对方吗？

不会吧？一个人，菲菲所看到的是一个女人，如果她真的接受了对方的道歉，必然事出有因吧？

比如，凌云的老婆可以忍受男人不断的新欢，是为了保住孩子和家产；

再比如，凌家包养的巧儿曾经在暗中同两个表舅妈争宠，是为了上海户口和金钱利益。

菲菲怀疑甚至那些做小三的，如果不为了获取利益，她们会甘心容忍男人们的发妻和其他情人的存在吗？

男人找了小三或二奶，必定是将属于自己孩子和家人的一部分，包括感情、时间、物质与金钱偷偷转移到了新欢那里，人家才会容忍你继续左拥右抱的吧？

何况，四哥凌霄从来都不肯认错的。做了多年夫妻的人，一定是了解对方的。

凌霄始终不认错、不道歉的态度，表明了他内心同样明白在这件事上，在许多事上，道歉根本于事无补。

仔细想想：老四又有什么错呢？对于自己的女人，不论爱过或不爱的，他都已经尽了力了。

因而，不用道歉了吧？

人生没有回头路。但，有得是其他的路可走。

菲菲觉得中国老祖宗说的话里，最靠谱的就算是"江山易改，本性难移"了吧？至于那些对立的如"浪子回头金不换"之类的话，或许只是一种美好的假设和愿望吧？

人活着，最多的时候就是失望，然后在失望的故事里添加一些美梦——去梦倒自己，梦倒他人。

不愿意再自欺欺人的菲菲，没有理会哥哥们的劝谏，她内心已经作好了分手的准备。

"不要这么狠心吧，菲菲？你可从来都是一个知书达理的女人。你看你们俩到了现在这种地步，老四还说：如果你不坚持离婚，所有财产都归你——对你菲菲，老四从来都挺大方的！"

什么？如果不离婚？

假如，菲菲如今是在假设：假如自己执意要离婚呢？

财产？我俩有过什么财产？就眼下这套公寓？

她苦苦一笑。你们这些男人！

看到前面的话没有打动小七妹，哥哥们的心中不免失望，再作点努力吧。

"你看，你婆婆已经去世了，留下老四他爸一人——别伤了老人的心。老四还特别关照我们，千万别把你俩的事让他老爸知道。"

闻言，菲菲竟笑了出声。

呵呵，这些男人，这个四哥——

他们竟都天真地以为：一个资历丰富的老人，一对生养了不少子女的家长，会被自己孩子的不成熟表演给蒙骗过去？

这么些年，四哥还真以为他的父母始终被两个儿子、一个包养女子扯不清理还乱的暧昧故事蒙在鼓里？

呵呵，看来凌爸对孩子们从小的谆谆教导不如以身作则。

但是醒醒吧，四哥！装聋作哑或者蒙骗他人，最终都掩盖不了事实的真相，因为这个世上根本没有傻瓜。

被蒙混过去的，无非是时间，无非是自己罢了。

许家的兄弟们没有完成他们的任务，也就没脸再回去同老四喝酒、称兄道弟了。

没有听到兄弟们回话，凌霄自欺欺人地等待着，希望这件糟心的事会因为时间久了而得到缓冲。

目前最最要紧的，是不要将事态扩大。

老四向来最怕的就是女人的喋喋不休。好在自己的老婆还行，没有大吵大闹；没有一哭、二闹、三上吊。

　　菲菲给远在澳洲的闺蜜李娟去了一个电话，请她帮忙尽快找个律师，做份离婚协议。

　　协议非常简单：没有财产纠纷；孩子成年之前，随亲生母亲生活。

　　李娟说了：殊途同归，结局不出意外。

　　但与此同时，她却不得不关心好友的未来。

　　"真的要将房子送给老四？这样你会一无所有的。"

　　"丈夫被偷了，家没了——我原本就一无所有了！"

　　"但房子是你们夫妻的共同财产，而且，你还一个人带着孩子，不能放！"

　　"不放？难道将唯一的那点积蓄，都消耗在打官司不成？放心吧我还不老，还有孩子，还有双手，不是吗？"

　　"好吧。。。就靠自己吧。而且，你不会没饭吃的，有我们呢！"

　　每天白天，菲菲一个人忙里忙外整理着新屋；晚上，她一个人带着孩子吃饭睡觉。像一个单亲母亲，重演着过去在遥远的墨尔本的生活状况。

　　芳芳最近常过来陪伴菲菲。

　　在姐姐心里，独自面对痛苦的小妹应该是急需得到他人的关怀和帮助的。但看到了小妹每天的生活常态，姐姐却不得不承认：其实妹妹早已成熟，早就独当一面了。

　　这更让做姐姐的为那个婚姻所面临的结局，而担惊惶恐。

　　"你真决定同老四离婚吗？要晓得一日夫妻，百世姻缘。百年修得同船渡，千年修得共枕眠。"

　　"看来我和他不仅前世没有修好，今世也修不成了。下辈子更希望离得远一些，呵呵。"

　　"要谨慎再谨慎，菲菲。别说孩子，就是让爸妈晓得了，他们也一定经受不住这个打击的。"

"孩子会长大的，等他们长大了就懂得生活是多样性的。爸妈那里你也不要太担心了：当年你们演的那一出剧幕被拉开的时候，他们不也只好面对现实，接受自己女儿的任性吗？其实，孩子们的决定，代表了我们自己的承受能力。别忘了，我们都奔四十了——我们也是成熟的大人了。"

"唉。。。那个老四，为什么还那么不成熟！"

四哥没有成熟吗？

其实在菲菲心里，她已经确定并吸取了教训。

于老四凌霄而言：在菲菲最近被逼着参演的那出活剧中，她只不过是其另一个道具而已。是一头看上去像虎的动物，帮着老四赶走了一只狡猾的狐狸。

一旦老虎占了上风，坐定了位子之后：保不齐哪一天老四的身边，又会出现另一条狼狗。。。

到那时，老虎的地位就像过去那只狐狸一样——岌岌可危了。

因为，那只狼狗、包括之前那只狐狸和老虎，都一直存在老四的心里，威慑着他的灵魂。

凌霄的心之所向：是无拘无束，是自由自在。

他虽在现实生活中，在传统教育中学会了忍辱负重，学会了忍气吞声，却丢失了对家人朋友的一番真情实意。

为什么要逼着一个人去站在美丽的云端，去编织违心的借口，去重复演绎"身在曹营心在汉"的故事呢？

一个不愿、也不该被婚姻捆绑住的心灵或灵性——

就让其自由吧，让其不再狼狈生存。

尾声

菲菲听说李娟将律师信发到自己的邮箱了。

她在附近马路上看到了一家网吧，便走了进去。房间里暗暗的，菲菲轻手轻脚跟在服务生的后面于指定的电脑前入坐。

网吧在眼下开始流行了。

电脑的发明与发展，让这个世界的每一个犄角旮旯都曝露在光天化日之下。虽然电脑显示屏的自身，却被设计成与黑暗相伴。

人们只能躲在相对黑暗的地方，去观摩发生在明亮窗口的真人表演。

菲菲不是来看表演的，她打开了自己的电脑邮箱。

李娟的办事效率想来无人能比，何况，她关心闺蜜。

菲菲带着伤感和失落的神情，读完并打印出了那份离婚协议。

虽然自己的离婚决心已定，但老四那头最终会是一个怎样的态度。。。此刻菲菲无所期待，但也不愿去考虑太多。

临关机前，她的眼睛自然而然往下扫视了一遍其它的未读邮件。不会多，也没有太重要的，应该都是些房产买卖的来往信息罢了。

在那些不太重要的来信中，菲菲看到了一个不太熟悉的邮址，抬头写着一条不太熟悉的短信：

我爱你！亲爱的，早些回来澳洲！

菲菲打开了邮件。里面重复的就还是抬头见到的那句话。

菲菲笑了，心里温暖起来。

她回了封信：

晓得了，哥——谢谢你一直等着我。

后序

水煮开了，笔者替自己泡上了一壶新茶。
茶是花了三块半从超市购回，内含五十个小茶包。
3.5 / 50 = 0.07
一壶茶才花了七分钱，心中好感欣慰的。

想起几百年前，英国人为了削弱清朝华人对茶叶的垄断和利润，将茶种带到了其殖民地印度广泛播种。如今倒是让全世界所有爱茶人可以低价品到好茶了。
一个不错的结局，最后是会让人忘却发生在千百年前的故事吧？
毕竟，活着的人所在意的，是更好的活在当下。

喝着、品着：除了香茶，还有自己笔下的小人物。
好羡慕他们的年轻。
复读着那些微不足道的家长里短，和零丁细碎的鸡毛蒜皮的小故事——
这便是生活的原味吧？

得不到当权者批准出版的文章，千百年来于华人的习惯中，常被贬作"野史"的。
笔者喜欢这个"野"字，它使人联想到那些脱了僵的马，在原野上撒腿狂奔。
野史同正史的区别：是与事实相关吧？是与传承相关吧？
毕竟，人们所在意的，应该是自己真实的生活写照。

键盘上敲打出来的文字，连续欢快跳跃在电脑的显示屏幕上。
笔者欣喜和羡慕的：不仅是避免了潦草粗劣的手写体，更是洋溢在眼前的那种自由和自在。
天马行空之文化，不仅是书法家笔下的字体吧？
它应该是真正自由的存在，而非被传统、被政治、被金钱甚至如茶叶那一类物质——
去捆绑吧？

云子
2020年 春

作者简介

云子，本名蔡云音。二十世纪六十年代出生于中国上海。八十年代毕业于上海科技大学（现上海大学）之机械工程精密机械专业。持有职业工程师证书及上海大学成人高级商务管理证书。八十年代末留学澳大利亚。九十年代技术移民新西兰期间，曾就读于奥克兰AUT商务管理学课。

作为海外华裔，云子热衷于东西方文化交流。曾于奥克兰举办之各项纽中文化交流活动中参与策划撰稿及主持：如主持人流高达二十多万的"元宵灯节"，奥克兰官方举办之新年伊始"Last Night"的各民族联欢节目，以及"太平洋文化艺术"主办之纽中电影节等大型文化交流活动，并曾担任奥克兰首家华人电视台（金水滴）之中、英文女主播及主持人。

云子现居墨尔本，其业余爱好广泛，重古董收藏和鉴赏以及写作。主要著书包括已出版长篇小说《那几个上海女人》(Those Shanghai Girls)，长篇小说《古月轩旧事》(Cloisonne China)，长篇小说《盘根错结》(Ingrained)，另有部分即将出版小说包括《示弱者》，《临幸》，《宵禁》以及海外收藏笔记丛书《闲云雅集》系列等，正在编辑整理翻译中。

www.ingramcontent.com/pod-product-compliance
Lightning Source LLC
Chambersburg PA
CBHW060814120726
47909CB00006B/1914